THE WIND-UP BIRD CHRONICLE
ADICHIE
HARRY POTTER
a room of one's own
Virginia Woolf
The Hogarth Press
JAMES BALDWIN
GO TELL IT ON THE MOUNTAIN
HARPER LEE
TO KILL A Mockingbird
The Brief Wondrous Life of Oscar Wao
Junot Díaz
BELOVED
Toni Morrison
The Hitchhiker's Guide to the Galaxy
Little Women
THE GOD OF SMALL THINGS
DICKINSON
AUSTEN
EMMA
A Tale of Two Cities
F. SCOTT FITZGERALD
THE GREAT GATSBY

愛書人

BIBLIOPHILE

2000本書、
超過47個世界級書店、
36個圖書館，
療癒畫風插圖，喚起你的閱讀魂

珍・蒙特（Jane Mount）◎著　徐曉珮◎譯

Magic 046

愛書人

2000 本書、超過 47 個世界級書店、36 個圖書館，療癒畫風插圖，喚起你的閱讀魂

作者｜珍・蒙特（Jane Mount）
翻譯｜徐曉珮
美術完稿｜許維玲
編輯｜彭文怡
校對｜翔縈
行銷｜洪伃青
企畫統籌｜李橘
總編輯｜莫少閒
出版者｜朱雀文化事業有限公司
地址｜台北市基隆路二段 13-1 號 3 樓
電話｜ 02-2345-3868
傳真｜ 02-2345-3828
劃撥帳號｜ 19234566 朱雀文化事業有限公司
e-mail ｜ redbook@ms26.hinet.net
網址｜ http://redbook.com.tw
總經銷｜大和書報圖書股份有限公司 02-8990-2588
ISBN ｜ 978-986-99061-4-2
CIP ｜ 813
初版一刷｜ 2020.09
定價｜ 450 元
出版登記｜北市業字第 1403 號

閱讀本書之前

❶ 為了讓讀者輕鬆閱讀，本書將文章頁面中提到的書名、人名的原文，移至 P.217「人名＆書名中文與原文對照」，以頁面區分，方便讀者查找原文。但作者繪製的書背插圖頁，書背上已寫明書名、作者名字，所以不會特別再標記。

❷ 書中介紹的書籍，書名會使用中文版（繁體或簡體）的書名與作者名字，若尚未出版中文版，會使用直譯文字。

❸ 作者繪製的書背插圖頁，例如 P.11，有出版過中文版的書籍（含絕版），會加上書名。書名以繁體版為主，但若只有出版簡體版，會以簡體字標上書名，並加上（簡體版）標記，例如：《艾薇和豆豆》（簡體版）安妮・拜罗斯

❹ 書中介紹的作家書籍，因作家的不同書籍，在台灣分別由多家出版社出版，為了方便讀者尋找書籍，會沿用該出版社的翻譯。以科幻文學雨果獎得主 Neal Stephenson 和作家 Henry David Thoreau 為例，在台灣出版的幾本書，名字皆有不同翻譯，編輯時，將維持原翻譯：

例 1：《鑽石年代》尼爾・史帝芬森｜《7 夏娃》尼爾・史蒂文森｜《潰雪》尼爾・史蒂芬森
例 2：《湖濱散記》亨利・大衛・梭羅｜《公民不服從》亨利・梭羅

❺ 文章中作家名字為全名，但繁體版書籍出版時，作者處只寫姓或名，編輯時會保留出版社翻譯的名字。
以 Atul Gawande 為例：文章敘述中譯為阿圖・葛文德，但在《凝視死亡》書名處，僅寫葛文德。

❻ 有些書籍出版時間已久或已絕版，本書仍維持出版社的翻譯，建議讀者可在網路或二手書市尋找。

書，也可以成為一顆星，
具有生命的火焰，點亮黑暗，
帶領我們前往無限的宇宙。

—— 麥德琳·蘭歌（*Madeleine L' Engle*）

給凱普勒與菲尼克斯：
希望你們永遠能與書或星星作伴。

目錄 Contents

那我呢？

HARRY POTTER AND THE SORCERER'S STONE
SCHOLASTIC
THE NAME of the WIND
PATRICK ROTHFUSS
A Wizard of Earthsea
Ursula Le Guin
CARRY ON
RAINBOW ROWELL
THE BONE SEASON
SAMANTHA SHANNON
STEVENSON
NIMONA
STEWART
THE MYSTERIOUS BENEDICT SOCIETY
LEV GROSSMAN
THE MAGICIANS
LEXICON
MAX BARRY
CLAYTON
THE BELLES
V.E. SCHWAB
A DARKER SHADE OF MAGIC
The NIGHT CIRCUS
ERIN MORGENSTERN
RIORDAN THE LIGHTNING THIEF
STIEFVATER
THE DREAM THIEVES
THE LIBRARY AT MOUNT CHAR | SCOTT HAWKINS | CROWN
RIGGS
MISS PEREGRINE'S HOME FOR PECULIAR CHILDREN
TOMI ADEYEMI
CHILDREN OF BLOOD AND BONE

前言 人人心中都有個理想書架

本書的最大目的，是希望大家看完之後，心中的待讀書單暴增到三倍長。它如同一個書本百寶箱，帶領你認識，並愛上各種類的書籍。也許是主題吸引你，也許是在當地某間很棒的圖書館發現，或者只因為封面上那一隻可愛的貓。這本書就像一間可以隨身攜帶的可愛書店，一排排書架上掛滿熱情洋溢的標籤，每個人都能從這其中的某些書進入閱讀世界，燃起自己的閱讀魂。

拿掉眼鏡
與牙套之後的我

我小時候是個呆頭呆腦的害羞孩子，沒什麼朋友，所以就和許多人一樣，栽進書本裡，想要尋找更美好的世界。很多個放學後獨自在家的下午，我開心地沉浸於閱讀與繪畫中。拿到人類學學位，上過藝術學校的短期課程，然後在網路創投市場奮鬥多年之後，我又再次開始專心地從事繪畫。我與丈夫住在曼哈頓的一間小公寓，紅色的餐桌是我的工作檯，旁邊的書架擺滿了書。盯著空白的畫紙發呆，我心想，就從面前這些書開始畫吧！有個朋友來玩，看到這些畫，說：「我現在就想去把這些書都買下來。」從來沒有任何人如此立即且真心地給予我的創作回饋，對我是很重要的鼓勵。

一開始我像個在晚宴上偷窺的人，如實畫出朋友書架上堆疊的書本。後來我了解到，真正有趣的部分，是詢問對方會挑怎樣的書來代表自己，最喜歡哪些書，什麼書會擺在他們的「理想書架」上。每個人都會有自己喜好的書，也許是第一本抱在胸前與他人分享的書，或者是改變他們往後對世界看法的書。許多人都會有好幾本這樣的書。將這些書畫在同一個書架上，交織成一個故事，述說我們的經驗、信念，以及真正的自我。

這是我最喜歡的書《神奇收費亭》！
靶心出版社（Bullseye Books），1996 年精裝本

不久後，我開始接案客製，有愛書人希望我幫他們記錄自己真心喜愛的書，也有其他人希望送給愛書的另一半一份貼心的禮物。通常，在客戶訂製了一個「理想書架」當作禮物送出後，他們會寫信告訴我，對方非常喜歡，不管是圖畫本身，或是送禮人用心找出對方喜愛的書籍。收到禮物的人甚至流下開心的淚水。世界上沒有任何工作，會比讓人流下開心淚水更棒的了。

從 2008 年開始，我畫了一千多個「理想書架」，也就是大概一萬五千本左右的書背，其中有許多書畫過很多次。大家可以在 P.9 看到我最常畫的書，出現頻率的排名順序是從上到下。（《梅岡城故事》遙遙領先，但如果把《哈利．波特》全套七本書算成一本，美國版與英國版都算進去，這套小說就是坐二望一。）這些書都是真正的經典，能夠改變並啟發許多人，同時提供人生問題的解答。

其實所有書都具有這些功能，所以我不會任意評論。我知道任何書，只要閱讀的時機正確，就可以讓我的人生變得更好，讓我對宇宙以及活在這個世界上的其他人有更深的認識。我畫過各式各樣的人喜歡的書，包括作家、教師、生物學家、廚師、建築師、音樂家、幼稚園老師、退休人士、無神論者、佛教徒、刺青藝術家、老爺爺，還有律師。大家會請我畫各種文類的文學小說與通俗小說，還有詩、散文、回憶錄、漫畫、短篇小說、旅遊手冊、歷史書籍、科普書籍、自助手冊、食譜、藝術畫冊，以及童書和青少年小說（即使這位讀者既不是兒童也不是青少年）。大家都是愛自己所愛。

當然，從這份工作中，我學到許多書的知識。我讀了許多從沒想過自己會閱讀的書，也在自己所謂的床頭櫃上，加過好幾百本預定閱讀的書。我希望能透過這本書，以不同的形式，與大家分享我所知道的一切。例如冷知識、小測驗、知名的愛書人、可愛的書店導覽，當然，還有許多以主題編排、非看不可的推薦書。放心踏出你熟悉喜愛的文類，到處都可以遇見讓你瞠目結舌的驚喜。只要打開書中任何一扇（或者許多扇！）魔法之門，都可能帶領你愛上一本新書，愛上書中的新世界。

當你喜愛一本書，同時也會有很多人和你一樣喜歡。如此一來，人與人之間就建立起愛的連結，擦出神奇的火花。書讓我們知道自己在世界上並不孤單，明瞭其他人對這個世界的看法，幫助大家彼此了解，提醒我們大家都是人類。我想，這就是每本書存在的意義。

HARPER LEE
TO KILL A Mockingbird
《梅岡城故事》哈波・李
The GREAT GATSBY
FITZGERALD
SCRIBNERS
《大亨小傳》
史考特・費茲傑羅
the CATCHER in the RYE
J.D. SALINGER
LITTLE, BROWN
《麥田捕手》J・D・沙林傑
Pride & Prejudice
JANE AUSTEN
TRIANGLE BOOKS
《傲慢與偏見》
珍・奧斯汀
ROWLING
YEAR 1
HARRY POTTER AND THE SORCERER'S STONE
SCHOLASTIC
《哈利波特：神秘的魔法石》
J・K・羅琳
Charlotte Brontë
JANE EYRE
Penguin Classics Deluxe Edition
《簡愛》夏綠蒂・勃朗特
J.R.R. TOLKIEN
THE LORD OF THE RINGS
50TH ANNIVERSARY EDITION
Harper Collins
《魔戒》J・R・R・托爾金
STEINBECK
EAST OF EDEN
VIKING
《伊甸之東》
約翰・史坦貝克
Anne of Green Gables
L.M. MONTGOMERY
《清秀佳人》
露西・莫德・蒙哥馬利
Little Women
Louisa May Alcott
PENGUIN CLASSICS DELUXE EDITION
《小婦人》
露易莎・梅・奧爾科特
The Little Prince
ANTOINE DE SAINT-EXUPÉRY
Harcourt, Brace & World
《小王子》
安東尼・聖修伯里

兒童繪本

世界上第一本兒童繪本，是 1658 年捷克教育家約翰・阿摩司・康米紐斯創作的《世界圖繪》，原本是用來「引導聰明小孩」的課本。而比較趨近於我們現在熟知的繪本，則是出現在 19 世紀末，英國插畫家魯道夫・凱迪克（凱迪克獎的由來）的創作。不過兒童繪本是在 1930 年代末與 1940 年代初才真正興起，西蒙與夏斯特出版社（Simon & Schuster）開始出版高品質、價格合理的小金書系列，希奧多・蘇斯・蓋索（蘇斯博士的本名）也開始創作蘇斯博士 0 系列繪本。

瑪格麗特・懷茲・布朗創作了一百多本故事書，包括：《月亮，晚安》、《逃家小兔》，和《小毛皮家族》。一生短暫卻多采多姿。她把自己第一次獲得的版稅全部拿去買了一車鮮花，交往的對象有男也有女，還曾經和小她一輪有餘的洛克斐勒訂婚。最大的嗜好是打獵，會（自己）跟著獵狗一起追捕野兔（是的，逃家小兔！）。四十二歲時因闌尾炎過世，她在手術後抬起腿來告訴護理師，自己感覺好得不得了，結果造成血栓栓塞不治。

克里斯汀・羅賓遜的插圖作品包括《市場街最後一站》，以及 2016 年版瑪格麗特・懷茲・布朗的《跟小鳥道別》。最喜歡的書是伊士曼的《妳是我的母親嗎？》。

《跟小鳥道別》
哈波柯林斯（Harpercollins）出版，2016 年精裝本

雍・卡拉森第一本自寫自畫的作品《找回我的帽子》。

《找回我的帽子》
點燈人（Candlewick）出版，2011 年精裝本

2016 年，馬特・德拉佩尼亞以《市場街最後一站》榮獲紐伯瑞獎（Newbery Medal）。內容是描述一個男孩和祖母一起搭公車（因為家裡沒車），一路學習如何欣賞這個世界的故事。

《市場街最後一站》
普特南（Putnam）出版，2015 年精裝本

＊這些書也很推薦＊

- 《小房子》 維吉尼亞・李・柏頓
- 《花婆婆》 芭芭拉・庫尼
- 《喀哩，喀啦，哞，會打字的牛》 多琳・克羅寧
- 《小貓咪第一次看滿月》凱文・漢克斯
- 《禪的故事》琼・穆特
- 《不是箱子》安東尼特・波第斯
- 《噴火龍來了》亞當・路賓
- 《北極特快車》克里斯・凡・艾斯伯格
- 《月下看貓頭鷹》珍・尤倫

《小老鼠和大鯨魚》威廉・史泰格
《夜裡的貓》妲洛芙・伊布卡
《費迪南德的故事》里夫與勞森
《別讓鴿子開巴士》莫・威樂
《市場街最後一站》馬特・德拉佩尼亞
《大象艾瑪》大衛・麥基
《哞，咩，啦啦啦》桑德拉・博因頓
《好餓的毛毛蟲》艾瑞・卡爾
《月亮，晚安》瑪格麗特・懷斯・布朗
《獅子與老鼠》傑瑞・平克尼
《嘟伊答？》卡森・艾莉絲
《小豆子豆豆》羅森黛爾
《下雪天》以斯拉・傑克・基茨
《找回我的帽子》雍・卡拉森
《夜晚的廚房》莫里斯・桑達克
《小狐狸與星星》科拉莉・比克福德・史密斯
《沒有圖片的書》B・J・諾瓦克
《小熊可可》唐・弗里曼
《哈羅德與紫色蠟筆》克羅基特・約翰遜
《跟莫克一起環遊世界》馬克・布塔方
《愛心樹》謝爾・希爾弗斯坦
《瑪德琳》路德威・白蒙
《琪莉和琪莉莉》土井香彌
《莎莎摘漿果》羅勃・麥羅斯基
《不可思議的吃書男孩》奧立佛・傑法
《艾洛思》凱・湯普森／席拉瑞・奈特
《晚安，猩猩》佩琪・芮士曼
《热热闹闹的世界》（簡體版）理察德・斯凱瑞
《小火車做到了！》華提・派普爾
《你要前往的地方》蘇斯博士
《絨毛兔》瑪潔莉・威廉斯
《猜猜我有多愛你》麥布蘭特迪／傑拉姆

受人喜愛的書店 ❶

這隻貓叫作蛋糕

這種神奇裝置的原型，是企鵝出版社（Penguincubators）在 1930 年代倫敦使用的自動販賣機「企鵝孵化器」。

其實書店（BooksActually）　新加坡市／新加坡

做為一家獨立書店，其實書店在新加坡擁有非常獨特的地位，不但在市區設立販賣機，陳列販售新加坡作家的作品，同時也對全球進行販售配送。這家書店是從網路行銷起步，2005 年開設了實體店面，販售包含海內外新舊與珍稀出版品。自動販賣機設置於新加坡國家博物館、新加坡遊客中心，與國家藝術評議會總部的古德曼藝術中心（Goodman Arts Center）。目的是希望即使人們不會立刻買書，至少能開始熟悉新加坡本地作家的名字。

查瑞斯書店（Charis Books & More）

亞特蘭大／喬治亞州／美國

查瑞斯書店是 1970 年代開設的極少數幾家女性主義書店中，目前仍繼續營業的。查瑞斯書店堅定的經營，遠比其他在當年女性主義潮流中興起的標誌性書店還要長久，其中包括舊金山的老婦人故事書店（Old Wives' Tales）、波士頓的新言語書店（New Words），和華盛頓特區的拉馬斯書店（Lammas）。

查瑞斯的意思是「恩典」或「禮物」。創辦人琳達・布萊安選擇這個名字，是因為朋友贊助，她才能開這家書店。

查瑞斯書店在 1996 年正式成立查瑞斯社，定期開設教育與社會公益課程。這個非營利的分支機構，與藝術家、作家和社運人士合作，每年為亞特蘭大地區的女性主義團體舉辦超過 250 場活動，包括寫作團體、詩歌即興發表、兒童故事時間、瑜伽課，以及多元交織性聚會。

政治與散文書店（Politics and Prose）

華盛頓特區／美國

政治與散文書店的確與政治有關。卡拉・柯恩在卡特總統執政期間失業後開了這家書店，而目前的共同經營者莉莎・馬斯卡汀，曾是希拉蕊的幕僚。但書店並非只進政治相關書籍，反而五花八門各種書籍都有，店名只是為了想聽起來低調，同時又與所在地華盛頓特區有所連結。

政治與散文書店最著名的就是作家講座，邀請的講者從喜劇演員崔佛・諾亞、女演員茱兒・芭莉摩，到奇幻作家尼爾・蓋曼、華裔作家伍綺詩。讓人感激的是，世界各地的讀者都可以在政治與散文書店的 YouTube 頻道上看到這些講座（而且的確有成千上萬的點擊率！）。

各家書店的貓店長

古埃及人訓練貓來消滅喜歡莎草紙的蛀蟲，於是，世界上第一批負責照顧書籍的貓科動物就此誕生。從此，我們看到書店裡養貓來趕走老鼠。牠們似乎特別擅長佔據優秀的獨立書店裡最舒服的那張椅子。

尼采（Nietzsche）
書人書店（The Book Man）
奇利瓦克／英屬哥倫比亞省／加拿大

2008 年從安全天堂動物之家領養來的尼采，很喜歡小孩！而且會搭嬰兒的推車兜風。

艾瑪與安德（Emma & Ender）
環保書店（Recycle Bookstore）
聖荷西／加州／美國

媞爾莎（Tilsa）
維瑞書店
（Libreria El Virrey）
利馬／祕魯

史特林（Sterling）
阿布拉克薩斯書店
（Abraxas Books）
戴通納海灘／佛羅里達州／美國

史特林還是一隻小小流浪貓時，從阿布拉克薩斯書店經營者詹姆斯．薩斯的車子前跑過去，從此牠就住在書店裡了。

小小篡位貓（Tiny the Usurper）
社區書店（Community Bookstore）
布魯克林／紐約州／美國

名字由來是因為牠趕走了另一隻貓瑪格瑞，取代了管理書店的職位。而且牠甚至還有自己的 Instagram，@tinytheusurper。

薩德列爾（Sadlier）
大衛梅森書店
（David Mason Books）
多倫多／安大略省／加拿大

艾蜜莉亞（Amelia）

螺旋書櫃
（The Spiral Bookcase）
費城／賓州／美國

名字取自兒童繪本《糊塗女傭》的艾蜜莉亞・貝德利亞，以及影集《神祕博士》的艾蜜莉亞・龐德。

赫伯特（Herbert）

國王書店（King's Books）
塔科瑪／華盛頓州／美國

國王書店在 2015 年為新領養的店貓舉辦取名大賽，最後選擇致敬當地出生的科幻小說家法蘭克・赫伯特。

宙斯

宙斯與阿波羅
（Zeus & Apollo）

伊里亞德書店
（The Iliad Bookshop）
北好萊塢／加州／美國

牠們是一對兄弟，2014 年出生。

阿波羅

傑克（Jack）

考柏菲爾書店
（Copperfield's）
希爾茲堡／加州／美國

保全主任皮耶與
實習保全厄普頓・辛克萊
（Pierre & Upton Sinclair）

凱姆斯克書店（The Kelmscott Bookshop）
巴爾的摩／馬里蘭州／美國

保全主任

實習保全

小時候最愛的書

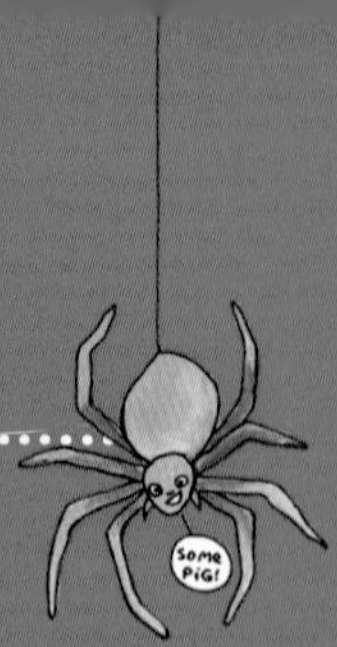

自己閱讀的第一本書，通常會比其他任何書都要印象深刻，尤其是那些寫給年輕（善感的）讀者，以年輕（聰明、強大或愛冒險的）人為主角的書。

梅格・莫瑞是第一位在科幻小說中出現的女主人公。作者麥德琳・蘭歌覺得這是許多出版商拒絕出版《時間的皺摺》的原因之一。梅格戴了牙套和眼鏡，只用腦袋想就計算出複雜的數學問題，因此啟發了許多的女孩（還有男孩！）。

1949 年，E・B・懷特在緬因州自家農場的穀倉裡，看到一隻蜘蛛在編織卵囊。蜘蛛跑掉後，他把卵囊剪下來，帶回紐約市的公寓。幾週後，幾百隻小蜘蛛孵化出來，懷特讓牠們在衣櫃和鏡子上到處結網，弄到打掃阿姨受不了。三年後，《夏綠蒂的網》出版了，成為公認最偉大的兒童文學經典。

這本《時間的皺摺》是法爾、史特勞斯與吉若出版社（Farrar, Straus & Giroux）1963 年出版的精裝本。封面由經手超過一千本作品，也是作者、繪本畫家的艾倫・拉斯金設計。

吉爾斯・菲佛

諾頓・傑斯特

布魯克林的年輕建築師諾頓・傑斯特，獲得補助撰寫一本關於城市的書。但他覺得很無聊，於是寫了一個無聊男孩四處冒險的故事。他請鄰居吉爾斯・菲佛繪製插畫，於是《神奇收費亭》就這樣誕生了。

雷娜・泰格米爾的自傳式圖像小說《微笑》，記錄了她在跌倒、撞斷牙齒之後的中學生活。對於成長、友誼，與想變成正常人，有許多酸甜的回憶。

明尼蘇達州的鬧哄哄書店（Wild Rumpus Books），大門特別小，是特別為孩子設計，所以大人必須像愛麗絲一樣拱著身體才進得去。店裡的貓、雞、栗鼠和玄鳳鸚鵡很知名。

＊這些書也很推薦＊

- 《永遠的狄家》奈特莉・芭比特
- 《滴答屋》約翰・貝爾萊斯
- 《彭德威克家族》珍妮・貝德斯爾
- 《半個魔法》愛德華・伊格
- 《柳林中的風聲》肯尼斯・葛拉罕
- 《通往泰瑞比西亞的橋》凱薩琳・柏特森
- 《手斧男孩》蓋瑞・伯森

《神奇收費亭》諾頓・傑斯特

《印地安人的麂皮靴》莎朗・克里奇

《夏綠蒂的網》E・B・懷特

《八號出口的猩猩》
凱瑟琳・艾波蓋特

《黑色棉花田》（簡體版）蜜尔德瑞・泰勒

《獅子男孩》祖祖・蔻德

《神啊，你在嗎？》茱蒂・布倫

《彼得與他的寶貝》莎拉・潘尼帕克

《爬樹的魚》琳達・茉樂莉・杭特

《會寫詩的神奇小松鼠》
凱特・狄卡密歐

《黑神駒》
安娜・史威爾

《波特萊爾大遇險 1：悲慘的開始》
雷蒙尼・史尼奇

《荒野機器人》
彼得・布朗

《草原上的小木屋》
羅蘭・英格斯・懷德

《葛瑞的囧日記 1：中學慘兮兮》
傑夫・肯尼

《艾薇和豆豆》（簡體版）
安妮・拜罗斯

《繼承人遊戲》
艾倫・拉斯金

《奇蹟男孩》
R・J・帕拉秋

《飛天巨桃歷險記》
羅德・達爾

《天使雕像》
E・L・柯尼斯柏格

《洞》路易斯・薩奇爾

《時間的皺摺》麥德琳・蘭歌

受人喜愛的書店 ❷

斯特蘭德書店（Strand Bookstore）

紐約市／紐約州／美國

坐落於曼哈頓東村的斯特蘭德書店，宣傳標語是：「十八英里長的書。」也就是把超過兩百五十萬本書擺滿三層樓。當然，所有最新出版品都是良心價格，店裡也販售二手與珍稀本。但最棒的地方，應該算是二樓的藝術書籍區。

如果想在這家書店工作，不管是什麼職位，都必須經過考試，證明自己有多了解書。雖然只有十題，但應徵者都很緊張。佛萊德・貝（共同經營者）認為這個考試「是找到好員工的好方法」。

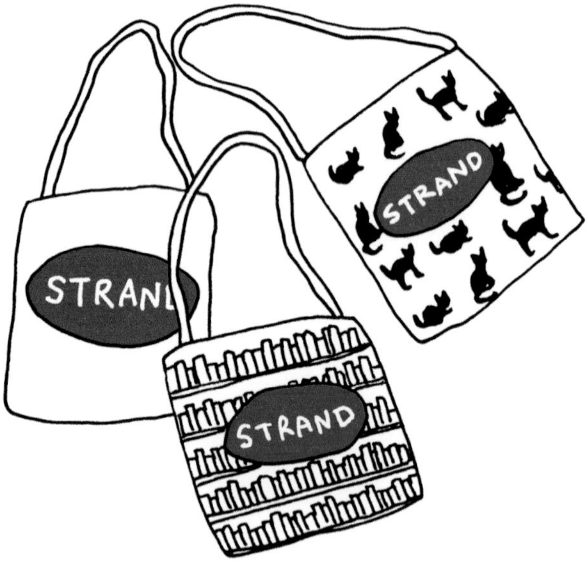

這裡的托特包也很有名，很多人都幫忙設計過。店裡還銷售各種書籍圖案設計的周邊，包括襪子、胸針、徽章，和其他任何愛書人想要的東西。

大家一起來挑戰

這是書店應徵的考古題
（目前的考題當然是保密！）

書名與作者連連看！

❶《歷史》
❷《美麗新世界》
❸《毒木聖經》
❹《時間的皺摺》
❺《智慧之血》
❻《無盡的玩笑》
❼《白牙》
❽《當我們討論愛情時》
❾《痴人狂喧》
❿《發條鳥年代記》

A・大衛・佛斯特・華萊士
B・沃克・帕西
C・芙蘭納莉・歐康納
D・威廉・福克納
E・查蒂・史密斯
F・希羅多德
G・芭芭拉・金索沃
H・村上春樹
I・阿道斯・赫胥黎
J・麥德琳・蘭歌
K・以上皆非

答案

❶-F、❷-I、❸-G、❹-J、❺-C、❻-A、❼-E、❽-K（雷蒙・卡佛 Raymond Carver）、❾-D、❿-H

南西・貝斯・韋登是斯特蘭德書店的經營者。2018年父親佛萊德・貝斯過世前，是由父女兩人共同管理。1927 年，斯特蘭德書店由佛萊德的父親，班傑明・貝斯所成立。當時紐約第四大道被稱為「書店一條街」（Book Row），附近還有其他四十七家書店。現在斯特蘭德是碩果僅存的一家。

英雄女孩

2011 年的一份研究，檢視了六千本美國在二十世紀出版的兒童讀物，發現只有 31% 是以女性為主角，57% 則是以男性為主角。1990 年代情況開始改變，感謝這裡提到的以及其他類似的書籍。這些女性角色向讀者展示自己的力量，有一些還是現實生活中的英雄，對抗恐懼、仇恨與不公不義的挑戰。

阿思緹．林格倫九歲的女兒卡琳臥病在床，希望媽媽講個故事，林格倫問她要聽怎樣的故事，卡琳便憑空取了個名字，這就是長襪皮皮 Pipi Longstocking（皮皮．蘭斯壯 Pipi Lanstrump，瑞典原名）的故事。林格倫把講給卡琳聽的故事錄下來，出版後送給女兒做為十歲的生日禮物。

《長襪皮皮》羅賓與修藍出版社（Raben & Sjogren），1945 年精裝本，英格麗．凡．尼曼繪圖

《超級偵探海莉》的主角海莉．威爾許，永遠抱著筆記本是她的正字標記。對於城市孩童、作家、紐約客，以及不受性別刻板印象左右的人來說，海莉是他們的偶像，是兒童文學中最早出現的非傳統女性角色之一。

2012 年在巴基斯坦，塔利班士兵開槍擊中十五歲女孩馬拉拉的頭部，因為馬拉拉大聲主張女孩也有上學的權利。馬拉拉復原後，繼續致力於爭取教育權，並於 2014 年獲得諾貝爾和平獎。

司卡特．歐德爾的《藍色海豚島》，改編自茱安娜．瑪麗亞的真實故事。1800 年代，這名美國原住民女孩被單獨留在聖尼可拉斯島上生活了十八年。歐德爾的女主角叫作卡拉娜，馴養了一頭灰狼，名叫朗圖。

貝芙莉．柯麗瑞的作品，包括拉夢娜、碧蘇絲、亨利．希金斯，以及亨利的小狗瑞斯比，都設定在自己的故鄉奧瑞岡州的波特蘭。讀者可以前往進行朝聖之旅，甚至買到蘿拉．佛斯特所寫的導覽書《和拉夢娜一起散步》。

這些書也很推薦

- 《綠野仙蹤》法蘭克．鮑姆
- 《飢餓遊戲》蘇珊．柯林斯
- 《傻狗溫迪克》凱特．狄卡密歐
- 《奧莉薇》伊恩．福克納
- 《第十四道門》尼爾．蓋曼
- 《再見木瓜樹》賴曇荷
- 《黑鳥湖畔的女巫》伊莉莎白．喬治．斯匹爾

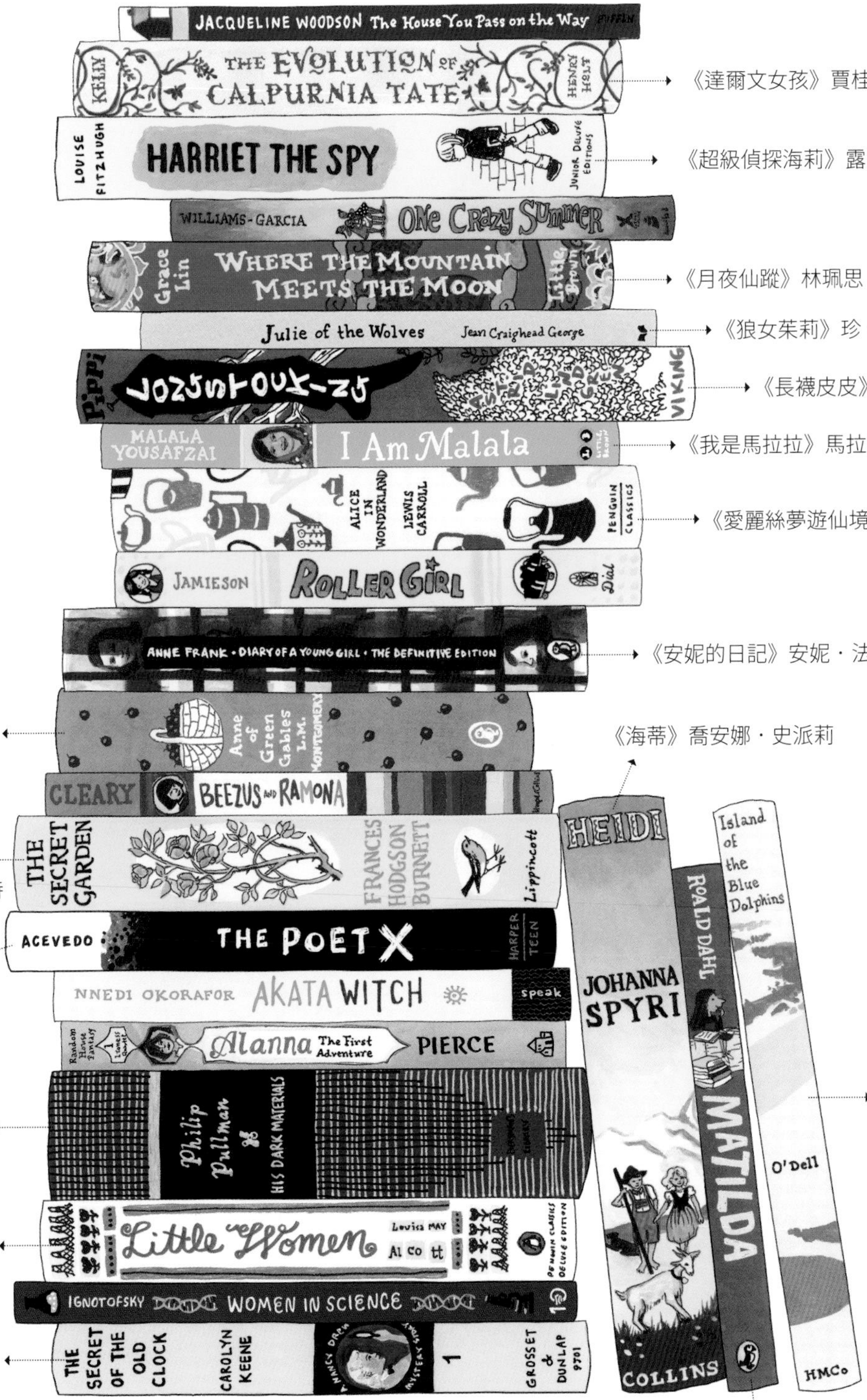

《達爾文女孩》賈桂琳・凱利

《超級偵探海莉》露薏絲・菲茲修

《月夜仙蹤》林珮思

《狼女茱莉》珍・克雷赫德・喬治

《長襪皮皮》阿思緹・林格倫

《我是馬拉拉》馬拉拉・優薩福扎伊

《愛麗絲夢遊仙境》路易斯・卡洛爾

《安妮的日記》安妮・法蘭克

《清秀佳人》
露西・莫德・蒙哥馬利

《海蒂》喬安娜・史派莉

《祕密花園》
法蘭西絲・霍森・柏納特

《詩人 X》
伊莉莎白・阿賽維多

《藍色海豚島》
司卡特・歐德爾

《黑暗元素三部曲》
菲力普・普曼

《小婦人》
露易莎・梅・奧爾科特

《勇往直前》
瑞秋・伊格諾托夫斯基

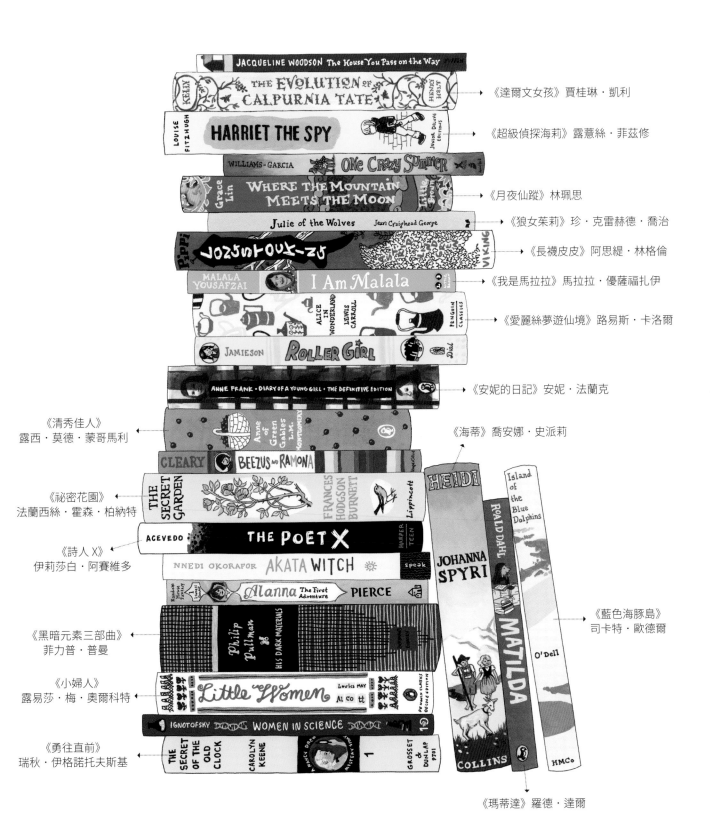

《瑪蒂達》羅德・達爾

書蟲推薦 ❶

崔佛斯・瓊可

衛蘭聯合學校小學部圖書館員
密西根州／美國

《大耳朵超人》希希・貝爾

哈利・N・亞伯拉罕出版社（Harry N Abrams），2014 年精裝本，凱特琳・奇岡與查德・W・貝克曼封面設計，希希・貝爾繪圖

希希・貝爾的自傳式圖像小說《大耳朵超人》中，她失去聽力後的童年故事其實非常私密，但對於友誼與接納的討論，卻觸動了讀者的心。醇厚的功力得到紐伯瑞獎評審委員會的注意，並授予獎項。這是史上第一本獲獎的圖像小說。

《被遺棄的日子》
艾琳娜・斐蘭德

歐羅巴版出版社（Europa Editions），2005 年平裝本，伊曼紐・羅尼斯柯繪圖

「每次有人問我，艾琳娜・斐蘭德的『那不勒斯故事四部曲』系列哪一本最好看，我卻最推薦《被遺棄的日子》。陰暗、憤怒、無望，喚起瘋狂的驚鴻一瞥，看到女主角在失去丈夫之後，勉強把日子過好的樣子。這本書很適合用來進入斐蘭德野蠻卻神奇的世界。」

瑪莉絲・奎茲曼

「每月之書俱樂部」編輯主任

《構詞遊戲》羅麗・摩爾

克諾夫出版社（Knopf），1986 年精裝本

「這本書打破了我對小說的想像。從書名大概能猜到，故事是用許多不同的版本去呈現書中不完美的女主角，但又在風趣與悲傷之間取得微妙的平衡。文字句句經典，證明了雙關語也可以玩得有深度。」

瑪麗亞・波波娃

讀者、作家，書蟲網站「大腦精選」（brainpickings.org）的創立人。因彙整許多珍貴的文化資料，美國國會圖書館將之列入永久資料庫。
密西根州／美國

《圖靈機狂人夢》珍娜・萊文

船錨出版社（Anchor），2007 年平裝本，彼得・曼德森封面設計

「數學家克爾特・歌德爾與電腦先驅艾倫・圖靈的理念從根本上顛覆並重塑了現代生活。天體物理學家兼作家的珍娜・萊文，也是當代最具詩意的散文寫手，將兩人平行的生活交織成這本令人驚異的小說。」

《公民不服從！》亨利・梭羅

普羅米修斯出版社（Prometheus Books），1998 年平裝本

「一個半世紀前，一位超越主義派的年輕詩人，對於非人性的奴隸制度與可怕的美墨戰爭感到憤怒，於是撰寫了一份宣言，以公民不服從的方式促進公平正義。這是一篇政治與社會覺醒的傑作，影響了許多文化改革者，例如列夫・托爾斯泰、穆罕達斯・卡朗昌德・甘地與金恩博士。」

安德魯・麥德爾

芝加哥公共圖書館所藏資料部副部長
公共圖書館和兒童圖書館服務協會前任主席

《最受歡迎的世界民間故事》珍・約蘭編輯

萬神殿出版社（Pantheon），1986 年精裝本，菲利浦・衛斯貝克繪圖

「故事擁有力量。也許故事最偉大之處，是與我們連結。這本厚重扎實的故事集，由知名的文字工作者沿著世界各地人類的經驗脈絡蒐羅而成，清楚地告訴我們，全球數十億人口共同擁有許多相似的感覺、疑問與希望。

從關於故事的故事（非洲亞香緹王國的『蜘蛛如何獲得天神的故事』）到『世界末日』（美洲白河蘇族），約蘭想要透過故事編排給予人們啟發。分類的方式讓我們知道從牙買加到日本，到處都有『金光黨、小混混、詐欺犯』，更不要說每一塊大陸上都有『呆子和傻子』。

雖然不是像《天方夜譚》那樣講了一千零一個故事，但的確至少可供一百次孩子的睡前故事之用，或是沙灘上、營火邊大家同歡。我相信圖書館裡一定有其他的民間故事集，也許插圖還更漂亮。但如果要說篩選編排的仔細程度，或是高潮迭起、強而有力的精彩程度，相信無書能出其右。」

艾達・費茲傑羅

大街書店（Main Street Books）經營者
戴維森／北卡羅萊納州／美國

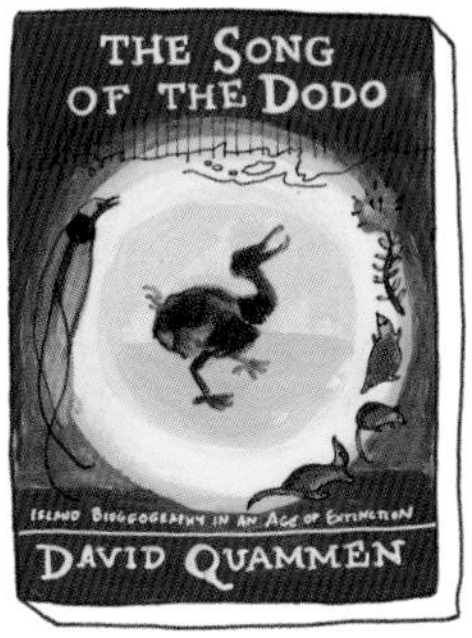

《多多鳥之歌》大衛・逵曼

斯克里布納出版社（Scribner），1997 年平裝本，卡文・周封面設計，瓦特・福特繪圖

「逵曼交錯敘述了查爾斯・達爾文與較不知名的對手大衛・佛斯特・華萊士的生平，並精巧結合了當代神奇生物的故事。因為弱勢而滅絕的多多鳥敲響了警鐘，提醒我們每個人棲息地遭受破壞的後果。」

茱莉亞・荷巴特

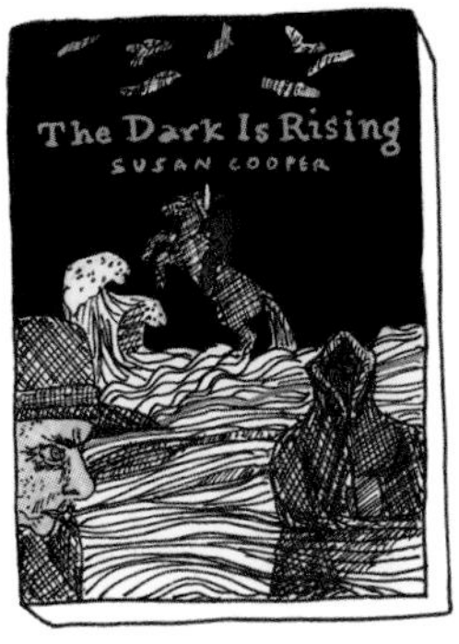

閣樓書屋（Bookloft）的採購人員
大巴靈頓／麻薩諸塞州／美國

《黑暗正昇起》蘇珊・庫柏

雅典娜學院出版（Atheneum），1972 年精裝本，亞倫・E・寇伯繪圖

「我小時候讀過，就一直喜歡到現在。長大後我重讀了整個系列，有聲書也聽了好幾次，但仍然像第一次閱讀時一樣新鮮精彩。」

邁向成年禮

我們可憐的心，眞不知道是怎麼度過困頓的青春期，發現世界的眞相，找出自己的定位。以下介紹的書，充滿了這段成長與改變的痛苦與力量。

《你是我一切的一切》

餘火出版社（Ember），2017 年平裝本，賢妻與勇士工作室（Good Wives and Worriors）設計

妮可拉．詠花了三年多，每天清晨四點到六點，寫出《你是我一切的一切》。作者的丈夫大衛．詠負責插圖。妮可拉說，與丈夫戀愛的經驗，讓她輕鬆愉快地寫出這個溫柔的愛情故事。2017 年，本書改編成電影上映。

約翰．葛林以自己在阿拉巴馬州讀過的一家寄宿學校為範本，寫了《尋找阿拉斯加》。寫作之餘，葛林和弟弟漢克則是 YouTube 上的網紅 Vlogbrothers，「賦予書呆子神奇的力量」。他們擁有超過三百萬網友訂閱，影片題材包羅萬象。

《尋找阿拉斯加》

哈波柯林斯出版（HarperCollins）2013 年英國版平裝本

薛曼．亞歷斯在斯坡坎印第安保留區長大。《一個印第安少年的超真實日記》的主角，阿諾（綽號二世）這個書呆畫畫少年也是。亞歷斯還寫過《煙霧警訊》的劇本，這是第一部完全由美國原住民製作的電影。

珊卓拉．西斯奈洛斯的《家住芒果街》，是一本半自傳式詩化中篇小說。描述一名拉丁青少女在芝加哥的生活。1984 年出版，已經翻譯成二十一種語言。她目前住在墨西哥的聖米格爾德阿連德，養了四隻狗。

蘇珊．艾洛絲．辛登從十五歲開始寫《小教父》，正式出版時她才十九歲。

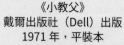

《小教父》

戴爾出版社（Dell）出版

1971 年，平裝本

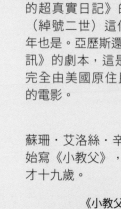

安琪．湯馬斯小時候看很多書，但青少年時期看得比較少，因為她在書中找不到自己。她覺得出版商認為「黑人小孩不讀書」，所以非裔主角的書賣不好。湯瑪斯的《致所有逝去的聲音》改變了這樣錯誤的概念：有十三家出版社爭著搶標，同時福斯 2000 電影公司買下了電影版權。

＊這些書也很推薦＊

- 《歸屬的需求》亞林．安德魯斯
- 《九年在下》雪莉．布克
- 《一的力量》布萊思．寇特內
- 《阿宅正傳》朱諾．狄亞茲
- 《從天而降的女孩》海蒂．D．達羅
- 《蒼蠅王》威廉．高汀
- 《返校日》約翰．諾斯
- 《銀雀》塔雅里．瓊斯

JASON REYNOLDS
LONG WAY DOWN
The OUTSIDERS
S.E. HINTON
VIKING
I Capture the Castle
Dodie Smith
JANDY NELSON
I'LL GIVE YOU THE SUN
DIAL
BRET EASTON ELLIS
LESS THAN ZERO
VINTAGE
Block
weetzie bat
JAMAICA KINCAID
ANNIE JOHN
FSG
SHERMAN ALEXIE
The Absolutely True Diary of a Part-Time Indian
LITTLE, BROWN
FB
GHOST WORLD
Daniel Clowes
THOMAS
THE HATE U GIVE
B+B
VIZZINI
IT'S KIND OF A FUNNY STORY
miramax books HYPERION
SANDRA CISNEROS
THE HOUSE ON MANGO STREET
VINTAGE
nicola yoon
EVERYTHING, EVERYTHING
EMBER
SÁENZ
Aristotle and Dante Discover the Secrets of the Universe
SIMON & SCHUSTER
FANGIRL
RAINBOW ROWELL
JULIET TAKES A BREATH
GABBY RIVERA
the perks of being a wallflower
STEPHEN CHBOSKY
BOOKS
ZOBOI
AMERICAN STREET
B+B
PHOEBE GLOECKNER
The DIARY of a TEENAGE GIRL
A TREE GROWS IN BROOKLYN
Betty Smith
HARPER & ROW
LOOKING FOR ALASKA
JOHN GREEN
Nina LaCour
WE ARE OKAY
DUTTON
the CATCHER in the RYE
J.D. SALINGER
LITTLE, BROWN
NIC STONE
Dear Martin
CROWN
JAMES BALDWIN
GO TELL IT ON THE MOUNTAIN
ALFRED A. KNOPF
BORZOI BOOKS
《小教父》蘇珊・艾洛絲・辛登
《我會給你太陽》珍蒂・耐森
《安妮・強的烈焰青春》牙買加・金凱德
《一個印第安少年的超真實日記》
薛曼・亞歷斯
《致所有逝去的聲音》安琪・湯馬斯
《麥田捕手》J・D・沙林傑
《家住芒果街》
珊卓拉・西斯奈洛斯
《你是我一切的一切》
妮可拉・詠
《凱瑟和她的小說世界》
蘭波・羅威
《壁花男孩》
史蒂芬・切波斯基
《布魯克林有棵樹》
貝蒂・史密斯
《尋找阿拉斯加》
約翰・葛林
《山巔宏音》
詹姆斯・鮑爾溫

受人喜愛的書店 ❸

約翰・K・金恩二手與珍稀書店
（John K. King Used & Rare Books）

底特律／密西根州／美國

底特律的約翰・K・金恩二手與珍稀書店充滿了夢想，與夢魘。店裡號稱陳列一百萬本書（上下加減十幾本左右），包含超過九百個主題。總店原本是一棟五層樓的手套工廠，另外還有兩處較小的分店。店內的書全部是用人工排列與搜尋。員工表示，店裡大部分的庫存「都沒有電腦化」。每個部門均由一位知識廣博的員工負責，能夠幫顧客找到任何想要的書。

除了賣書，約翰・K・金恩的珍稀部門還販售明信片、照片、地圖、古董家具、黑膠唱片。另外，還一度設立一個麋鹿相關商品的類別。世界各地的專業與業餘古董愛好者，都可以在 rarebooklink.com 網站上搜尋這些商品。

D+Q 圖書館（Librairie D+Q）

蒙特婁／魁北克省／加拿大

↖ 克利斯・奧利弗洛斯

D+Q 圖書館是畫與季刊出版社（Drawn & Quarterly）蒙特婁總部的店面。克利斯・奧利弗洛斯因為受到亞特・皮斯格曼和法蘭索瓦・穆利辦的雜誌《原始》影響，二十三歲時也開始自行出版漫畫專門誌。1990 年起，他的事業版圖已經擴展到漫畫與圖像小說、非漫畫類出版，與兒童文學出版（知名的嚕嚕米系列 Moomin）。奧利弗洛斯的經營方式，是與藝術家合作，協助他們創作出最美麗的書籍，吸引了琳達・巴里、丹尼爾・克勞斯・D、瑪莉・佛麗娜、水木茂、魯圖・莫丹、辰巳嘉裕、亞德里安・托米納，以及克里斯・韋爾等人與之合作。

邪典

邪典小說（Cult Fiction）可能會讓書評大肆撻伐，但書迷讚頌稱揚。有一半的讀者覺得爛透了，另一半則認為這是他們這輩子最愛的書。邪典小說有時候深具實驗性，有時則會在文化層次上非常極端，通常顯得荒誕可笑。對深受觸動的讀者來說，絕對是改變他們一生的書。

奇普・基德為凱薩琳・鄧恩的傑作《怪胎之愛》設計 1989 年第一版的護封（書套）。當時基德還是克諾夫出版社的年輕設計師，他覺得這項作品是自身的「個人突破」。基德偷偷地在克諾夫出版的俄羅斯牧羊犬商標上加了第五條前腿，向小說中充滿魅力的白紐斯基（Binewskis）怪胎家族致敬，一直到出版之後才被人發現。

巴西作家保羅・科爾賀的《牧羊少年奇幻之旅》，描寫一名牧羊少年的追尋，是一本經典的暢銷小說。很多人覺得這本書改變了自己的一生，例如音樂製作人菲瑞・威廉斯。

《笨蛋聯盟》的手稿一直遭拒，作者約翰・甘迺迪・涂爾三十一歲時自殺，來不及看到小說十年後出版。這本書甫一出版就造成邪典小說界的轟動，最後還改拍成商業電影。1981 年，已過世的涂爾以本書獲得普立茲獎。現在在紐奧良州的運河街，書中穿著法藍絨襯衫的主角伊格內提斯・J・瑞利的雕像，就在小說開頭他等待母親的時鐘下矗立。

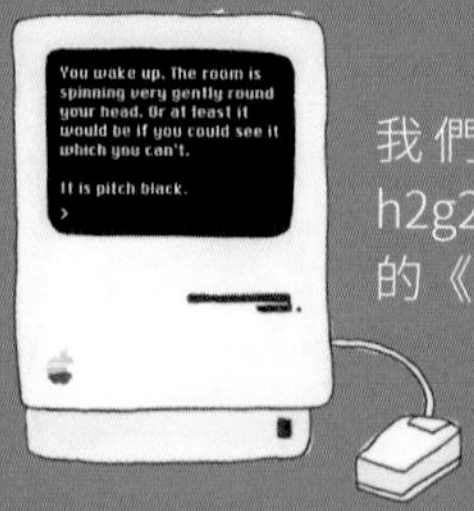

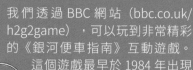

我們透過 BBC 網站（bbc.co.uk/h2g2game），可以玩到非常精彩的《銀河便車指南》互動遊戲。這個遊戲最早於 1984 年出現（改編自 1979 年出版的小說，而小說又改編自 1978 年的廣播劇）。破關後讀者可能會比較了解為什麼「生命、宇宙和一切的終極疑問」解答會是 42。

《禪與摩托車維修的藝術》因為被一百二十一家出版社拒稿而列入金氏世界紀錄，比任何其他暢銷書的次數都要多。至今這本小說已經在全球賣了超過五百萬本。這麼多年來，一直有許多喜好哲學的書迷前往羅伯・波西格的家，想要尋找哲學大師。波西格用瑞典的一個概念來解釋本書的暢銷，認為這本小說變成了一種文化載體（kulturbarare），揭露了世界上已經在發生的轉變。

1964 年的 Honda CB77 重機

＊這些書也很推薦＊

- 珍奧爾《艾拉與穴熊族》
- 安伯托・艾可《傅科擺》
- 傑佛瑞・尤金尼德斯《少女死亡日記》
- 克莉絲・克勞斯《我愛迪克》
- 村上春樹《挪威的森林》
- 恰克・帕拉尼克《倖存者》
- 艾茵・蘭德《泉源》

＊編注
邪典小說（Cult Fiction）的翻譯，也有人翻譯為異色小說，指的是有些另類、非主流，但是也很受部分族群歡迎的小說。

JOHN WILLIAMS
STONER
nyrb
《史托納》約翰・威廉斯
COELHO The Alchemist
《牧羊少年奇幻之旅》
保羅・科爾賀
HOUSE OF LEAVES
MARK Z. DANIELEWSKI
PANTHEON
NABOKOV PALE FIRE VINTAGE
《幽冥的火》
弗拉基米爾・納博科夫
The Hitchhiker's Guide to the Galaxy DOUGLAS ADAMS
HARMONY BOOKS
《銀河便車指南》
道格拉斯・亞當斯
FICTION WARNER BOOKS Geek LOVE KATHERINE DUNN
《怪胎之愛》凱薩琳・鄧恩
HAM ON RYE CHARLES BUKOWSKI
A CONFEDERACY OF DUNCES JOHN KENNEDY TOOLE GROVE PRESS
《笨蛋聯盟》約翰・甘迺迪・涂爾
Jacqueline Susann Valley of the Dolls GROVE PRESS
《娃娃谷》
賈桂琳・蘇珊
The Princess Bride WILLIAM GOLDMAN
Harcourt Brace Jovanovich
《公主新娘》
威廉・戈德曼
NEIL GAIMAN AMERICAN GODS
Wm MORROW
《美國眾神》
尼爾・蓋曼
FICCIONES BY JORGE LUIS BORGES GROVE PRESS
《惡棍列傳》波赫士
WE HAVE ALWAYS LIVED IN THE CASTLE
SHIRLEY JACKSON VIKING
此，我們過著幸福快
日子》雪莉・傑克森
PERFUME patrick süskind
ESSENTIALS
《香水》
徐四金
GENERATION X DOUGLAS COUPLAND ST. MARTIN'S PRESS
《X 世代：速成文化的故事》
道格拉斯・柯普蘭
ZEN AND THE ART OF MOTORCYCLE MAINTENANCE ROBERT M. PIRSIG
《禪與摩托車維修的藝術》
羅伯・波西格
ITALO CALVINO INVISIBLE CITIES Harcourt Brace Jovanovich
《看不見的城市》
伊塔羅・卡爾維諾
DOUGLAS R. HOFSTADTER GÖDEL, ESCHER, BACH VINTAGE
哥德爾、艾舍爾、巴赫》
侯世達
CAT'S CRADLE KURT VONNEGUT DIAL PRESS
《貓的搖籃》馮內果
THE SECRET HISTORY DONNA TARTT VINTAGE
《祕史》唐娜・塔特

夢幻圖書館 ❶

拜內克古籍善本圖書館
（Beinecke Rare Book & Manuscript Library）

紐哈芬市／康乃狄克州／美國

戈登・邦謝夫特設計

1963 年開幕

SOM 建築設計事務所（Skidmore, Owings & Merrill）設計。為了避免陽光直接照進來傷害到珍稀本書籍，所以這棟圖書館建築沒有窗戶。但大理石外牆非常薄，所以白天還是能透光；晚上則因室內開燈，整棟建築看起來就像是在發光一樣。

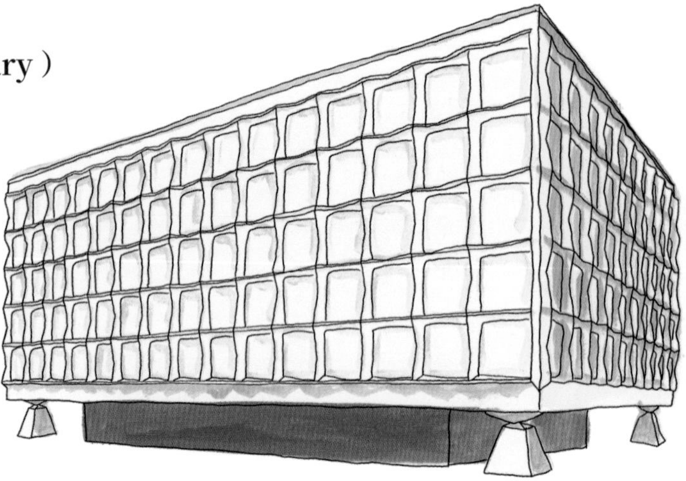

館內藏書包括了 1454 年的古騰堡聖經（目前全球已知只有四十八本），以及神祕的中世紀伏尼契手稿（Voynich Manuscript），內容充滿了無法解讀的文字、看不懂的圖表，以及怪奇植物的插圖。

建築原本是宮殿的一部分，不過現在是由印度政府經營管理。

蘭普爾・拉札圖書館
（The Rampur Raza Library）

蘭普爾／北方省／印度

納瓦卜（Nawab，土邦統治者）費佐拉・汗從 1774 年開始，蒐集了各種文物，放到這座圖書館，之後的統治者也同樣跟進。現在館內的印度伊斯蘭文化收藏已經名列全球最大規模，共有一萬七千件手稿、六萬本書籍、書法標本、微型繪畫、天文儀器，以及珍稀錢幣。

為了這幅馬賽克壁畫，歐葛曼與一名地質學家合作，從墨西哥各地蒐集了一百五十種不同天然顏色的石頭。

墨西哥國立自治大學中央圖書館
(Biblioteca Central, Universidad Nacional Autónoma De México)

墨西哥市／墨西哥

古斯塔夫・薩維德拉、
胡安・馬丁納斯・德・瓦拉斯科設計
1956 年啟用

這個巨大的馬賽克壁畫是由建築藝術家胡安・歐葛曼創作，描述了墨西哥完整的歷史。

文訥斯拉圖書館與文化中心
(Vennesla Bibliotek OG Kulturhus)

文訥斯拉／挪威

海倫與哈德建築事務所設計
2011 年啟用

整棟建築是由二十七支肋狀木梁建構，涵蓋了圖書館、咖啡廳和會議空間。肋狀木梁在上方形成支撐，做為屋頂與照明設置，在下方則構成了書架與舒適的休息區。

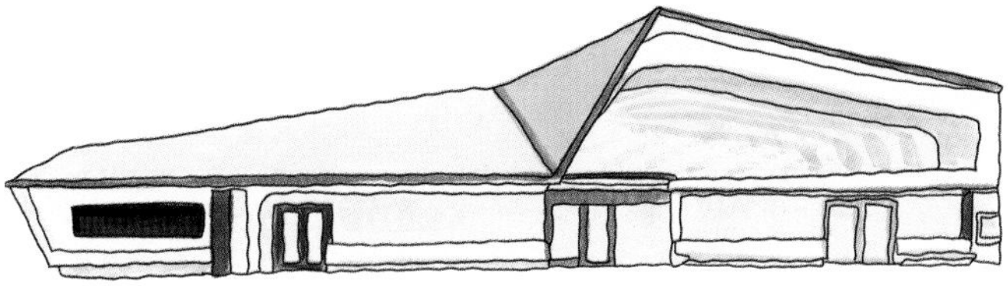

頭頂上的肋狀木梁讓我們感覺像是在鯨魚的肚子裡，非常溫暖而舒適。

世宗市是南韓的新行政首都。2012 年時，南韓政府將大部分的重要部門與機構從首爾遷出，移到這裡。

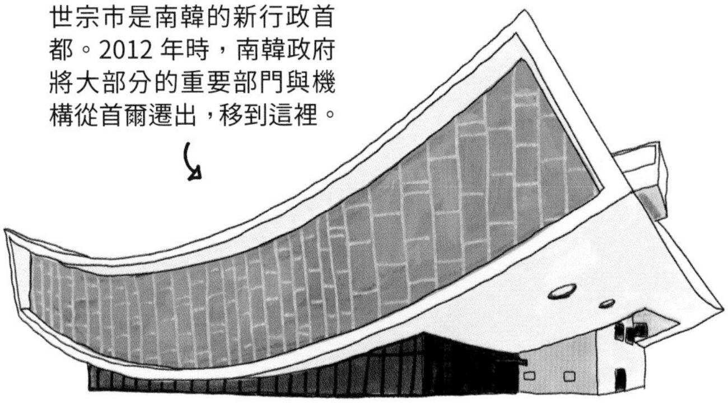

韓國國立世宗圖書館
(Gookleejoongahng Dosokwan)

世宗市／南韓

三友建築工程公司設計
2013 年啟用

三友建築工程公司（Samoo Architects & Engineers）設計。建築師想運用建築的形狀營造，一種翻開書頁的感覺。館內藏書豐富，還有一間可以欣賞美麗湖景的咖啡廳。

19 世紀小說：英國文學與其他

紫式部的《源氏物語》大約寫成於西元 1000 年，一般公認這是世界上最早出現的小說。現代小說則開始於 15 世紀初，賽萬提斯的《唐吉訶德》。而小說的興盛則是要到 19 世紀。大眾開始會買書，作者因此能賺到版稅，鼓勵他們創作更多人們想看的故事。印刷費用降低與圖書館的出現，也培養了更大的閱讀市場。

當時的英國是西方文化中心（殖民主義巔峰）。19 世紀的英國作家，從監禁系的哥德浪漫小說開始，然後在中期面對逐步升高的社會議題，最後到了接近 20 世紀時，以科幻故事的先驅望向未來。

珍・奧斯汀用 10 英鎊將自己的第一本小說《蘇珊》賣給克羅斯比（Crosby & Co.）出版公司。六年後小說還是沒出版，出版商告訴她可以用同樣 10 英鎊買回版權。她當時資金不足，直到另外四本小說順利出版後才買回版權。珍・奧斯汀死後，她的哥哥用《諾桑覺寺》這個書名出版了小說。2017 年，她的頭像第一次在紙鈔上登場，面額就是 10 英鎊。

夏綠蒂・勃朗特塑造的《簡愛》，是早期的現代女主角與女性主義者。就像她對羅契斯特先生（Mr. Rochester）說的一樣：「我不是小鳥，沒有網子可以抓住我。我是個自由人，擁有獨立的意志。」

《簡愛》
復古出版社（Vintage），
2009 年平裝本，
凱薩琳・沃可夫繪圖，
梅根・威爾森封面設計

「這是最好的時代，也是最壞的時代……」是查爾斯・狄更斯《雙城記》的第一句話。他的小說內容多半關於工業革命時代的感情連結與工人階層的掙扎，是 19 世紀社會的縮影。

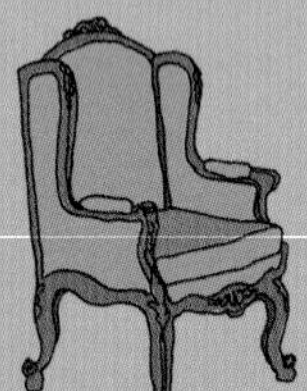

你應該會坐在這樣的椅子上讀這些小說：19 世紀法式翼背扶手椅。

＊這些書也很推薦＊

- 《白衣女郎》威爾基・柯林斯
- 《福爾摩斯探案》亞瑟・柯南・道爾
- 《錦繡佳人》伊莉莎白・蓋斯凱爾
- 《黛絲姑娘》湯瑪斯・哈代
- 《紅字》納撒尼爾・霍桑
- 《湯姆叔叔的小屋》斯托夫人
- 《安娜卡列尼娜》列夫・托爾斯泰
- 《海底兩萬哩》儒勒・凡爾納
- 《時光機器》赫伯特・喬治・威爾斯
- 《萌芽》艾米爾・左拉

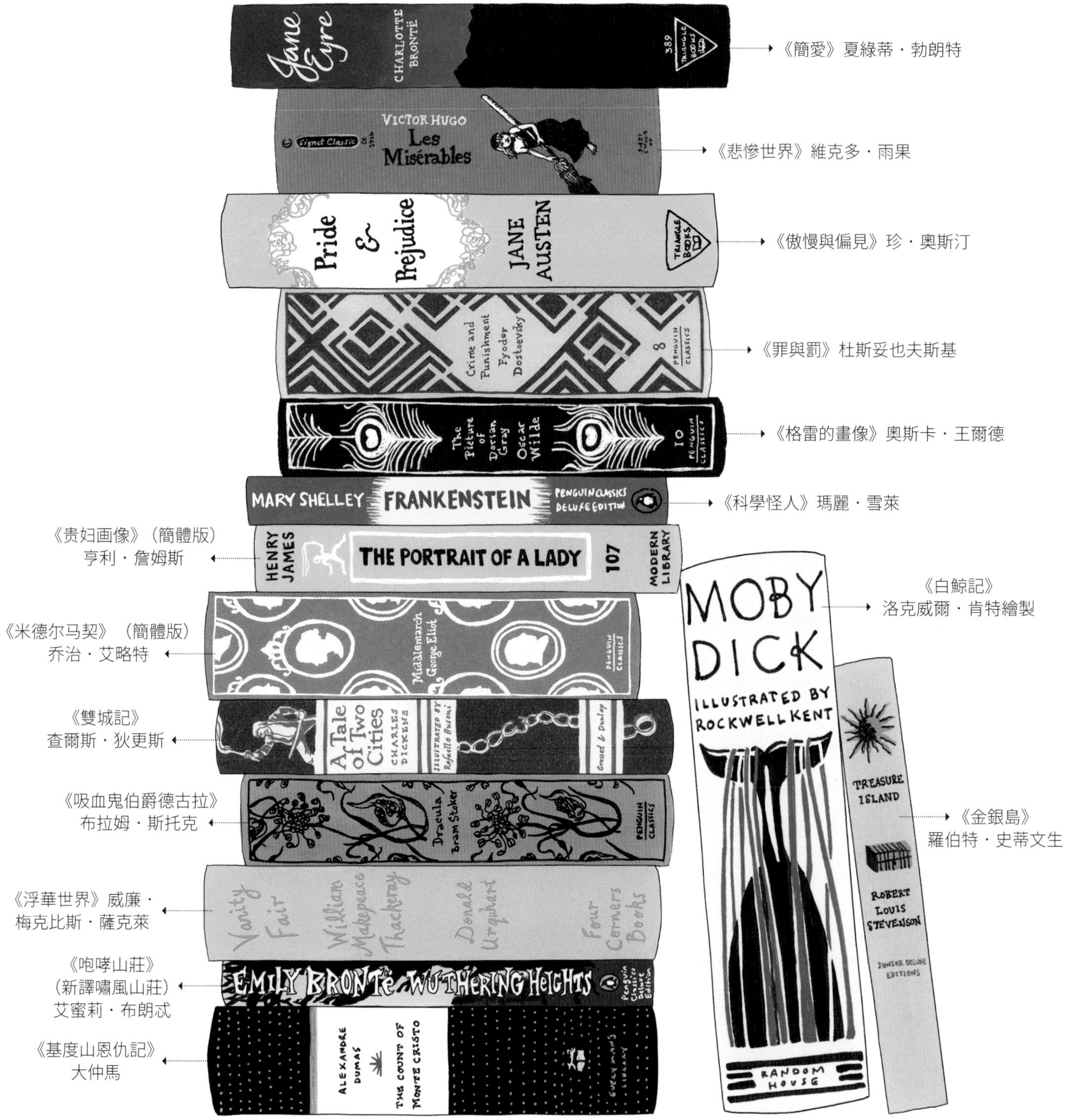
《簡愛》夏綠蒂・勃朗特
《悲慘世界》維克多・雨果
《傲慢與偏見》珍・奧斯汀
《罪與罰》杜斯妥也夫斯基
《格雷的畫像》奥斯卡・王爾德
《科學怪人》瑪麗・雪萊
《贵妇画像》(簡體版)
亨利・詹姆斯
《白鯨記》
洛克威爾・肯特繪製
《米德尔马契》(簡體版)
乔治・艾略特
《雙城記》
查爾斯・狄更斯
《吸血鬼伯爵德古拉》
布拉姆・斯托克
《金銀島》
羅伯特・史蒂文生
《浮華世界》威廉・
梅克比斯・薩克萊
《咆哮山莊》
(新譯嘯風山莊)
艾蜜莉・布朗忒
《基度山恩仇記》
大仲馬

《傲慢與偏見》各款封面版本

珍・奧斯汀的《傲慢與偏見》從 1813 年開始，便反覆出版過很多次。全球目前已經賣出超過兩千萬本。因為已經列為公共版權超過一百年，所以市面上有非常多不同的版本，以不同的封面設計來吸引不同年代的讀者。以下只選出部分給讀者欣賞：

1813 年

出版商 T・艾格頓
（T. Egerton），
精裝本，共三冊

這是最初的第一版！當時沒有把書名放在封面的習慣。初版印了一千五百套，每套 18 先令（shilling）。

1894 年

出版商喬治・艾倫
（George Allen），
布幀精裝本，
休・湯瑪森插圖

1930 年代

環球圖書館出版社
（Universal Library），
精裝本
阿弗烈德・史肯達，
封面繪圖設計

阿弗烈德・史肯達在 1930 年代時，為許多經典小說繪製過美麗的封面插圖。

1940 年代

企鵝出版社
（Penguin），
大眾平裝本，
愛德華・楊封面設計

1935 年擔任英國博德利頭像出版社（Bodley Head）總經理時，艾倫・連恩打造了企鵝平裝本系列，讓每個人都買得到也買得起小說。隔年這個部門便成為獨立的出版社。

1960 年

暢銷圖書館出版社
（Bestseller Library），
大眾平裝本

1964 年

牛津出版社
（Oxford），
精裝本

1983 年

班騰出版社
（Bantam），
經典系列，
大眾平裝本

這種版本是你在
學校要讀時會買
的，對吧？

2009 年

哈波少年出版社
（HarperTeen），
平裝本

之前史蒂芬妮・梅爾很紅
的《暮光之城》系列，封
面就長得跟這款類似。

「企鵝布幀經典」大部頭
系列的其中一本，所有封
面都是由鬼才柯洛莉・畢
克佛 - 史密斯設計。

2009 年

企鵝出版社
（Penguin），
經典系列，布幀精裝本
柯洛莉・畢克佛 - 史密斯
封面設計

這三個版本
都是在 2009
年出版！

2009 年

企鵝出版社
（Penguin），
經典豪華系列平裝本，
魯賓・托萊多
封面繪圖設計

魯賓・托萊多是
一位知名的時裝
插畫家。

作家書齋 ❶

亨利・大衛・梭羅

梭羅的朋友、導師與超越主義的夥伴拉爾夫・沃爾多・愛默生，將自己擁有的十四英畝地借給他用。梭羅在這塊地上蓋了一間單房的小木屋，住了兩年兩個月又兩天。住在華爾騰湖畔這段期間，梭羅寫了《康科德河與梅里馬克河上的一週》，並受到靈感啟發，撰寫出他的傑作《湖濱散記》，於七年後出版。

現在，靠近麻州康科德立了一些矮石柱，標示出小木屋煙囪與四個角原本的位置。這裡已規劃成華爾騰湖州政府保護區，小木屋的複製品就建在保護區的停車場旁。其他地方還有無數個複製小木屋，其中一座是為了抗議瓦斯管線的設置，這也是向梭羅對於自然荒野理想的致敬。

梭羅花了 28.12 美金，購買這間 10×15 平方英尺小木屋的材料。除了他和朋友在林子裡砍下的木材，另外就是購買一名愛爾蘭鐵路工人屋子裡剩餘的可用材料。

珍・奧斯汀

珍・奧斯汀在人生的最後八年（期間出版了四本小說），與母親和姊姊住在英格蘭南部海岸邊，漢普郡 (Hampshire) 的農舍裡。這間房子是哥哥愛德華・奈特送給她們住的。

這間農舍現在是珍・奧斯汀故居博物館（也稱為查頓之屋 Chawton Cottage），也是一間圖書館，收藏了一份她的手稿正本、早期版本的小說，以及啟發珍・奧斯汀或是受到她啟發的其他女性作家的作品。

博物館中最多人參觀，也最值得參觀的文物，就是她的小書桌。這張十二邊形的胡桃茶几，只放得下幾張紙、一枝羽毛筆，和一個墨水瓶。

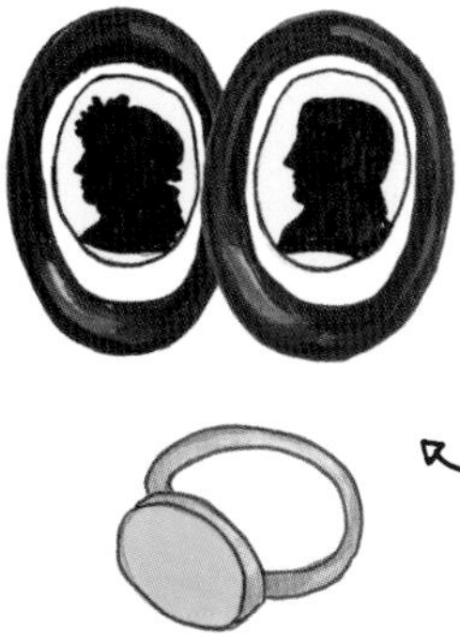

博物館裡其他收藏，包括了珍・奧斯汀的綠松石小金戒，還有雙親的剪影小像。

20 世紀初期小說：祛魅運動

20 世紀搭著殖民主義與工業革命的順風起飛，再靠著汽車與飛機的進步加速。第一次世界大戰死傷無數，經濟大蕭條讓美國的失業率高達 25%。這個時代的作家因為夢想幻滅，於是丟掉了浪漫主義的玫瑰色眼鏡，以真實的筆法描繪世界原本的樣貌：充滿混亂、無法理解。約瑟夫．康拉德於 1899 年出版《黑暗之心》，發現「文明人」與「野蠻人」之間並無差別。維吉尼亞．吳爾芙宣稱，人類的個性在「1910 年 12 月前後」，會歷經一次根本上的改變，造成「宗教、行為、政治與文學上的大翻轉」。這就是我們現在認為的現代主義。

在出版了超過五十本小說、短篇故事、劇本與散文後，柔拉．涅爾．賀絲頓身無分文，孤獨地死於安養院中，埋葬時沒有立墓碑。1973 年，作家愛麗絲．沃克假裝成她的外甥女，來到佛羅里達的伊頓維爾，尋找賀絲頓長眠之地。因為賀絲頓住在伊頓維爾（《他們眼望上蒼》的故事背景地），沃克最後終於在匹爾斯堡找到應該是賀絲頓的墓，並買了一塊墓碑立起來。

詹姆斯．喬伊斯的《尤利西斯》全書共二十六萬五千字，約七百三十二頁，描述李奧波德．布魯姆 1904 年 6 月 16 日這天平凡的生活。喬伊斯的書迷現在把這天訂為「布魯姆節」（Bloomsday）。

《尤利西斯》蘭登書屋（Random House），1934 年精裝本，厄斯特．瑞契封面設計

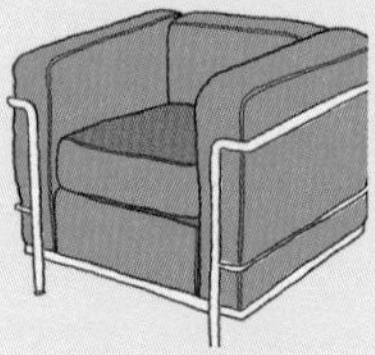

你應該會坐在這樣的椅子上讀這些小說：柯比意、夏洛特．貝里安與皮耶．尚納瑞於 1928 年設計的 LC2 沙發單椅。

吳爾芙的《燈塔行》，使用當時創新的意識流敘述技巧（1925 年的作品《戴洛維夫人》也是，還有再之前 1922 年詹姆斯．喬伊斯的《尤利西斯》）。這本小說充滿亮點，洞察生命無數的問題。

《燈塔行》霍加斯出版社（Hogarth Press），1927 年精裝本，吳爾芙的姊姊薇妮莎．貝爾封面設計

吳爾芙實驗過很多不同種類的筆，想找出最理想的手感。萬寶龍鋼筆的「文學家系列」（Writer's Edition），其中有一枝以她命名。

＊這些書也很推薦＊

- 《大地》賽珍珠
- 《蝴蝶夢》達芙妮．杜．莫里哀
- 《痴人狂喧》福克納
- 《大亨小傳》史考特．費茲傑羅
- 《好軍人》福特．馬德克斯．福特
- 《此情可問天》E．M．福斯特
- 《審判》弗朗茨．卡夫卡
- 《飄》瑪格麗特．密契爾
- 《嘔吐》沙特
- 《哈比人》J．R．R．托爾金

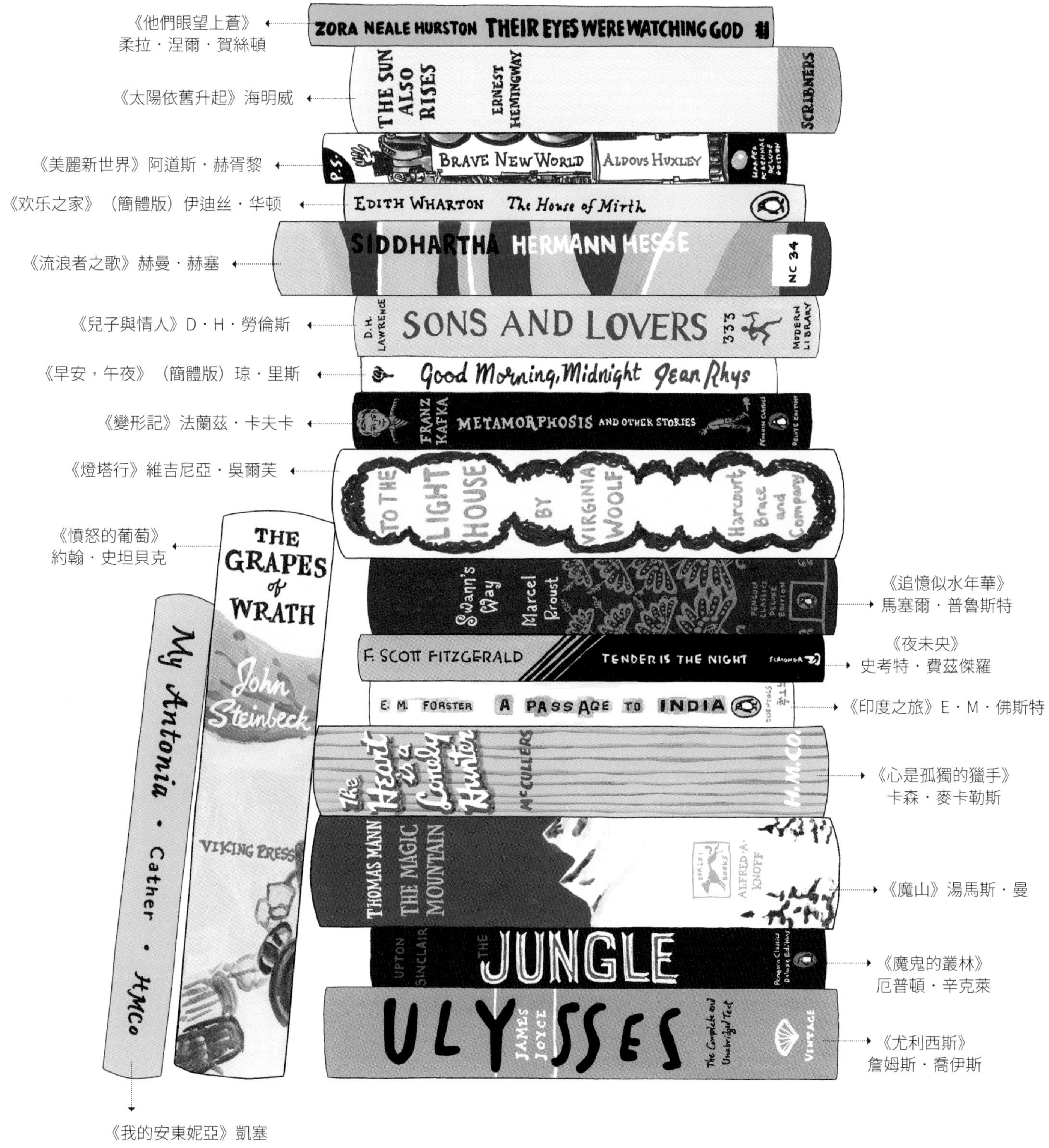
《他們眼望上蒼》
柔拉・涅爾・賀絲頓
ZORA NEALE HURSTON THEIR EYES WERE WATCHING GOD
《太陽依舊升起》海明威
THE SUN ALSO RISES
ERNEST HEMINGWAY
SCRIBNERS
《美麗新世界》阿道斯・赫胥黎
BRAVE NEW WORLD
ALDOUS HUXLEY
《欢乐之家》（簡體版）伊迪丝・华顿
EDITH WHARTON The House of Mirth
《流浪者之歌》赫曼・赫塞
SIDDHARTHA HERMANN HESSE
NC 34
《兒子與情人》D・H・勞倫斯
D.H. LAWRENCE SONS AND LOVERS
333
MODERN LIBRARY
《早安，午夜》（簡體版）琼・里斯
Good Morning, Midnight Jean Rhys
《變形記》法蘭茲・卡夫卡
FRANZ KAFKA METAMORPHOSIS AND OTHER STORIES
《燈塔行》維吉尼亞・吳爾芙
TO THE LIGHTHOUSE BY VIRGINIA WOOLF
Harcourt, Brace and Company
《憤怒的葡萄》
約翰・史坦貝克
THE GRAPES of WRATH
John Steinbeck
VIKING PRESS
My Antonia · Cather · HMCo
《我的安東妮亞》凱塞
《追憶似水年華》
馬塞爾・普魯斯特
Swann's Way Marcel Proust
PENGUIN CLASSICS DELUXE EDITION
《夜未央》
史考特・費茲傑羅
F. SCOTT FITZGERALD TENDER IS THE NIGHT
《印度之旅》E・M・佛斯特
E. M. FORSTER A PASSAGE TO INDIA
《心是孤獨的獵手》
卡森・麥卡勒斯
The Heart is a Lonely Hunter McCULLERS
H.M.CO.
《魔山》湯馬斯・曼
THOMAS MANN THE MAGIC MOUNTAIN
ALFRED A. KNOPF
《魔鬼的叢林》
厄普頓・辛克萊
UPTON SINCLAIR THE JUNGLE
Penguin Classics Deluxe Edition
《尤利西斯》
詹姆斯・喬伊斯
ULYSSES JAMES JOYCE
The Complete and Unabridged Text
VINTAGE

受人喜愛的書店 ❹

代官山蔦屋書店（Daikanyama Tsutaya）

東京／日本

代官山蔦屋書店是以「森林中的圖書館」的概念打造而成，在擁擠喧囂的東京街頭，建構起一處寬廣的世外桃源。三棟建築俐落地以「T」字外牆相連結，這是負責設計的英國 Kda 建築師事務所（Klein Dytham Architecture）向蔦屋創辦人致意的方式。

被稱為「T-site」的複合建築，設有休息區、旅遊中心、玩具店、攝影器材店、獸醫院和寵物旅館。

讀者在這裡不只會發現滿屋子的書，除了日文之外，也有各種歐美語言版本，食物、旅行、汽機車、建築設計、藝術、人文與文學，另外還有 CD 和 DVD 部門。

二樓有一個專門用來陳列過期雜誌的空間，大概擺放了三萬多本日文與世界各國的雜誌，大部分是 1960、1970 年代。好東西太多，一棟擺不下，還好這裡有三棟。

聯合書店（Unity Books）

奧克蘭／紐西蘭

奧克蘭的聯合書店口氣頗大，外牆上的文字寫著：

「聯合書店有什麼？★能歌唱★能辯論★能說故事★感覺美好★看見未來★充滿誘惑★刺激。」

位於威靈頓的另一家分店，則是販售紐西蘭當地作家以及世界各國的作品，還有「多到讓人忍不住倒抽一口氣的吸血鬼言情小說」。

類型書店（Type Books）

多倫多／安大略省／加拿大

舒適、現代、美觀、明亮。這正是喬安・梭爾與莎瑪拉・威柏姆在完成加拿大文學論文時，渴望創辦的書店類型。十年後，類型書店終於誕生。

類型書店不論是在實體或網路市場行銷上，都頗具知名度。書店櫥窗是與紙藝家卡普娜・派特爾合作，定期更換不同主題。

類型書店也打造了一支紙藝的靜態短片「書的喜悅」，描述在晚上書店關門後，店裡書籍的祕密生活。

20 世紀中期小說：瘋狂

第二次世界大戰開打，文化因此破滅四散。作家撿起碎片，重新組合出新形式的文學，也就是所謂的後現代主義。但後現代主義其實很難定義。有些作家創作出反烏托邦的諷刺文，有些從現實生活的角度撰寫小說，或使用小說的敘述手法寫出新新聞主義的「非虛構小說」。

楚門・卡波提和好友作家哈波・李為了撰寫《冷血》這部小說，來到堪薩斯州（Kansas）。兩人進行了實地採訪，蒐集了上千頁的資料。卡波提在小說的致謝文中列出李的名字，不過沒有提及她做出的貢獻。

《冷血》蘭登書屋（Random House），1965 年精裝本，尼爾・藤田封面設計

加布列・賈西亞・馬奎斯的《百年孤寂》翻譯成三十七種語言出版。英文版是由格雷戈里・拉巴薩翻譯，他出生於美國楊克斯市（Yonkers）。馬奎斯認為拉巴薩的版本寫得比自己的原版還好。

《百年孤寂》哈波與羅出版社（Haper & Row），1970 年精裝本，蓋伊・法蘭明封面設計

羅夫・艾理森在美國國家圖書獎獲獎感言中表示，《看不見的人》的重要性，在於其實驗性的風格，「行文充滿彈性，速度就和美國社會的變化一樣敏捷，直率地面對社會中的不公不義與粗魯野蠻，但仍然相信希望、友愛，與個人的自我實現。」

娥蘇拉・勒瑰恩的《黑暗的左手》，故事是描述一名男性旅人來到一個雌雄同體的星球，討論性與性別如何影響文化。

《黑暗的左手》艾思出版（Ace），1969 年大眾平裝本，里歐與黛安・迪隆封面繪圖設計

雪維亞・普拉絲一開始以維多利亞・盧卡斯為筆名出版《瓶中美人》，因為內容提及了太多真實人物與事件。例如：她和書中主角同樣在紐約的女性雜誌社實習過，也都曾在午餐宴會上吃掉一整碗魚子醬，都為憂鬱症所苦，也曾自殺未遂。

你應該會坐在這樣的椅子上讀這些小說：亞諾・雅各布森於 1958 年設計的蛋形椅。

這些書也很推薦

- 《喬凡尼的房間》詹姆斯・A・鮑德溫
- 《第二十二條軍規》約瑟夫・海勒
- 《老人與海》海明威
- 《戀戀冬季》南西・米佛
- 《教父》馬里奧・普佐
- 《小王子》安東尼・聖修伯里
- 《布魯克林有棵樹》貝蒂・史密斯
- 《伊甸之東》約翰・史坦貝克
- 《兔子，快跑》約翰・厄普代克
- 《國王的人馬》羅伯特・潘・華倫

《裸體午餐》威廉・布洛斯
《黑暗的左手》娥蘇拉・勒瑰恩
《阿特拉斯聳聳肩》艾茵・蘭德
《瓶中美人》雪維亞・普拉絲
《看不見的人》羅夫・艾理森
《在路上》傑克・凱魯亞克
《剃刀邊緣》 威廉・薩默塞特・毛姆
《百年孤寂》加布列・賈西亞・馬奎斯
《異鄉人》阿爾貝・卡繆
《法蘭妮與卓依》J・D・沙林傑
《畢斯華斯先生的房子》V・ S・奈波爾
《蒼蠅王》威廉・高汀
《發條橘子》安東尼・伯吉斯
《瓦特希普高原》
理察・亞當斯
《愛情的盡頭》
格雷安・葛林
《蘿莉塔》
弗拉基米爾・納博科夫
《冷血》楚門・卡波提
《第五號屠宰場》馮內果
《飛越杜鵑窩》
肯・凱西
《冷戰諜魂》約翰・勒卡雷
《梅岡城故事》哈波・李

傳說中的封面設計

書本最初都是以手工裝訂，非常昂貴。真皮封面是為了保護內頁紙張，但到了 19 世紀初期，發明了可以使用布幀封面的新式機器。1830 年代左右，出版商發現新的商業契機，從封面下手行銷策略。

來到 19 世紀末，文學季刊《黃面誌》開始採用前衛藝術的設計當成封面。1920 年代，受到蘇維埃與德國設計的影響，出版商開始延請藝術家設計封面。到了 20 世紀中期，許多設計師結合了驚奇的圖案與素材，創作出讓人印象深刻的封面。

西班牙藝術家庫加特繪製封面時，費茲傑羅還沒寫完小說，但他很愛這個封面圖，所以告訴出版社已把圖「寫入書中」。這是庫加特唯一設計過的封面，稿酬是美金 100 元。

《大亨小傳》
史考特・費茲傑羅

斯克里布納出版（Scribner），1925 年精裝本，法蘭西斯・庫加特繪圖

《白鯨記》
赫爾曼・麥爾納爾

蘭登書屋，（Random House）1930 年精裝本，洛克威爾・肯特繪圖

《三個女人》
葛楚・史丹

新方向出版社（New Directions），新經典系列，1945 年精裝本，亞文・路斯堤封面設計

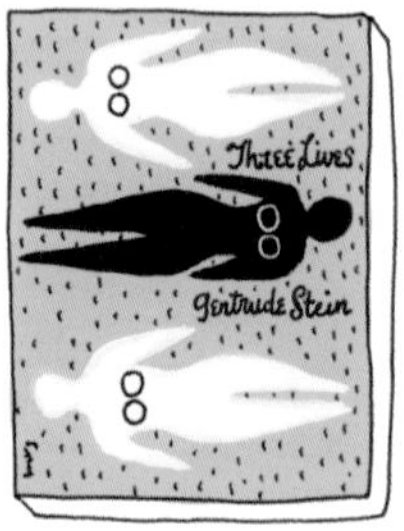

在不到十年的時間內，路斯堤為新方向出版社的新經典系列設計超過七十套美麗的現代封面。一直到 1955 年他四十歲時因病過世為止。

《蝗蟲之日》
納撒尼爾・威斯特

新方向出版社，（New Directions）新經典系列，1950 年精裝本，亞文・路斯堤封面設計

《紅字》
納撒尼爾・霍桑

世界出版公司（World Publishing Co.），1946 年精裝本，尼爾・布克繪圖

《麥田捕手》
J・D・沙林傑

利特爾・布朗出版社（Little, Brown），1951 年精裝本，E・麥可・米契爾封面設計

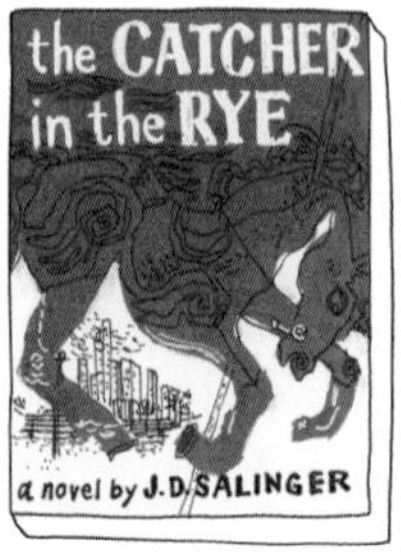

沙林傑對作品封面意見很多，堅持只有作者名和書名可以放在上面。他和米契爾，也就是繪製旋轉木馬封面的設計者，是超過四十年的好友與鄰居。

《看不見的人》
羅夫・艾理森

蘭登書屋（Random House），1952 年精裝本，愛德華・麥克奈特・卡佛封面設計

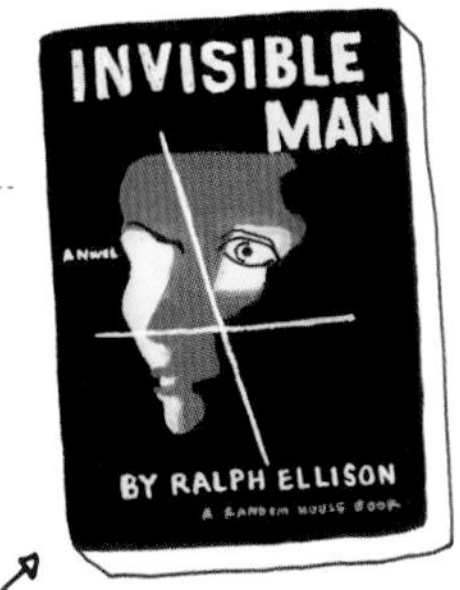

麥克奈特・卡佛設計過許多廣告海報，包括倫敦地鐵以及美國航空。他認為書本封面應該要像迷你海報一樣。

《機會》
約瑟夫・康拉德

雙日船錨出版社（Doubleday Anchor），1957 年平裝本，愛德華・葛瑞繪圖

葛瑞較為出名的是自己撰寫兼插圖的作品，像是《死小孩》。不過他在 1950 年代的雙日出版社（Doubleday）工作時，也設計了很多封面。

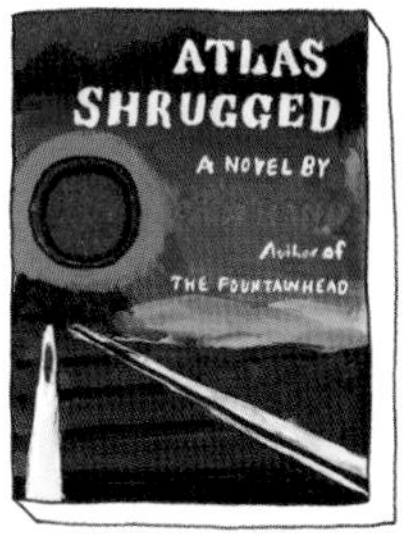

《阿特拉斯聳聳肩》
艾茵・蘭德

蘭登書屋（Random House），1957 年精裝本，喬治・沙特封面設計

《都柏林人》
詹姆斯・喬伊斯

羅盤出版社（Compass），1959 年平裝本，艾倫・拉斯金封面設計

《梅岡城故事》
哈波・李

利品科特出版社（Lippincott），1960 年精裝本，雪莉・史密斯封面設計

培根設計的封面超過六千五百本，經典的「大書」風格，書名使用大字搭配簡單多彩的圖樣。他曾說：「我一直告訴自己：『你不是主角。作者花了三年半寫出這樣的傑作，出版已花費不少，所以不要想太凸顯自己。』」

《飛越杜鵑窩》
肯・凱西

維京出版社（Viking Press），1962 年精裝本，保羅・培根封面設計

這本書本來是交給某位插畫家設計封面，但因為史丹利・庫伯力克執導的同名電影就要上映，這位插畫家畫不出來，於是佩勒姆親自操刀，在最後一分鐘完成了這幅經典意象。

《瓶中美人》
雪維亞・普拉絲

法珀出版社（Faber），1966 年精裝本，雪莉・塔克封面設計

為了設計出讓人印象深刻的封面，塔克用了製圖圓規畫出一圈圈的同心圓，然後裁剪出完美的版面。

《發條橘子》
安東尼・伯吉斯

企鵝出版社（Penguin），1972 年平裝本，大衛・佩勒姆封面設計

20 世紀晚期小說：貪婪與成長

1976 年《紐約雜誌》某期的封面故事，湯姆・沃夫將 1970 年代定義為「『我』的十年」。1980 年代則是「雅痞」與 MTV 興起。消費者主義整裝待發，直到黑色星期一造成全球股市暴跌。越戰漸平，冷戰漸起，但時局其實不差。柏林圍牆倒塌，曼德拉終於被釋放。文學領域中，「我」逐漸以多樣化的角色形式呈現。讀者可以看到許多不同種族、性別與性傾向的作家與作品角色。

1981 年 1 月 8 日，伊莎貝拉・阿言德得知爺爺將不久於人世的消息。那天，她寫了一封給爺爺的訣別信，記錄下爺爺的一生、家族、國家的歷史。到了年尾，她完成了《精靈之屋》的初稿。從那時起，她都會在每年 1 月 8 日開始創作新書。

2017 年，譚恩美出版了回憶錄《過去的起點》。她回顧了人生中的各個難關：母親拋下在中國的前一段婚姻與家庭，移民到加州。在她 14 歲時，父親和哥哥死於腦癌。

科馬克・麥卡錫的《血色子午線》名列最佳美國小說之一，許多評論家承認書中描寫了太多暴力的環節，因此有點難以接受，也難怪不管怎麼嘗試，都無法將之改拍成電影。

《血色子午線》蘭登書屋（Random House），1985 年精裝本，↗
達利繪圖，理察・亞德森封面設計

你應該會坐在這樣的椅子上讀這些小說：馬克・紐森於 1985 年設計的 LCI 洛克希德椅（Lockhead Lounge）。

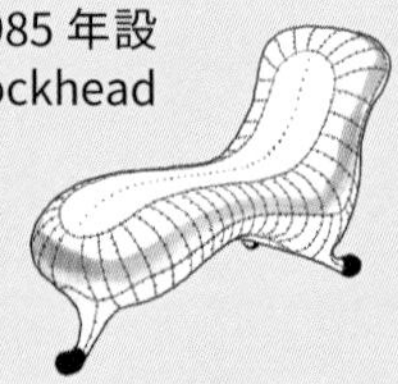

在 1989 年的一次訪談中，托妮・莫里森提到了奴隸貿易的受害者沒有任何紀念標的：「沒有適當的紀念碑、紀念牌、紀念花環，或是紀念牆、紀念公園。沒有三百英尺的紀念塔，連張路邊的長椅也沒有……。」因為她的言論，後來在蘇利文島、法屬莫堤尼克島的法蘭西堡路邊，都設置了紀念長椅。

這些書也很推薦

- 《潮浪王子》帕特・康羅伊
- 《怪胎之愛》凱薩琳・鄧恩
- 《情人》瑪格麗特・莒哈絲
- 《傅科擺》安伯托・艾可
- 《神經喚術士》威廉・吉布森
- 《末日逼近》史蒂芬・金
- 《英倫情人》麥可・翁達傑
- 《真情快遞》安妮・普魯勒
- 《夜訪吸血鬼》安・萊絲

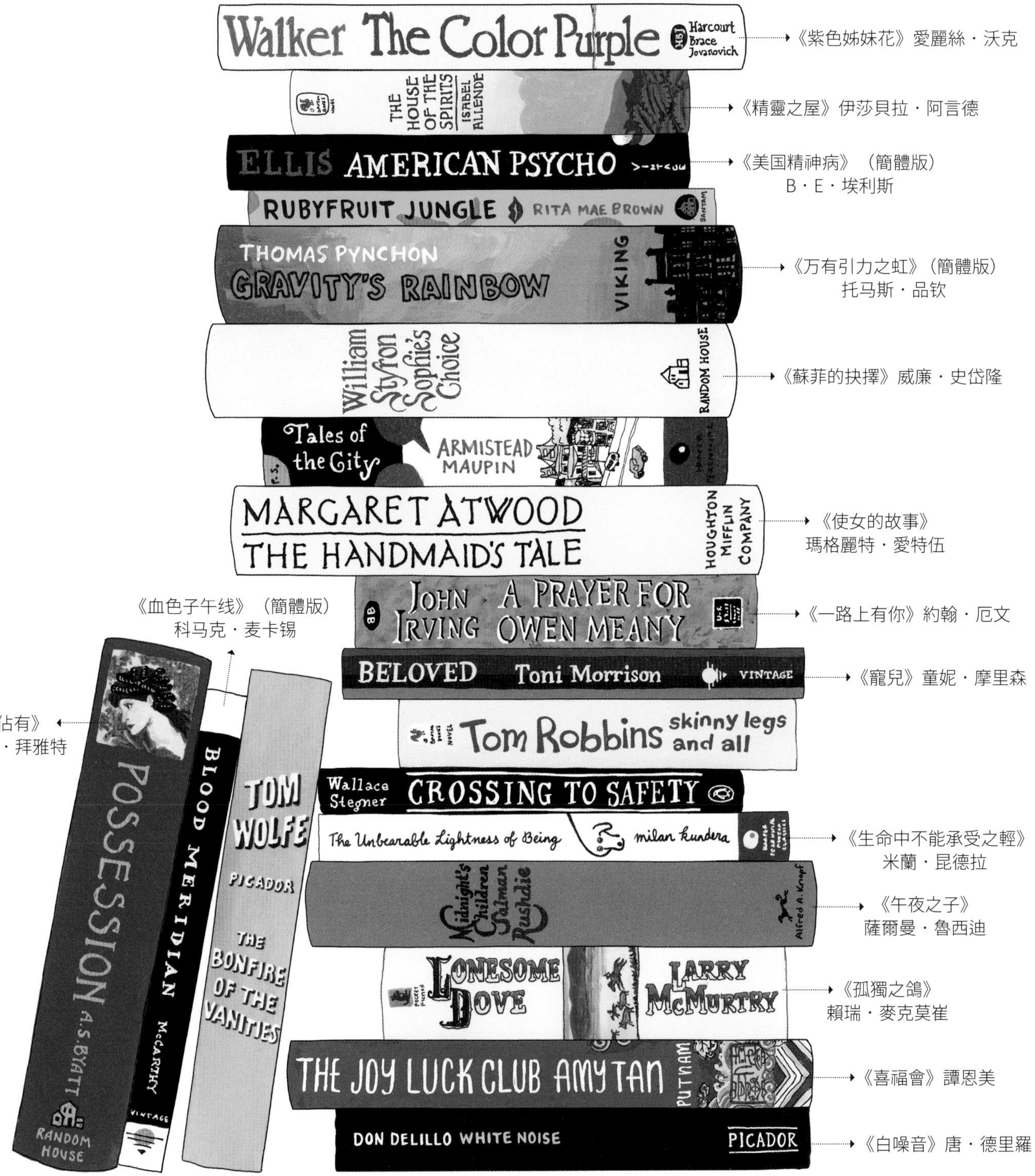
《紫色姊妹花》愛麗絲・沃克
《精靈之屋》伊莎貝拉・阿言德
《美国精神病》（簡體版）
B・E・埃利斯
《万有引力之虹》（簡體版）
托马斯・品钦
《蘇菲的抉擇》威廉・史岱隆
《使女的故事》
瑪格麗特・愛特伍
《一路上有你》約翰・厄文
《寵兒》童妮・摩里森
《生命中不能承受之輕》
米蘭・昆德拉
《午夜之子》
薩爾曼・魯西迪
《孤獨之鴿》
賴瑞・麥克莫崔
《喜福會》譚恩美
《白噪音》唐・德里羅
《血色子午线》（簡體版）
科马克・麦卡锡
《佔有》
A・S・拜雅特

受人喜愛的書店 5

《莎乎之歌》
彼得・帕柏出版社
（Peter Pauper Press），
1966 年精裝本，
史丹利・瓦特封面繪圖

莎乎書店（Sappho Books）

雪梨／新南威爾斯／澳大利亞

莎乎書店位於雪梨，是一處空間寬廣的複合式建築，三層樓高，設有戶外與室內的各種空間。店內亦設有咖啡廳、酒吧，以及自助的二手唱片行。

莎乎是來自勒斯博島的古希臘詩人，最有名的就是關於愛與女性的抒情詩。店如其名，莎乎書店每個月的第二個週二，都會舉辦雪梨最大型的詠詩活動。

如果店裡還有其他空間，愛蜜莉想要增設可以讓客人休息過夜的地方。

鮑威爾書店（Powell's）

波特蘭／奧勒岡州／美國

對愛書人來說，鮑威爾書店幾乎等於波特蘭。但這家書店其實是1970年創立於芝加哥。研究生麥可．鮑威爾受到朋友的鼓勵，決定開一家書店，並且獲得大大的成功。他的父親華特是一名退休的油漆包工，暑假在這家書店工作，初次的書店工作經驗令他十分開心，於是1971年在奧勒岡開設自己的書店。鮑威爾書店的第三代經營者愛蜜莉，目前負責管理波特蘭地區鮑威爾書店的五間店面。

鮑威爾書店的旗艦店「書之城」，是全球最大的二手與新書獨立書店。佔據了一整個街區的旗艦店，原本是一家汽車經銷商，店內陳列了大約一百萬本書。

千禧年的小說：樂觀又困惑

另一個世紀末，另一個生存危機。除了出版界之外，大眾也會從有線電視新聞與網際網路接收資訊。自然災難正在破壞發展中國家，而已發展國家則是擔心 Y2K 千禧蟲的問題。美國遭受到內部與外來的恐怖分子攻擊，展開了反恐戰爭。幸好，我們一直都能在書中找到希望與庇護。

《無盡的玩笑》出版時，大衛．佛斯特．華萊士從未用過網際網路。但在這本小說中，他預言了智慧型手機視訊功能的出現。故事中，大家一開始都很愛這項功能，但很快便因為情緒壓力與實際的空虛而捨棄。

村上春樹二十九歲開始寫作，當時他在東京經營一家咖啡廳兼爵士樂酒吧。突然有一天他決定開始寫小說。他說自己的寫作風格很受音樂的影響，尤其是爵士樂。

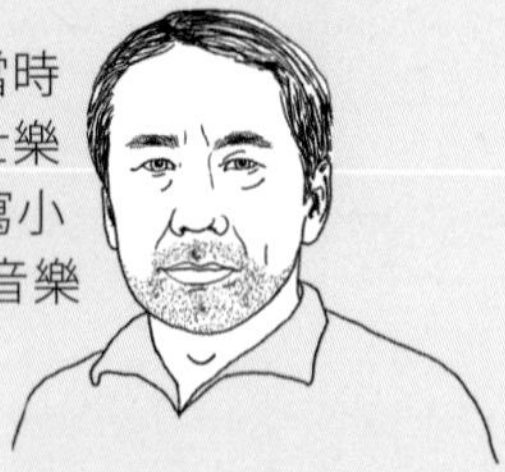

華萊士認為這個封面看起來像美國航空的安全手冊。根據編輯所述，華萊士建議封面意象使用「以工業廢棄物堆成的巨大現代雕塑」。

《無盡的玩笑》利特爾與布朗出版社（Little, Brown），1996 年精裝本，史蒂夫．史奈德封面設計

大衛．米契爾的每一本小說看起來都不一樣，不管是時空跳躍的《雲圖》、歷史小說《雅各的千秋之年》，或是奇幻的《骨時鐘》。但仔細閱讀後會發現，所有的故事都能融入一個相連結的單一宇宙，有好幾個角色重複出現在不同的小說中。

《雲圖》賽普特出版社（Sceptre），2014 年平裝本

阿蘭達蒂．洛伊以《微物之神》獲得曼布克獎（Man Booker Prize）。第二本小說《極樂之邦》則是於二十年後出版。期間她開始從事社會運動，寫了許多熱烈的政治文章，足以編成好幾本書。

你應該會坐在這樣的椅子上讀這些小說：馬賽爾．萬德斯於 1996 年設計的繩結椅（Knotted Chair）。

＊這些書也很推薦＊

- 《末世男女》瑪格莉特．愛特伍
- 《英倫魔法師》蘇珊娜．克拉克
- 《屈辱》J．M．柯慈
- 《時時刻刻》麥可．康寧漢
- 《美的線條》艾倫．霍林赫斯特
- 《失戀排行榜》尼克．宏比
- 《追風箏的孩子》卡勒德．胡賽尼
- 《時空旅人之妻》奧黛麗．尼芬格
- 《奧斯特里茨》溫弗里德．塞巴爾德
- 《雪花與祕扇》馮麗莎

CLOUD ATLAS David Mitchell Random House
《雲圖》大衛・米契爾
bel canto Ann Patchett
《美聲俘虜》安・帕契特
HARUKI MURAKAMI THE WIND-UP BIRD CHRONICLE
《發條鳥年代記》村上春樹
THE GOD OF SMALL THINGS ARUNDHATI ROY RANDOM HOUSE
《微物之神》阿蘭達蒂・洛伊
GILEAD | MARILYNNE ROBINSON PICADOR
《遺愛基列》瑪莉蓮・羅賓遜
MICHAEL CHABON the AMAZING ADVENTURES OF KAVALIER & CLAY RANDOM HOUSE
《卡瓦利與克雷的神奇冒險》
麥可・謝朋
THE FORTRESS OF SOLITUDE JONATHAN LETHEM A NOVEL VINTAGE
THE SAVAGE DETECTIVES ROBERTO BOLAÑO PICADOR
EVERYTHING IS ILLUMINATED JONATHAN SAFRAN FOER
《啥都瞭了》強納森・薩法蘭・佛耳
mark haddon the curious incident of the dog in the night-time Doubleday
《深夜小狗神祕習題》馬克・海登
《毒木聖經》
芭芭拉・金索沃
The Poisonwood Bible a novel BARBARA KINGSOLVER P.S. HARPER PERENNIAL MODERN CLASSICS
《別讓我走》石黑一雄
NEVER LET ME GO KAZUO ISHIGURO VINTAGE
《微妙的平衡》羅尹登・米斯崔
A FINE BALANCE MISTRY VINTAGE
《蘇西的世界》
艾莉絲・希柏德
THE LOVELY BONES ALICE SEBOLD Little, Brown
《少年Pi的奇幻漂流》
楊・馬泰爾
Yann Martel Life of Pi Harcourt
《白牙》（簡體版）
查蒂・史密斯
WHITE TEETH ZADIE SMITH VINTAGE
《鬥陣俱樂部》
恰克・帕拉尼克
FIGHT CLUB CHUCK PALAHNIUK NORTON
同名之人》鍾芭・拉希莉
jhumpa lahiri the namesake MARINER BOOKS
《贖罪》
伊恩・麥克伊旺
IAN McEWAN ATONEMENT
《人性污點》菲利普・羅斯
PHILIP ROTH THE HUMAN STAIN VINTAGE
david foster wallace infinite jest BACK BAY BOOKS
MIDDLESEX JEFFREY EUGENIDES PICADOR
《中性》
傑佛瑞・尤金尼德斯
《无尽的玩笑》（簡體版）大卫・福斯特・华莱士

受人喜愛的書店 ❻
～作家開的書店～

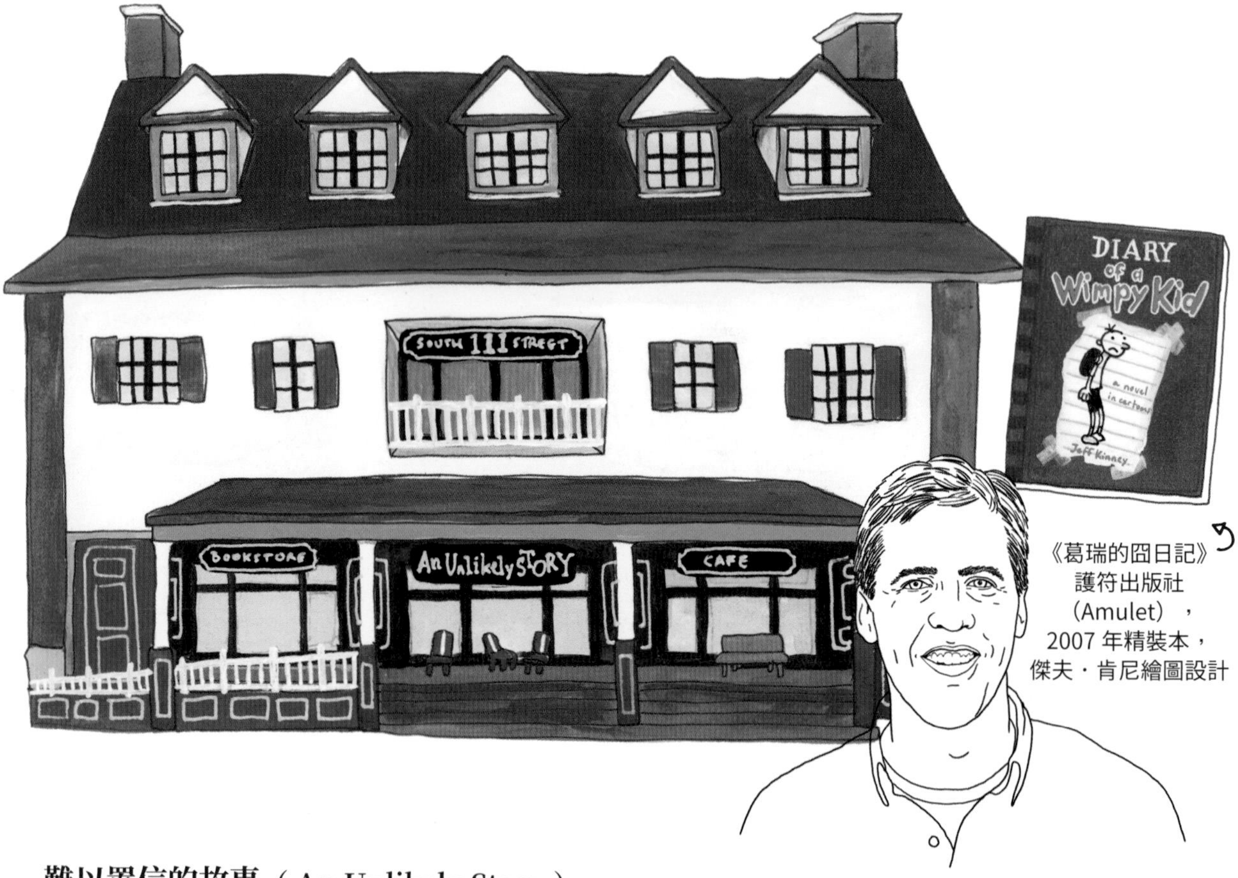

《葛瑞的囧日記》護符出版社（Amulet），2007 年精裝本，傑夫・肯尼繪圖設計

難以置信的故事（An Unlikely Story）

普蘭維爾／麻薩諸塞州／美國

傑夫・肯尼的人生故事，可說讓人非常難以置信。身為《葛瑞的囧日記》的作者，他先在醫療軟體公司設計程式，之後在「神奇大腦」教育遊戲網站（Funbrain）設計遊戲。夫妻倆為了離「神奇大腦」波士頓總部較近，便搬到麻州的普蘭維爾。「神奇大腦」請他替已進行六年的小企劃，畫些自傳體的連環漫畫。不久之後上百萬的小讀者都成了《葛瑞的囧日記》的粉絲。

兩年後，肯尼把漫畫賣給亞伯拉罕出版社（Abrams）。即使成了知名的有錢人，他還是決定留在普蘭維爾，在地深耕。他在市中心買下一棟將近空了二十年的老舊建築，在考量過主要讀者群，也就是一群當地五年級生的點子之後（包括雲霄飛車，還有裝滿 M&Ms 巧克力的游泳池），肯尼決定開一家書店，做為自己最新的夢想飛行。

帕納賽斯書店（Parnassus Books）

納許維爾／田納西州／美國

作者安・派契特在家鄉看著兩家連鎖書店開了又關。這些有賺頭但又顯然賺得不夠多的店家離開了納許維爾，結果變得半間書店也沒了。帕契特覺得這是一個契機，讓這個曾被視為美國「南方雅典娜」的城市擁有一家相匹配的書店。她與出版業界經驗豐富的好友凱倫・海斯與瑪莉・葛蕾・詹姆士，於 2011 年 11 月開了這家書店。

《完美家庭》哈波出版社（Harper），2016 年精裝本，羅賓・畢拉德羅封面設計

帕納賽斯書店還出了一本「輕鬆的文學期刊」：《沉思》（parnassusmusing.net）。由散文作家瑪莉・蘿拉・菲爾帕特編輯，內容滿載了書蟲生活的背後花絮。

帕納賽斯書店的狗店長會輪流值班，不過派契特的愛犬史巴奇是老大哥。

21 世紀小說：萎縮的世界

進入第三個千禧年，這個世界還是一樣充滿美好與邪惡。《一九八四》的銷量，在 2016 年美國總統選舉之後，增加了幾乎一百倍，但 26% 的美國成年人當年連一本書都沒讀。反而 YouTube 每天都有十億小時的流量。改變讓人們離開家鄉，有六千三百五十萬人成了難民。而書籍一如往常，給予我們一個進入他人生活與世界的窗口，讓我們對這種持續變化的狀況抱持更開放的態度。

2017 年，紐約市長發起了「一書一紐約」的全市讀書會活動。挑選了五本書，由市民投票，奇瑪曼達・恩戈茲・阿迪契的《美國佬》獲得最高票。書在當地巴諾書店（Barnes & Noble）的銷量也成長了四倍之多。

《美國佬》
克諾夫（Knoff）出版社，
2013 年精裝本，
艾比・衛楚柏封面設計

柳原漢雅的《渺小一生》，內容就是在描寫一些小事，不管是現實或情緒。大約七百頁的小說，都在討論創傷讓我們失去什麼，以及友誼如何幫助我們，但卻無法拯救我們。她住的單人公寓中有超過一萬兩千本書，全部按照作者的姓氏字母排列。

你應該會坐在這樣的椅子上讀這些小說：札哈・哈蒂於 2016 年設計的傾斜椅（Tippy）。

「王爾德」（Wilde），用西班牙腔的英文發音，會變成「哇塞」（Wao）。朱諾・狄亞茲回想起某晚，朋友聊到世界上最喜歡的作家：「我超愛奧斯卡・哇塞。他棒透了！」他那晚睡前靈光一閃，於是寫出了《阿宅正傳》。

狄亞茲書中的狐獴象徵著善的力量。在《紐約時報》的一篇文章中，狄亞茲寫道，狐獴被帶到加勒比海，在田野裡像當地人民一樣工作，也因此「能夠獲得自由與繁茂」。

這些書也很推薦

- 《回憶的餘燼》朱利安・巴恩斯
- 《房間》艾瑪・唐納修
- 《我的天才女友》艾琳娜・斐蘭德
- 《自由》強納森・法蘭岑
- 《長路》戈馬克・麥卡錫
- 《為妳說的謊》M・L・史黛曼
- 《窒愛》加布里埃爾・塔倫特

《圓屋》（簡體版）路易丝・厄德里克

《星星之火》伍綺詩

《地下鐵道》科爾森・懷特黑德

《阿宅正傳》朱諾・狄亞茲

《渺小一生》柳原漢雅

《回家之路》雅阿・吉亞西

《背叛》（簡體版）保罗・比第

《同情者》阮越清

《夜鶯》克莉絲汀・漢娜

《柏青哥》李珉貞

《什么是什么》（簡體版）
戴夫・艾格斯

《呼喚奇蹟的光》
安東尼・杜爾

《時間裡的癡人》珍妮佛・伊根

《林肯在中陰》
喬治・桑德斯

《狼廳二部曲：血季》
希拉蕊・曼特爾

《金翅雀》
唐娜・塔特

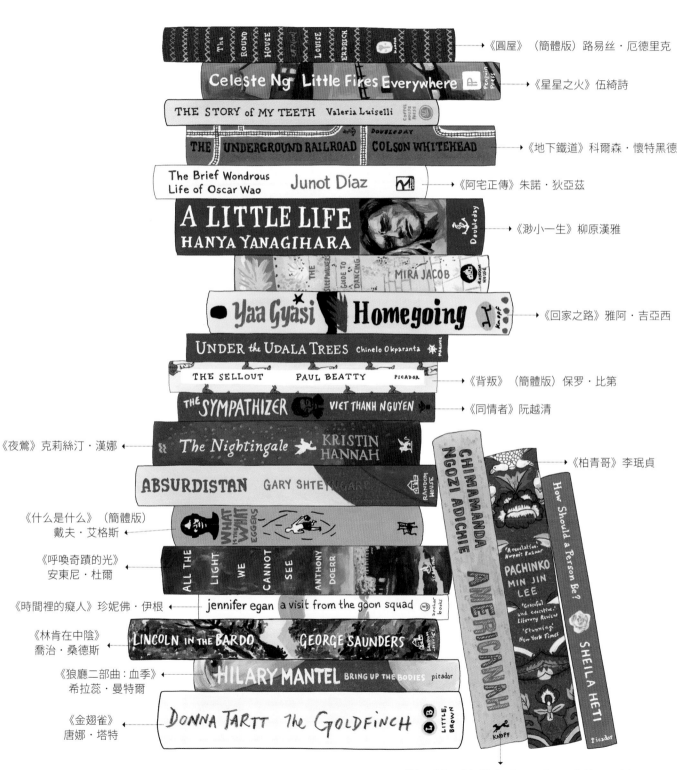

《美国佬》（簡體版）奇玛曼达・恩戈兹・阿迪契

美麗的當代封面

不論你覺得用封面來判斷一本書是好還是不好，我們其實一直都這麼做。想要知道更多美麗封面，可以搜尋丹・瓦格史塔夫經營的網站「輕鬆樂天派」（casualoptimist.com）。也可以看看由艾瑪・J・哈蒂創立、艾瑞克・C・懷爾德編輯的《脊椎》線上雜誌，主要是介紹書籍的創作過程。

《地下鐵道》
科爾森・懷特黑德

雙日出版社
（Doubleday），
2016 年精裝本，
奧利佛・穆戴封面設計

《大師與瑪格麗特》
米哈伊爾・布爾加科夫

復古出版社
（Vintage），
經典系列，
2010 年平裝本，
蘇珊・迪恩封面設計

《格雷的畫像》
奧斯卡・王爾德

企鵝出版社（Penguin），
2009 年精裝本，
柯洛莉・畢克佛 - 史密斯
封面設計

《金翅雀》
唐娜・塔特

利特爾與布朗出版社
（Little, Brown），
2013 年精裝本，
凱斯・海斯封面設計

《新奇事物之書》
米歇爾・法柏

卡農門出版社
（Canongate Books），
2014 年精裝本，
拉菲・羅馬亞，
葉林・佟繪圖

畢克佛 - 史密斯負責設計企鵝布幀系列，這一大套凸版印刷、布幀封面的經典小說，每一本都從故事中擷取象徵意象做為重點圖案。系列的第一批選書在 2008 年於英國出版。

畢克佛 - 史密斯也著有《小狐狸與星星》與《蟲與鳥》2 本童書。

《我們沒事》
妮娜・拉庫

達頓出版（Dutton），
2017 年精裝本，
薩米拉・以拉瓦尼封面設計，
亞當斯・卡維荷繪圖

《破碎的女孩》
凱瑟琳・格拉斯哥

戴拉寇特出版社
（Delacorte Press），
2016 年精裝本，
珍・休爾封面設計

《背叛者》保羅・貝帝

法爾、史特勞斯與吉若出版社
（Farrar, Straus & Giroux），
2015 年精裝本，
羅德里哥・可洛封面設計

《心靈鑰匙》

強納森・薩夫蘭・佛爾

霍頓・米夫林・哈考特出版社（Houghton Mifflin Harcourt），2005 年精裝本，約翰・蓋瑞封面設計

《變形記》

法蘭茲・卡夫卡

蕭肯出版社（Schocken），2009 年平裝本，彼得・曼德森封面設計

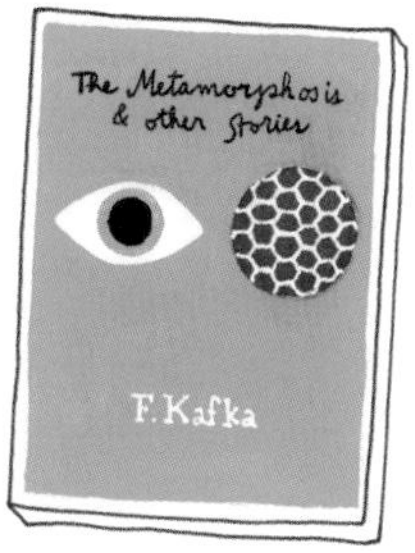

曼德森的封面得過許多設計獎，自己也寫過《我們在閱讀時看到了什麼？》，是討論文字如何在腦海中創造出意象的過程。

沒錯，文字顛倒了，發現了嗎？

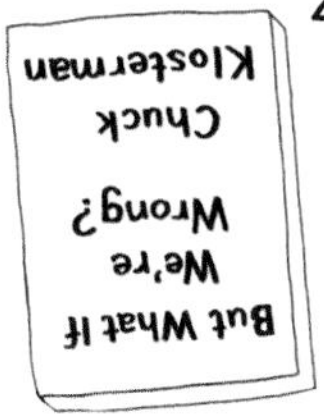

《要是我們錯了怎麼辦？》

查克・克羅斯特曼

藍色騎士出版社（Blue Rider Press），2016 年精裝本，保羅・沙爾封面設計

《挪威的森林》

村上春樹

復古出版（Vintage），2000 年平裝本，約翰・高爾封面設計

復古出版社在 2000 年出版了一套村上春樹（當時）的作品全集，均由高爾設計。高爾在 2015 年設計了一套新封面（涵蓋新作），把整套封面擺在一起，就會創造一幅村上春樹超現實宇宙的「地圖」。

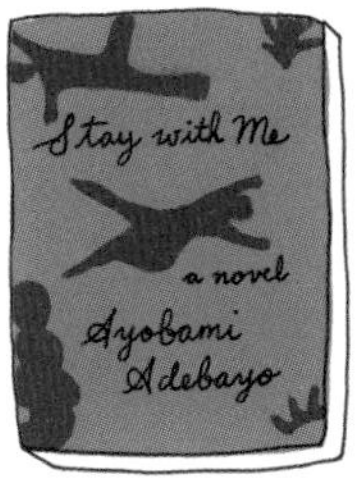

《陪在我身邊》

阿巴米・阿德巴約

克諾夫出版（Knopf），2017 年精裝本，珍娜・韓森封面設計

《擊倒》

約翰・喬佐奧

軟頭骨出版社（Soft Skull Press），2016 年平裝本，麥特・朵夫曼封面設計

《異鄉人》

阿爾貝・卡繆

復古出版社（Vintage），1989 年平裝本，海倫・耶圖斯封面設計

《喜福會》

譚恩美

企鵝出版（Penguin），經典系列，2016 年平裝本，保羅・巴克里封面設計，艾瑞克・尼奇斯特繪圖

保羅・巴克里與插畫家艾瑞克・尼奇斯特聯手，為企鵝橘色經典系列，全套十二本的美國小說打造新外衣。橘色和白色呈現一種俐落、童趣的風格。

《別讓我走》

石黑一雄

復古出版（Vintage），2006 年平裝本，傑米・金南封面設計，蓋柏莉・里瑞爾／蓋堤意象攝影

《月光狂想曲》

麥克爾・夏邦

哈波柯林斯出版社（HaperCollins），2016 年精裝本，亞德麗・馬汀尼斯封面設計

歷史小說

這些故事的作者有時會書寫眞實人物，但多半會編造典型角色，讓讀者更清楚看見當時的眞相。畢竟如果是某個我們「認識」的人物經歷過的事件與日期，會比較容易記住，像羅馬皇帝克勞狄、《紅字》女主角海絲特．普林。許多和歷史事件相關的史詩傳奇，例如《伊里亞德》、冰島的《尼亞爾傳奇》，據說在用文字記下之前，都是口耳相傳。歷史小說可能是最早也最久的寓教於樂方式。

一開始寫《狼廳》，希拉蕊．曼特爾就確定這會是她最棒的作品。她是第一位兩次獲得曼布克獎的女性得主，2009 年的《狼廳》，以及 2012 年出版的續集《狼廳二部曲：血季》。這兩本小說的主角都是湯瑪斯．克倫威爾，16 世紀英王亨利八世的首席大臣。

曼布克獎（The Man Booker Prize）

奇努瓦．阿契貝的小說《分崩離析》，書名取自葉慈的詩〈二度降臨〉。這是最早由非洲作家撰寫關於非洲的小說之一。

《分崩離析》船錨出版社（Anchor），2008 年平裝本，艾德．羅德奎茲繪圖，海倫．耶圖斯封面設計

馬龍．詹姆士的《七殺簡史》也在 2015 年獲得曼布克獎。這是個由十五個角色敘述的史詩故事，虛構出在 1970 年代的牙買加，雷鬼樂之父鮑勃．馬利的謀殺未遂案。

當然，死神或多或少都會在歷史小說中出現，不過也許唯一一本由死神做為敘事者的小說，是《偷書賊》。

《合適的男孩》是一部 19 世紀風格的小說，背景設定在 1950 年代，於 1993 年出版。維克蘭．賽斯以將近六十萬字的鉅著，描述印度剛剛獨立時，即將成年的女大學生和她周遭人們的故事。

＊這些書也很推薦＊

- 《玫瑰的名字》安伯托．艾可
- 《朱鷺號三部曲之一：罌粟海》艾米塔．葛旭
- 《愛瑪》伊莉莎白．吉兒伯特
- 《美人心機》菲莉帕．葛列格里
- 《第二十個妻子》櫻杜．桑妲蕾森
- 《戰爭與和平》列夫．托爾斯泰
- 《戰爭風雲（1939-1941）》赫爾曼．沃克

Half of a Yellow Sun Chimamanda Ngozi Adichie
《半轮黄日》（簡體版）
奇玛曼达・恩戈兹・阿迪契
A Suitable Boy A novel
VIKRAM SETH
THE INTERNATIONAL BESTSELLER
I Claudius
ROBERT GRAVES
RANDOM HOUSE
《罗马帝国：神的统治》（簡體版）
罗伯特・格雷夫斯
Shusaku Endo SILENCE
PICADOR MODERN CLASSICS
《沉默》 遠藤周作
NUMBER THE STARS Lois Lowry
《數星星》露薏絲・勞瑞
Hild NICOLA GRIFFITH
PICADOR
A BRIEF HISTORY OF SEVEN KILLINGS
Marlon James
RIVERHEAD BOOKS
《七杀简史》（簡體版）
马龙・詹姆斯
Brooklyn COLM TÓIBÍN Scribner
《布魯克林》柯姆・托賓
AVON FICTION
COLLEEN McCULLOUGH THE THORN BIRDS
《刺鳥》柯林・馬嘉露
SHARON PENMAN
THE SUNNE IN SPLENDOUR
MACMILLAN
《狼廳》希拉蕊・曼特爾
sharon m. draper COPPER SUN
ANNIVERSARY EDITION
book thief
MARKUS ZUSAK
KNOPF
《偷書賊》
馬格斯・朱薩克
NATHANIEL HAWTHORNE THE SCARLET LETTER
《紅字》納撒尼爾・霍桑
ISABEL ALLENDE
DAUGHTER OF FORTUNE
Harper Collins
Wolf Hall
HILARY MANTEL
HENRY HOLT
SHAKESPEARE
JULIUS CESAR
SAINT MAZIE
JAMI ATTENBERG
Doctor Zhivago
Boris Pasternak
Pantheon
《奇瓦哥醫生》
鮑・帕斯捷爾納克
《雅各的千秋之年》
大衛・米契爾
DAVID MITCHELL
THE THOUSAND AUTUMNS OF JACOB DE ZOET
RANDOM HOUSE
THINGS FALL APART
Anchor Books
Chinua Achebe
《分崩離析》
奇努瓦・阿契貝
KEN FOLLETT
THE PILLARS OF THE EARTH
MORROW
《上帝之柱》肯・弗雷特
《凱撒大帝》莎士比亞

小說的類型

小說有許多不同的結構與風格，可以細分成無限多種。這裡介紹一些曾經非常流行的類型，還有一些現在也還是很流行的類型。

流浪冒險小說

源自於 16 世紀的西班牙，描述流浪漢或無賴的冒險故事。

舉例：賽萬提斯的《唐吉訶德》、伏爾泰的《憨第德》以及瑞塔．梅．布朗的《紅寶石叢林》等書。

班騰出版社（Bantam），2015 年平裝本，瑞琪．威利封面繪圖設計

哥德小說

詭異而恐怖的幽靈故事，通常發生在古老的大宅。19 世紀的英國非常流行。

舉例：雪莉．傑克森的《鬼入侵》、安．萊絲的《夜訪吸血鬼》，以及愛倫．坡的《亞瑟家的沒落》。

復古出版社（Vintage），經典系列，2010 平裝本

書信體小說

故事敘述是透過像是書信、電子郵件或日記之類的文件進行。

舉例：海倫．費爾汀的《BJ 的單身日記》、皮耶．蕭戴洛．格拉洛的《危險關係》，以及愛麗絲．華克的《紫色姊妹花》。

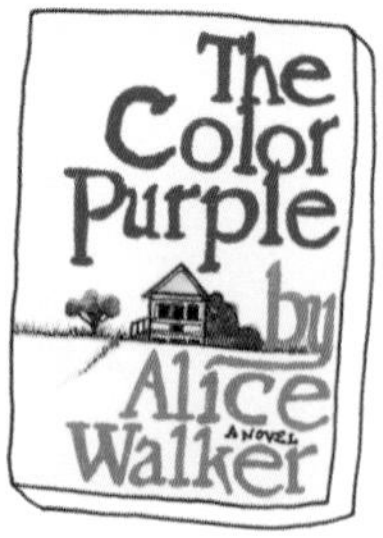

哈考特．布雷斯．喬望維奇出版社（Harcourt Brace Jovanovich），1982 年精裝本，朱蒂絲．凱斯登．利茲封面設計

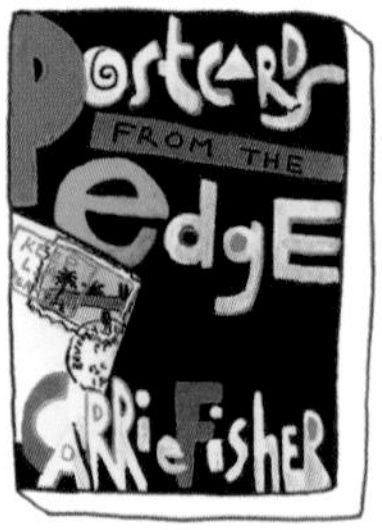

影射小說

這些小說敘述的是真實的生活與事件，但是偽裝成小說的樣貌。

舉例：珍奈．溫特森的《柳橙不是唯一的水果》、羅伯特．潘．華倫的《國王的人馬》，以及嘉莉．費雪的《來自邊緣的明信片》等書。

西蒙與夏斯特出版社（Simon & Schuster），1987 年精裝本，喬治．克西洛封面繪圖設計

成長小說

年輕人在這些故事中獲得某些教訓或教導，長大成熟。

舉例：喬埃斯的《一位年輕藝術家的畫像》、唐娜．塔特的《金翅雀》，以及艾瑪．克萊恩的《女孩們》。

蘭登書屋（Random House），2016 年精裝本，彼得．曼德森封面設計，珍妮．波奇題字

社會小說

工業革命時代十分風行，描寫一群人生活狀況悲慘的小說。

舉例：理察．賴特的《土生子》、查爾斯．狄更斯的《荒涼山莊》等書。

企鵝出版社（Penguin），2011 年精裝本，柯洛莉．畢克佛 - 史密斯封面設計

河頭出版社（Riverhead Books），2017 年精裝本，瑞琪・威利封面設計

魔幻寫實小說

源自 20 世紀初的拉丁美洲，故事背景設定在現實世界，但會添加一些魔幻元素，卻沒有任何預警。

舉例：加布列・賈西亞・馬奎斯的《百年孤寂》、薩爾曼・魯西迪的《午夜之子》，以及莫欣・哈密的《門》等書。

諷刺小說

透過挖苦諷刺的文字，挑戰既存的體制、主宰權力的小說。

舉例：喬治・歐威爾的《動物農莊》、喬納森・斯威夫特的《格列佛遊記》等書。

復古出版社（Vintage），經典系列，2007 年平裝本

水手出版社（Mariner Books），2015 年平裝本，彼得・曼德森與奧利佛・穆戴封面設計

後設小說

後設小說會用點頭或眨眼來告訴你，這是故事，不是真實生活。而且通常故事中還會藏著其他故事。

舉例：馮內果的《第五號屠宰場》、瑪格莉特・愛特伍的《盲眼刺客》，以及伊塔羅・卡爾維諾的《如果在冬夜，一個旅人》等書。

基本上，文評與讀者通常會把小說分成兩大類：

- **「文學小說」**通常是以角色為導向，討論人的思考與互動。
- **「大眾小說」**比較是以劇情為導向，還可以再細分為科幻小說、神祕小說、幻想小說等。

許多作家不喜歡這樣的系統分類。娥蘇拉・勒瑰恩曾對一般會與她有連結的文類有這樣的看法：「對我的職業生涯來說，身上貼著科幻小說的標籤，其實是一種死亡之吻。」

她還說：「我不認為科幻小說這個名稱很好，但現在也只能用這個。我覺得這和其他種類的寫作都不同，所以應該要有一個自己的名字。但如果我被說成是科幻小說家，會很不高興。我不是。我是個小說家，也是詩人。別想把我塞進你們那種固定僵化的分類裡。我的觸手會從分類裡伸出來，朝四面八方擴展出去……」

勒瑰恩提到現在狀況一直在改變，但她還是很不喜歡小說和作者要分類標籤。其他作家也加入打破圍牆的行列，包括大衛・米契爾、石黑一雄等人。如同米契爾所說：「書才不會管什麼文類不文類，書就是書。」

美國南方文學

在美國，我們不會說北方文學，只會說南方文學。也許是氣候溫暖的關係，南方文學裡的角色看起來既緊繃又放鬆，故事也具有強烈的地方色彩，融合了戲劇、神祕傳說，還有晚上的螢火蟲。

《飄》早期的草稿中，郝思嘉原本取名為郝盼希，而且住的地方叫芳亭諾大廳，而非塔拉莊園。瑪格麗特・密契爾想了好幾個書名，包括《明天又是新的一天》、《號角真的響起》，還有《疲憊負重漫長路》（！）。最後她選擇的書名是來自厄尼斯特・道森的詩。

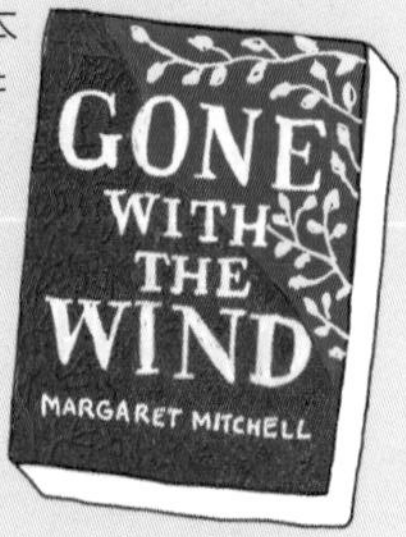

《飄》斯克里布納出版社（Scribner），2017 年平裝本，金柏利・葛萊德封面設計

潔思敏・瓦德的《搶救》，是以青少女艾絲琪（Esch）為主角。她住在灣岸的虛構小鎮波伊斯・沙維奇，熱愛希臘神話，認為這些故事不但可以解釋周遭的生活，還能幫助她逃避現實。艾絲琪最喜歡的就是米蒂亞這個強烈的悲劇故事。

《搶救》布魯姆斯伯利出版社（Bloomsbury），2012 年平裝本，派蒂・瑞琪佛德封面設計

在 1956 年的一次訪談中，威廉・福克納表明，他的作品主題都是專注於討論「因為對於自由的單純嚮往，所以人百戰不摧」。

瓦德在 2017 年出版的抒情小說《唱吧，未被埋葬，唱吧》，背景也是設定在波伊斯・沙維奇。這個小鎮和她成長的家鄉，密西西比州的德利爾（DeLisle）非常相似。

芙蘭納莉・歐康納 1925 年生於喬治亞州的沙瓦納。現在讀者仍可拜訪她的童年老家。

愛德華・P・瓊斯花了十年在腦中構思《已知的世界》，2001 年被正職的稅務期刊社解雇之後，僅僅花了三個月就寫完。本書於 2004 年獲得普立茲小說獎。

＊這些書也很推薦＊

- 《來自卡羅萊納的私生女》朵拉思・愛麗森
- 《咆哮，尚未止息》瑞克・布萊格
- 《冰冷的野蠻樹》奧麗薇・安・伯恩斯
- 《死前的最後一堂課》厄寧斯・甘恩
- 《梅岡城故事》哈波・李
- 《笨蛋聯盟》約翰・甘迺迪・涂爾
- 《三角洲婚禮》尤多拉・韋爾蒂
- 《慾望街車》田納西・威廉斯

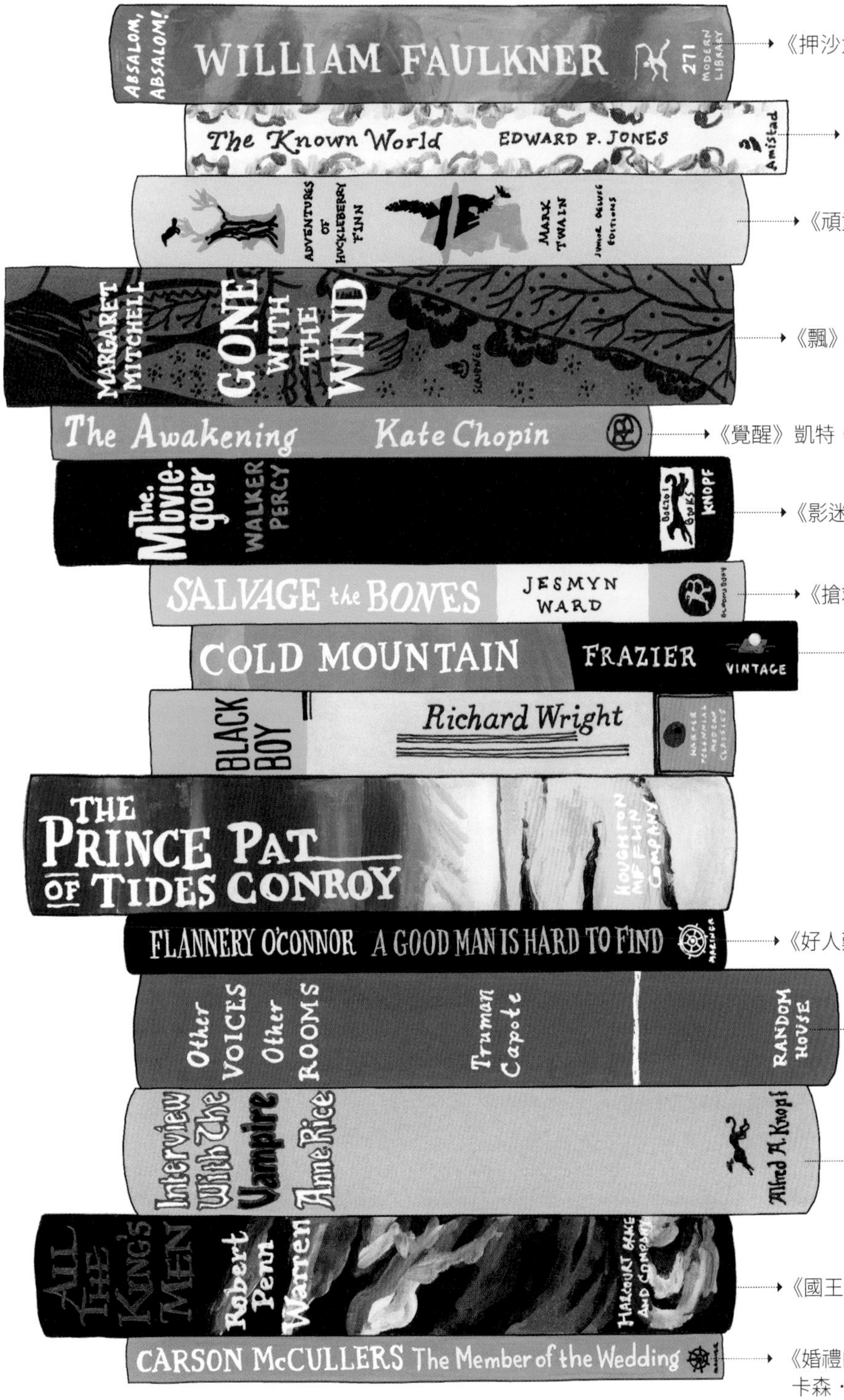

《押沙龙，押沙龙！》（簡體版）
威廉・福克纳

《已知的世界》（簡體版）
爱德华・P・琼斯

《頑童歷險記》馬克・吐溫

《飄》瑪格麗特・密契爾

《覺醒》凱特・蕭邦

《影迷》華克・波西

《搶救》潔思敏・瓦德

《冷山》查爾斯・佛瑞哲

《好人難遇》芙蘭納莉・歐康納

《别的声音，别的房间》
（簡體版）杜鲁门・卡波特

《夜訪吸血鬼》安・萊絲

《國王的人馬》羅伯特・潘・華倫

《婚禮的獨行者》
卡森・麥克勒絲

受人喜愛的書店 ❼

瑪麗．蓋伊．希普里

布萊斯維爾的那家書店
(That Bookstore in Blytheville)
布萊斯維爾／阿肯色州／美國

1976 年剛開幕時，原本只是平裝本二手書店。因為這是阿肯色州密西西比郡最大城市附近唯一的書店，因此取名「布萊斯維爾的那家書店」。創立人瑪麗．蓋伊．希普里是位小學教師，她覺得自己居住的地方應該要有個能夠培育讀者與作家的空間，於是開了書店。

致力於發掘作家的希普里影響了許多人。她很早就資助約翰．葛里遜，還有麗貝卡．威爾斯的《無處不在的祭壇》、泰瑞．凱的《白狗的最後華爾滋》，以及大衛．古特森的《愛在冰雪紛飛時》。因此麥爾坎．葛拉威爾說：「像瑪麗．蓋伊．希普里這樣的人，不是只會預言黑馬的出現，還會創造黑馬的誕生。」

2013 年，廣場書店成為《出版者週刊》精選的年度書店。

總店位於牛津市一棟美麗的歷史地標，之前經營的是布雷洛克藥局。1986 年，廣場書店搬入，銷售量立刻倍增。

廣場書店（Square Books）

牛津市／密西西比州／美國

廣場書店是 1979 年由理察與莉莎・豪沃斯創立。這家書店位於密西西比州牛津的市中心廣場，共有三家店面。豪沃斯夫婦早期與密西西比大學的社團合作，邀請作家來書店辦活動，包括童妮・摩里森、威廉・史岱隆、愛麗絲・沃克，以及詹姆斯・迪奇。現在他們也持續邀請知名作家前來。此外，書店還有自己的現場廣播節目。

愛情與浪漫小說

愛情故事與浪漫小說的差別在哪？愛情故事多半充滿悔恨與困難，或是悲劇的結尾，同時在文學評價上較高，例如《羅密歐與茱麗葉》、《喬凡尼的房間》與《安娜．卡列妮娜》。文學評論多半對浪漫小說很嚴厲，不過浪漫小說的故事就只關於愛情，而且會有圓滿的結局。換言之，珍．奧斯汀的作品就是非常傑出的浪漫小說。

蘭波．羅威的《這不是告別》，是個關於初戀與真愛的故事，背景發生在 1980 年代的美國中西部。羅威以前是報紙專欄作家與廣告企劃，在四年中出版了四部成功的小說。

《這不是告別》聖馬丁格里芬出版社（St. Martin's Griffin），2013 年精裝本，歐爾嘉．格理克封面設計

列夫．托爾斯泰在與妻子蘇菲亞交往幾週後便結婚，蘇菲亞十八歲，托爾斯泰三十四歲。婚禮前夜，他給妻子看自己的日記，內容記載了自己之前所有的性關係，而且自己農莊上的某個女農奴還幫他生了兒子。

2016 年，碧亞與莉亞．科奇兩姊妹在洛杉磯開了第一家浪漫小說專門書店「撕破的馬甲」（The Ripped Bodice）。這對姊妹說：「精彩的浪漫小說會讓你相信自己也能有快樂的結局。」如果想更了解浪漫小說，可以參考莎拉．溫德爾與坎蒂．譚撰寫的《乳溝之外》。

《乳溝之外》試金石出版社（Touchstone），2009 年平裝本

如果想看一些浪漫小說，
碧亞與莉亞會推薦：

《非比尋常的聯盟》
愛莉莎．科爾

《誘惑伊斯頓》
蒂芬妮．瑞茲

《當蘇格蘭人決定試婚》
泰莎．戴爾

《那年秋天》
莉莎．克萊佩

《真實》
亞力克希斯．霍爾

《感官奴隸》
納里妮．辛格

《靛藍》
貝芙莉．詹金斯

《白色約定》
諾拉．羅伯茲

＊這些書也很推薦＊

- 《謝利》柯蕾特
- 《戰地情人》路易．德貝爾尼埃
- 《法國中尉的女人》約翰．傅敖斯
- 《冷山》查爾斯．佛瑞哲
- 《鐘樓怪人》維克多．雨果
- 《贖罪》伊恩．麥克伊溫
- 《斷背山》安妮．普露
- 《愛的故事》艾立克．席格
- 《被子》奎格．湯普森

《生命中美好的缺憾》約翰・葛林
《愛在瘟疫蔓延時》
加布列・賈西亞・馬奎斯
《這不是告別》蘭波・羅威
《長亭》茉莉・凱恩
《勸服》珍・奧斯汀
《愛的哲學課：雲遊僧與詩人魯米》
艾莉芙・夏法克
《Forever》茱蒂・布倫
《BJ 的單身日記》
海倫・費爾汀
《安娜・卡列尼娜》
列夫・托爾斯泰
《巧克力情人》
蘿拉・艾斯奇維
《異鄉人》黛安娜・蓋伯頓
《慾望單人床》
珍妮佛・韋納
《蘿西計畫》格蘭・辛溥生
《喬凡尼的房間》
詹姆斯・A・鮑德溫
《英倫情人》麥可・翁達傑
《北與南》伊莉莎白・蓋斯凱爾
《真愛挑日子》大衛・尼克斯
《奇想之年》瓊・蒂蒂安
《羅密歐與茱麗葉》莎士比亞
《小王子》安東尼・聖修伯里

與書相關的歌曲

〈1984〉
大衛・鮑伊

專輯：《鑽石犬》
書籍：喬治・歐威爾的《一九八四》

大衛・鮑伊想將《一九八四》改編成音樂劇，但是歐威爾的未亡人不同意。專輯《鑽石犬》裡則有幾首歌直接與《一九八四》相關，包括〈1984〉、〈老大哥〉，以及〈我們都死了〉。

自 1949 年出版起，有許多歌曲的靈感都來自這本小說，像是電台司令的〈2 + 2 = 5〉、繆斯合唱團的〈抵抗〉，以及酷玩樂團的〈間諜〉。

〈撒哈拉一杯茶〉
警察合唱團

專輯：《同步化》
書籍：保羅・鮑爾斯的《遮蔽的天空》

原本是學校教師的史汀，幫警察合唱團與自己寫的許多歌裡，都使用了文學的意象。他的音樂包括了直接引用艾略特的〈阿弗烈德・普魯福洛克的情歌〉，以及莎士比亞的十四行詩，間接指涉的則有荷馬的《奧德賽迷航記》，以及弗拉基米爾・納博科夫的《蘿莉塔》。〈波旁街上空的月亮〉靈感來自安・萊斯的《夜訪吸血鬼》。〈撒哈拉一杯茶〉則是改編自《遮蔽的天空》裡的一段傳說，講述三個姊妹在沙漠裡與一位王子喝茶的故事。

〈戰地鐘聲〉
金屬製品樂團

專輯：《乘坐閃電》
書籍：海明威的《戰地鐘聲》

金屬製品樂團的這首歌，描寫的是書中的一個場景，五名士兵在一次空襲中喪生的故事。

還有幾個金屬樂團也在歌中使用文學意象。炭疽樂團的〈在活人之中〉，靈感來自史蒂芬・金的《末日逼近》；匆促樂團則是以〈2112〉向安・蘭德的《一個人的頌歌》致敬；鐵娘子樂團是世界上最有名的文學樂團，曾在即興段落使用愛倫・坡的一篇故事、安伯托・艾可的《玫瑰的名字》，以及法蘭克・赫伯特的《沙丘魔堡》。

〈白兔〉
葛蕾絲・史立克
（傑佛遜飛船合唱團）

專輯：《超現實枕頭》
書籍：路易斯・卡洛爾的《愛麗絲夢遊仙境》

葛蕾絲・史立克在加入傑佛遜飛船合唱團之前寫了這首歌，但入團之後才錄製，造成了極大轟動。對她來說，〈白兔〉代表著跟隨自己的好奇心不斷向前。

因為書中包括愛麗絲、毛毛蟲和其他角色的視角不斷變化，這首歌通常被認為與迷幻藥的使用相關。

〈迷失少年〉
露絲・B

專輯：《前奏》
書籍：J・M・巴里的《彼得潘》

露絲・B 的〈迷失少年〉描述的孤獨感覺，在世界上找到自己的位置。2015 年這首歌在告示牌百首金曲排行榜上，排名第二十四。

〈嘯風山莊〉
凱特・布希

專輯：《胎動》
書籍：艾蜜莉・布朗忒的《咆哮山莊》（新譯嘯風山莊）

凱特・布希寫這首歌的時候才十八歲。她是從凱瑟琳・恩蕭的角度來演唱，想像在希斯克利夫的窗外哀求，好讓自己進屋去。

〈無味的學徒〉
Scentless Apprentice
超脫樂團 Nirvana

專輯：《母體》In Utero
書籍：徐四金 Patrick Suskind《香水》Perfume

科特・柯本極愛《香水》這本小說。故事主角嗅覺極佳，但沒有體味。柯本說這個故事啟發了他創作出〈無味的學徒〉這首歌。

〈湯姆・約德的幽靈〉
The Ghost of Tom Joad
布魯斯・史普林斯汀 Bruce Springsteen

專輯：《湯姆・約德的幽靈》
書籍：約翰・史坦貝克的《憤怒的葡萄》

布魯斯・史普林斯汀的這首歌，是描述史坦貝克書中主角的幽靈生活在現代美國，戰勝不公不義。他其實在寫這首歌之前沒有讀過這本小說！也許他看過電影。其他很多樂團都曾經翻唱這首歌，最有名的是討伐體制樂團。

〈卡里普索〉
蘇珊娜・薇嘉

專輯：《獨白佇立》
書籍：荷馬的《奧德賽迷航記》

在《奧德賽迷航記》中，奧德賽失去了自己的船與夥伴，在歐吉厄島上和美麗的水之女神卡里普索生活了七年。女神想留他下來，讓他永生不死。但奧德賽想回家和妻子潘妮洛普在一起。薇嘉從卡里普索的角度創作這首歌，看著奧德賽離開自己、離開這座島，開口說：「我讓他走。」

其他還有很多！

齊柏林飛船樂團的〈漫步〉，是向 J・R・R・托爾金的《魔戒》致敬，歌詞裡提到了魔多和咕嚕。音速青春樂團的〈圖形辨識〉與〈蔓延〉這兩首歌，靈感來自威廉・吉布森的科幻小說。嗆辣紅椒合唱團的〈海龜耶爾特〉歌詞，其實幾乎都來自蘇斯博士的同名繪本。

不快樂的家庭各有狀況

有時候你會讀到一本書，然後心裡想：啊，他們面對的奇怪雜事跟我們一模一樣，原來他們是這樣處理面對。但有時候你也只需要讀到一本書讓自己覺得：喔！至少他們的狀況比我們還糟。

艾利森・貝克德爾全心投入七年的時間雕琢《歡樂之家》這本圖文回憶錄，書名來自家人替父親經營的殯儀館取的名字。她仔細研究了自己的日記，並手繪舊照片與地圖，然後幫自己拍了各種姿勢的照片，以確保角色動作繪製正確。但這本書不是只有繪圖有價值。《紐約時報》認為：「這是一本獻給文字愛好者的漫畫書！」

貝克德爾也是「貝克德爾測驗」的發明人，這個測驗是用來評估電影中性別不平等的程度：如果兩名女性角色在交談時，討論的不是男人，就代表通過。

《歡樂之家》霍頓・米夫林出版社（Houghton Mifflin），2006 年精裝本

莎娣・史密斯在剛結婚時寫了《論美》，並告訴廣播節目主持人泰瑞・葛羅斯，這本書的內容寫得就像「已經結婚三十年」。

她的父親過世之前，說起自己人生充滿了失敗與失望，莎娣認為也許因為父親擁有未能實現的創作才能。但是父親教養出五個自己深愛的孩子，所有孩子長大後都成了藝術家。

《論美》企鵝出版社（Penguin），2005 年精裝本

克蒂絲・希坦菲的《合適者》，是用現代的手法重新敘述《傲慢與偏見》這個故事，是奧斯汀計畫（Austen Project）的產物，讓現代的熱門作家改寫珍・奧斯汀的經典小說。奧斯汀計畫的其他小說還包括：亞歷山大・梅可・史密斯的《艾瑪姑娘：現代版》與喬安娜・特洛普的《理性與感性》。

《合適者》蘭登書屋（Random House），2017 年平裝本，朱海繪圖，嘉柏莉・鮑德溫封面設計

＊這些書也很推薦＊

- 《閣樓裡的小花》V・C・安德魯絲
- 《食慾風暴》潔米・艾廷博格
- 《霹靂上校》帕特・康羅伊
- 《瑪迪達》羅德・達爾
- 《那些無止盡的日子》克萊兒・傅勒
- 《大說謊家俱樂部》瑪莉・卡爾
- 《安琪拉的灰燼》法蘭克・麥克特
- 《無聲告白》伍綺詩

《歡樂之家》艾利森・貝克德爾

《論美》莎娣・史密斯

《安樂窩》辛西亞・狄普莉絲・史威尼

《我們是動物》（簡體版）賈斯廷・托雷斯

《蓋普眼中的世界》約翰・艾文

《凱文怎麼了？》蘭諾・絲薇佛

《完美婚姻》蘿倫・葛洛芙

《一刀未剪的童年》歐各思坦・柏洛斯

《真愛旅程》
理查・葉慈

修正》強納森・法蘭岑

布魯克林倒帶青春》
艾瑪・史卓伯

《非普通家庭》
凱文・威爾森

《如果那一天》
強納森・崔普爾

《小謊言》
黎安・莫瑞亞蒂

《玻璃城堡》
珍奈特・沃爾斯

《瘋狂亞洲富豪》關凱文

受人喜愛的書店 ❽
～作家開的書店～

《圓屋》
哈波長久出版社
(Harper Perennial)，
2013 年平裝本，
亞札・厄德里克繪圖

樺樹皮書店（Birchbark Books）
明尼亞波里斯／明尼蘇達州／美國

經營者是作家露易絲・厄德里克，也是龜山保留區的奇珀瓦印第安人。對四面八方的美國原住民、周邊鄰居，以及任何晃蕩到這附近的幸運兒來說，這裡是雙城都會區裡的小天堂。店內可以看到精心編排的偉大美國原住民作家與主題書籍，還可以找到羽毛裝飾、編織藤籃、手工銀飾、捕夢網，以及繪畫。

如果不是想找戰利品，而想獲得寬恕，樺樹皮書店裡也有提供：厄德里克採用自身原罪的意象布置了一個祭壇，做為淨化與神性的懺悔之用。

《不可能的事件》
克諾夫出版社（Knopf），
2015 年精裝本，
凱莉．布萊爾封面設計

書與書基韋斯特工作室藝術中心分店（Books & Books @ The Studios）

基韋斯特／佛羅里達州／美國

茱蒂．布魯姆和其他大部分書店經營者不太一樣，因為她是國會圖書館活生生傳奇獎得主。布魯姆與丈夫在 2016 年開了這家書與書分店（本店由米契爾．凱普蘭創立，位於科勒爾蓋爾布斯）。基韋斯特是歷史悠久的文學聖地，海明威、田納西．威廉斯、伊莉莎白．畢夏普與安妮．迪勒都曾在這裡獲取靈感，所以當然要在這裡開書店。

書是魔法書店（Books Are Magic）

布魯克林／紐約州／美國

布魯克林最受喜愛的書庭書店於 2016 年歇業，艾瑪．史特拉卜失去了她最喜歡閒逛的地方。曾經是書庭店員的史特拉卜，與丈夫麥可在附近找到一個地點，隔年就開了自己的書店。

這個異想天開的店名，只是因為唸起來很好玩。當然，也因為這是個事實。史特拉卜建議最適合員工閱讀的首選，是凱莉．林克的短篇小說集《初學者魔法》。

《現代戀人》
河頭出版社（Riverhead），
2016 年精裝本，
莉亞．葛仁繪圖

讀書會必選書

在美國成立的第一個「文學社團」，是 1634 年由清教徒移民安娜・哈金森創設的女性讀經會，但最後因為偏執的男性清教徒反對而禁止。不過，從那個時候開始，讀書會運動就以等比級數的速度成長。

歐普拉・溫芙蕾從 1996 年開始，在自己的脫口秀節目中加入了歐普拉讀書俱樂部的單元。接下來的十五年，她為觀眾挑選了七十本書，每個月一本。許多書在她挑中時默默無名，但後來銷售了幾百萬本。2012 年，歐普拉在自己成立的有線電視網 OWN 重啟讀書俱樂部，並且與《O：歐普拉雜誌》連動。她挑選的第一本書是雪兒・史翠德的《那時候，我只剩下勇敢》。

《那時候，我只剩下勇敢》克諾夫出版社（Knopf），2012 年精裝本，蓋柏莉・威爾森封面設計

HBO 的迷你影集《愛，當下》，是改編自伊麗莎白・斯特勞特的短篇小說集《生活是頭安靜的獸》。法蘭西絲・麥多曼飾演充滿缺點但又誠實正直的奧莉薇。

《生活是頭安靜的獸》西蒙與夏斯特出版社（Simon & Schuster），2011 年英國平裝本

許多名人都擁有自己的讀書會。艾瑪・華森在好讀圖書分享社群網站 Goodreads 上，創立女性主義讀書會「我們分享的書架」（Our Shared Shelf）。瑞絲・薇斯朋的讀書會則是建在 Instagram 上。

艾瑪・華森

《母親》河頭出版社（Riverhead），2016 年精裝本，瑞秋・威利封面設計

布里特・班尼特開始撰寫《母親》時才十七歲。她花了好幾年精雕細琢，期間還攻讀了英文學士學位與藝術創作碩士學位。在《紐約時報雜誌》與《耶洗別》等期刊發表了好幾篇關於種族與不平等的文章。之後將書交由河頭出版社（Riverhead）發行。

布里特・班尼特

＊這些書也很推薦＊

- 《女孩們》艾瑪・克萊恩
- 《中性》傑佛瑞・尤金尼德斯
- 《廚房屋》凱瑟琳・葛里森
- 《大象的眼淚》莎拉・格魯恩
- 《雪地裡的女孩》艾歐文・艾維
- 《愛無國界》崔西・季德
- 《巴爾札克與小裁縫》戴思杰
- 《改變人類醫療史的海拉》芮貝卡・史克魯特
- 《雙生石》亞伯拉罕・佛吉斯

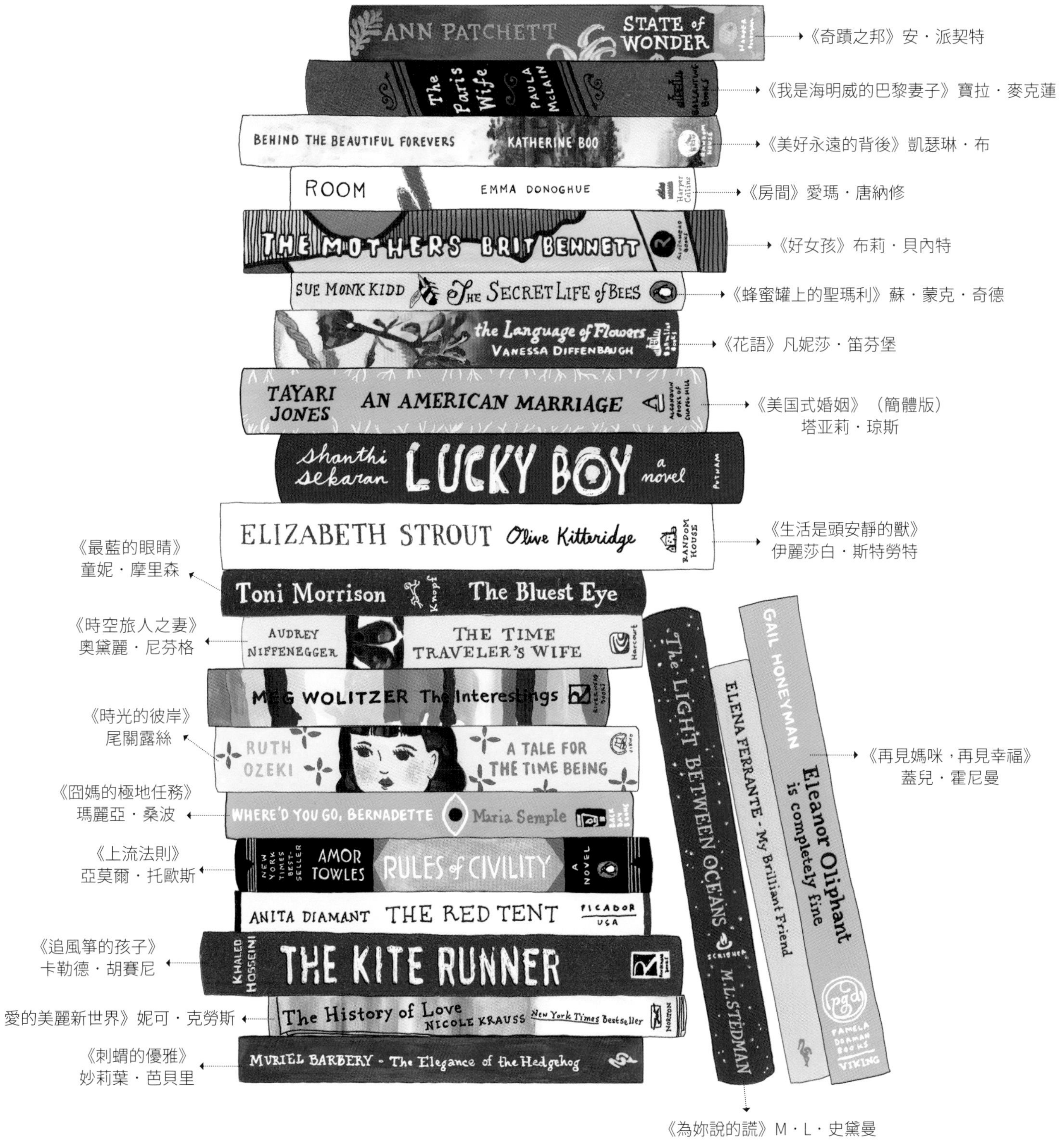

《奇蹟之邦》安・派契特
《我是海明威的巴黎妻子》寶拉・麥克蓮
《美好永遠的背後》凱瑟琳・布
《房間》愛瑪・唐納修
《好女孩》布莉・貝內特
《蜂蜜罐上的聖瑪利》蘇・蒙克・奇德
《花語》凡妮莎・笛芬堡
《美国式婚姻》（簡體版）塔亚莉・琼斯
《生活是頭安靜的獸》伊麗莎白・斯特勞特
《最藍的眼睛》童妮・摩里森
《時空旅人之妻》奧黛麗・尼芬格
《時光的彼岸》尾關露絲
《囧媽的極地任務》瑪麗亞・桑波
《上流法則》亞莫爾・托歐斯
《追風箏的孩子》卡勒德・胡賽尼
愛的美麗新世界》妮可・克勞斯
《刺蝟的優雅》妙莉葉・芭貝里
《再見媽咪，再見幸福》蓋兒・霍尼曼
《為妳說的謊》M・L・史黛曼

一句話猜書名

接下來，試試從書中的一句話，來猜猜書名！

1 某天地球被破壞，永遠無法再喝紅茶了。

2 小兔子因為愛活了起來。

3 消防員不燒書了，開始閱讀。

4 毛毛腳的小偷打敗龍。

5 女孩修復玫瑰、男孩、自我。

6 獨裁暴君讓青少年們對戰。

7 飢餓的孤兒最後獲得成功。

8 遭遇船難的小混混還是小混混。

9 媽媽因為寶寶的牧師父親而受苦。

10 被寵壞的女主角作媒，誤解了愛。

11 年老漁夫對抗大旗魚。

12 太空旅行要靠蟲大便。

13 汽車、女孩、抽菸、喝酒、派。

14 瘟疫滋養了傳教士與英雄。

15 王子與骷髏頭討論死亡。

16 男與女的南北戰爭。

17 電子書是小女孩的好保姆。

18 爵士年代搖擺，悲劇的場景。

19 發現十具屍體，沒有人無罪。

20 在乾沙地兜風，真開心。

21 放肆的猴子遇到只穿單色衣服的人。

22 老套結局的狗故事（答案不只一個）。

23 天真器官捐贈者的學園故事。

24 絨毛玩具的教誨？東方的熊。

25 灰燼、父親、男孩、海洋、火。

26 大家都怕小丑的原因。

27 偷竊狂，年紀大了的退休龐克。

28 失去與愛的偉大健行。

29 親密的友誼，還是互相傷害的關係？

30 在外頭什麼都看到了，也什麼都沒看到。

31 昏暗的加州迷人而瘋狂。

32 你現在看到我們了嗎？

33 母系家庭撐過貧窮、戰爭與父權。

34 成為孤兒的少年們拿出勇氣。

35 該睡覺的小兔子搞不了失蹤。

36 勢利的古典主義者謀殺，然後內鬥。

37 依曲目清單進展的戀愛。

38 家人太親密反而不自在。

39 詩意的青春期掙扎，帶著希望。

答案

1) 《銀河便車指南》道格拉斯・亞當斯
2) 《絨毛兔》瑪潔莉・威廉斯
3) 《華氏 451 度》雷・布萊伯利
4) 《哈比人》J・R・R・托爾金
5) 《祕密花園》法蘭西絲・霍森・柏納特
6) 《飢餓遊戲》蘇珊・柯林斯
7) 《孤雛淚》查爾斯・狄更斯
8) 《蒼蠅王》威廉・高汀
9) 《紅字》納撒尼爾・霍桑
10) 《艾瑪》珍・奧斯汀
11) 《老人與海》海明威
12) 《沙丘魔堡》法蘭克・赫伯特
13) 《在路上》傑克・凱魯亞克
14) 《末日審判》史蒂芬・金
15) 《哈姆雷特》莎士比亞
16) 《飄》瑪格麗特・密契爾
17) 《鑽石年代》尼爾・史帝芬森
18) 《大亨小傳》史考特・費茲傑羅
19) 《一個都不留》阿嘉莎・克莉絲蒂
20) 《憤怒的葡萄》約翰・史坦貝克
21) 《好奇猴喬治》雷伊夫婦
22) 《紅色羊齒草的故鄉》威爾森・羅斯、
《老黃狗》佛雷德・吉普森，
或《馬利與我》約翰・葛雷根
23) 《別讓我走》石黑一雄
24) 《小熊維尼的道》班傑明・霍夫
25) 《長路》戈馬克・麥卡錫
26) 《牠》史蒂芬・金
27) 《時間裡的癡人》珍妮佛・伊根
28) 《那時候，我只剩下勇敢》雪兒・史翠德
29) 《愛心樹》謝爾・希爾弗斯坦
30) 《汀克溪畔的朝聖者》安妮・迪勒
31) 《順其自然》瓊・蒂蒂安
32) 《看不見的人》羅夫・艾里森
33) 《小婦人》露易莎・梅・奧爾科特
34) 《什麼是什麼》戴夫・艾格斯
35) 《月亮，晚安》瑪格麗特・懷斯・布朗
36) 《祕史》唐娜・塔特
37) 《失戀排行榜》尼克・宏比
38) 《讓家人穿上燈芯絨與丹寧》
大衛・賽德瑞斯
39) 《家住芒果街》珊卓拉・西斯奈洛斯

神祕小說

神祕小說的讀者必須和大偵探與大罪犯鬥智，想辦法先發制人，猜出還沒看到的線索（除非你作弊，直接跳到最後一頁）。讀者不用離開自己坐的扶手椅，只要以地毯式的搜索閱讀故事內容，跟著邪惡的壞蛋與猶疑的主角穿過黑暗的小巷，閃躲子彈、匕首與唇槍舌劍。

P・D・詹姆斯認為神祕小說在最後會照順序解析案情，讓讀者覺得安心，所以在動盪與焦慮的年代受到大眾歡迎。此外，他還寫過一個背景年代設定於 2021 年的反烏托邦小說《人類之子》。

曼哈頓的「神祕書店」（The Mysterious Bookshop）是美國最古老，規模也最大的神祕小說專門店。書店經營者奧圖・潘茲勒也開了一家出版社，並鼓勵了無數的作家。他說第一次閱讀雷蒙・錢德勒與達許・漢密特的小說，發現到：「這不只是破案或娛樂故事，而是文學。」

詹姆斯家裡養了幾隻緬甸貓，她說：「我希望我的貓能夠既親人又懶散。」

達許・漢密特的朋友都叫他山姆。他的小說主角山姆・史貝德，塑造了標準美國私家偵探愛喝酒的硬派形象。

北歐暗黑系小說是 1960 年代從麥伊・荷瓦兒與培爾・法勒的「馬丁・貝克刑事檔案」系列開始。彼得・霍格的《雪中第六感》獲得了文學界的好評，接著賀寧・曼凱爾、尤・奈斯博與史迪格・拉森的小說蔚為風潮。

《大笑的警察》哈波長久出版社（Harper Perennial），2007 年平裝本

塔娜・法蘭琪的「都柏林重案」系列改變了神祕小說的規則。一般是由同一個偵探按照時間順序破解不同的案件，這個系列則是由不同組員做為故事的敘事者。只要讀過一本，就會忍不住開始讀下一本。

＊這些書也很推薦＊

- 《地獄藍調》李查德
- 《杜鵑的呼喚》羅伯特・蓋布瑞斯（J・K・羅琳）
- 《黑獄亡魂》格雷厄姆・格林
- 《神祕河流》丹尼斯・勒翰
- 《鳳凰歌劇院之死》唐娜・利昂
- 《淡黃色的天空令人恐懼》約翰・D・麥克唐納
- 《俗麗之夜》多羅西・塞耶斯

The Big Sleep
CHANDLER
《大眠》瑞蒙・錢德勒
THE MALTESE FALCON
BY DASHIELL HAMMETT
ALFRED A. KNOPF
《馬爾他之鷹》
達許・漢密特
The Intuitionist
COLSON WHITEHEAD
ANCHOR BOOKS
CARDS on the TABLE
AGATHA CHRISTIE
DODD MEAD & Company
《底牌》阿嘉莎・克莉絲蒂
P.D.JAMES
An Unsuitable Job for a Woman
SCRIBNER
《一份不適合女人的工作》
P・D・詹姆斯
《福爾摩斯》
亞瑟・柯南・道爾
PATRICIA HIGHSMITH • THE TALENTED MR.RIPLEY
NORTON
《雷普利全集》
派翠西亞 ・海史密斯
TANA FRENCH
IN THE WOODS
《神祕森林》塔娜・法蘭琪
THE NAME OF THE ROSE
UMBERTO ECO
MARINER
《玫瑰的名字》安伯托・艾可
HENNING MANKELL
FIREWALL
Vintage Crime
《奪命迷牆》賀寧・曼凱爾
BURY YOUR DEAD
LOUISE PENNY
Rebecca
DAPHNE DU MAURIER
《蝴蝶夢》茉莉兒
The Redbreast
JO NESBO
VINTAGE
《知更鳥的賭注》尤・奈斯博
The BLACK ECHO
Michael Connelly
LITTLE, BROWN
《黑暗回聲》麥可・康納利
Smilla's Sense of Snow
PETER HØEG
PICADOR
《雪中第六感》彼得・霍格
BENJAMIN
EVEN THE DEAD
BLACK
HENRY HOLT
ARTHUR CONAN DOYLE
SHERLOCK HOLMES

改編成精彩電影的小說

《艾瑪》
珍・奧斯汀

電影《獨領風騷》，
導演艾美・海克琳，
1995 年上映

企鵝出版社
（Penguin），
2011 年平裝本，
吉里安・玉城繪圖

《梟巢喋血戰》
達許・漢密特

電影《梟巢喋血戰》，
導演約翰・赫斯頓，
1941 年上映

克洛夫出版社
（Knopf），
1930 年精裝本

《鐵面特警隊》
詹姆斯・艾洛伊

電影《鐵面特警隊》，
導演柯堤斯・韓森，
1997 年上映

神祕出版社
（The Mysterious Press），
1990 年精裝本，
保羅・加馬瑞歐封面設計，
史蒂芬・普林格繪圖

《大白鯊》
彼得・本奇利

電影《大白鯊》，
導演史蒂芬・史匹柏，
1975 年上映

班騰出版社
（Bantam），
1975 年平裝本，
羅傑・卡斯堤繪圖

經典的封面意象讓這本小說的平裝本賣了好幾百萬套，因此，電影海報沿用了同樣的畫面。

又是一幅讓電影海報沿用的經典封面設計。

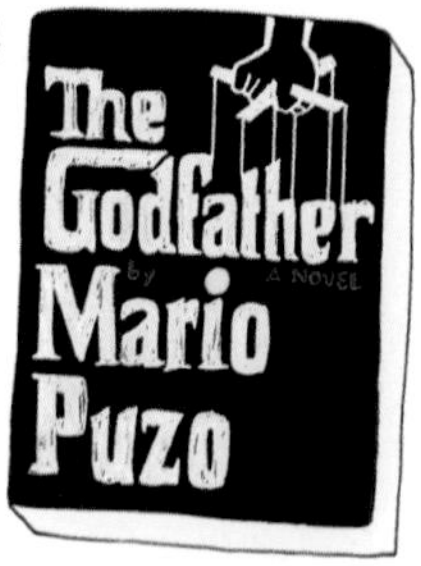

《教父》
馬里奧・普佐

電影《教父》，
導演法蘭西斯・柯波拉，
1972 年上映

普特南出版社
（Putnam），
1969 年精裝本，
尼爾・藤田封面設計

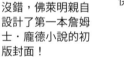

沒錯，佛萊明親自設計了第一本詹姆士・龐德小說的初版封面！

《皇家夜總會》
伊恩・佛萊明

電影《皇家夜總會》，
導演馬丁・坎貝爾，
2006 年上映

強納森・凱普出版社
（Jonathan Cape），
1953 年精裝本，
伊恩・佛萊明
封面設計

《斷背山》
安妮・普露

電影《斷背山》，
導演李安，
2005 年上映

第四權出版社
（4th Estate），
1998 年平裝本

原本是 1997 年在《紐約客》雜誌發表的短篇故事，接著在英國發行小說，1999 年收錄於普露的《懷俄明州故事集》。

《狐狸爸爸萬歲》
羅德・達爾

電影《超級狐狸先生》，
導演魏斯・安德森，2009 年上映

海雀出版社（Puffin），
2016 年精裝本，昆丁・布雷克繪圖

《猜火車》
厄文・威爾許

電影《猜火車》，
導演丹尼・鮑伊，
1996 年上映

復古出版社（Vintage），
2013 年平裝本，
莎拉珍・史密斯封面設計

史蒂芬・金的作品已經拍成超過六十部的電影與電視影集。他曾說自己不喜歡庫伯力克的版本，覺得太「冷」、太「沙豬」，不夠忠於原著。

《鬼店》
史蒂芬・金

電影《鬼店》，
導演史丹利・庫伯力克，
1980 年上映

印記出版社（Signet），
1978 年平裝本，
詹姆斯・普魯梅利
封面設計

《銀翼殺手》
菲利浦・K・迪克
Philip K. Dick

電影《銀翼殺手》，
導演雷利・史考特，
1982 年上映；
電影《銀翼殺手》，
導演丹尼・維勒納夫，
2017 年上映

印記出版社 (Signet)，
1969 年平裝本，
鮑伯・派珀繪圖

《美國殺人魔》
布列特・伊斯頓・艾利斯

電影《美國殺人魔》，
導演瑪莉・夏朗，
2000 年上映

鬥牛士出版（Picador），
1991 年精裝本，
馬歇爾・艾里斯曼繪圖

《鬥陣俱樂部》
恰克・帕拉尼克

電影《鬥陣俱樂部》，
導演大衛・芬奇，
1999 年上映

諾頓出版社
（W. W. Norton），
1996 年精裝本，
麥可・伊恩・凱伊
封面設計

又是沿用了傑作封面的電影海報。

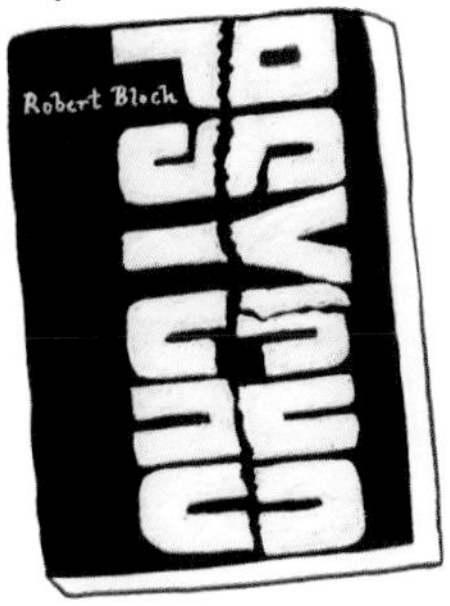

《驚魂記》
羅伯特・布洛克

電影《驚魂記》，
導演希區考克，1960 年上映

西蒙與夏斯特出版社
（Simon & Schuster），
1959 年精裝本，
托尼・帕拉迪諾封面設計

戈德曼也是一名劇作家，劇本《虎豹小霸王》與《大陰謀》曾經得過奧斯卡金像獎。小說《霹靂鑽》與《公主新娘》都改編成電影。

《公主新娘》
威廉・戈德曼

電影《公主新娘》，
導演羅伯・雷納，
1987 年上映

哈考特・布雷斯・喬望維奇出版社（Harcourt Brace Jovanovich），
1973 年精裝本，
溫德爾・麥納封面設計

《凱文怎麼了？》
蘭諾・絲薇佛

電影《凱文怎麼了？》，
導演琳恩・倫賽，2011 年上映

哈波長久出版社
（Harper Perennial），
2006 年平裝本，
葛雷格・庫利克封面設計，
馬修・亞朗攝影

奇幻小說

尼爾·蓋曼在完成一個故事之後寫道：「每次在創造了原本不存在的事物之後，世界看起來總是更明亮。」也許對奇幻作家來說特別如此，因為他們創造了整個世界。很多人閱讀是為了拜訪其他的宇宙，也許好一點，也許糟一點（見 P.92 反烏托邦小說），讓我們能夠從更清晰的角度去看待現實世界。

蓋曼的《星塵》最早於 1997 年出版，是一套四本的圖文書，後來在 1998 年集結成一本，兩個版本都由查爾斯·維斯繪圖。1999 年出版了沒有插圖的小說，2007 年改編成電影，由馬修·范恩導演，查理·考克斯與克萊兒·丹尼絲主演。

《星塵》
暈眩出版社
（Vertigo），
2007 年精裝本

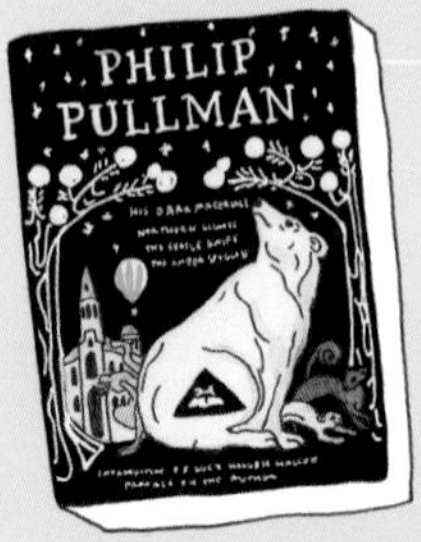

《黑暗元素三部曲》
每人圖書館出版社
（Everyman's Library），
2011 年精裝本

在菲力普·普曼的《黑暗元素三部曲》中，每個人都有一個守護靈，是以動物形式呈現的靈魂或精神狀態。普曼說如果他真的有看得到的守護靈，那麼可能會是鴉科的鳥類，例如喜鵲，喜歡尋找「發亮的東西，然後偷走」。

黛安娜·韋恩·瓊斯在市面上找不到一本想唸給孩子聽的書，於是開始寫兒童故事。2001 年過世時，已經出版了超過三十本以現實世界為背景，但充滿了魔法氛圍和神話根源的書。

身為瓊斯的書迷與好友，蓋曼寫道：「她是我所認識最有趣、最聰明、最熱情、最敏銳的人，是位聰敏慧黠的女性，非常實際，也很有主見……」

提倫斯·韓伯瑞·懷特的墓誌銘寫著：「內心糾結的作家卻帶給他人歡笑。」研究懷特生平的西薇亞·湯森·華納認為，他一直都很孤單寂寞。他非常寵愛自己養的狗，一隻叫作布朗妮的愛爾蘭長毛獵犬。布朗妮過世時，懷特非常傷心。

這些書也很推薦

- 《泰倫·魔域·神劍》羅伊德·亞歷山大
- 《公主新娘》威廉·戈德曼
- 《被埋葬的記憶》石黑一雄
- 《世界之眼》羅伯特·喬丹
- 《最後的槍客》史蒂芬·金
- 《盜賊紳士拉莫瑞》史考特·林區
- 《龍騎士首部曲：飛龍聖戰》克里斯多夫·鮑里尼
- 《風之名（弒君者三部曲：首日）》派崔克·羅斯弗斯

《冰與火之歌》喬治．馬汀
《最後的戰役》C．S．路易斯
《碟形世界特警隊》泰瑞 · 普萊契
《魔法師豪爾系列 1 魔幻城堡》
黛安娜．韋恩．瓊斯
《黑暗元素三部曲：黃金羅盤》
菲力普．普曼
《永恆之王：亞瑟王傳奇》
提倫斯．韓伯瑞．懷特
《哈比人》J．R．R．托爾金
《星塵》尼爾．蓋曼
《亞法隆女王》
瑪麗安．紀默．布蕾利
《 安珀志 1：安珀九王子》
（簡體版）罗杰．泽拉兹尼
《最後的獨角獸》彼得畢格
《說不完的故事》麥克安迪
《颶光典籍首部曲：王者之路》
布蘭登．山德森
《黑暗正昇起》蘇珊．庫柏
《沙娜拉三部曲 II：奇幻精靈石》
泰瑞．布魯克斯

書蟲推薦 ❷

寇比・夏普

五年級教師，著有《創意故事集》
帕爾馬／密西根州／美國

《馬克的完美計畫》
丹・哥邁哈特

學者出版社（Scholastic），
2015 年精裝本，
妮娜・葛菲繪圖與封面設計

「孩子通常都會夢想逃家。在《馬克的完美計畫》中，馬克計畫和家裡的小狗小波離家大旅行，前往華盛頓州的高山。隨著故事進行，讀者慢慢開始發現馬克的登山行，可能是他這一生做的最後一件事。」

凱莉・歐萊茲

神祕銀河書店副理
聖地牙哥／加州／美國

《永恆之王：亞瑟王傳奇》
提倫斯・韓伯瑞・懷特

哈波旅行家出版社
（Harper Voyager），
2015 年平裝本，
喬・麥克拉倫繪圖

「如果只能推薦一本書，那絕對是《永恆之王：亞瑟王傳奇》。這本書會帶著你穿越到亞瑟王與魔術師梅林那個充滿魔法與動盪的世界。跟著故事，你會愛上亞瑟王的傳奇，但要小心：從巫師的角度來看，你將學會歡笑與絕望，哭泣與愛。這是本神奇、動人與悲哀的小說，但最重要的是，這是本歌頌人性的小說，美麗得如詩如畫。」

《克里斯多曼奇年代記》黛安娜・韋恩・瓊斯

「黛安娜・韋恩・瓊斯的文筆獨樹一格，充滿魔力。小時候看過《霍爾的移動城堡》，是為了想要填補等待哈利・波特小說中間的空白。我迅速地看完了手邊能找到的作品，同時深陷下去。但因為作品太多，所以有些還是沒讀過。克里斯多曼奇系列是我相當喜愛的小說，百讀不厭。不過只要是瓊斯的作品，絕對可以發現一些非常別緻的特點。」

哈波柯林斯出版社（HarperCollins），
2001 年平裝本，丹・克雷格繪圖

瑞琪・佛西雷瑟

愛用網路的文青

《特納之家》
安琪拉・弗洛諾

霍頓・米夫林・哈考特出版社
（Houghton Mifflin Harcourt），
2015 年精裝本，瑪莎・甘迺迪封面設計

「表面上，這本小說在講述十三個成年的孩子，因為父母老死，而房地產又暴跌，於是絞盡腦汁處理位於底特律東區的老家。另外牽涉到種族、階級、成癮、愛與信念，以及超自然現象、心理健康、男性、女性等主題。每當我閱讀過去與現在交織，以及多重觀點

的故事時，總會因有些地方不喜歡，而勉強自己看下去。但閱讀這本書，我始終期待接下來的情節，不斷想放慢閱讀速度，好好品味這些角色。每個角色都很真實，就是活生生地存在。每個角色都有缺陷，不管是難相處、不誠實、常失敗、搖擺不定，但卻又引人入勝。即使覺得這些角色個性討厭，我還是很愛他們。」

《來自可勒納德馬的女孩》
魯菲・托普

復古出版社（Vintage），
2015 平裝本，琳達・黃封面設計

「這本小說是作者的出道作，描述一段一輩子的友誼，也討論了非常殘忍的問題，像是家庭、無能、墮胎、責任，還有我們是否值得任何報償。這是個女性如何解決問題的典型故事，也是我最喜歡閱讀，覺得最能啟發思考的種類。我們平總是習慣從外人的角度去評斷這樣的角色，但托普讓我們能夠體驗他們的生活。」

黛安・卡普莉歐拉

故事小屋書店共同經營者
迪凱特／喬治亞州／美國

《達爾文女孩》賈桂琳・凱利

亨利・赫特出版社（Henry Holt），2009 年精裝本，
愛波莉・瓦德封面設計，貝絲・懷特繪圖

「十一歲的卡莉是家中七個小孩裡唯一的女生，杵在六個熱鬧的兄弟中間，看著他們能夠隨自己的意願去行動與選擇。媽媽希望她能成為一個小淑女，但卡莉有自己的想法與願望。在熱愛科學、信奉達爾文主義的爺爺庇護下，她不僅探索了大自然與其中複雜的關係，也明白了社會的標準與結構如何影響自己與他人的關係。

每次閱讀到這本可愛小說的最終章，都感動得起雞皮疙瘩。毫不隱藏地直接討論了世界不斷在自我更新，一切都有可能，我們身處於這個世界，就應該期待著種種不預期。最重要的是，故事告訴我們，女孩的改變與成長其實永無止盡。《達爾文女孩》是我所讀過最能帶給孩子希望的書。」

莎拉・赫倫貝克

婦幼優先書店共同經營者
芝加哥／伊利諾州／美國

《不良女性主義的告白》
羅珊・蓋伊

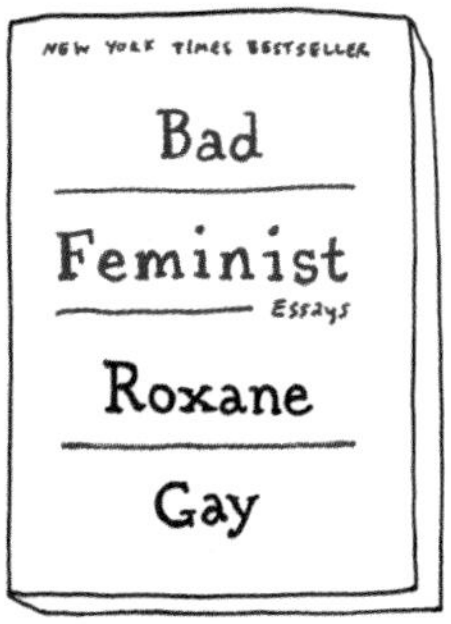

哈波長久出版社（Harper Perennial），
2014 年平裝本，羅賓・畢拉德羅封面設計

「在這本書中，羅珊・蓋伊述說自己的經驗，混合了對於流行文化與政治精彩而歡樂的批評，宣稱不管是女性主義運動或者她自己，其實都充滿了混亂的矛盾。她用盡誇張反諷、自曝其短、大開玩笑，或只是平鋪直敘，解析女性主義讓人感覺掃興的典型。」

受人喜愛的書店 ❾

同志話語書店（Gay ' s the Word Books）

倫敦／英國

1979 年創立於倫敦，因為英國沒有出版任何同性戀專書，大部分的書籍都必須從美國進口。除了和其他獨立書店一樣必須面對典型的考驗，像是店租高漲、網路行銷的競爭，同志話語書店還撐過了女王陛下海關的搜查與扣押，價值高達幾千英鎊的書籍。田納西．威廉斯、戈爾．維達爾、克里斯多福．伊薛伍德與尚．惹內的作品，都被視為情色書刊，被控意圖進口不雅書籍。控訴最後沒有成立，但也沒有因為誣告收到任何道歉。同志話語書店自此成為資訊交換以及社群團體聯絡中心，包括破冰者（Icebreaker）、女同志討論團體（Lesbian Discussion Group）、非裔同志團體（Gay Black Group）、身心障礙同志團體（Gay Disabled Group），以及跨性別倫敦（TransLondon）等等。

泰平書店
(Topping & Company Booksellers)
伊利／英國

到伊利看大教堂，還可以到泰平書店玩玩。店裡會送一杯免費的茶或咖啡，讓你好好瀏覽精心編排、承載滿滿的書架，其中還包括許多作者簽名與收藏版本。

↰ 泰平書店在巴斯與蘇格蘭聖安德魯大學城也有分店。

國王的英文書店
(The King ' s English Bookshop)
鹽湖城／猶他州／美國

這間書店創立的原因，和其他許多書店沒有兩樣。鹽湖城兩位愛書人貝西・波頓與安・伯曼覺得應該開一家書店來支撐自己寫作的熱情。但 1977 年開店後不久，她們發現必須全職照顧書店的工作，因此很難找到時間寫作。不過從開店以來，她們就一直是周邊地區居民的瑰寶。

隨著書店逐漸成長，兩位經營者對於空間的運用有其獨特的看法。她們用作家詹姆斯・派特森提供的補助金為兒童室裝上窗戶，做出一間額外的「樹屋」，供閱讀與遊戲之用。

魔法超能力故事

大多數人童年時都會希望自己擁有超能力，有些人甚至長大了依然如此。有誰不會夢想自己生來就會魔法、特別聰明，或擁有突變能力？我們都知道自己某方面很特別，只是需要弄清楚是如何特別。

成長小說是年輕的主角在追尋某種智慧的過程中，蛻變成熟，最後找到自我的故事。德國語言學家卡爾．莫根斯坦於 1819 年創造了這個詞，約翰．沃爾夫岡．馮．歌德的《威廉．邁斯特的學習年代》通常被認為是第一本成長小說。

《威廉．邁斯特的學習年代》
漢堡．萊斯夫特出版社
（Hamburger Lesehefte），
2016 平裝本

1997 年，哈利．波特第 1 集出版，至今這個系列已經銷售超過四億冊。一開始好幾家出版社都拒絕了這部小說，最後，布魯姆斯伯利出版社的奈吉爾．紐頓拿了幾頁給他八歲的女兒看。小女孩看完，追著要下面的故事，於是紐頓知道自己遇到了暢銷書。羅琳現在已成了億萬富翁，但一開始她只拿到了 2,500 英鎊的預支稿酬。

《風之名（弒君者三部曲：首日）》的開頭，充滿魅力的主角克沃思表示，父親曾經說，他的名字意思是「了解」。然後克沃思回想了自己目前為止習得的所有神奇事物與能力。派崔克．羅斯弗斯在花了九年攻讀英文學士學位的同時，寫了這本小說。書迷迫切期待弒君者三部曲的第三部，也是最後一部的結局，但羅斯弗斯不想急就章，只想把書好好寫完。

哈利進入霍格華茲之前，就有娥蘇拉．勒瑰恩的《地海巫師》少年格得進入柔克島（Roke）的巫師學校（1968 年）。而更早還有史丹．李與傑克．科比的《X 戰警》系列漫畫，描述 X 教授在 X 學院中，教導琴．葛蕾、史考特、冰人、天使華倫與野獸漢克，如何善用他們的變種異能（1963 年）。

在第二部《風之名 2：智者之懼》中，克沃思玩了一種類似下棋的策略遊戲「塔克」。羅斯弗斯和遊戲設計師詹姆斯．厄尼斯特合作，感謝集資平台 Kickstarter 成功的行銷，現在我們可以在現實世界中下塔克棋。

＊這些書也很推薦＊

- 《紅皇后》薇多莉亞．愛芙雅
- 《戰爭遊戲》歐森．史考特．卡德
- 《殺人恩典》克莉絲汀．卡修
- 《骸骨之城》卡珊卓拉．克蕾兒
- 《獅子男孩》祖祖．蔻德
- 《獵殺第四行者》彼達咯斯．洛里
- 《莎貝兒：冥界之鑰》賈斯．尼克斯
- 《超級變種人魔法學院》吉里安．玉城

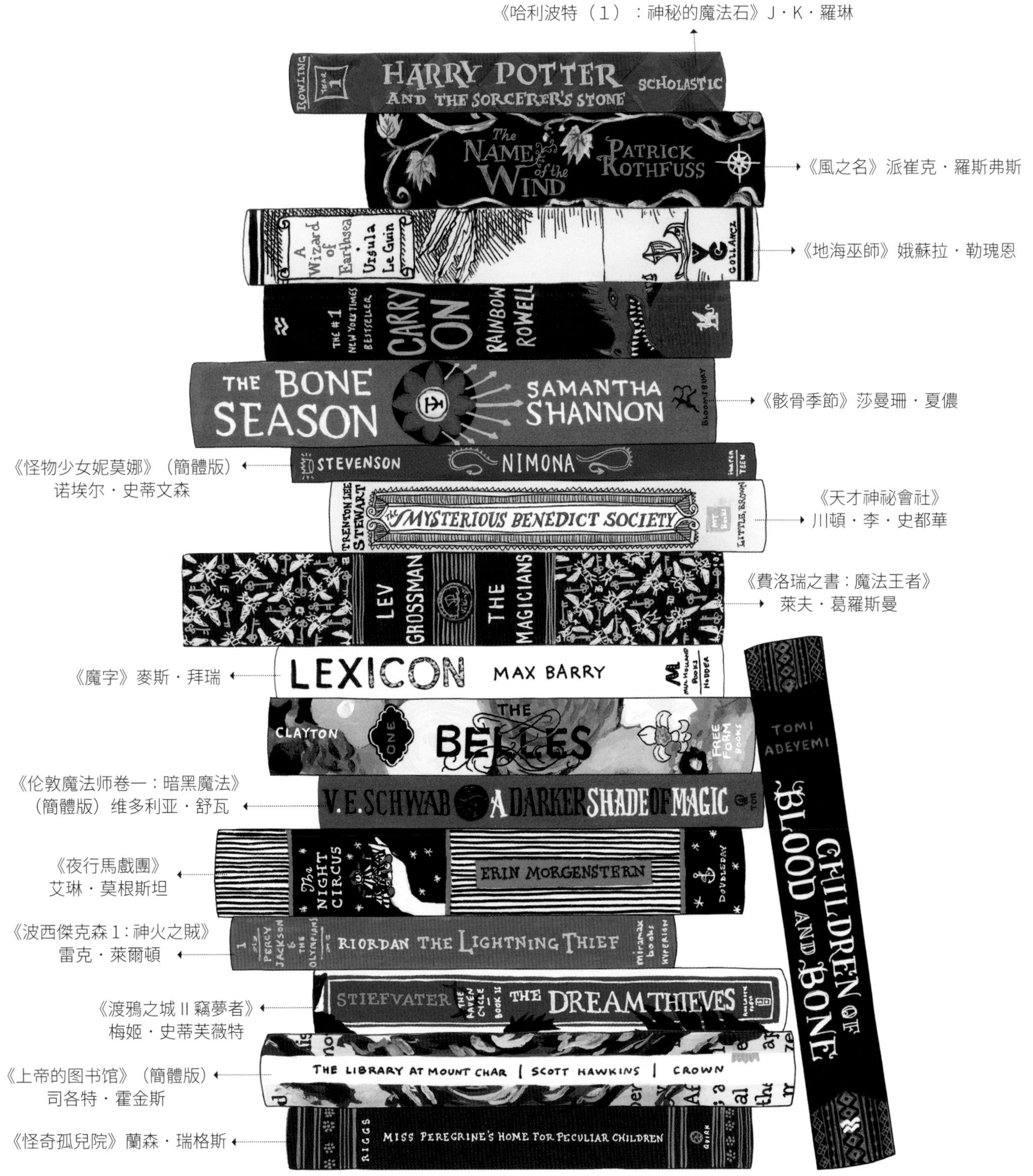
《哈利波特（1）：神秘的魔法石》J·K·羅琳
ROWLING YEAR 1 HARRY POTTER AND THE SORCERER'S STONE SCHOLASTIC
The NAME of the WIND PATRICK ROTHFUSS
《風之名》派崔克·羅斯弗斯
A Wizard of Earthsea Ursula Le Guin GOLLANCZ
《地海巫師》娥蘇拉·勒瑰恩
THE #1 NEW YORK TIMES BESTSELLER CARRY ON RAINBOW ROWELL
THE BONE SEASON SAMANTHA SHANNON BLOOMSBURY
《骸骨季節》莎曼珊·夏儂
《怪物少女妮莫娜》（簡體版）
诺埃尔·史蒂文森
STEVENSON NIMONA HARPER TEEN
TRENTON LEE STEWART The MYSTERIOUS BENEDICT SOCIETY LITTLE, BROWN
《天才神祕會社》
川頓·李·史都華
LEV GROSSMAN THE MAGICIANS
《費洛瑞之書：魔法王者》
萊夫·葛羅斯曼
《魔字》麥斯·拜瑞
LEXICON MAX BARRY MULHOLLAND BOOKS HODDER
CLAYTON ONE THE BELLES FREE FORM BOOKS
TOMI ADEYEMI CHILDREN OF BLOOD AND BONE
《伦敦魔法师卷一：暗黑魔法》
（簡體版）维多利亚·舒瓦
V.E.SCHWAB A DARKER SHADE OF MAGIC TOR
《夜行馬戲團》
艾琳·莫根斯坦
The NIGHT CIRCUS ERIN MORGENSTERN DOUBLEDAY
《波西傑克森 1：神火之賊》
雷克·萊爾頓
1 PERCY JACKSON & THE OLYMPIANS RIORDAN THE LIGHTNING THIEF miramax books HYPERION
《渡鴉之城 II 竊夢者》
梅姬·史蒂芙薇特
STIEFVATER THE RAVEN CYCLE BOOK II THE DREAM THIEVES SCHOLASTIC PRESS
《上帝的图书馆》（簡體版）
司各特·霍金斯
THE LIBRARY AT MOUNT CHAR | SCOTT HAWKINS | CROWN
《怪奇孤兒院》蘭森·瑞格斯
RIGGS MISS PEREGRINE'S HOME FOR PECULIAR CHILDREN QUIRK

夢幻圖書館 ❷

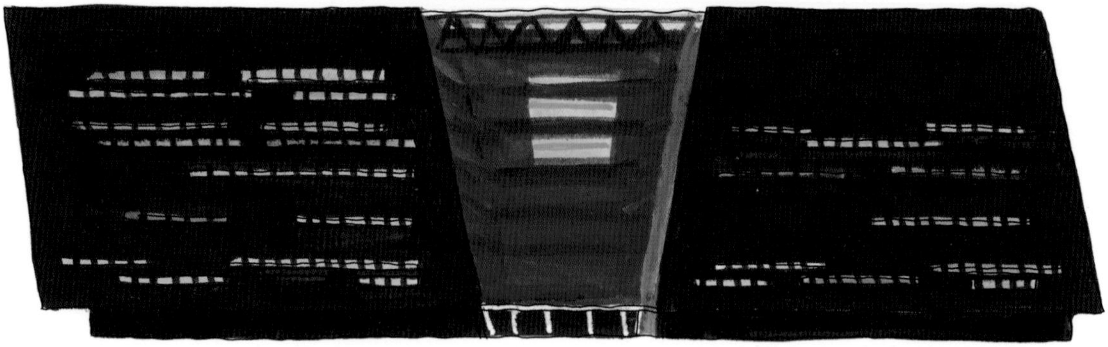

這是水面的倒影

皇家圖書館（Det Kongelige Bibiotek）

哥本哈根／丹麥

SHL 建築師事務所（Schmidt Hammer Lassen）設計

1999 年開幕

外觀用拋光黑花崗岩砌成，因為顏色與稜角的形狀，大家都稱之為「黑鑽石」（den Sorte Diamant）。圖書館就座落於河岸邊。能透光；晚上則因室內開燈，整棟建築看起來如發光般。

希奧多．蘇斯．蓋索，大家熟知的名字是蘇斯博士！館內收藏了八千五百幅蘇斯博士的插畫手稿、相片與其他紀念品。

加州大學聖地牙哥分校蓋澤爾圖書館（Geisel Library）

聖地牙哥／加州／美國

佩雷拉建築師事務所（William L. Pereira Associates）設計

1970 年開幕

這棟野獸派的建築原本稱為中央圖書館，但在 1955 年以蘇斯博士夫婦的本姓重新命名。

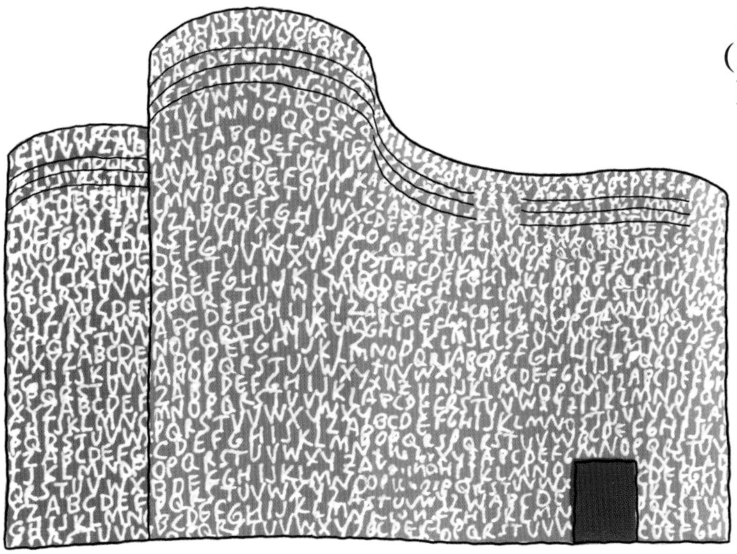

布蘭登堡科技大學資訊、通訊與媒體中心（Informations-, Kommunikations- und Medienzentrum, Brandenburgische Technischen Universität）

科特布斯／德國

赫爾佐格與德梅隆
（Herzog & de Meuron）設計

2004 年開幕

這座圖書館內部色彩繽紛，空間隔成不同形狀，還有粉紅與綠色搭配的明亮旋轉樓梯。

外牆布滿了摘錄的文字與各個語言的字母，但因為重重疊疊，所以難以判讀。

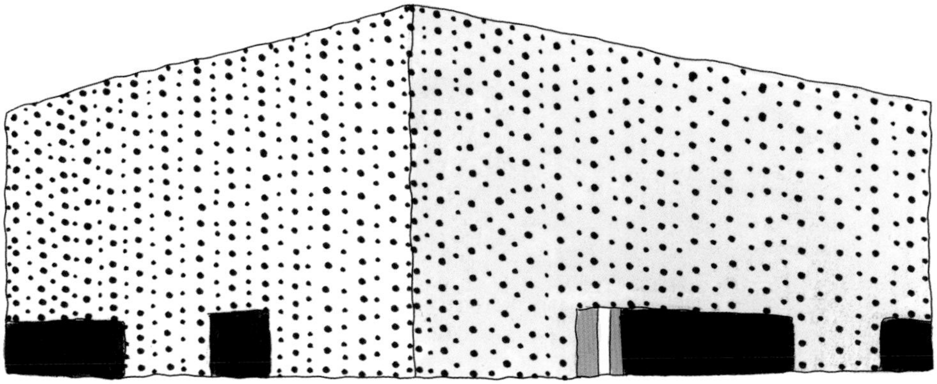

金澤海未來圖書館（KanaZawa Umimirai Library）

金澤市／石川縣／日本

K ＆ H 建築事務所（主設計師是工藤和美與堀場弘）設計

2011 年開幕

所有的圓點都是洞！洞裡填了半透明的玻璃，讓適當的自然光進入，鼓勵大家在館內停留、閱讀，而不是借了書就離開。

反烏托邦小說

反烏托邦小說的熱潮，在第二次世界大戰之前、之間、之後都曾興起。1960 年代早期冷戰前夕也是。然後是 2008 年，蘇珊．柯林斯《飢餓遊戲》出版的時候。反烏托邦小說就像照妖鏡一樣，顯現出我們目前需要改變的狀態。

喬治．歐威爾在 1949 年出版《一九八四》。2017 年，這本小說因「另類現實」（Alternative Facts）、監控議題，以及領導人搞個人崇拜，又成了美國亞馬遜網站暢銷書的榜首。

《一九八四》印記出版社（Signet），1984 年平裝本

歐威爾創造了許多現在仍會使用的專有詞彙，像是老大哥、打官腔、雙重思想、記憶洞，還有 2 ＋ 2 ＝ 5。「歐威爾主義」是在形容一個反烏托邦的極權國家，隨時監視異議份子，並控制所有的媒體、歷史與思想。

2016 年，N．K．傑米辛以《第五季》成為第一位獲得雨果獎最佳長篇小說的非裔作家（科幻小說的最高獎項），同年，一些右翼作家團體，像是「傷心的小狗」與「瘋狂的小狗」，想要鑽雨果獎提名的漏洞，讓較多傳統保守的書與作家得獎。

《第五季》不同於傳統的奇幻故事，並非現狀遇到威脅，最終將威脅打敗。而是目前處於一種糟糕的狀況，必須做出巨大的轉變。傑米辛曾說：「身為非裔女性，我一點都不想維持現狀。為什麼要維持現狀？現狀造成了很大的傷害，現狀充滿了種族與性別歧視，還有一堆我覺得需要改變的其他事物。」

《第五季》軌道出版社（Orbit），2015 年平裝本，蘿拉．潘品托封面設計

休豪伊的《羊毛記》原本是透過亞馬遜 Kindle 自助出版系統發行的電子短篇故事。讀者覺得意猶未盡，於是他又寫了後續故事。在 2013 年西蒙與夏斯特出版社發行紙本書之前，《羊毛記》已經賣出了超過四十萬套電子書，而且二十世紀福斯也買下了電影版權。

休豪伊住在一艘五十英尺長的雙體船「尋路號」（Wayfinder）上環遊世界。

＊這些書也很推薦＊

- 《發條橘子》安東尼．伯吉斯
- 《美麗新世界》阿道斯．赫胥黎
- 《別讓我走》石黑一雄
- 《鐵蹄》傑克．倫敦
- 《傳奇》陸希未
- 《宿主》史蒂芬妮．梅爾
- 《萊柏維茲的讚歌》小沃特．米勒
- 《分歧者》維若妮卡．羅斯
- 《我們》尤金．薩米爾欽

《飢餓遊戲》蘇珊・柯林斯

《一九八四》喬治・歐威爾

《記憶傳承人》露薏絲・勞瑞

《寂地》彼得・海勒

《長路》戈馬克・麥卡錫

《末日逼近》史蒂芬・金

《紅星革命首部曲：崛起》皮爾斯・布朗

《如果我們的世界消失了》艾蜜莉・孟德爾

《羊毛記》休豪伊

《V 字仇杀队》（簡體版）
大卫・劳埃德

《末世少女》瑪格麗特・愛特伍

《華氏 451 度》雷・布萊伯利

《末日之旅》加斯汀・柯羅寧

《微光》琴娜・杜普洛

《一九八四》各款封面版本

喬治・歐威爾的《一九八四》也許是最知名的反烏托邦小說，1949 年出版，但在任何年代都與時局有著相似之處。歐威爾曾經想過書名要叫《歐洲的最後一人》，不過編輯說服他取名為《一九八四》。這本小說翻譯成至少六十五種語言，版本眾多，在某些國家已經進入公共版權領域。以下列出一些：

這是初版。

英國

賽柯與沃爾堡出版社（Secker & Warburg），1949 年精裝本

印尼

班探出版社（Bentang），2003 年平裝本

土耳其

肯・亞因拉里出版社（Can Yayinlari），2014 年平裝本，烏庫・路姆魯繪圖

英國

企鵝出版社（Penguin），2008 年平裝本，薛帕德・費爾雷封面設計

費爾雷是 OBEY 服飾的創立人。他為歐巴馬的 2008 年大選設計了知名的「希望」海報，以及 1989 年的街頭藝術活動「巨人安德魯擁有一支民兵隊」。

美國

霍頓・米夫林・哈考特出版社（Houghton Mifflin Harcourt），2017 年精裝本，馬克・R・羅賓森封面設計

加拿大

哈波長久出版社
（HarperPerennial），
2014 年平裝本

書名與作者都是浮雕，
然後用黑色墨水印刷上
去。漂亮極了！

英國

企鵝出版社（Penguin），
經典系列，
2013 年平裝本，
大衛・皮爾森封面設計

德國

烏爾斯坦出版社
（Ullstein Verlag），
1976 年平裝本

克羅埃西亞

薩瑞尼・鄧肯出版社
（Šareni dućan），
2015 年平裝本

注意人群中某個人，
是頭朝著另一個方向
的反叛份子。

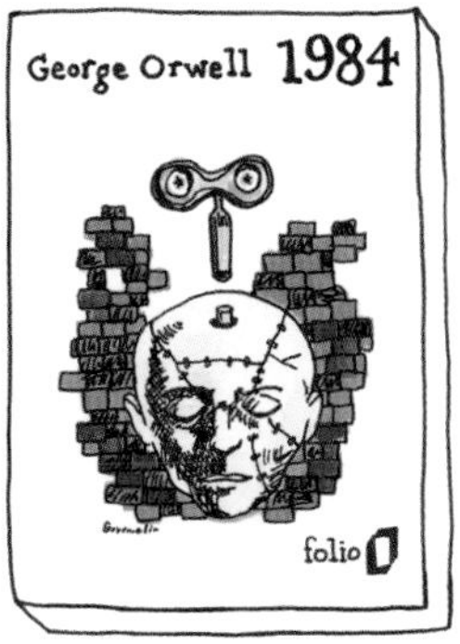

法國

加里馬出版社
（Éditions Gallimard Folio），
1974 年平裝本，
尚・哥梅林繪圖

西班牙

奧斯翠出版社
（Austral），
2012 年平裝本

瑞典

亞特蘭提斯出版社
（Atlantis），
1983 年精裝本

科幻驚悚與電子龐克

科技進展得如此迅速，許多想法已經不再是虛構。雖然還是沒有飛天車，也無法與機器人對話，但總有許多夢想的空間，可以容納電子羊或其他的異想天開。

菲利普·狄克的《銀翼殺手》中，人類與機器人的不同之處，在於人類具有同理心。主角瑞克·戴克在追殺犯罪的「機器人」時，會用這個方法分辨，算是一種極端的圖靈測試。同時，戴克與妻子使用潘菲德心情機替自己挑選感覺，在家中屋頂上還養了一頭電子羊。

狄克的人生充滿起伏。他和雙胞胎妹妹都是早產兒，不過妹妹早夭過世。雙親離婚，在柏克萊長大，吸過毒，結了五次婚，自殺未遂，有過撞鬼與幻覺經驗，五十三歲時因中風過世。

尼爾·史帝芬森認為大家太高估反烏托邦小說，科幻作家有責任更樂觀一點，對於新科技抱持夢想。過去的例子，像是以撒·艾西莫夫的機器人，或是羅伯特·海萊恩的太空船，不但創新，同時也落實，讓讀者看到科幻如何與現實結合，並啟發了工程師與程式設計師的工作動力。

史帝芬森的成長小說《鑽石年代》，講述住在新維多利亞奈米科技未來貧民窟的小女孩，得到一本可以改變一切的書。

威廉·吉布森在這個世界進入數位時代時開始寫小說。他看到小孩在打早期的街機遊戲，於是在 1982 年的短篇小說〈燃燒的鉻〉中，創造了「虛擬空間」（cyberspace）一詞。就他看來，玩家似乎巴不得可以穿過螢幕，去到另一邊的數位化世界。他的出道作品《神經喚術士》，成了電子龐克運動的基石。

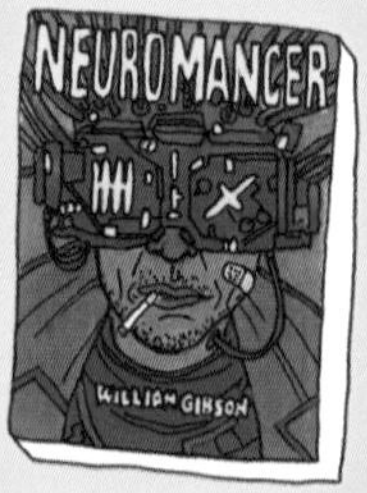

這些書也很推薦

- 《我，機器人》以薩·艾西莫夫
- 《攻殼機動隊》士郎正宗
- 《我是傳奇》理察·麥特森
- 《化身博士》羅勃·路易斯·史蒂文生
- 《海底兩萬浬》儒勒·凡爾納
- 《當世界毀滅時》菲利浦·威利與艾德溫·鮑默
- 《食人樹》約翰·溫德姆

《神經喚術士》威廉．吉布森

《銀翼殺手》菲利普．狄克

《AKIRA 阿基拉》
大友克洋

《人生複本》布萊克．克勞奇

《侏羅紀公園》麥克．克萊頓

《群鳥飛舞的世界末日》
查莉．珍．安德斯

《帶來末日的女孩》M．R．凱瑞

《一級玩家》恩斯特．克萊恩

《鑽石年代》尼爾．史帝芬森

《圖案人》雷．布萊伯利

《醜人兒》史考特．韋斯特費德

《時光機器：穿梭時空，回到未來》
H．G．威爾斯

《末日之戰：政府不想讓你知道的事》
麥克斯．布魯克斯

夢幻圖書館 ❸
～流動圖書館與書店～

三輪車圖書館就像冰淇淋車攤一樣，接近的時候會按喇叭，讓孩子知道他來了。

三輪車圖書館（Il Bibliomotocarro）

盧卡尼亞／義大利

安東尼奧·拉·卡瓦在學校教了四十二年。2003年時，他買了一台破爛的三輪貨車，上面加裝了書架，載滿要出借的書，遊走於義大利的鄉間。每週的旅程超過三百英里，總共停八個地方，將學校裡可能沒有的藏書與閱讀的樂趣帶給這些孩子。

兩隻驢子的名字分別是阿法與貝他，圖中這隻是阿法。

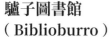

驢子圖書館（Biblioburro）

馬達連納／哥倫比亞

1990年代末，身為學校教師的路易斯·索拉諾有感於學生家中沒有足夠的閱讀刊物，於是在加勒比海邊哥倫比亞馬達連納地區，帶著兩頭驢子到處送書給孩子們閱讀。

活動圖書市集（Walking Bookfairs）

布巴內什瓦爾／印度

2016年，沙他帝·密斯拉與阿克莎亞·雷他瑞駕駛載滿書本的貨車，開了六千英里，在印度各地賣書、借書。他們在布巴內什瓦爾也開了一家小書店，而且定價低廉，好讓更多愛書人能夠負擔得起。

說個故事（Tell a Story）

里斯本／葡萄牙

三個好朋友，法蘭西斯科·安東林、多明哥·克魯茲，與喬奧·克瑞亞·皮瑞拉，想要對所有來到里斯本的觀光客宣揚他們對葡萄牙文學的熱愛。他們在鎮上開著貨車，載滿荷西·薩拉馬戈與米格爾·托爾加等作家的作品，翻譯成英文、德文、法文等多國語言版本。

這是由一台1975年的雷諾消防水車所改裝。

肯亞東北部也有駱駝流動圖書館！

蒙古兒童流動圖書館（The Mongolian Children's Mobile Library）

戈壁沙漠／蒙古

過去這二十年來，達希東兜．占巴在蒙古沙漠中巡迴了超過五萬英里，通常是騎駱駝，把書（包括他自己寫，或翻譯的）送給偏遠村莊沒有圖書館可用的孩子。

難民與移工的花園圖書館（The Garden Library for Refugees and Migrant Workers）

特拉維夫／以色列

開在熱鬧的哈文斯基公園裡，這個圖書館提供了三千五百本書給大人與小孩，共有十六種語言。2010 年，非營利組織「藝術團隊」（ARTEAM）與援助團體「梅希拉」（Mesila）設立了這個圖書館。二十四小時營業，晚上還會有光透出來，讓難民與移工也有書可閱讀。

推車圖書館（La Carreta Literaria）

迦太基／哥倫比亞

馬丁．莫里歐原本是在迦太基賣水，現在則是透過一些贊助商的幫忙，免費出借書籍，推廣閱讀。他推著手推車在鎮上巡迴，常常停下來大聲朗讀給孩子們聽。

有一天，哥倫比亞的諾貝爾獎得主加布列．賈西亞．馬奎斯來到這台手推車邊，看到自己的作品《愛在瘟疫蔓延時》的初版書，便幫莫里歐在書上簽名。

猴子手掌書店的書毯販賣機（Biblio-Mat at the Monkey's Paw）

多倫多／安大略省／加拿大

猴子手掌是多倫多的小小古董書店，以奇特的櫥窗展示聞名。經營者史蒂芬．福勒與動畫師克雷格．史摩爾一起打造了書毯販賣機。這台機器只要投 2 元，就會隨機吐出一本書。

書掉出來的時候會有一聲鈴響！

太空與外星人

有時候我們必須旅行到好幾光年遠的地方，才能真正看到地球的樣貌；有時候我們必須要遇到外星生物，才能真正面對鏡中的自己。

《沙丘魔堡》，1965 年平裝本

1959 年，自由記者法蘭克．赫伯特來到奧瑞岡州佛羅倫斯鄰近的沙丘尋找寫作靈感。不斷變化的沙丘終於讓他創作出一本小說，講述沙漠文化與環境災難造成宗教與救世主的興起。他花了六年鑽研完成《沙丘魔堡》，但因為太過冗長，被二十家出版社拒稿，最後由奇爾頓出版社（Chilton）於 1965 年發行。1966 年第一屆星雲獎（Nebula Award）的得主就是《沙丘魔堡》，但並沒有馬上造成轟動，而是隨著時間越來越受歡迎，成為邪典代表作品。2012 年，《連線》科技雜誌讀者票選此書為史上最佳科幻小說。

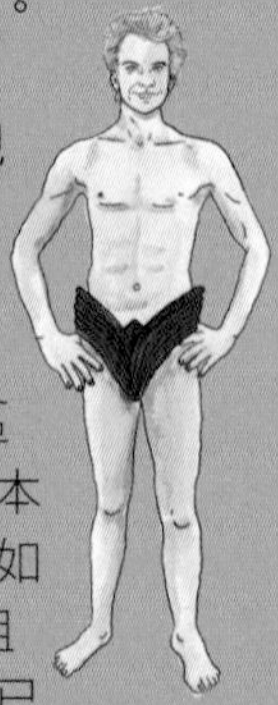

導演亞力山卓．尤杜洛斯基原本想把《沙丘魔堡》拍成電影，由奧森．威爾斯飾演哈肯尼男爵，薩爾瓦多．達利飾演皇帝，但好萊塢認為投資過高，風險太大。大衛．林區在 1984 年拍了一部相當有爭議的版本（搖滾巨星史汀飾演費德．羅薩，如圖）。英國小說家與記者哈瑞．昆祖魯認為，完美的《沙丘魔堡》電影已經在 1977 年拍出來了，就是《星際大戰》。

劉慈欣的《三體》，書名指的是三個鄰近的天體如何互相影響對方的運行模式。但這套三部曲小說真正要探討的是：人類若發現宇宙中不是只有我們會怎樣？這本小說是 2006 年於中國出版，一炮而紅。

作家尼迪．奧科拉弗並不喜歡外太空（她比較愛色彩豐富、充滿魔法的地方），不過以作家與人類的身分，她還是勇於面對自己的不喜歡，從中獲得成長。她決定從小處開始，所以《賓蒂》這個故事是中篇小說，講述一名年輕女性離開地球，進入一個多元種族的銀河聯合大學。

安迪．威爾於 2016 年出版了《火星任務》的「教室版」，拿掉了原版中超過一百六十句髒話，讓國高中自然科教師能在課堂上進行教學。

《火星任務》皇冠出版社（Crown），2014 年精裝本，艾瑞克．懷特封面設計

＊這些書也很推薦＊

- 《銀河便車指南》道格拉斯．亞當斯
- 《二〇〇一太空漫遊》亞瑟．克拉克
- 《密碼巴別 17》山繆．德拉尼
- 《永世之戰》喬．海德曼
- 《時間的皺摺》麥德琳．蘭歌
- 《烽火世家》布萊恩．K．沃恩
- 《深淵上的火》弗諾．文奇
- 《世界大戰》H．G．威爾斯

《索拉力星》史坦尼斯勞·萊姆

《火星任務》安迪·威爾

《火星紀事》雷·布萊伯利

《宇宙戰士》海萊恩

《雷切帝国：正义号的觉醒》（簡體版）安·萊基

《沙丘魔堡》法蘭克·赫伯特

《童年末日》克拉克

《三體》劉慈欣

《基地》以撒·艾西莫夫

《7 夏娃》尼爾·史蒂文森

《泰坦星的海妖》馮內果

《戰爭遊戲》歐森·史考特·卡德

《蒼穹浩瀚（1）：利維坦覺醒》詹姆斯·S·A·科里

《海柏利昂》丹·西蒙斯

虛構的行星宇宙

猜出以下星球出現的小說或漫畫，
以及作者（有些答案不只一個）。
此外，這裡要注意，
圖片大小與顏色並不完全正確。

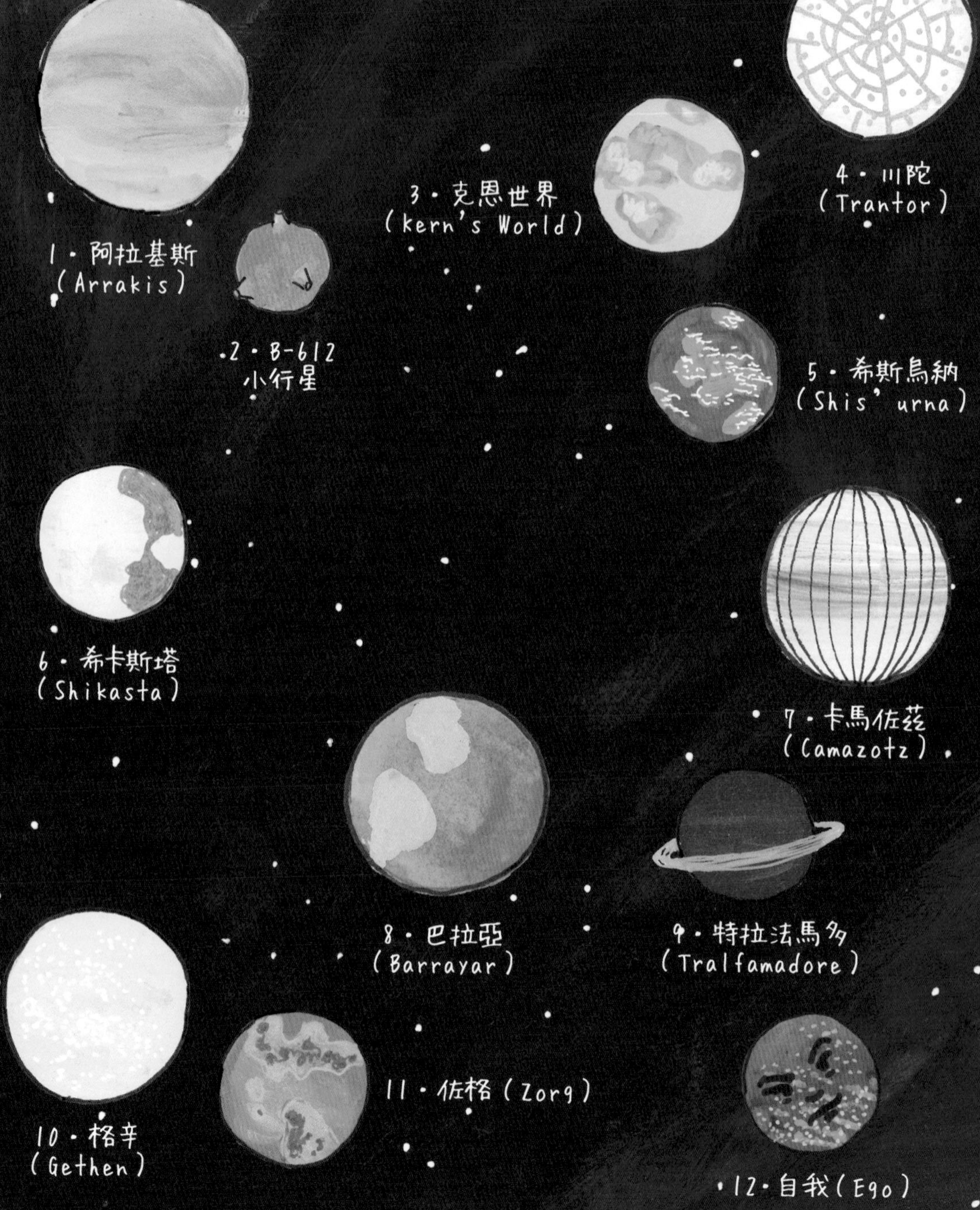

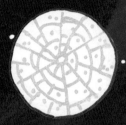

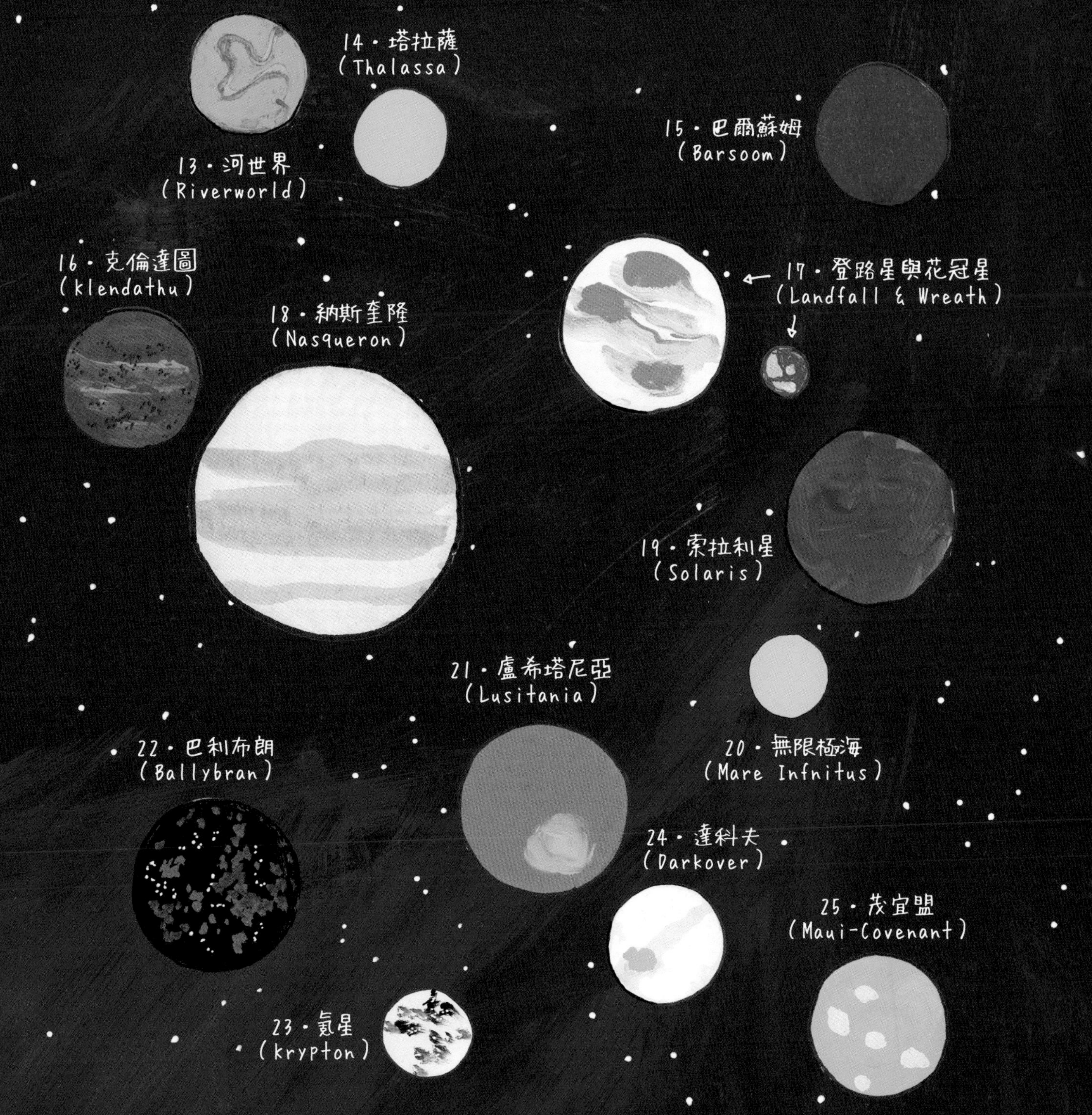
13・河世界
(Riverworld)
14・塔拉薩
(Thalassa)
15・巴爾蘇姆
(Barsoom)
16・克倫達圖
(klendathu)
17・登路星與花冠星
(Landfall & Wreath)
18・納斯奎隆
(Nasqueron)
19・索拉利星
(Solaris)
20・無限極海
(Mare Infnitus)
21・盧希塔尼亞
(Lusitania)
22・巴利布朗
(Ballybran)
23・氪星
(krypton)
24・達科夫
(Darkover)
25・茂宜盟
(Maui-Covenant)

答案

(1)《沙丘魔堡》法蘭克・赫伯特 (2)《小王子》安東尼・聖修伯里 (3)《時間之子》亞德里安・柴可夫斯基 (4)《基地》以撒・艾西莫夫 (5)《雷切帝國》安・萊基 (6)《希卡斯塔》多樂絲・萊辛 (7)《時間的皺摺》麥德琳・蘭歌 (8)《榮耀碎片》露易絲・麥克馬斯特・布約德 (9)《第五號屠宰場》馮內果 (10)《黑暗的左手》娥蘇拉・勒瑰恩 (11)《凱文與虎伯》比爾・華特森 (12)《雷神索爾》史丹・李與傑克・科比 (13)《走向你們散落的身體》菲利浦・荷西・法默 (14)《遙遠的地球之歌》阿瑟・C・克拉克 (15)《火星公主》艾德嘉・萊斯・巴勒斯 (16)《星艦戰將》羅伯特・海萊恩 (17)《烽火世家》布萊恩・K・沃恩 (18)《代數師》伊恩・班克斯 (19)《索拉里斯星》斯塔尼斯瓦夫・萊姆 (20)《安迪密恩》丹・西蒙斯 (21)《死者代言人》奧森・斯科特・卡德 (22)《水晶歌手》安・麥考菲利 (23)《超人》傑瑞・西格爾與喬・舒斯特 (24)《星球拯救者》瑪里安・齊默・布拉德利 (25)《海柏利昂》丹・西蒙斯

圖文小說與漫畫

圖文小說通常是單篇故事，而漫畫書則多是系列故事。兩者都是用畫面呈現！有時候用連環漫畫，有時候則在旁邊搭配文字或對話框，更富創意與靈感。

威爾．艾斯納是漫畫產業的動畫元老祖師之一，執業將近七十年，艾斯納獎便是以他來命名。艾斯納為成人創作了《神人之契》，希望能在一般書店販賣，而非漫畫書店。因此他將這部作品定調為「圖文小說」，這也是第一本以圖文小說這個文類為人所知的書。

麥可．謝朋將艾斯納寫入自己的小說《卡瓦利與克雷的神奇冒險》。鬥牛士出版社（Picadot），2000年平裝本，亨利．希恩．意耶封面設計。

埃米爾．菲莉絲在四十歲時，因為受到西尼羅河病毒蚊子的叮咬而癱瘓。她後來又重新開始畫畫，創作出細膩素描風格的《我的怪物日記》，還要拉拔自己的小女兒長大。

《烽火世家》是一部太空歌劇史詩系列，由布萊恩．K．沃恩執筆，費歐娜．史戴波繪製。夫婦倆懷第二個女兒時，他創作出這個在外星種族亂事中，一對父母帶著新生兒努力活下去的故事。

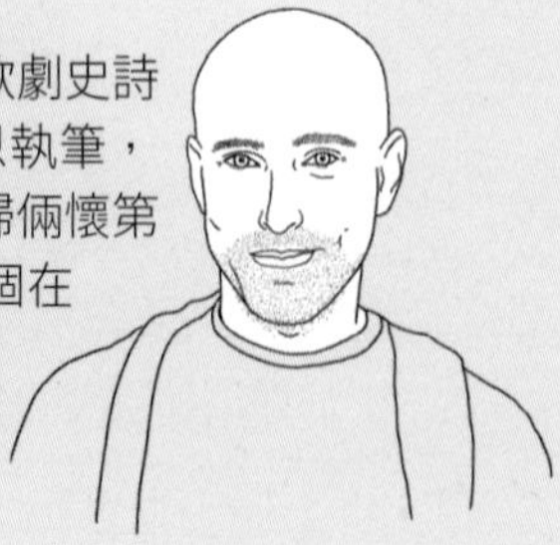

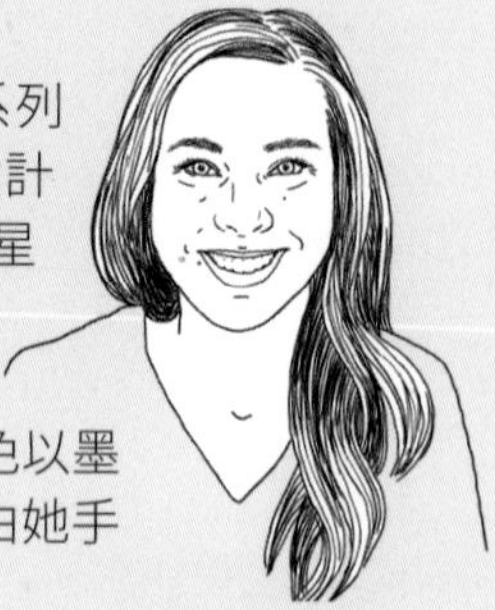

妻子史戴波是《烽火世家》系列的另一位作者，負責繪圖、設計角色、交通工具、外星種族與星球。她以素描打出草稿，但大部分是用電腦繪圖，呈現出類似動畫賽璐珞片的效果，角色以墨水描邊，背景則是彩繪。文字由她手寫，在漫畫中很少見。

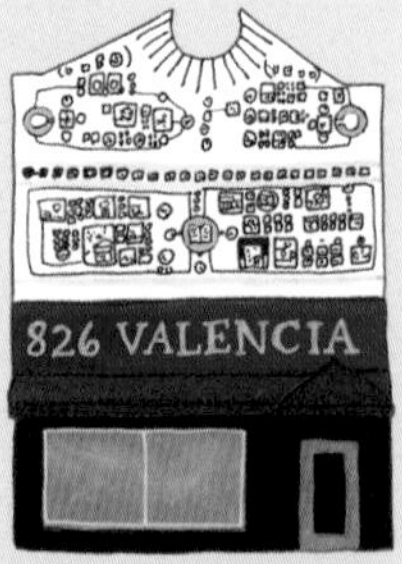

克里斯．韋爾是一位漫畫大師，但他的作品跨越了其他媒材。他曾設計村上春樹《發條鳥年代記》封面發條鳥的內部結構，以及繪製非營利文學組織「826瓦倫西亞」（826 Valencia）的外牆壁畫。

＊這些書也很推薦＊

- 《盡力而為》裴氏
- 《建築師》大衛．馬祖凱利
- 《遺產》露圖．莫丹
- 《大問題》安德斯．尼爾森
- 《茉莉人生》瑪贊．莎塔琵
- 《一個夏天》瑪可．玉城與吉里安．玉城
- 《寓言第一集：放逐的傳說》比爾．衛靈漢與蘭恩．麥地納

《烽火世家》（簡體版）
布莱恩・K・沃恩

《睡魔 1，前奏與夜曲》
尼爾・蓋曼

《抵岸》陳志勇

《我和母親之間：一齣漫畫劇》
艾利森・貝克德爾

《守望者》（簡體版）
艾伦・摩尔编剧／
大卫・吉布斯原画

《蝙蝠俠：黑暗騎士歸來》弗蘭克・米勒

《美生中国人》
（簡體版）杨谨伦

《大耳朵超人》希希・貝爾

《鼠族》亞特・史畢格曼

《闖入者》阿德里安・遠峰

《陰屍路》羅伯特・柯克曼

《與神的契約》
威爾・埃斯納

《晚安，布布》淺野一二〇

《被子》奎格・湯普森

《漫畫原來要這樣看》
史考特・麥克勞德

受人喜愛的書店 ⑩

水銀漫畫咖啡屋（Amalgam Comics & Coffeehouse）

費城／賓州／美國

艾莉兒・強森是美東第一位非裔女性漫畫店經營者。她努力讓「水銀漫畫咖啡屋」，成為不管任何人都能在這裡找到自我的地方。她認為《X 戰警》的暴風女（一位肯亞部落公主的女兒，成長於哈林區與開羅）是讓她開始喜歡漫畫的起點。在《鋼鐵人》第 1 集的變體封面，可以看到艾莉兒・強森和鋼鐵心（本名莉莉・威廉斯，自己製作了鋼鐵人盔甲的 15 歲天才少女）一起喝咖啡。

原子書店（Atomic Books）

巴爾的摩／馬里蘭州／美國

原子書店不只能找到罕見文學與地下漫畫書，還是約翰・華特斯收受粉絲信的地址（21211 馬里蘭州巴爾的摩佛斯路 3620 號）。這位知名的導演、作家、演員、脫口秀主持人、視覺藝術家與藝術蒐藏家，正是巴爾的摩本地人，偶爾會到這家書店收自己的信。

最後一家書店（The Last Bookstore）

洛杉磯／加州／美國

最後一家書店創立於 2005 年，當時博德斯集團（Borders）連鎖書店與其他獨立書店都一間間收起。經營人喬許・史賓瑟雖明知開這家書店的風險很大，但因為 1996 年的機踏車事故奪走了他的行走能力，使他更能平淡面對這些起起落落。

書店位於洛杉磯市區一家老銀行裡面。讀者可以在古老的拱頂下瀏覽科幻與恐怖小說，走過堆疊著一落落書本的長廊，欣賞文學藝術的擺設，以及偽裝成書背的電燈開關等設計。

為了讓大家覺得這家書店溫暖有人性，史賓瑟很努力經營出這樣的氛圍。常客每個禮拜、每一天都會進來，離開時常常也是滿載而歸。

短篇小說

許多作家的第一本書都是短篇小說集，但對專門寫作短篇小說的作家而言，這不是職業生涯的一個階段，而是光輝燦爛的終點與目標。

故事之王喬治・桑德斯甚至會跟自己的故事講話，告訴他們：「不要變長，不要變長！讓我們盡可能快進快出，快點解決。」桑德斯在寫作的同時，做過很多工作，像是地球物理工程師、油井探勘工作人員、比佛利山莊的門衛、屋頂工人、便利商店店員、西德州屠宰場拔除豬蹄的員工，以及藥廠的技術寫作人員，擁有豐富的工作與人生經驗。2017 年他出版了第一本長篇小說《林肯在中陰》，並且因為這本書獲得了曼布克獎（Man Booker）。

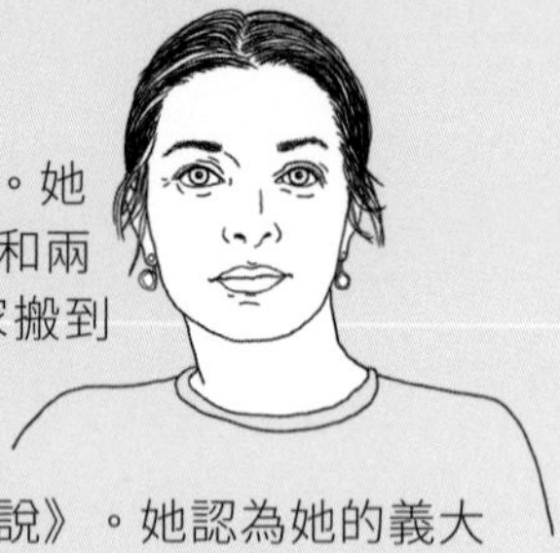

拉希莉的母語是孟加拉語。她用英文寫了兩本長篇小說和兩本短篇小說集之後，全家搬到羅馬三年。然後她學了義大利文，並用義大利文寫了一本回憶錄《換句話說》。她認為她的義大利文雖然不完美，但給了自己英文所沒有的自由與力量。

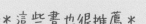

凱莉・林克說，她的短篇小說靈感都來自於「夜間邏輯」，像作夢一樣的奇特邏輯，但是並不荒謬，而是具有某種程度的真實。

1995 年，奧克薇亞・巴特勒成為第一位獲得麥克阿瑟天才獎的科幻小說家。因為生性害羞，又有閱讀困難，所以她總是在帕薩迪納公立圖書館裡閱讀仙女童話、馬匹故事與科幻小說雜誌，以躲開同儕霸凌。十歲時，她拜託媽媽買了一台打字機。她曾說：「我會以力量做為寫作主題，是因為自己缺乏的緣故。」

《可愛的怪獸》是林克第一本寫給青少年的小說集。她還寫過給成年人的小說集，其中包括了 2015 年出版的《惹麻煩》。

鍾芭・拉希莉的父親是位圖書館員，因此她在小時候沒買過什麼書，大部分都用借的。大概在五、六歲時，她擁有了第一本書，珍・凱勒・麥克曼奴斯的《你永遠不需要尋找朋友》。

《你永遠不需要尋找朋友》
美國禮品公司（American Greetings），
1970 年精裝本，
法蘭克・卡里奧塔基斯設計

＊這些書也很推薦＊

- 《巴賽爾姆的 60 個故事》唐納德・巴賽爾姆
- 《圖案人》雷・布萊伯利
- 《血窟》安吉拉・卡特
- 《約翰・齊佛故事集》約翰・齊佛
- 《懷俄明州故事集》安妮・普露
- 《再見，哥倫布》菲利普・羅斯
- 《九個故事》J・D・沙林傑
- 《一切破碎，一切成灰》威爾斯・陶爾

《她的身體與其它派對》
卡門．瑪麗亞．馬查多

《妳一生的預言》姜峯楠

《都柏林人》詹姆斯．喬伊斯

《耶穌之子》（簡體版）
丹尼斯．约翰逊

《非你莫屬》米蘭達．裘麗

《十二月十日》
喬治．桑德斯

《醫生的翻譯員》鍾芭．拉希莉

《當我們討論愛情》
瑞蒙．卡佛

《流亡者》阮越清

《你就這樣失去了她》
朱諾．狄亞茲

《美国鸟人》（簡體版）
洛丽．摩尔

《出走》艾莉絲．孟若

《迷宮》波赫士

受人喜愛的書店 ⓫

1956 年，城市之光出版了艾倫・金斯堡的重要詩集《嚎叫》。費林格帝因為妨害風化被捕（詩中指涉了性與毒品），但法官克雷頓・宏恩判決無罪，因為他說這首詩「對於社會具有深刻的意義」。判決結果的確讓這本書多賣了許多套。

城市之光（City Lights）

舊金山／加州／美國

城市之光不但是書店也是出版社，就座落在北灘鄰接中國城的地方。1953 年，詩人勞倫斯・費林格帝與教授彼得・D・馬丁（隔兩年拆夥）共同創立城市之光這家「世界文學、藝術與激進政治主義」的專門書店。最初也是美國第一家平裝本專門書店。2001 年，城市之光變成了官方歷史地標。

書匠書店（The Booksmith）

舊金山／加州／美國

1976 年，書匠書店創立於舊金山海特艾許伯里社區，也是美國的反主流文化中心。這家書店舉辦了許多充實的活動與課程，客座講者與作家包括了哲學家堤蒙西・利里、科幻小說傳奇雷・布萊伯利、知名新聞記者亨特・湯普森、童書作家雷蒙尼・史尼奇、音樂人尼爾・楊與派蒂・史密斯，以及死之華樂團的菲爾・萊什與米基・哈特、攝影師理查德・阿維頓與安妮・萊柏維茲等人。艾倫・金斯堡的最後一次朗讀也是在書匠書店。

2007 年時，克莉斯汀・艾文斯與丈夫帕爾文，從創立人蓋瑞・法蘭克手上買下書匠書店。

詩

美國國家藝術基金會（National Endowment for the Arts）指出，每年至少念一首詩的人口在逐漸下降，1992 年還有 17%，到了 2012 年只剩下 6.7%。詩比爵士樂還不流行。但是詩的力量剛好和數據相反，真正的詩會直接打動人心。

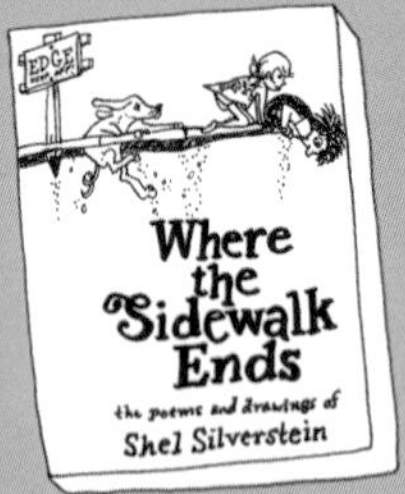

《人行道的盡頭》
哈波出版社
（Harper & Row），
1974 年精裝本

許多美國小孩讀的第一本詩集，是《人行道的盡頭》。作者謝爾·希爾弗斯坦是韓戰退伍老兵，《花花公子》的插畫家（也常常去花花公子莊園作客），曾獲提名金球獎與金像獎，也得過兩次葛萊美獎（一次是幫強尼·凱許做的歌〈一個名叫蘇的男孩〉，另一次是《人行道的盡頭》有聲書）。

美國最暢銷的詩人是魯米，一位波斯蘇菲祕士與伊斯蘭學者，出生於現在的塔吉克，於伊朗與敘利亞學習，大部分時間住在土耳其。他的知名度有部分可以歸功於科爾曼·巴克斯的現代譯本，但魯米詩中的愛、靈性與合一，能夠與世界各地的人溝通。

《Rumi：在春天走進果園》
哈波聖法蘭西斯科出版社（HaperSanFrancisco），
2004 年平裝本，妮塔·耶巴拉封面設計

特蕾茜·K·史密斯獲得普立茲獎的作品《火星生活》，是一本向身為哈伯太空望遠鏡工程師的父親致敬的詩集。不過致敬不是她原本的意圖，她比較想著重於「透過太空這個比喻，來思考地球上生活中的現實與問題」。

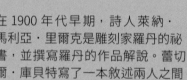

在 1900 年代早期，詩人萊納·馬利亞·里爾克是雕刻家羅丹的祕書，並撰寫羅丹的作品解說。蕾切爾·庫貝特寫了一本敘述兩人之間友誼的書《你必須要改變生活》。

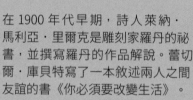

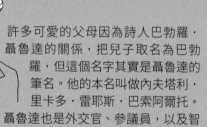

許多可愛的父母因為詩人巴勃羅·聶魯達的關係，把兒子取名為巴勃羅，但這個名字其實是聶魯達的筆名。他的本名叫做內夫塔利·里卡多·雷耶斯·巴索阿爾托。聶魯達也是外交官、參議員，以及智利社會主義總統薩瓦多·艾蘭德的顧問。艾蘭德被奧古斯托·皮諾契推翻時，聶魯達正在醫院進行癌症治療，離院前被醫生注射了不知名的藥物。回家六個半小時後，也許是因為毒藥，也許是報導說的前列腺癌便過世了。2013 年，聶魯達的骨骸被挖出來，在智利、西班牙、美國、瑞士接受檢驗，但目前仍無定論。

這些書也很推薦

- 《凸鏡中的自畫像》約翰·艾希伯里
- 《奧登詩集》W·H·奧登
- 《一個消失世界的照片》勞倫斯·費林格帝
- 《山窪》羅伯·佛洛斯特
- 《野鳶尾》露伊絲·葛綠珂
- 《生日書簡》泰德·休斯
- 《雄鹿之躍》莎朗·歐莉

ARIEL SYLVIA PLATH Faber
《精靈》雪維亞・普拉絲
Langston Hughes Selected Poems Vintage
《兰斯顿・休斯诗选》（簡體版）
兰斯顿・休斯
DANCE DANCE REVOLUTION CATHY PARK HONG
THE ESSENTIAL Rumi BARKS
《Rumi：在春天走進果園》魯米
BAUDELAIRE
Elizabeth Bishop The Complete Poems 1927-1979
《寫給雨季的歌：伊莉莎白・碧許詩選》
伊莉莎白・碧許
TRACY K. SMITH LIFE ON MARS GRAYWOLF PRESS
《火星生活》（簡體版）
特蕾茜・K・史密斯
SEAMUS HEANEY Field Work
ANNE CARSON AUTOBIOGRAPHY OF RED Vintage
W.B.YEATS Poems selected by SEAMUS HEANEY
THE DREAM OF A COMMON LANGUAGE ADRIENNE RICH NORTON
Wisława Szymborska POEMS NEW AND COLLECTED Harcourt
《辛波絲卡詩集》辛波絲卡
Just Give Me a Cool Drink of Water 'fore I Diiie Maya Angelou Random House
HOWL Allen Ginsberg
《金斯堡诗全集》（簡體版）艾伦・金斯堡
LORDE coal NORTON
E.E. Cummings COLLECTED POEMS
《卡明斯诗选》（簡體版）
E・E・卡明斯
LOVE POEMS PABLO NERUDA
JOHN KEATS THE POEMS EVERYMAN'S LIBRARY
The Waste Land and Other Writings T.S. ELIOT MODERN LIBRARY
《荒原》T・S・艾略特
WALLACE STEVENS THE COLLECTED POEMS VINTAGE
LUNCH POEMS Frank O'Hara
MARY OLIVER THIRST BEACON PRESS
DICKINSON
《最好的里爾克》
里爾克
THE SELECTED POETRY OF RAINER MARIA RILKE Edited and Translated by Stephen Mitchell
77 Dream Songs John Berryman Faber
Gwendolyn Brooks Annie Allen HARPER
Silverstein Where the Sidewalk Ends Harper & Row
《人行道的盡頭》謝爾・希爾弗斯坦
LEAVES OF GRASS WALT WHITMAN
《草葉集：惠特曼詩選》
華特・惠特曼

作家書齋 ❷

湯瑪斯在牆上掛了照片、複製畫、待辦事項清單，以及雜誌剪報。
你可以想像，不管時間長短，坐在這張椅子上寫作的樣子嗎？

迪倫・湯瑪斯

短暫一生的最後四年，詩人迪倫・湯瑪斯與家人住在船屋中。船屋的地點位於威爾斯勞恩鎮的崖邊，可以眺望塔夫河口。他使用路邊的儲藏小屋當作工作室，在那裡創作出大家最熟悉的傑作，包括〈不要靜靜走入長夜〉與〈在約翰爵士的山丘上〉這兩首詩，還有戲劇《牛奶樹下》。

湯瑪斯三十九 歲前往紐約市的途中，因為肺炎過世，他一生都脫離不了酗酒的習慣。

詹姆斯·A·鮑德溫

四十六歲時，因為感受到在美國受到孤立與迫害，社會批評作家詹姆斯·A·鮑德溫離開家鄉，來到法國蔚藍海岸的一個中世紀風格村莊，聖保羅山城。他生命中的最後十八年，在這裡寫了幾部作品，包括知名的〈給我的姊妹安琪拉·戴維斯的公開信〉。

不幸的是，鮑德溫以前住的地方似乎已經不在了。在他死後不久，別墅就被建商買走。鮑德溫的家人，以及非營利團體「普羅旺斯他的家」，努力想要買回來保留，但鮑德溫住的屋子已經被拆除。

鮑德溫邀請過約瑟芬·貝克、邁爾士·戴維斯、妮娜·西蒙、艾拉·費茲潔拉、畢福德·迪蘭尼、哈利·貝拉方堤，以及悉尼·鮑迪。他也讓聖保羅山城的駐站藝術家名單變得更豐富（亨利·馬諦斯、喬治·布拉克、畢卡索、費爾南·雷捷、胡安·米羅、亞歷山大·考爾德、尚·考克多，還有馬克·夏卡爾都住過這裡）。

鮑德溫使用過的打字機，史密斯·可樂娜電動打字機 2200。

鮑德溫的花園裡有一張大桌子，去過的訪客都記得而且喜歡，他稱之為「歡迎桌」。有一名訪客回憶到，桌子是在高聳參天的雪松旁邊，也有人記得是放在葡萄架底下。鮑德溫最後的作品，就是一齣名為《歡迎桌》的戲劇。

散文

蒙田在 1580 年出版了他的《蒙田隨筆》，內容充滿了典故、軼事與洞見，筆調坦白誠實。從蒙田之後，對於我們想知道的事物，就可以藉由閱讀散文來理解。散文家精煉了各式主題，說明難以理解的部分，將不同的想法交織在一起，或是針對其中一點詳細解說。阿道斯．赫胥黎曾說：「散文這種文學體材，可以說明幾乎任何事情的所有一切。」

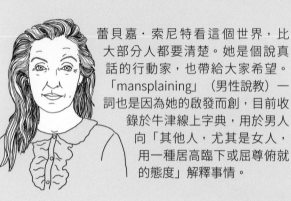

蕾貝嘉．索尼特看這個世界，比大部分人都要清楚。她是個說真話的行動家，也帶給大家希望。「mansplaining」（男性說教）一詞也是因為她的啟發而創，目前收錄於牛津線上字典，用於男人向「其他人，尤其是女人，用一種居高臨下或屈尊俯就的態度」解釋事情。

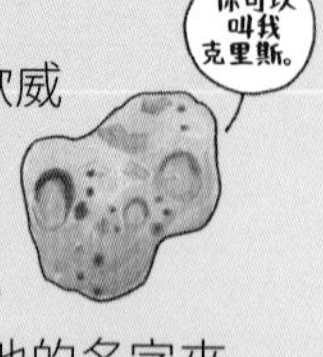

辯論家克里斯多福．希金斯，是喬治．歐威爾的書迷，也是個反極權主義與反宗教者，認為應該由科學，而非宗教，來教導道德倫理。有一次他自願經歷了水刑，以寫出受刑的感覺。有一顆小行星是以他的名字來命名。2010 年他罹患了食道癌。查理．羅斯問他是否後悔過抽菸喝酒，希金斯回說：「寫作對我來說是最重要的事，只要有任何事情可以幫助我寫作，或是加強、延長、加深、集中文章的論點與對話，我就覺得值得。」

希金斯 2001 年過世，他的朋友作家安德魯．蘇利文說，希金斯的臨終遺言是：「資本主義，下台。」

1992 年 12 月 23 日，大衛．塞德里在美國全國公共廣播電台的「早安版」節目出道，朗讀了《小矮人日記》，內容是梅西百貨裡聖誕精靈的一天。從那時候開始，他寫出了許多非常暢銷的文集，包括《我的語言夢》。問到如何讓寫作進步，他建議閱讀：「從來沒有讀過書的人，突然之間坐下來寫出一本書，這是不可能的事。你必須學習如何吸引讀者的心。」

《我的語言夢》2001 年平裝本

約翰．麥菲寫了將近 30 本散文集，內容從橘子聊到籃球員，從阿拉斯加講到開貨車，從瑞士軍隊說到核子物理學。他在普林斯頓教了數十年的寫作，總是對學生說：「只從一個來源取材是剽竊，從好幾個來源取材是研究。」

這些書也很推薦

- 《歐姆蛋與紅酒》伊莉莎白．大衛
- 《教石頭說話》安妮．迪勒
- 《然而，很美》傑夫．代爾
- 《時間蒼穹》洛倫．艾斯利
- 《對抗人生的快樂》菲利普．洛佩特
- 《藝術與熱情》辛西亞．奧齊克
- 《腦死擴音器》喬治．桑德斯

《我的語言夢》大衛・塞德里

《熟女拉頸報》諾拉・伊佛朗

《向伯利恒跋涉》（簡體版）
琼・狄迪恩

《所谓好玩的事，我再也不做了》
（簡體版）大卫・福斯特・华莱士

《觀看的方式》約翰・伯格

《論攝影》蘇珊・桑塔格

《暗黑中，望見最美麗的小事》
雪兒・史翠德

書蟲推薦 ❸

雪莉 M・戴茲

《學校圖書館期刊》
書評經理與編輯

《清秀佳人漫畫版》
瑪麗亞・馬斯頓改編，
布蘭娜・桑姆勒繪圖

安德魯斯・麥克米爾出版社
（Andrews McMeel Publishing），2017 年平裝本

「露西・莫德・蒙哥馬利的《清秀佳人》是讓我愛上閱讀的起點。當然我之前就看過很多書，但這本經典讓我強烈體認到，書可以讓我們逃避現實，也可以帶我們認識新的世界。在《清秀佳人》中，我找到了熟悉又親切的靈魂，另一個格格不入的前青春期女孩，腦中充滿了各種故事，找不到自己的定位。我真希望在十歲時就可以閱讀到漫畫版。漫畫將長篇小說濃縮成一本，改編得很豐富。」

五分出版（Cinco Puntos Press），
2014 年平裝本

《碎片女孩蓋比》
伊莎貝・金泰羅

「真希望在青少年時期就遇到《碎片女孩蓋比》這本書。蓋比是個很吵很胖，初初萌芽的詩人，每天都努力希望符合媽媽、朋友與學校老師的期待。她的隨手筆記很像我十八歲時的日記。那時我不斷嘗試尋找正確的平衡點，以達到我家單親媽媽的要求，並在美國社會與傳統多明尼加社會的文化中取得自己的位置。」

西莉亞・薩克

食物類綜合書店（Omnivore Books on Food）經營者
舊金山／加州／美國

《祖尼咖啡館食譜》
茱蒂・羅傑斯

諾頓出版社
（W.W.Norton），
2002 年精裝本，
珍托與海亞邊緣
攝影工作室攝影

「《祖尼咖啡館食譜》是我最喜愛也最推薦的食譜。這本食譜用一種精簡而充滿詩意的方式，告訴你為什麼在廚房裡要這麼做。你會想帶著這本書到床上去看整晚，也會學到菜煮好了將發出什麼樣的聲音。」

珊蒂・托奇德森

自己的房間書店共同經營者
麥迪遜／威斯康辛州／美國

《末世少女》
瑪格莉特・愛特伍

布魯姆斯伯利出版社
（Bloomsbury），
2009 年精裝本，
大衛・曼恩封面設計，
維多利亞・梭頓繪圖

「一本背景設定在不遠未來的反烏托邦小說，21 世紀的《美麗新世界》。是一個愛情故事，也是一本末日小說。敘述一個人在其他所有人似乎都被瘟疫殺死的世界掙扎求存。如果我們讓貪婪無限擴張，讓基因工程的發展超出界線，就可能會發生這樣可怕的景象。」

《愛的歷史》妮可・克勞斯

諾頓出版（W.W.Norton），
2006 年平裝本

「李奧的愛情故事，既心碎又喧鬧。他是個波蘭的猶太人，第二次世界大戰時躲進森林裡，因此逃過了屠村。六十年後住在紐約，垂垂老矣，緊抓著珍貴的每一天。他與十四歲的艾瑪，故事互相交錯，因為艾瑪正在讀的一本自己母親翻譯、李奧年輕時寫的小說。他們住在同一座城市裡，年齡相差很遠，但即將產生火花。」

瑪莉・蘿拉・菲爾帕特

散文家
艾美獎節目「文字論壇」
（A Word on Words）主持人之一
帕納賽斯書店線上雜誌
《沉思》Musing 創始編輯

《半空》大衛・雷考夫

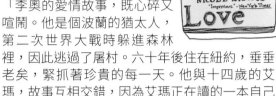

船錨出版社（Anchor），2011 年平裝本，
大衛・雷考夫與約翰・方丹納封面設計

「如果我是個書店服務生，在醇厚的小說大菜之間，要端給客人一些清新爽口的小點，那麼應該會是一盤幽默的散文集任他們隨意挑選。要是有人不知道該選什麼，我會說：『大衛・雷考夫今晚特別新鮮。』然後把《半空》放到他們面前。翻開來就會聽到雷考夫的聲音，混合了歡笑與哀愁的特殊風味，至於書名，當然不用說，非常樂觀主義。『呀！這讓我想起了……』客人會笑著說。而我會幫他們接下去：『大衛・塞德里，沒錯。不過還是有點不一樣，對嗎？』然後我會再去裝一盤，好提供給下一位客人。」

愛蜜莉・普倫

紐約公共圖書館書店書籍
採購副主任

《永遠》皮特・哈米爾

利特爾與布朗出版社
（Little, Brown），
2002 年精裝本，
麥可・馬吉爾攝影

「這本小說用一種輕微變形的魔幻寫實風格，透過戈馬克・歐康納的眼睛，敘述 1740 ～ 2001 年的紐約歷史。他在少年時，追著殺了自己雙親的人從愛爾蘭來到美國。學會做生意，打了獨立戰爭，然後被旅途中結識的非洲薩滿所救。他活下去的唯一條件，就是不能離開曼哈頓。透過他的雙眼，我們可以看到曼哈頓島的成長，但戈馬克卻沒有變老。有什麼可以打破這個詛咒呢？你得自己看書才知道。」

《瑪蒂達》羅德・達爾

維京・凱斯特爾出版社
（Viking Kestrel），
1988 年精裝本，
昆丁・布雷克繪圖

「我這輩子最喜歡的書是羅德・達爾的《瑪蒂達》。在遇到這本書時，我已經是一個發展完全的『讀者』了，不過，這本書讓我對生命有著更深刻的體悟。主角瑪蒂達透過閱讀與學習，找到慰藉與神奇的變化，也藉由自己的機智度過可怕的日子。而且，我們不都夢想著能夠與哈妮小姐一起住在裝滿了書本的小屋裡嗎？」

你覺得我的鳥喙好看嗎？

橘色毛冠黃雀

自然與動物

對動物、植物，以及世界上任何環繞在四周的生物了解越多，就越知道其實我們低估了牠們的思考與感覺能力。基本上牠們很像人類，某方面甚至更特別，也或許更勝人類。法蘭斯．德瓦爾《你不知道我們有多聰明》的書名，就完美地呈現了這個概念。

在 1980 年出版的《影像的閱讀》，其中一篇文章〈為什麼要看動物〉，約翰．伯格追溯了人類與動物之間關係的歷史。我們先是和動物成為鄰居，然後抓牠們來幫忙工作，最後把牠們養在籠子裡。他認為我們對人類也做了一樣的事情，讓我們自己變成了「一個個孤獨的生產與消費單位」。

那我的呢？

斑文鳥

環保主義者艾爾多．里歐帕德，也是荒野協會的創立人之一，在 1913 年成為新墨西哥州百萬頃卡森國家森林園區的顧問之後，進行了獵殺狼群與開設公路的工程。但他與他的團隊後來覺得這種做法並不恰當，為了短期的經濟目標而蹂躪大自然，會造成長期的不良影響。

亞歷山大．馮．洪保德是個典型的 18 世紀自然主義探險家。他在南美洲探索了五年，歸結出大自然其實是個互相連結的系統。而且早在當時他就看出人類的介入會造成很大的傷害。安德列雅．沃爾芙透過她的得獎傳記《博物學家的自然創世紀》，將這位探險家重新介紹給我們。

《博物學家的自然創世紀》
復古出版社（Vintage），
2016 年平裝本，凱莉．布萊爾封面設計

為了撰寫《章魚的內心世界》，賽．蒙哥馬利花了非常多時間在不同的水族館裡觀察不同的章魚。當她看到有一隻章魚從水槽底游起來，安慰地抱住一個心情不好的年輕水族館志工時，蒙哥馬利發現，世界上應該沒有任何擁抱，會比「八隻腕足與三顆心臟的章魚」要來得更好。

＊這些書也很推薦＊

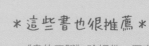

- 《鳥的天賦》珍妮佛．亞克曼
- 《跟大象說話的人》勞倫斯．安東尼
- 《世界上最完美的物件：鳥蛋》提姆．柏克海德
- 《迷霧森林十八年》狄安．佛西
- 《汀克溪畔的朝聖者》安妮．迪勒
- 《論自然》愛默生
- 《慾望植物園》麥可．波倫
- 《湖濱散記》亨利．大衛．梭羅

那我呢？

胡錦鳥

我的最棒，不是嗎？

紅頰藍飾雀

《沙漠隱士》愛德華・艾比
《樹的祕密生命》彼得・渥雷本
《消逝世界漫游指南》（簡體版）
道格拉斯・亚当斯／马克・卡沃丁
《绒毛树》（簡體版）
苏斯博士
《物種起源》查爾斯・達爾文
《沙郡年紀》奧爾多・李奧帕德
《生命的壯闊》史蒂芬・古爾德
《与狼共度》（簡體版）法利・莫厄特
《章魚的內心世界》
賽・蒙哥馬利
《博物學家的自然創世紀》
安德列雅・沃爾芙
《繽紛的生命》威爾森
《你不知道我們有多聰明》
法蘭斯・德瓦爾
《与荒原同行》（簡體版）
约翰・麦克菲
《雪豹》彼得・馬修森
《阿拉斯加之死》
強・克拉庫爾
《寂靜的春天》
瑞秋・卡森
《雀喙之謎》溫納・強納森
DESERT SOLITAIRE EDWARD ABBEY
WOHLLEBEN The Hidden Life of Trees GREYSTONE
LAST CHANCE TO SEE
DOUGLAS ADAMS AND MARK CARWARDINE
The LORAX Dr. Seuss RANDOM HOUSE
CHARLES DARWIN ON THE ORIGIN OF SPECIES
THE FOLIO SOCIETY
LEOPOLD A SAND COUNTY ALMANAC OXFORD
NATIONAL AUDUBON SOCIETY
THE SIBLEY GUIDE TO BIRDS
Knopf
STEPHEN JAY GOULD WONDERFUL LIFE
NEVER CRY WOLF FARLEY MOWAT
the Soul of an Octopus Sy Montgomery ATRIA
WILDERNESS ESSAYS JOHN MUIR GIBBS SMITH
THE DIVERSITY of LIFE Edward O. Wilson NORTON
FRANS DE WAAL Are We Smart Enough to Know How Smart Animals Are? NORTON
ENCOUNTERS WITH THE ARCHDRUID F.S.&G.
JOHN McPHEE
THE SNOW LEOPARD Peter Matthiessen VIKING
Owls and Other Fantasies Mary Oliver BEACON 150
INTO THE WILD JON KRAKAUER
SILENT SPRING Rachel Carson Houghton Mifflin Co.
VOICES IN THE OCEAN SUSAN CASEY
THE BEAK OF THE FINCH JONATHAN WEINER KNOPF
The INVENTION of NATURE Andrea Wulf Vintage

作家的寵物

很多作家都飼養寵物。也許因為寫作是項孤獨的工作，如果能在休息時和毛孩子（或鳥孩子）玩會很開心？

平卡（Pinka）

維吉尼亞・吳爾芙

純種可卡獵犬平卡，是薇塔・薩克維爾韋斯因自家的狗皮平（Pippin）剛生了一窩小狗，所以特地送給吳爾芙的禮物。

米駝（Mitou）、米沙（Miza）與奈斯特（Nicette）

艾迪絲・沃頓

林皮（Limpy）

芙蘭納莉・歐康納

歐康納年幼時喜歡養雞，還有其他許多不同的鳥類。在 1961 年的散文〈鳥中之王〉中，她回憶起自己買了一家子的孔雀，用火車運來。後來養成了一大群，其中有一隻取名叫林皮。

籃（Basket）

葛楚・史丹與愛麗絲・托克拉絲

波伊斯（Boise）

海明威

波伊斯住在芬卡・維吉亞，也就是海明威在哈瓦那的家。他是海明威養的第一批貓，最受喜愛。牠常會坐在海明威的書桌旁，和他一起吃飯、一起睡覺。波伊斯葬在靠近後院露台的貓咪墓園裡。

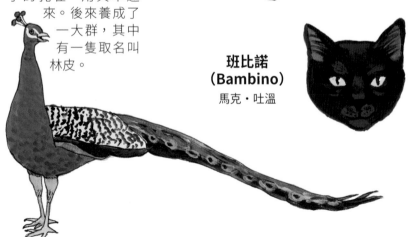

班比諾（Bambino）

馬克・吐溫

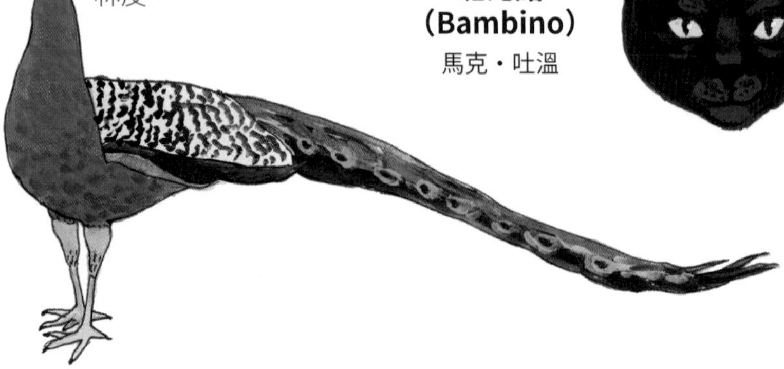

查理（Charley）
約翰・史坦貝克

1960 年，約翰・史坦貝克與貴賓犬查理一起環遊美國，開了一台後面搭著篷子的貨卡，行經好幾千英里路（史坦貝克取名為羅西南堤，也就是唐吉訶德的馬）。《查理與我》，是他對於這趟公路旅行與美國的變遷所產生的感想，1962 年出版。

葛利普（Grip）
查爾斯・狄更斯

葛利普死於 1841 年，牠被做成標本，站在一塊木頭上，放進玻璃箱中，陳列於費城自由圖書館的珍稀本部門。葛利普曾被寫進狄更斯的小說《邦納比・拉奇》裡，並且直接影響了愛倫・坡的敘事詩〈烏鴉〉。

赫曼（Herman）
莫里斯・桑達克

莫里斯・桑達克是用赫曼・梅爾維爾來幫這頭德國牧羊犬取名。

堤克（Tyke）
傑克・凱魯亞克

傑克・凱魯亞克很愛貓，尤其是堤克。在《大瑟爾》一書中，他把堤克當成是自己的「弟弟」一樣哀悼。

米茲（Mitz）
倫納德・伍爾夫

狨猴米茲常坐在伍爾夫的肩膀或口袋裡。2007 年，西格麗德・努涅斯為這隻被人救下來的小小靈長類出版了一本小說，《米茲：布魯姆斯伯利的狨猴》。

薑薑（Ginger）
威廉・伯洛茲

伯洛茲覺得貓是「心靈伴侶」，並且寫了一本關於貓的書《內心的貓》。他甚至加入貓迷管理委員會很多年。

美國與宇宙

從體內的細菌到天空繁星，人類嘗試了解宇宙萬物。但我們常會在沒有完全理解之前改變了世界，然後努力地在時猶未晚前亡羊補牢。高超的科學作家能夠用簡單的方式解釋困難的概念，引發我們的好奇心，讓大家做出更好的決定。

如果要問為了寫《萬物簡史》而進行的取材研究，讓他變得樂觀還是悲觀？比爾・布萊森會說：「我不知道，基本上人類似乎很難不悲觀，因為我們常常會把事情弄得一塌糊塗。但悲觀只是看事情的角度悲觀，所以我還是會抱持圓滿結果的希望。」

泰森在《宇宙必修課》中，非常簡潔明瞭地介紹了宇宙。諾頓出版社（W.W.Norton），2017 年精裝本，皮特・賈西恩封面設計。

馬克・歐康諾的《成為機器》，開頭引用了愛默生：「人是在廢墟中的神。」他探討了超越人文主義者想要怎麼修復、提升或替換壞掉的部分，讓我們最後能變成永生之神。

雙日出版社（Doubleday），2017 年精裝本，皮特・賈西恩封面設計

自然主義者黛安・艾克曼寫過很多詩與散文，通常是關於動物，包括人類在內。她覺得城市和森林、海洋一樣都屬於荒野，並認為「大自然包容了世間萬物」。

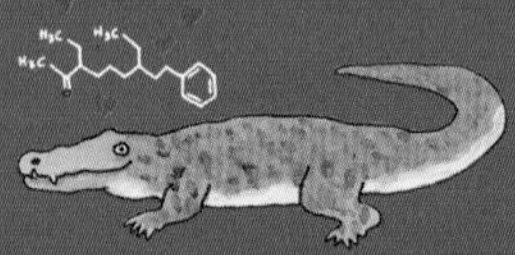

有一種分子是以艾克曼來命名：dianeackerone。這是一種鱷魚散發出的費洛蒙。

華特・惠特曼曾寫道：「我很龐大，我容納多元。」艾德・楊則認為我們「就是」多元。研究顯示人體有一半以上的細胞都是細菌。細菌會影響我們的行為，甚至是想法與情緒，在我們死後將我們分解。所以真的，我們在宇宙中從不孤獨。

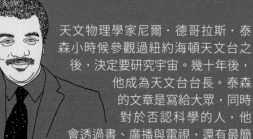

天文物理學家尼爾・德哥拉斯・泰森小時候參觀過紐約海頓天文台之後，決定要研究宇宙。幾十年後，他成為天文台台長。泰森的文章是寫給大眾，同時對於否認科學的人，他會透過書、廣播與電視，還有最簡潔的推特，以幽默而有禮的方式加以駁斥。

＊這些書也很推薦＊

- 《情緒跟你以為的不一樣》麗莎・費德曼・巴瑞特
- 《詩性的宇宙》蕭恩・卡羅爾
- 《大崩壞》賈德・戴蒙
- 《逼近的瘟疫》勞里・加勒特
- 《混沌》詹姆士・葛雷易克
- 《奇點臨近》雷・庫茲維爾
- 《偶然的宇宙》艾倫・萊特曼
- 《心智探奇》史帝芬・品克
- 《宇宙・宇宙》卡爾・薩根
- 《行為》羅伯・薩波斯基

A NATURAL HISTORY OF THE SENSES DIANE ACKERMAN Vintage
《感官之旅》黛安・艾克曼
The MAN Who MISTOOK HIS WIFE for a HAT OLIVER SACKS
《錯把太太當帽子的人》
奧立佛・薩克斯
Why We Sleep Matthew Walker, PhD
《為什麼要睡覺？》沃克
WELCOME TO THE UNIVERSE TYSON STRAUSS GOTT PRINCETON
《觀念天文學》
泰森／史特勞斯／戈特
The Lives of a Cell · Lewis Thomas
《细胞生命的礼赞》
（簡體版）刘易斯・托马斯
LONGITUDE DAVA SOBEL
《尋找地球刻度的人》
戴瓦・梭貝爾
GENOME MATT RIDLEY HARPER PERENNIAL
《基因组》（簡體版）
马特・里德利
THE SIXTH EXTINCTION AN UNNATURAL HISTORY ELIZABETH KOLBERT HENRY HOLT
《第六次大滅絕》
伊麗莎白・寇伯特
A BRIEF HISTORY OF TIME STEPHEN W. HAWKING BANTAM
Dawkins THE SELFISH GENE Oxford
《自私的基因》理查・道金斯
The Elegant Universe Brian Greene VINTAGE
《優雅的宇宙》
布萊恩・格林恩
THE EMPEROR OF ALL MALADIES SIDDHARTHA MUKHERJEE SCRIBNER
《萬病之王》
辛達塔・穆克吉
BILL BRYSON *A Short History of Nearly Everything
《万物简史》（簡體版）
比尔・布莱森
Eiseley The Immense Journey Time Inc.
Tom Stoppard Arcadia
TO BE A MACHINE MARK O'CONNELL DOUBLEDAY
I CONTAIN MULTITUDES THE MICROBES WITHIN US AND A GRANDER VIEW OF LIFE ED YONG
《我擁群像》艾德・楊
RICHARD P. FEYNMAN SIX EASY PIECES BASIC BOOKS
費曼的 6 堂 Easy 物理課》理查・費曼
BLACK HOLE BLUES JANNA LEVIN BODLEY HEAD
《黑洞藍調》珍娜・萊文
STORM IN A TEACUP HELEN CZERSKI BANTAM PRESS
《茶杯裡的風暴》
海倫・齊爾斯基
Yuval Noah Harari Homo Deus A Brief History of Tomorrow Harvill Secker
《人類大命運》哈拉瑞

受人喜愛的書店 ⓬

莎士比亞書店（Shakespeare and Company）

巴黎／法國

現今開在巴黎左岸的莎士比亞書店，是為了向雪維兒・畢奇曾經開過的書店致敬而創立。畢奇是現代主義的翹楚，她的莎士比亞書店則以出版《尤利西斯》而聞名，同時還邀請過許多作家，像是史考特・費茲傑羅、葛楚・史丹、海明威、朱娜・巴恩斯，當然還有詹姆斯・喬伊斯。書店也可以用便宜的價格租書。據說畢奇在第二次世界大戰期間，把店關了，所有的書都藏在樓上的某個公寓房間。因為她是美國人，所以被關在維特的拘留營六個月。海明威在兩年後「釋放」了這家書店，但還是沒有重新開始營業。

喬治・惠特曼在 1951 年仿照原本的莎士比亞書店，開了一家叫作「西北風」（Le Mistral）的書店。後來還是在莎士比亞四百週年誕辰時改了店名，並以此向畢奇致敬，提升了書店的高度，希望打造出一個烏托邦。早期邀請過艾倫・金斯堡、威廉・伯洛茲、亞內絲・尼恩、胡立歐・科塔爾薩、亨利・米勒、威廉・薩洛揚、勞倫斯・達雷爾，以及詹姆斯・A・鮑德溫。至少有三萬位作家與藝術家在店裡走道上那張沙發床睡過，包括伊森・霍克、吉特・薩伊爾、戴倫・艾諾夫斯基、傑佛瑞・洛許，與大衛・雷考夫等人。惠特曼稱這些訪客為風滾草（Tumbleweeds），只要每個人每天讀一本書，在店裡幫忙，並寫出一頁自傳，就隨他們停留來去。

惠特曼年紀大了之後，把書店交給女兒希薇亞，讓書店的經營更為現代化，可以使用信用卡與電腦，設立了文學獎，風滾草的管理也更成熟。喬治在 2011 年過世，不過傳說他的靈魂還留在店裡，偶爾會從書架高處丟書下來。

最棒書籍與富有寶藏書店（Best Books & Rich Treasures）

坦帕／佛羅里達州／美國

坦帕的尤伯城一帶，至少有十年一家書店都沒有，直到這家書店敞開大門。從那時起，這家由退伍老兵經營的書店，讓軍人及民兵團的精神生活得以豐富。原本的店址是在維吉尼亞州的維吉尼亞海灘，現在則是鄰近麥克迪爾空軍基地。店內的書籍以非裔作家為大宗，但也提供各式各樣的新書、二手書與珍稀本。

艾索翁書店（ Eso Won Books ）

洛杉磯／加州／美國

塔內西・科特斯宣稱艾索翁書店是他最喜歡的書店，雖然去的機會不多。這家位於洛杉磯西南部的書店，是詹姆斯・傅格特和湯姆・漢米爾頓在 1990 年創立。傅格特從小看了很多書，他深知非裔人士在美國與世界所扮演的角色，並希望其他人也知道他們的歷史。幾十年經營下來，艾索翁經歷過許多動盪，幾次搬遷，經濟蕭條，當然，還有亞馬遜書店的威脅。能夠生存下來，是因為在地扎根，已經成為社區重要的一部分。有顧客形容，這裡是一家沒有理髮師傅的理容院。

尋找仙境世界

有些書對於場景的描寫很生動，閱讀之後，會不太確定自己是否曾經去過那裡。通常這些書是遊客或流亡人士撰寫的遊記或回憶錄，但有些則是當地人撰寫的小說，讓這些原本只是背景的地方，也擁有鮮活的生命力。

保羅・鮑爾斯出生於紐約，但後半輩子有五十二年都住在丹吉爾。在《遮蔽的天空》中，他創造了兩個在阿爾及利亞的美國人，認為自己是具有洞見的旅人，能夠看見「真實」的世界，但最後卻不管住在哪裡都無法滿意。

《遮蔽的天空》約翰・勒曼出版社（John Lehman），1949 年精裝本

在《尋找仙境》中，努莎羅維瓦，回到自己出生的國家奈及利亞。童年時常常回去，但她身為社運人士的父親在奈及利亞遭到謀殺後，有十年的時間很少回去。這段時間讓她產生一種「旁觀者的天真感」。

凱倫・克莉絲坦斯・丹尼森，出生於丹麥，後來與丈夫一起搬到肯亞。他們在肯亞經營了一座咖啡園，但丈夫比較喜歡狩獵遊戲，所以就由她來負責農場。在新婚的第一年，丈夫就傳染了梅毒給她，也因此讓她一輩子因為後續的脊椎病痛所苦。離婚後，她與另一個狩獵遊戲的獵人迪耐斯・芬奇・哈登相戀。農場破產，情人死於空難，於是她非常不情願地回到丹麥，因為覺得肯亞才是自己真正的家，她開始寫作，以伊薩克・狄尼森這個筆名大獲成功。《遠離非洲》的內容是關於她在肯亞的殖民生活，在 1985 年改編成奧斯卡得獎電影。

丹尼森晚年常常綁著頭巾，除了牡蠣和香檳之外，吃得很少。她最後死於營養不良。

奧罕・帕慕克的《我心中的陌生人》，主角梅夫魯特是在伊斯坦堡賣博薩酒的小販。博薩是一種濃郁的低酒精土耳其飲料，用小麥發酵而成，撒上肉桂粉與烤鷹嘴豆。

約書亞・佛爾與狄倫・蘇拉斯在 2009 年創立「迷幻地圖」（Atlas Obscura）網站，提供了從世界各地蒐集而來五花八門的百萬疑問。蘇拉斯認為：「這個世界還是充滿了奇人異事。如果你稍微改變視角，會發現每個地方都很奇妙。」網站最熱門的故事是日本的田代島，一個貓比人多的地方。

＊這些書也很推薦＊

- 《精靈之城》威廉・達爾林普
- 《巴黎到月球》亞當・高普尼克
- 《加德滿都錄影夜》皮科・艾爾
- 《山居歲月》彼得・梅爾
- 《大鐵路市集》保羅・索魯
- 《密西西比河上的生活》馬克・吐溫
- 《黑羊與灰鷹》麗貝卡・韋斯特

《遮蔽的天空》保羅・鮑爾斯
《澳洲烤焦了》比爾・布萊森
《遠離非洲》伊薩克・狄尼森
《窗外有藍天》E・M・福斯特
《我心中的陌生人》奧罕・帕慕克
《西藏七年與少年達賴》哈勒
《向加泰罗尼亚致敬》
（簡體版）乔治・奥威尔
《繼承失落的人》
姬蘭・德賽
《巴塔哥尼亞高原上》
布魯斯・查特文
《項塔蘭》
葛雷哥里・羅伯茲
《走過興都庫什山》
艾瑞克・紐比
《享受吧！一個人的旅行》
伊莉莎白・吉兒伯特
《白老虎》
亞拉文・雅迪嘉
《托斯卡尼艷陽下》
芙蘭西絲・梅耶思
《秘境》（簡體版）乔舒亚・福尔／迪伦・图拉斯／埃拉・莫顿

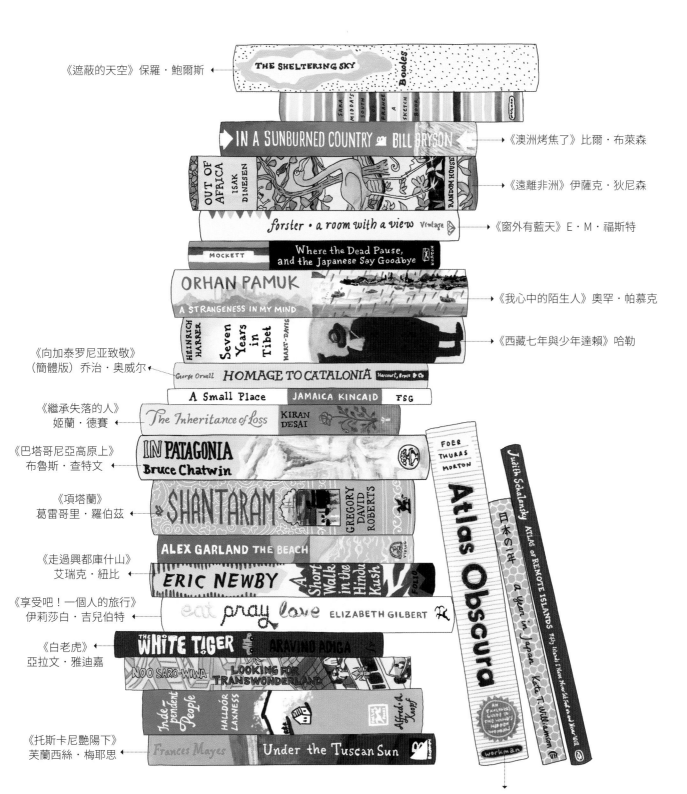

受人喜愛的書店 ⓭

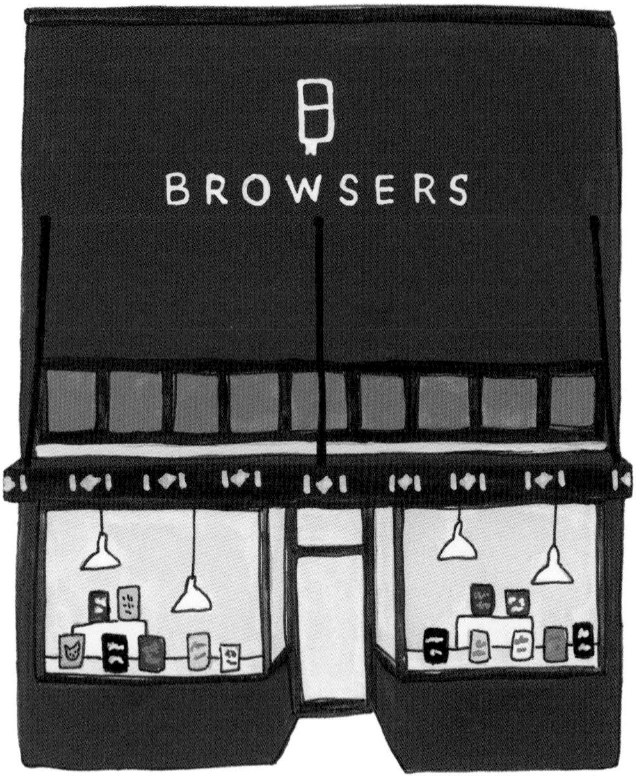

閱覽人書店（Browsers Bookshop）

奧林匹亞／華盛頓州／美國

閱覽人書店是 1935 年由安娜．布朗姆在華盛頓州的亞伯丁創立。當時亞伯丁是鋸木廠與鮭魚罐頭工廠的海岸線集貨中心，綽號「太平洋的地獄入口」與「失蹤人口之港」。布朗姆是以自學方式博覽群書的俄國猶太裔移民，她聽從華盛頓最高法院法官瓦特．畢爾斯的建議，將書店搬到華盛頓州首府奧林匹亞。從那個時候開始，閱覽人書店就都是由女性經營管理，已經超過三代。

目前的經營人安德里亞．格里芬清理改裝了整家書店，並引進更多新書，讓商品更為多樣化。雖然書店原本主攻二手書買賣，但格里芬的目標是讓書店提供等量的新書與二手書。

格里芬推薦：

喬治．艾略特的《米德鎮的春天》

「我最近說服一位自己很喜歡的客人買了這本書，因為這是我如果要去孤島會帶的書。這位客人是退休律師，也很愛閱讀。他幾個星期後回來告訴我，他好愛這本小說，每個句子都讀了三遍：兩遍是自己讀，一遍是大聲唸給太太聽。喬治．艾略特擁有無盡的靈感。此外，《米德鎮的春天》真的很有趣。這是一本能夠讓不同領域的讀者都能享受的偉大小說。」

企鵝出版社（Penguin），經典系列，2015 年平裝本，凱莉．布萊爾封面設計

奧塔維亞書店（Octavia Books）

紐奧良／路易斯安納州／美國

獨立書店會成功，原因之一是他們對於當地社區的了解與支持，紐奧良的奧塔維亞書店也不例外。位於紐奧良上城區的這家獨立書店，在2006年8月卡崔娜颶風襲擊，淹沒大約八成的市區後，僅僅五週就重新開幕。店裡販賣的一萬五千本書，大部分都不是當地作家或當地主題的作品，但風災過後那幾週賣得最好的卻都是這些書。經營人湯姆・羅文伯格認為，讀者應該是希望知道發生了什麼事，又或者是希望能夠逃避現實。

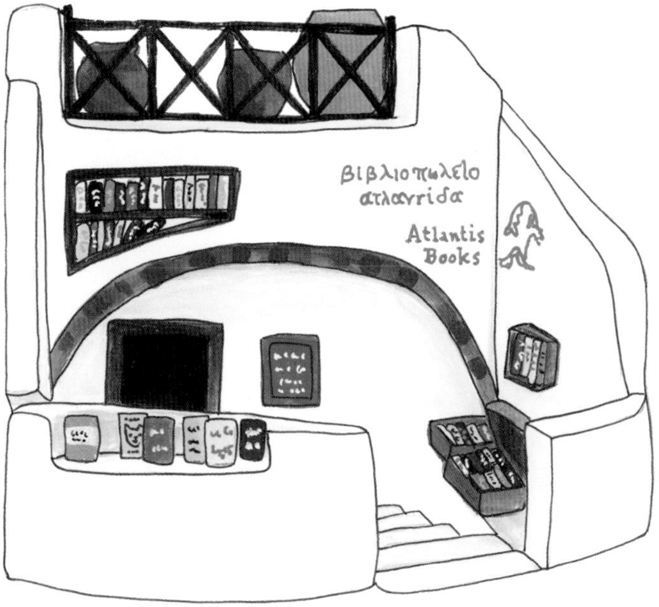

亞特蘭提斯書店（Atlantis Books）

聖托里尼／希臘

如果開書店聽起來還不夠浪漫，那麼想像一下在希臘的聖托里尼島，仿照莎士比亞書店，雇用與邀請到當地遊玩的旅人和作家。這是一群美國與歐洲的大學同學，在2002年春天決定做的事。

2004年，克雷格・華爾滋、克里斯・布魯姆菲爾德、奧立佛・懷斯、威爾・布萊迪、提姆・文森史密斯，以及瑪麗亞・帕帕加皮歐夢想中的書店開始成形，看起來像一隻蝸牛。這個團隊建造了一個螺旋狀的書架，並且在2005年搬到位於地下室的新地點。螺旋書架延續到書店的圓頂：曾經在這家書店工作過的每個人，名字都會一圈一圈往外手寫在天花板上。

旅行與冒險

《奧德賽奇航記》是西方文學已知第二古老的作品（排名在《伊里亞德》之後），對於接下來的所有文學創作幾乎都產生了影響。奧德賽的十年回鄉路，以及過程中發生的所有冒險故事，大家都認為，其實不是以終點為目的地。

白芮兒．瑪克罕是肯亞的叢林飛行員，也是第一位東西不停站橫跨大西洋的女性，以及從英國飛到北美洲不停站的第一人。對於瑪克罕的回憶錄《夜航西飛》，究竟她的作家丈夫勞爾．舒馬赫，或作家男友湯馬斯．貝克幫了多少，其實很有爭議。但是不論如何，發生的事情都是真的，而且海明威也說：「這是一本好看得不得了的書。」

威廉．里斯特．西姆尼在他橫跨美國的旅程上，堅持要走鄉間小路，也就是蘭德麥克納利公路地圖上用藍線畫的那些。他會用櫃檯後面牆上掛了多少（各地出差的業務員留下的）月曆，來評斷這些路邊小店究竟好不好吃。只掛了一個月曆，代表這家的餐點是紐澤西運來的難吃料理包。如果掛了四個月曆，則代表你絕對不可以錯過這家的派。

莫里斯．桑達克曾經收過一幅《野獸國》小書迷的畫，於是回了感謝函，並畫了一隻野獸。小書迷的媽媽回信說，兒子愛死了那張野獸，便把感謝函吃了。桑達克認為這是最高的讚美。

「野獸」原本是要畫成野馬，但桑達克發現自己其實不會畫馬。

艾普斯雷．薛瑞－葛拉德參加了 1910～1913 年間，由羅伯．法昆．史考特帶領，最後失敗了的英國南極新地探險，負責助理動物學家的工作。他和另外兩名隊員在找回皇帝企鵝的蛋時，幾乎要凍死在華氏 -76 度（攝氏 -60 度）的暴風雪中。後來，探險隊決定要成為第一個抵達南極的隊伍，但走到之後，才發現勞德．亞穆德森的探險隊早他們一步。回程中，包括史考特在內的這五名「極地特攻隊員」都凍死了。九年後寫成的《世界最險惡之旅》，是對英雄主義、犧牲與苦難的反思。

雪兒．史翠德帶著亞德麗安．里奇的《共同語之夢》，在太平洋屋脊步道上健行了一千一百英里。她在《那時候，我只剩下勇敢》一書中提到這件事，並讚美這本書是「非常好的慰藉、非常老的朋友」。

《共同語之夢》諾頓出版社（W.W.Norton），2013 年平裝本

＊這些書也很推薦＊

- 《安東尼．波登之名廚吃四方》安東尼．波登
- 《別跟山過不去》比爾．布萊森
- 《庫克船長日記》詹姆斯．庫克
- 《革命前夕的摩托車日記》切．格瓦拉
- 《不著急回家》項美麗
- 《超完美風暴》賽巴斯提安．鍾格
- 《在岩石與險境間》亞倫．洛斯頓

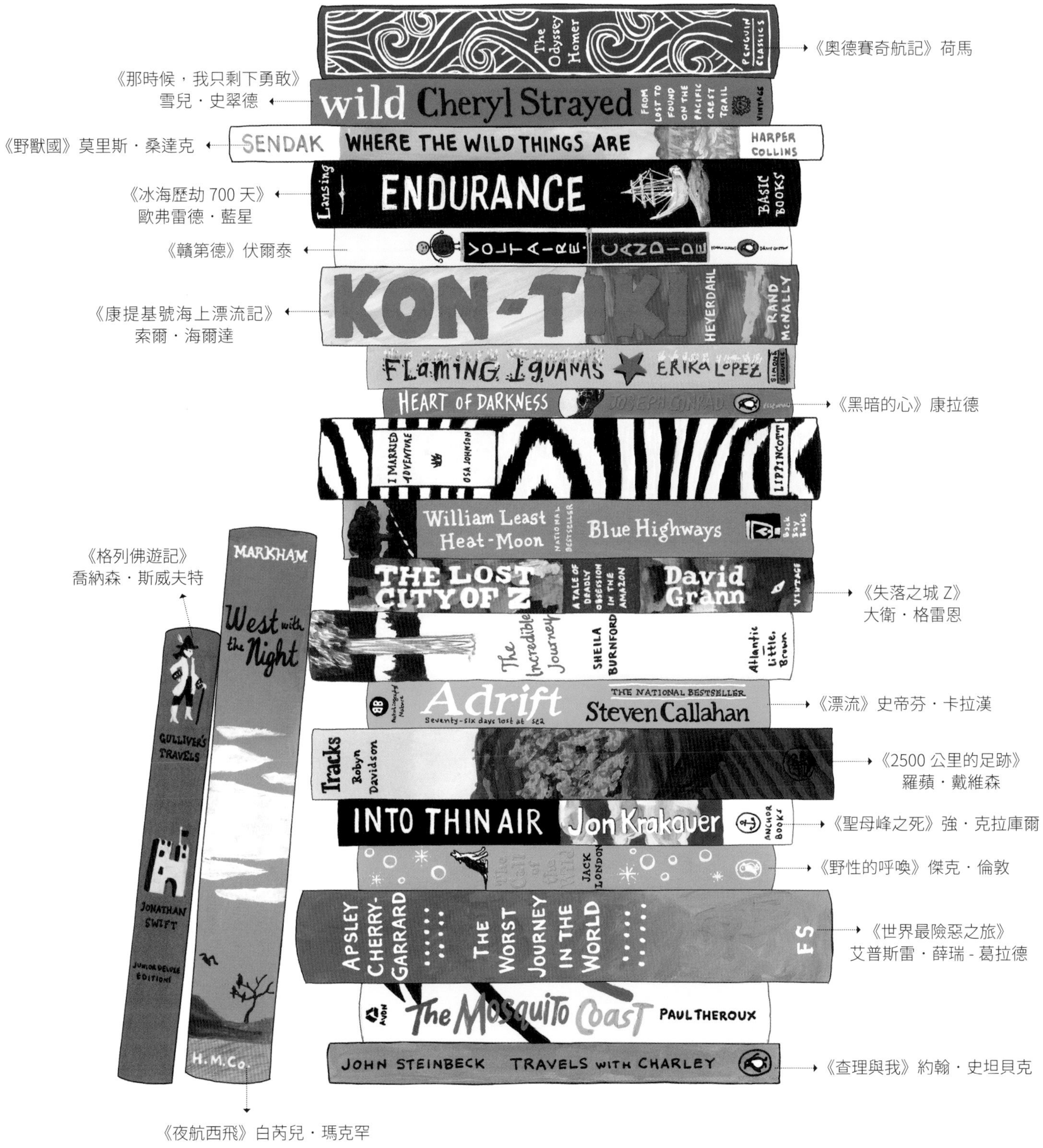
《奧德賽奇航記》荷馬
The Odyssey Homer
PENGUIN CLASSICS
《那時候，我只剩下勇敢》
雪兒・史翠德
wild Cheryl Strayed
FROM LOST TO FOUND ON THE PACIFIC CREST TRAIL
VINTAGE
《野獸國》莫里斯・桑達克
SENDAK WHERE THE WILD THINGS ARE HARPER COLLINS
《冰海歷劫 700 天》
歐弗雷德・藍星
Lansing ENDURANCE BASIC BOOKS
《贛第德》伏爾泰
VOLTAIRE CANDIDE
《康提基號海上漂流記》
索爾・海爾達
KON-TIKI HEYERDAHL RAND McNALLY
FLaminG IGUANAS ERIKA LOPEZ
SIMON & SCHUSTER
HEART OF DARKNESS JOSEPH CONRAD
《黑暗的心》康拉德
I MARRIED ADVENTURE OSA JOHNSON
LIPPINCOTT
William Least Heat-Moon
NATIONAL BESTSELLER
Blue Highways
Back Bay Books
THE LOST CITY OF Z
A TALE OF DEADLY OBSESSION IN THE AMAZON
David Grann
VINTAGE
《失落之城 Z》
大衛・格雷恩
The Incredible Journey SHEILA BURNFORD
Atlantic Little, Brown
Adrift
Seventy-six days lost at sea
THE NATIONAL BESTSELLER
Steven Callahan
《漂流》史帝芬・卡拉漢
Tracks Robyn Davidson
《2500 公里的足跡》
羅蘋・戴維森
INTO THIN AIR Jon Krakauer
ANCHOR BOOKS
《聖母峰之死》強・克拉庫爾
The Call of the Wild JACK LONDON
《野性的呼喚》傑克・倫敦
APSLEY CHERRY-GARRARD
THE WORST JOURNEY IN THE WORLD
FS
《世界最險惡之旅》
艾普斯雷・薛瑞 - 葛拉德
AVON The Mosquito Coast PAUL THEROUX
JOHN STEINBECK TRAVELS WITH CHARLEY
《查理與我》約翰・史坦貝克
《格列佛遊記》
喬納森・斯威夫特
GULLIVER'S TRAVELS
JONATHAN SWIFT
JUNIOR DELUXE EDITIONS
MARKHAM
West with the Night
H.M.Co.
《夜航西飛》白芮兒・瑪克罕

繞著地球閱讀

格陵蘭
《腥紅》
妮薇克・克尼里森
加拿大
《印第安馬》
理查・瓦格梅斯
冰島
《藍狐狸》
松恩
美國
《憤怒的葡萄》
約翰・史坦貝克
古巴
《告別大海》
雷納多・亞里納斯
墨西哥
《巧克力情人》
蘿拉・艾斯奇維
多明尼加共和國
《蝴蝶情人》茱莉亞・艾爾維瑞茲
海地 《兄弟，我快死了》艾德維基・丹迪卡特
瓜地馬拉《總統先生》
米格爾・安赫爾・阿斯圖里亞斯
委內瑞拉
《唐娜・芭芭拉》
羅慕洛・加列戈斯
哥倫比亞《隕物之聲》
胡安・蓋伯里爾・巴斯克斯
薩摩亞
《榕樹葉》
亞伯特・溫迪特
蘇利南
《糖的代價》
辛西亞・麥克里德
厄瓜多
《村民》
豪赫・伊卡薩
巴西
《聖人的頭顱》
索口羅・艾希歐利
祕魯
《教堂內的對話》
馬里歐・巴爾加斯・尤薩
烏拉圭
《愛的單人牌戲》
克莉絲汀娜・佩里・羅西
玻利維亞
《圖靈的譫妄》
艾德穆多・帕斯・索丹
斐濟
《血液中的卡瓦酒》
彼得・湯姆森
阿根廷
《蜥蜴的尾巴》
路易莎・瓦倫佐拉
智利
《溫柔的鬥牛士》
帕德羅・拉曼貝爾

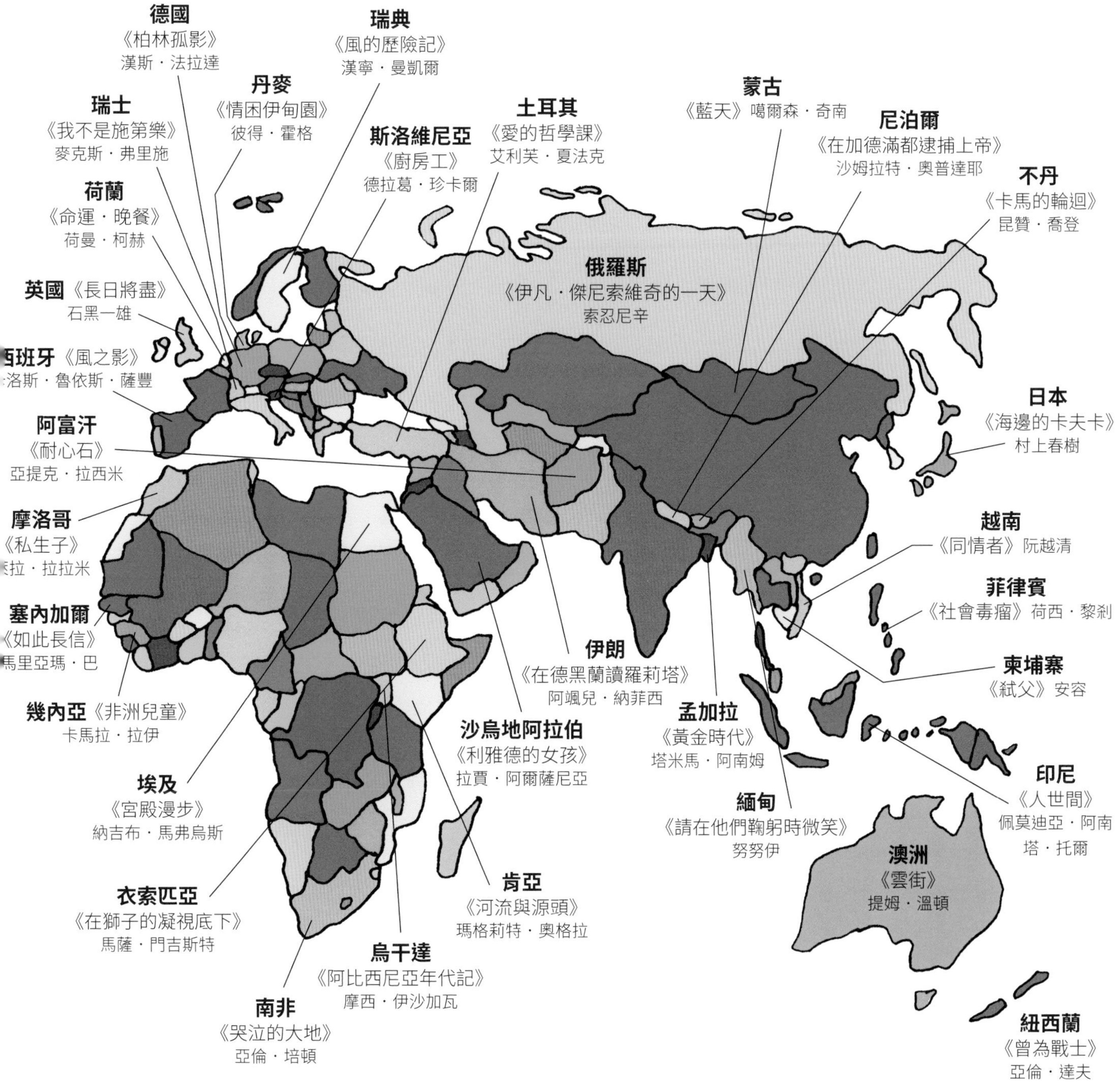

德國
《柏林孤影》
漢斯・法拉達
瑞典
《風的歷險記》
漢寧・曼凱爾
丹麥
《情困伊甸園》
彼得・霍格
瑞士
《我不是施第樂》
麥克斯・弗里施
斯洛維尼亞
《廚房工》
德拉葛・珍卡爾
土耳其
《愛的哲學課》
艾利芙・夏法克
蒙古
《藍天》噶爾森・奇南
尼泊爾
《在加德滿都逮捕上帝》
沙姆拉特・奧普達耶
不丹
《卡馬的輪迴》
昆贊・喬登
荷蘭
《命運・晚餐》
荷曼・柯赫
俄羅斯
《伊凡・傑尼索維奇的一天》
索忍尼辛
英國《長日將盡》
石黑一雄
班牙《風之影》
洛斯・魯依斯・薩豐
日本
《海邊的卡夫卡》
村上春樹
阿富汗
《耐心石》
亞提克・拉西米
摩洛哥
《私生子》
拉・拉拉米
越南
《同情者》阮越清
菲律賓
《社會毒瘤》荷西・黎剎
塞內加爾
《如此長信》
馬里亞瑪・巴
伊朗
《在德黑蘭讀羅莉塔》
阿颯兒・納菲西
柬埔寨
《弒父》安容
幾內亞《非洲兒童》
卡馬拉・拉伊
孟加拉
《黃金時代》
塔米馬・阿南姆
沙烏地阿拉伯
《利雅德的女孩》
拉賈・阿爾薩尼亞
印尼
《人世間》
佩莫迪亞・阿南
塔・托爾
埃及
《宮殿漫步》
納吉布・馬弗烏斯
緬甸
《請在他們鞠躬時微笑》
努努伊
澳洲
《雲街》
提姆・溫頓
肯亞
《河流與源頭》
瑪格莉特・奧格拉
衣索匹亞
《在獅子的凝視底下》
馬薩・門吉斯特
烏干達
《阿比西尼亞年代記》
摩西・伊沙加瓦
南非
《哭泣的大地》
亞倫・培頓
紐西蘭
《曾為戰士》
亞倫・達夫

地方特色食譜

旋轉地球儀，隨便用叉子叉下去，就可能發現對應的地方有著很厲害的特色食譜。有些食譜很翔實完整，希望以如百科全書般呈現一道菜。還有一些是由當地的傳奇廚師撰寫，不一定遵守傳統，但絕對保有地方特色。

1961 年，茱莉雅・柴爾德出版了一本針對美國市場創作的異國料理食譜《法式料理聖經》。她算是這類食譜的先驅。食譜的誕生過程，可以參考她高潮迭起的自傳故事《我在法國的歲月》，敘述晚熟的自己終於找到最愛的人事物：丈夫、法國，以及「烹飪與飲食的樂趣」。

米拉・梭德哈生於英國，父母是烏干達的印度人。有一次她在紅磚巷市集的一家咖哩專賣店，和朋友吃到很難吃的餐點，興起了學習料理的想法。她想讓朋友們認識自己從小吃到大那種口味輕巧，但層次豐富的食物，於是請母親教她做古吉拉特（Gujarati）印度料理，蒐集家族流傳的食譜，然後到印度各地旅行，最後寫成了《印度製造》一書。

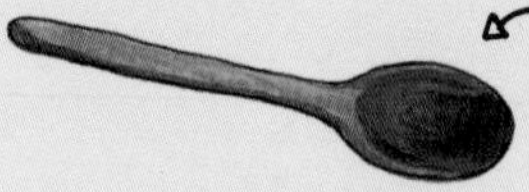

這是梭德哈母親常用的木湯匙，在女兒三十歲生日時傳承了下去。

茱莉雅・柴爾德也在 1963 年製作了最早的電視烹飪節目「法國廚師」。其中令人印象深刻的一集，是她按照大小，讓處理好的全雞排排坐好，而且最神奇的是雞沒有掉到地上。

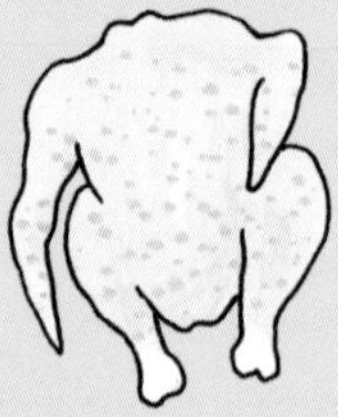

尤坦・奧圖蘭吉和薩米・塔米米都是 1968 年在耶路撒冷出生、長大。兩人後來都搬到特拉維夫，接著到了倫敦。他們的相遇，是奧圖蘭吉走進塔米米工作的麵包店，並在那裡當甜點師傅。他們一起開了四家餐廳，共同撰寫了兩本食譜（《奧圖蘭吉》與《耶路撒冷》）。再加上奧圖蘭吉自己撰寫的《豐盛》，這些食譜在短短五年內的銷售總量就超過一百萬套（大部分食譜通常賣不到三萬五千套）。

尤坦・奧圖蘭吉

薩米・塔米米

＊這些書也很推薦＊

- 《波斯料理》莎賓娜・戈尤爾
- 《我的法式餐桌》多莉・葛林斯潘
- 《墨西哥烹調的藝術》黛安娜・甘迺迪
- 《我的巴黎廚房》大衛・勒保維茲
- 《所羅門王的餐桌》瓊安・南森
- 《越南廚房》安德里亞・阮
- 《拉丁美洲料理》瑪莉瑟・普蕾希拉
- 《曼谷》里拉・龐亞拉塔班都
- 《中東料理新食譜》克勞蒂亞・羅登

《耶路撒冷》
尤坦・奧圖蘭吉／薩米・塔米米

《法式料理聖經》
茱莉雅・柴爾德／露伊瑟・
貝賀托勒／西蒙娜・貝克

《義大利美食精髓》瑪契拉・賀桑

受人喜愛的書店 ⓮

烹飪書店（Books for Cooks）
倫敦／英國

烹飪書店是在 1983 年由海蒂・拉斯瑟爾斯所創立，當時倫敦並不以食聞名。1992 年，拉斯瑟爾斯僱用了蘿西・金德斯利。一年後，金德斯利與丈夫艾瑞克・楚利在店裡相識。

烹飪書店成為飢餓的書迷熱愛的地方。拉斯瑟爾斯退休，把店交給金德斯利與楚利。金德斯利負責進書，楚利負責樓上的實驗廚房，從店裡挑一本書，然後做出裡面的菜，每天中午餵飽約四十位美食愛好者。這一對是在美食天堂中相遇而結合的伴侶。

你讀到我了嗎？書店（Do You Read Me?）

柏林／德國

你讀到我了嗎？書店位於柏林的米特區，提供各種獨立印製的刊物，包括時尚、攝影、藝術、建築、室內設計、文化與社會，給具有涵養、喜歡各式題材的消費者。特別訂製的狹窄書架，整齊地陳列了像是室內設計雜誌《公寓》與藝術文化雜誌《紳士女人》這類暢銷品，但同樣也有比較小眾的《衛生紙雜誌》與《單一文化》。

知名的柏林電視塔就位於米特區，在 1989 年柏林圍牆倒塌前，有一部分屬於東德，現在則是充滿別致的商店與畫廊。

柏林電視塔 ↗

拉巴爾中心書店（La Central Del Raval）

巴塞隆納／西班牙

拉巴爾中心書店開在原本是教堂的建築裡，最早是專門販賣人文類書籍。現在則提供了人類學、建築設計、藝術電影、攝影，還有詩。另外也以豐富的外文小說聞名，尤其是英文書種類繁多，外籍人士將之奉為聖域。

烹飪參考書

這些食譜會擺在瓦斯爐邊，頁面髒污，書背龜裂。通常會攤開在我們最喜歡的那道菜，或是記不住做法的料理。這些食譜教我們以系統化的方式烹調，而且能夠在架構中無止盡地進行變化。最重要的是，這些書能夠讓我們不再恐懼，而且對自己的料理能力充滿信心。

厄爾瑪・隆鮑爾在丈夫自殺後，情感與經濟上變得相當艱難，但也就是在這段時間，她創作並自費出版了《廚藝之樂》。之後由鮑伯斯梅利爾出版社（Bobbs-Merrill）接手出版，銷售超過一千八百萬套，印行了八版。1931 年的初版，是由厄爾瑪的女兒瑪麗安・隆鮑爾・貝克負責插圖。封面上畫了伯大尼的馬大，也就是烹飪與家務的守護神，打敗了廚房惡龍。

傑・健治・羅培茲奧特受到童年時的英雄「日常科學電視秀」的唐・赫伯特影響，非常熱衷於測試、修改、重測、觀察、品嘗，以便熟練《料理實驗室》中的烹調技巧。如果在書裡找不到，那麼其實就不是那麼需要知道。

馬克・彼特曼花了四年的時間修訂《極簡烹飪教室》裡面的食譜，刪除許多不那麼基本的部分，增加一些標準菜色，例如烤起司。出版社幾乎要放棄出版時，但第一批五萬套食譜甫上市就銷售一空。裡面的基礎技巧非常實用，細節查詢也很方便。你一定會因為時常翻閱而弄髒，很快就得再買一本，當然現在可以使用手機軟體閱讀，非常方便。

莎敏・納斯瑞特把她的烹飪技巧歸結成四個部分：鹽、油、酸、熱。如果懂得如何讓四者平衡，所有的食物都會變得很好吃。

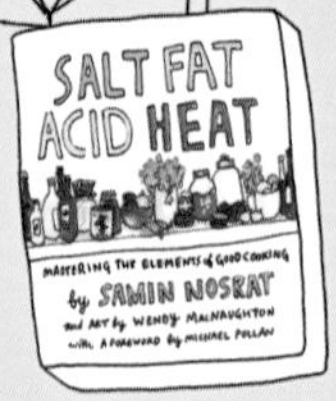

納斯瑞特的食譜搭配了許多看起來很美味的插圖，由溫蒂・馬克納頓繪製。

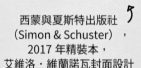

西蒙與夏斯特出版社（Simon & Schuster），2017 年精裝本，艾維洛・維蘭諾瓦封面設計

＊這些書也很推薦＊

- 《如何不看食譜烹飪》潘・安德森
- 《烹調巧手》雪莉・歐・蔻瑞荷
- 《專業大廚》美國廚藝學院
- 《法國美食百科全書》拉魯斯出版
- 《食物與廚藝》哈洛德・馬基
- 《美食食譜》露絲・雷克爾
- 《我的拿手菜》派翠西亞・威爾斯

《鹽、油、酸、熱》
莎敏・納斯瑞特

《料理實驗室》
傑・健治・羅培茲奧特

《食滋味》
愛莉絲・華特斯

《廚藝之樂【海鮮・肉類・餡、醬料・麵包・派・糕點】》
厄爾瑪・隆鮑爾／
瑪麗安・隆鮑爾・貝克／
伊森・貝克

《蔬食風味聖經》
凱倫・佩吉／
安德魯・唐納柏格

《輕鬆打造完美廚藝》
邁可・魯曼

小說裡的食物

猜出以下提到這些食物，出自哪些小說？

1．用來丟前夫的
美式檸檬派

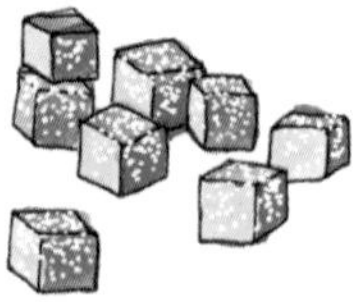

2．無法抗拒的
土耳其軟糖

3．永遠不夠的粥

4．媽媽的
瑪德蓮和茶

5．歐拉夫伯爵討厭的
煙花女義大利麵

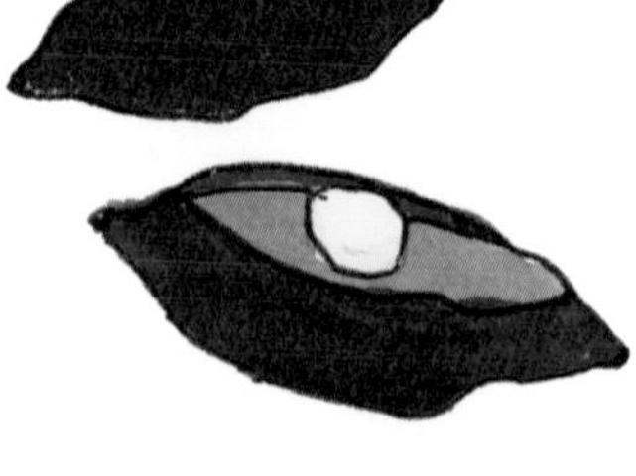

6．哈林區小販
賣的奶油地瓜

7．奶油啤酒與柏蒂全口味豆

9・珍貴的烤豬尾

8・查爾斯・華勒士
做的肝腸乳酪起司
三明治配熱可可

10・已受污染的
酪梨螃蟹沙拉

12・維納斯的乳頭

11・少了一隻腳的不幸螃蟹

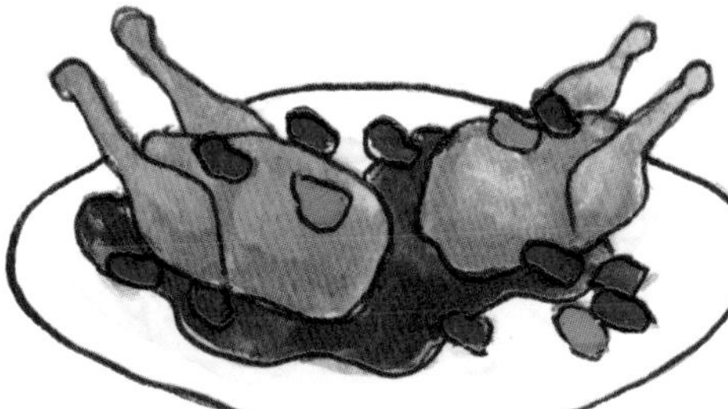

13・又是蘋果派加冰淇淋

14・玫瑰花瓣醬鵪鶉（還有愛）

答案

(1)《心痛》諾拉・伊佛朗 (2)《獅子・女巫・魔衣櫥》C・S・路易斯 (3)《孤雛淚》查爾斯・狄更斯 (4)《追憶似水年華》馬塞爾・普魯斯特 (5)《波特萊爾大遇險1：悲慘的開始》雷蒙尼・史尼奇 (6)《看不見的人》羅夫・艾理森 (7)《哈利波特：神秘的魔法石》J・K・羅琳 (8)《時間的皺摺》麥德琳・蘭歌 (9)《大森林裡的小木屋》羅蘭・英格斯・懷德 (10)《瓶中美人》雪維亞・普拉絲 (11)《喜福會》譚恩美 (12)《濃情巧克力》喬安娜・哈里斯 (13)《在路上》傑克・凱魯亞克 (14)《巧克力情人》蘿拉・艾斯奇維

每日料理靈感

翻開任何一本這類食譜，就會看到一大堆今晚想要嘗試料理的菜色。這些是真正會使用到，而不是放在架上累積廚房油煙灰塵的書。

艾德娜・路易斯將美國南方料理介紹給這個世界。她出生於維吉尼亞州，後來搬到紐約，成為有名的廚師，並在 1950 年代與人合夥經營生意鼎盛的尼可森咖啡廳（Café Nicholson），最後又回到南方。1976 年她出版了《鄉村料理的風味》。這本食譜是按照季節料理編排，強調尊重食材，搭配平易的口吻描述鄉村生活。路易斯曾在訪問中說：「小時候在維吉尼亞州，以為只要是食物就很好吃。但長大以後，覺得東西吃起來不一樣了，所以我這輩子追求的就是重現過去的好味道。」

茱莉亞・瑟珊和許多人合出過食譜，像是與裘蒂・威廉斯的《小酒館料理》、與葛妮絲・派特洛的《十全十美》、與潔思敏・羅德里哥斯的《熱麵包廚房》，以及馬立歐・巴塔力的《西班牙：烹飪美食之旅》，還有其他許多。《小小勝利》是她自己第一本獨立的創作，專為初學者與有點害怕下廚的讀者所編寫。

《小小勝利》的甜菜與純穀物醋沙拉

杜魯門・卡波特非常喜愛路易斯的奶油餅乾，還會偷跑進尼可森咖啡廳的廚房多要一些。

艾德華・李出生於布魯克林，父母是韓國人，但他愛上了美國南方，於是在 2001 年搬到路易斯安納州。現在李在那邊開了三家餐廳。他的料理（還有食譜《煙燻與泡菜》）常常會結合韓式與美國南方菜色的優點。

《楓館食譜》是在 1974 年，由多位志同道合的朋友於紐約州伊薩卡，經營的一家素食餐廳推出的食譜。原本是自費出版，由茉莉・卡岑手寫食譜並繪製插圖。現在則是由十倍速出版社（Ten Speed Press）出版，長期佔據了《紐約時報》暢銷食譜的前十名。

＊這些書也很推薦＊

- 《橄欖、檸檬與香料》拉威亞・畢夏拉
- 《美食的一天》馬可・卡諾拉
- 《驚人的美味》佛洛伊德・卡多茲
- 《廚房食譜》莎拉・凱特・格林漢與費絲・杜蘭德
- 《牛奶街》克里斯多福・坎伯爾
- 《里昂廚房》亞蕾格拉・麥克艾芙迪
- 《Food52 的天才食譜》克莉絲汀・米格羅爾

PRINCESS PAMELA'S SOUL FOOD COOKBOOK
PAMELA STROBEL
Charles Phan
Vietnamese Home Cooking
TEN SPEED PRESS
SWANSON
super natural every day
TEN SPEED PRESS
TURSHEN
Small Victories
CHRONICLE BOOKS
MOLLY ON THE RANGE
MOLLY YEH
RODALE
GEORGE WELD & EVAN HANCZOR
breakfast
recipes to wake up for
ERIN GLEESON
the FOREST FEAST
ABRAMS
《森林盛宴》（簡體版）
艾琳・格里森
HETTY MCKINNON
NEIGHBORHOOD
HEARTY SALADS AND PLANT-BASED RECIPES FROM HOME AND ABROAD
AGRAWAL
VIBRANT INDIA
The Taste of Country Cooking
Edna Lewis
ALFRED A. KNOPF
smitten kitchen cookbook
deb perelman
knopf
A BAREFOOT CONTESSA COOKBOOK
barefoot contessa at home
ina garten
potter
DINING IN
ALISON ROMAN
POTTER
ad hoc at home
THOMAS KELLER
ARTISAN
CHEZ PANISSE COOKING
PAUL BERTOLLI
WITH ALICE WATERS
RANDOM HOUSE
donna hay
off the shelf
Harper Collins
LUCKY PEACH 101 Easy Asian Recipes
Peter Meehan
and the editors of Lucky Peach
POTTER
OTTOLENGHI
PLENTY
CHRONICLE BOOKS
KATZEN
MOOSEWOOD COOKBOOK
SMOKE & PICKLES
EDWARD LEE
ARTISAN
Julia Sherman
Salad for President
ABRAMS
《傑米・奧利佛的超級食物》
傑米・奧利佛
EVERYDAY SUPER FOOD
JAMIE OLIVER
Harper Collins
EAT Mexico
LESLEY TÉLLEZ
K

受人喜愛的書店 ⓯

平裝本書店
（Paperback Bookshop）

墨爾本／維多利亞省／澳大利亞

平裝本書店，是墨爾本的支柱，從 1960 年代就矗立在此，以提供禁書或不易取得的書籍聞名。這家書店現在也銷售精裝本，但也不忘初心地販賣許多不常見的書籍，以及精選的澳洲小說與散文。夜貓子都知道，也深愛這家營業到極晚的書店。

圖書館書店（Libreria）

倫敦／英國

店名與裝潢都極為巧妙地向豪爾赫．路易斯．波赫士的短篇小說《巴別圖書館》致敬，內部看起來像是一個無限延伸的狹長空間。波赫士故事中的敘述者，驚覺太多資訊其實無用，所以這家書店裡面沒有無線網路。也因此，讀者可以將注意力完全放在精心陳設的書架上。圖書館書店裡的書是以成對的概念分類，例如「天與海」，以及「著迷與覺醒」。讓讀者能夠在機緣巧合的狀態下，認識新的主題與文類。

爵士洞書店（The Jazzhole）

拉哥斯／奈及利亞

隱身在拉哥斯繁忙的街上，爵士洞書店名副其實地成為音樂、書與藝術的溫馨基地。昆爾・特卓修是約翰・科川和約翰・李・胡克的樂迷，希望能打造一個現代全球非洲文化的家，尤其是音樂與書籍。特卓修將自己的店視為母親所創立的傳奇連鎖書店格蘭多拉（Glendora）的分店。有時候，特卓修會以爵士洞之名自己發行唱片，也創立《格蘭多拉書評》文學期刊。來店的常客中，作家奇瑪曼達・恩戈茲・阿迪契認為這家書店是她的最愛。

烘焙與甜點

糖果擁有魔法。冰淇淋和杯子蛋糕也是。生活有時候很艱難，小小的甜點就可以讓我們好過些。一切順利的時候，蛋糕也是最好的「慶祝」方式。或者披薩派對也可以。

2002 年，伊莉莎白・普魯耶特與丈夫查德・羅勃森在舊金山教會區創立塔庭麵包店（Tartine Bakery）。丈夫專心於手工麵包製作，妻子則負責其他一切事項，全世界都愛上了這家店。之後他們出了三本食譜，並開了一家更大的塔庭麵包工廠。

第一本塔庭食譜，重點放在普魯耶特的糕餅與甜點，包括最棒的早餐麵包（如圖），還有很奇特的椰子奶油派。雖然她本身對麩質過敏，但還是認真將這些甜點做到盡善盡美。現在塔庭麵包店也提供許多無麩質的產品。

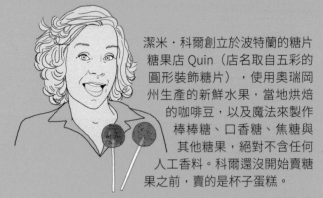

潔米・科爾創立於波特蘭的糖片糖果店 Quin（店名取自五彩的圓形裝飾糖片），使用奧瑞岡州生產的新鮮水果，當地烘焙的咖啡豆，以及魔法來製作棒棒糖、口香糖、焦糖與其他糖果，絕對不含任何人工香料。科爾還沒開始賣糖果之前，賣的是杯子蛋糕。

吉姆・拉赫的免揉麵包，的確是至今所見最簡單的酥皮麵包食譜。

麥特・路易斯與雷納多・波利菲多的烤布朗尼，的確是我吃過最棒的布朗尼蛋糕。

2009 年，布萊恩・佩卓夫與道格・昆特在紐約市第一次開著他們的大歡喜冰淇淋車（Big Gay Ice Cream），開心地亮相。賣了幾個夏天之後，他們在曼哈頓東村開了店。

最暢銷的甜筒口味是碧・亞瑟（Bea Authur）：香草霜淇淋淋上焦糖醬，並撒上香草威化餅碎片。

這些書也很推薦

- 《哈囉，我的名字是冰淇淋》達娜・克里
- 《麵粉・水・鹽・酵母 - 頂級工匠麵包聖經》肯・福克緒
- 《餅乾》多莉・葛林斯潘
- 《亞瑟王麵粉烘焙百科》亞瑟王麵粉公司
- 《完美的一球》大衛・列博維茲
- 《甜點之王法式烘焙聖經》賈奇・菲佛與瑪莎・蘿絲薛曼
- 《麵包大師的學徒》彼得・萊茵哈特
- 《烤麵包》亞歷珊卓・史塔佛

《免揉麵包之父吉姆．拉赫的 83 道獨門配方》
吉姆．拉赫

《披薩聖經》
湯尼．傑米納尼

《我爱冰淇淋》（簡體版）
詹妮．布里顿．保尔

《蛋糕圣经》（簡體版）
罗丝．利维．贝兰堡

書蟲推薦 ❹

南西・珀爾

圖書館員，《喬治與莉茲》
與《書的欲望》系列作者

《煙花散盡》薩拉・杜南特

蘭登書屋（Random House），
2006 年精裝本，
艾莉森・沙茲曼封面設計

「時間是 1527 年，魅惑的美麗情婦菲亞梅塔・碧昂奇妮，與她的經紀人兼摯友侏儒布西諾，逃到羅馬，最後來到威尼斯，也就是菲亞梅塔的出生地。兩人在威尼斯歷經重重困難，想要重新賺取財富與社會地位。杜南特的筆觸豐富，歷史考據細膩，角色刻劃有血有肉，任何喜愛歷史小說的讀者，都會深深愛上這本書。」

《史布納》
彼特・德克斯特

大中央出版社
（Grand Central），
2008 年精裝本，
旗幟設計工作室封面設計

「彼特・德克斯特的自傳性小說《史布納》，常常在歡樂之餘也感到心碎。故事充滿令人印象深刻的角色，像是史布納的繼父凱爾默、朋友哈利，還有陪伴史布納生活的許多狗。《史布納》這個難忘的故事，講述了一個來自喬治亞州米利奇維爾的男孩，長大之後，如何讓自己適應這個變幻莫測的世界。」

馬修・C・溫納

學校圖書館員

《寂靜的聲音》
卡崔娜・金齊藤、
茱莉亞・郭（插圖）

利特爾與布朗出版社（Little, Brown），
小讀者系列，2016 年精裝本

「間隙。寂靜。最美麗的聲音。一個名叫祥生的小男孩詢問樂師，是否有最喜歡的聲音。樂師回答，最美麗的聲音就是寂靜的聲音。於是祥生便興起了探索的念頭，一整天都在尋找間隙，研究不同的地方與不同的聲音。書中的文字，跟著這個帶著雨傘在東京漫步的孩子，遇到不同的聲音而雀躍。茱莉亞・郭的插圖呈現出一種聽覺的質地與深度，讓我在第一次閱讀完故事後深深印在腦海。這是個百讀不厭的故事，其中一個原因，是給了讀者優遊其中的空間。文字樸實而精確，只使用最精簡的話語交代故事，沒有多餘的贅詞。但是繪本本身隱藏了一個手法，因為故事的結尾並不是文字，也不是插圖，而是讀者讀完，闔上書頁的那個間隙。」

安・柏格爾

現代達西夫人讀書會（Modern Mrs. Darcy）創立人

《安全交叉口》華勒斯・史泰格納

現代圖書館出版社（Mordan Library），2002 年平裝本，艾蜜莉・馬宏封面設計，達倫・布斯繪圖

「這本細緻而精彩的小說，我已經讀過無數遍，因為每次重讀都會產生新的理解。史泰格納的文字平穩從容，但絕對不無趣。他引用了很多自己的人生故事，將四個看起來平凡的生活交織成鮮活的故事，呈現一段延續四十年，改變了一生的特殊友誼。」

蓋兒・雷拉莫

書與書書店書籍採購
邁阿密／佛羅里達州／美國

《昨日世界》史蒂芬・茨威格

普希金出版社（Pushkin Press），2014 年精裝本，南森・波頓設計工作室封面設計

「本書完成於 1942 年，茨威格自殺前一天，是作家本人最後的吶喊。述說了兩次大戰期間歐洲的歷史，記載了奉獻給藝術的一生，充滿懷舊的氛圍。這是我所讀過最好的回憶錄之一。」

《生活教會我》埃莉諾・羅斯福

哈波長久出版社（Harper Perennial），2016 年平裝本，米蘭・波茲克封面設計，茱恩・帕克繪圖

「我要承認，以前總以為埃莉諾・羅斯福只是歷史課本上那種乾澀無味、陳腐無趣的女人。但後來我看了她的回憶錄，才驚訝地從書中發現，她其實非常聰明、風趣，而且有勇氣，是我會願意花上幾個小時一起喝咖啡聊天的對象。羅斯福夫人在 1960 年，也就是她七十六歲的時候，撰寫了這本書，一部分是回憶錄，另一部分則是忠告與建議。她的見解時至今日讀起來都還是非常先進，充滿智慧，清楚明瞭。她對待歷史的角度十分有趣，對自己的人生也有獨特的想法（令人訝異的是，發生的慘事不少），還給予我們許多可以用在自己身上的洞見。」

珍娜・夏佛

凱普勒書店（Kepler's Books and Magazines）店員與採購
門洛公園／加州／美國

《蛇王》傑夫・桑特納

皇冠出版社（Crown），2015 年精裝本，艾莉森・恩佩封面設計

「這本書是排在我個人的推薦書單上前三名。故事的內容讓我又哭又笑，並且花了很多時間思考討論的課題，但還是無法用言語傳達這個故事到底有多精彩、多鮮活。桑特納從開始到結束都緊緊抓住讀者的心，毫不費力地將三名最好的朋友迥異的人生交織在一起，創造出絕對偉大的傑作。」

飲食文學

我們總是想著吃，食物從哪來，怎樣做才好吃，所以當然也會閱讀關於飲食的文章。網路上到處都是美食部落客，厲害的就像咖啡上的鮮奶油般會浮出來。不過，如果沒有飲食作家，像 M · F · K · 費雪、勞麗 · 科爾溫、伊莉莎白 · 大衛，與露絲 · 雷赫告訴大家先把烤箱設定到華氏 350 度，平底鍋抹上奶油，並幫忙把水煮滾，他們也無法嘗試自己的第一道食譜。

《飲食的藝術》（愛莉絲 · 華特斯認為「每一位廚師都應該要閱讀這套書」）集結了 M · F · K · 費雪的五本食譜。在《老饕自述》中，費雪談到讀者常常問她，為什麼會用譴責的語氣來書寫食物飲食，好像覺得自己在浪費才能，應該要討論更重要的議題。她解釋道，飢餓其實與人類另外兩個重要的基本需求連結交錯，也就是愛與安全感。只要提到其中一項，就必須連帶全部都一起討論。

《如何煮狼》提供的是二戰時期，如何在廚房中迅速出菜的食譜，費雪在書中記載的一半一半雞尾酒，是一半不甜的雪莉酒混合一半不甜的苦艾酒，然後加上一點檸檬汁與檸檬皮調製而成。

勞麗 · 科爾溫的《家庭料理》是一本飲食散文集，收錄了她在 1980 年代為《美食》雜誌撰寫的文章。在料理包與大餐的全盛時期，她專注於和家人一起享用簡單營養的食物。她的食譜會加入巧思，用對話的方式書寫。根據飲食作家露絲 · 雷赫的說法，這讓科爾溫成為「大家都希望能擁有的摯友」。科爾溫於 1992 年過世，享年四十八歲，所以永遠無法看到現在的世界其實走的是她一直在走的路。

科爾溫《家庭料理》的蕃茄派

大衛 · 勒保維茲曾在鷹嘴豆泥餅餐廳（Chez Panisse）與其他舊金山灣區餐廳擔任廚師很多年，大多時候是負責糕點，後來他專心於寫作，並搬到巴黎，他是最早一批的美食部落客，將自己在廚房裡工作的趣聞按照時間記錄下來。

＊這些書也很推薦＊

- 《魚翅與花椒》扶霞 · 鄧洛普
- 《美味關係》茱莉 · 鮑爾
- 《嘴大吃四方》傑佛瑞 · 史泰嘉頓
- 《愛麗絲，我們吃吧》凱文 · 特里林
- 《我的柏林廚房》露易莎 · 衛斯
- 《食物與城市》伊娜 · 亞洛夫

Home Cooking Laurie Colwin Knopf
《廚房裡的身影》嘉貝麗葉・漢彌頓
BLOOD, BONES, & BUTTER GABRIELLE HAMILTON
RUTH REICHL Tender at the Bone
《天生嫩骨》露絲・雷克爾
Elizabeth David Classics ALFRED A. KNOPF
A.J. Liebling BETWEEN MEALS
A HOMEMADE LIFE MOLLY WIZENBERG
《家味人生》莫莉・懷森伯
32 YOLKS ERIC RIPERT
An Everlasting Meal TAMAR ADLER
《永續的一餐》塔瑪・艾德勒
《我在法國的歲月》
茱莉雅・柴爾德／亞歷斯・普魯道姆
MY LIFE IN FRANCE JULIA CHILD with Alex Prudhomme Anchor Books
KNISLEY RELISH MY LIFE IN THE KITCHEN
《有滋有味》（簡體版）
露西・尼斯利
MADHUR JAFFREY CLIMBING THE MANGO TREES
THE COOKING GENE A Journey Through African American Culinary History in the Old South MICHAEL W. TWITTY
THE ART OF EATING THE COLLECTED GASTRONOMICAL WORKS OF M·F·K·FISHER WORLD
The SWEET LIFE IN PARIS DAVID LEBOVITZ
《巴黎・莫名其妙》
大衛・勒保維茲
IN DEFENSE OF FOOD MICHAEL POLLAN The Penguin Press
《食物無罪》麥可・波倫
Heat BILL BUFORD VINTAGE
《后厨机密》（簡體版）
比尔・比福德
Kitchen Confidential Adventures in the Culinary Underbelly UPDATED EDITION Anthony Bourdain ecco
《安東尼・波登
之廚房機密檔案》
安東尼・波登
ANIMAL, VEGETABLE, MIRACLE with Steven L. Hopp and Camille Kingsolver BARBARA KINGSOLVER
Nigel Slater the kitchen diaries
ADVENTURES ON THE WINE ROUTE KERMIT LYNCH

受人喜愛的書店 16

幻日書店（Sundog Books）

海邊鎮／佛羅里達州／美國

1986 年創立於佛羅里達州海邊鎮，就在市中心步行可達的距離。海邊鎮是個私人社區，也是美國最早採用新都市主義原則設計的地方之一，同時還是電影《楚門的世界》的拍攝地點。全鎮以「簡單美麗的生活」為宗旨，所以書本當然也就是很重要的一部分。

老書蟲書店（The Bookworm）

北京／中國

是書店、圖書館、咖啡廳，也是活動會場，在北京、成都與蘇州都有分店。老書蟲書店就是文學界最明亮的燈塔。一開始只是 1990 年代初期的小小圖書館，是當地的外籍人士亞歷珊卓・皮爾森，有感於在中國難以取得英文書籍，才開了這家書店。

現在的老書蟲，架上擺滿了成千上萬冊的英文與中文書。每年還會舉辦一個很熱鬧的業界年度書展，吸引國際的作家前來。

書店提供了多樣書刊，包括文學雜誌、藝術專刊、旅遊指南與食譜，同時也裝設了一台能夠客製書本的「濃縮製書機」。讀者可以在店內影印裝訂珍稀本、絕版書，或已經屬於公共版權的出版品。作家也可以自費出版作品，自行印製或請書店的人員幫忙。

麥克奈利・傑克森書店（McNally Jackson）

紐約市／紐約州／美國

2004 年開設於曼哈頓下城區。最早的店名是麥克奈利・羅賓森（McNally Robinson），由經營人莎拉・麥克奈利的父母創立，沿用加拿大曼尼托巴省家族獨立連鎖書店的名字。2008 年，麥克奈利把店名的羅賓森拿掉，改加入丈夫的姓氏。店裡其他細節也都由她親自規畫，例如書籍分類與擺設，還有咖啡廳的壁紙等。壁紙是從她個人藏書的頁面掃描下來製作而成。

書店現在已經跨出曼哈頓下城區，並創立了書房周邊專門店，提供家具、文具、燈具與藝術印刷品。另外還有圖像專門店，販賣藝術家的複製畫與其他作品。

傳記與自傳

1791 年出版，詹姆斯．鮑斯威爾的《約翰生傳》，內容完整地描述了這位名人的樣貌：長相、行為、想法，而不是只記錄名人的主要成就，一般認為是第一本現代傳記。現在我們會期待知道名人、偉人們的全貌，希望了解他們真正的為人，如何成長蛻變。我們想知道他們擁有什麼祕密，以便幫助自己達到像他們那樣的境地。

蘿拉．希林布蘭的《海餅乾》是替一匹名為「海餅乾」的嬌小賽馬作傳。這匹沒有冠軍相的冠軍馬，在經濟大恐慌美國人最需要鼓勵時出現。這本書也是另外三名冠軍的傳記，馬主查爾斯．霍華、練馬師湯姆．史密斯，以及前騎師「赤紅」雷德．波拉。

史密斯最早遇到海餅乾時，牠十分緊張易怒，在馬廄裡不斷踱步，對於訓練不屑一顧。訓練師史密斯認為，如果有其他動物在場，通常可以讓賽馬冷靜，於是史密斯買了一匹名叫南瓜的老黃馬，後來又加入流浪狗波卡多和蜘蛛猴喬喬。

艾胥黎．范思將自己為千萬富翁發明家特斯拉汽車執行長伊隆．馬斯克所寫的傳記改編成兒童版，讓孩子了解現實生活中的鋼鐵人東尼．史塔克，鼓勵他們創造更美好的未來。

艾科出版社（Original Ecco），
2015 年精裝本，艾莉森．沙茲曼封面設計

海莉耶塔．拉克斯可能永遠不死，至少有部分是活著的。她的子宮頸癌細胞，也就是海拉細胞（HeLa），在世界各地的實驗室中繼續茁壯。這是世界上第一組人工培育的人類細胞。1951 年採集之後，就被使用在無數的實驗與研究中，包括喬納斯．沙克研發的小兒麻痺疫苗。但是拉克斯完全不知道自己被採集了細胞，而家人也是在她死後 24 年，到了 1975 年才發現。芮貝卡．史克魯特特在 2010 年寫成《改變人類醫療史的海拉》一書，2017 年改編成電影。

＊這些書也很推薦＊

- 《老天保佑》甘蒂絲．柏根
- 《抉擇》希拉蕊．羅登．柯林頓
- 《留在照片中的孩子》羅伯特．伊凡斯
- 《我對真理的實驗》
  穆罕達斯．卡朗昌德．甘地
- 《帝國之心》札克．歐馬里．格林伯格
- 《夏洛特．布朗蒂：激情的心》克萊兒．哈曼
- 《海倫．凱勒傳》海倫．凱勒
- 《阿里》大衛．雷姆尼克

《改變人類醫療史的海拉》芮貝卡・史克魯特
《滾吧！生活》（簡體版）理查茲
《海餅乾》蘿拉・希林布蘭
《鋼鐵人馬斯克》艾胥黎・范思
《黑潮 - 麥爾坎 X》亞歷士・海利
《漫漫自由路》（簡體版）
纳尔逊・曼德拉
《同性戀平權鬥士》
藍迪・席爾茲
《歐巴馬的夢想之路》
巴拉克・歐巴馬
《天生喜剧狂》（簡體版）
史蒂夫・马丁
《賈伯斯傳》華特・艾薩克森

改變世界的愛書人

瑪里・迪亞斯

書本具有很強大的力量，能幫孩子了解自己在世界上的位置。但如果孩子在書中看不到自己的存在，會發生什麼事呢？

如果你是瑪里・迪亞斯，就會開始想辦法。迪亞斯十一歲時，發現自己閱讀的書裡，大部分角色都不像自己（大部分是男孩，而且都是白人）。事實上，威斯康辛大學合作童書中心在 2015 年提出一份分析報告，指出當年出版的童書，只有 10%以非裔兒童為主角。因此迪亞斯發起一項「# 千本非裔女孩故事」計畫，希望募集一千本關於非裔女孩的書，最後募集到超過四千本。這個標籤也發展成一個運動，瑪里還寫了《瑪里・迪亞斯做到了：你也可以！》，討論社會運動、包容和教育。

歐艾倫

歐艾倫是青少年奇幻小說作家，也是「我們需要多元化閱讀」（We Nees Diverse Books）的執行長與董事長。WNDB 的任務非常單純卻龐大，他們想要打造一個「所有孩子都能在書裡看到自己」的世界。在此之前，歐艾倫編纂了《飛行訓練故事集》，邀請許多作家為青少年撰寫能夠啟發思考的故事。

桃莉・巴頓

桃莉・巴頓出生時，她的父親用一袋燕麥，代替付給醫生的接生費。身為家中十二個孩子裡的老四，她在田納西州鄉下長大。後來她成為全世界最受尊敬的女性鄉村歌手，寫了超過五千首的歌曲。但她最自豪的頭銜是「書本女王」（Book Lady）。1995 年，為了紀念她的父親而創立了「幻想圖書館」，每個月都會寄送新書給美國、英國與加拿大超過一百萬名兒童。

大衛・瑞希爾與柯林・麥克艾維

經歷了微軟與亞馬遜的工作，大衛・瑞希爾和柯林・麥克艾維一起創立了世界讀者組織（Worldreader）。在美國、歐洲與非洲都有分支的世界讀者，為五十個發展中國家的孩童，以電子行動裝置提供精選圖書，介紹印第安與非洲作家的故事。世界讀者的圖書館完全數位化，需要的學校可以使用獎學金讓學生獲得平板閱讀器。世界讀者也提供教師現場訓練課程，以及廠商平板維修課程。

大衛・瑞希爾　柯林・麥克艾維

蘿拉・莫頓

蘿拉・莫頓是作家、藝術家、教授與流動圖書館員。2001 年，她創立了街頭書店，把書帶給奧瑞岡州波特蘭地區無家可歸的人。莫頓和其他流動圖書館員以腳踏車配送書本，使用傳統的學校圖書館借書卡來登記。她以相當寬容的心執行這項計畫，還書率相當穩定，而且如果有人無法還書，多半會回來解釋無法歸還的理由。街頭書店的老客人，之後常會變成街頭書店的圖書館員與董事會成員。

勒瓦・伯頓

「蝴蝶在天空飛舞，我可以飛到更高處……」如果你能夠接著唱下去，那麼就一定認識勒瓦・伯頓。從 1983 ～ 2006 年的二十三年時間，伯頓主持了 PBS 電視台的指標性節目「閱讀彩虹」（Reading Rainbow）。節目停播後，伯頓和他的公司 RRKidz 打造了一個手機軟體，將節目的任務傳承下去：讓孩子愛上閱讀。兒童可以透過手機軟體，無限制地閱讀各種書籍。

瑞秋・麥克科馬克

瑞秋・麥克科馬克是羅傑・威廉斯大學素養教育教授，專門幫助因為逃難而造成的弱勢族群孩童。麥克科馬克創立了為草根階層服務的難民書店，所有組織捐款全部都拿來購買與分發高品質的阿拉伯文童書。到目前為止，她提供了至少一千本書，給在荷蘭、希臘與土耳其的兒童。

戴維・艾格斯

妮妮薇・卡列格里

戴維・艾格斯與妮妮薇・卡列格里

非營利組織 826 瓦倫西亞，致力於幫助學生發展寫作技巧，幫助老師教導學生寫作。這裡的主業是販賣海盜相關商品，裡面的空間則闢為出版與教學中心。因為區域計畫法規，這個地點必須做為商業用途，於是艾格斯和朋友合夥開店，販賣眼罩、望遠鏡、雜誌期刊，設置了景觀水族箱，還在天花板裝了陷阱。他們沒想到這樣會嚇走原本可能進來的學生。之後艾格斯聘請了教育專家妮妮薇・卡列格里。她到各個學校與老師們合作，將學生帶進來。

826 瓦倫西亞之後發展成 826 全美國，在布魯克林、洛杉磯、芝加哥、密西根、波士頓，與華盛頓特區都有分校。布魯克林分校隱身在超人扮裝公司裡，感覺很有趣，像是在玩遊戲，但就像一名洛杉磯分校的學生所說：「藝術的力量非常強大，可以用來對抗壓迫、種族歧視、性別歧視等社會上的污染。」

梅樂蒂・亞歷山大

「牛奶加書餅」（Milk+Bookies）這個可愛的名字，是梅樂蒂・亞歷山大經營的非營利計畫，原本是自家當地書店每年兩次的活動。她會邀請有小孩的朋友前來，讓每個孩子挑選一本書，送給鎮上沒有書的其他孩子。這個活動讓其他父母產生共鳴，於是一個以洛杉磯為基地的組織就誕生了。「牛奶加書餅」現在已經成為全國慈善基金會，莉娜・丹恩、珍妮佛・嘉納與大衛・格羅爾等名人都表示支持。

吉納薇・皮圖洛

「睡衣計畫」（Pajama Program）的「晚安權利草案」認為，所有孩子都有權利擁有穩定感與安全感，在上床睡覺時感受到被愛、被照顧，能夠穿上乾淨的睡衣，享受溫馨的睡前故事，擁有一夜好眠與美好的一天。吉娜薇・皮圖洛在 2001 年展開這個非營利計畫，讓家庭生活不穩定，甚至是沒有家庭的孩子，也能擁有上述的權利。

丹尼斯・薛沙、約翰・伍德與艾琳・甘朱

約翰・伍德在尼泊爾旅行時，愛上了當地溫暖而充滿活力的教室，但也注意到資源有多麼貧脊。他辭去在微軟的工作，與丹尼斯・薛沙和艾琳・甘朱一起創立了「閱讀空間」（Room to Read），致力於改善全世界發展中國家的識字率與性別平等。

「閱讀空間」與當地社區、組織和政府合作，幫助小學生識字，培養閱讀習慣，支持女孩完成中學教育，習得成功人生必要的生活技能。

瑪雅・納斯鮑姆

從哥倫比亞大學畢業時，瑪雅・納斯鮑姆就知道，她即將進入的文學世界充滿了白人男性。她的願望是能為年輕女性打造一個社群與支持網路，所以在 1998 年創立了「女孩書寫現在」（Girls Write Now）。

從那時候起，這個機構就幫忙全紐約市缺乏資源的女中學生，找到專業的女性作家與媒體工作者來當她們的導師。同時也受到白宮認證為全國最佳課後照顧課程。

瑪絲坎・艾沃

每天放學後，瑪絲坎・艾沃會在印度博帕爾居住的貧困社區，開設圖書館。非營利非政府組織「閱讀空間」批准了艾沃的申請，給她五十本書經營這個圖書館。她造了名冊記錄管理，目前已經超過兩百本，數量還在持續成長的書，並在其他孩子來還書時測驗，確定他們都把書讀完了。

艾沃九歲時，就得到印度國家轉型委員會的思想領袖獎，是史上最年輕的得獎人。

悉尼・奇斯三世

悉尼・奇斯三世十一歲時造訪了一家位於聖路易斯的美國非裔童書專門店「看到我」（EyeSeeMe），於是創立了「黑兄弟讀書會」（Books N Bros）。這是個讓和他差不多年紀的男孩參加的讀書俱樂部，不論背景，沒有條件，專門閱讀美國非裔文學作品，例如《關鍵少數》，還有《超級大富翁丹尼：檸檬水惡作劇》。

凱娥・基墨

1992 年，凱娥・基墨在華盛頓特區的慈善廚房當志工時，發現她服務的孩子生活中幾乎都沒有書。直到現在，她所創立的「第一本書」機構（First Book），已經將超過一億七千萬本書，分送到三十個國家的低收入家庭、軍人家庭。

基墨是改革者，強調社會創業、教育平等與素養的重要性。她在 2014 年獲得國家圖書基金會的文學人獎，2016 年獲得美國婦女基金會的佩姬・雪倫自在做自己獎。

湯姆・馬胥樂與昆丁・布雷克

昆丁・布雷克彩繪的公車，載著書本與說故事的志工，去到尚比亞、馬拉威與厄瓜多，服務了超過十萬名孩童。「書本巴士」是於 2006 年，由原本在強納森・凱普出版社工作的湯姆・馬胥樂創立。馬胥樂熱愛兒童文學，介紹羅德・達爾與強納森・凱普出版社簽約，並讓布雷克負責羅德・達爾作品的插圖，做出的成品造成了世界各地孩童的開心搶讀。布雷克在 2009 年決定參與馬胥樂的下一個冒險，讓公車披上他繪製的圖案與設計。

湯姆・馬胥樂　　昆丁・布雷克

回憶錄

自傳與回憶錄的差別，在於自傳涵蓋了一生，而回憶錄則是集中於某個時期或某個面向。法蘭克．康羅伊在 1967 年出版的《時光暫停》，記述的是青少年到成年這個階段的故事，一般認為這是第一本能夠被分類為回憶錄的書。托比亞斯．沃夫與瑪莉．卡爾，則是大大提高了回憶錄在文學界的地位。

莉娜．丹恩寫道，她發現在瑪莉．卡爾的《大說謊家俱樂部》出版後，各種回憶錄就如雨後春筍地冒出來。2015 年卡爾出版了《寫作的起點》，說明了自己創作的過程。

《寫作的起點》企鵝出版社（Penguin），2015 年平裝本，布萊恩．瑞伊繪圖

音樂人兼詩人佩蒂．史密斯在《只是孩子》中，回憶自己與攝影師羅柏．梅普索普之間充滿強烈情感且不斷變化的友誼。他們二十歲時在紐約市相識，史密斯說，這本書是她在梅普索普臨終前所做出的承諾。

《只是孩子》艾科出版社（Ecco），2010 年精裝本，艾莉森．沙茲曼封面設計

圖像回憶錄與純文字回憶錄，可以說幾乎是同個時期出現。最有名的圖像回憶錄是瑪贊．莎塔琵的《茉莉人生 1》，詳盡地描述了她在伊朗伊斯蘭革命時度過的童年時光。

《茉莉人生 1》雅典娜神殿出版社（Pantheon），2003 年精裝本

在短暫的一生中，羅森黛爾塔寫了三十本書（二十八本精彩的童書與兩本回憶錄），還有一篇關於愛與生命結束的美麗散文（刊載於《紐約時報》的〈你可能會想嫁給我的丈夫〉）。《平凡生活百科全書》，是以字母順序排列出組成她這個人的所有成分。

賈桂林．伍德森以自由詩的文體為青少年寫出《棕色女孩夢》。她小學時讀到蘭斯頓．休斯的詩，從中發現詩的樂趣。在此之前，她總以為詩是「成年白種人用來互相溝通的密碼」。

《棕色女孩夢》海雀出版社（Puffin），2016 年平裝本，泰瑞莎．伊旺潔莉絲塔封面設計

＊這些書也很推薦＊

- 《被消除的男孩》賈若德．康里
- 《希臘狂想曲》傑洛德．杜瑞爾
- 《幸福》希瑟．哈芬
- 《遺失心靈地圖的女孩》蘇珊娜．凱森
- 《讓我們假裝沒發生過》珍妮．勞森
- 《水的顏色》詹姆斯．麥克布萊德
- 《謊言讓世界美好》凱莉．奧斯福德
- 《土星環》W．G．塞巴爾德

《怪才的荒誕與憂傷》
戴夫・艾格斯
DAVE EGGERS A HEARTBREAKING WORK of STAGGERING GENIUS PICADOR
《鴻：三代中國女人的故事》張戎
WILD SWANS JUNG CHANG
AMY KROUSE ROSENTHAL Encyclopedia of an Ordinary Life
THE DIVING-BELL & THE BUTTERFLY JEAN-DOMINIQUE BAUBY
《潛水鐘與蝴蝶》
尚 - 多明尼克・鮑比
THIS BOY'S LIFE A Memoir TOBIAS WOLFF
FIRST THEY KILLED MY FATHER A DAUGHTER OF CAMBODIA REMEMBERS LOUNG UNG
《他們先殺了我父親》黃良
Night ELIE WIESEL
《夜》埃利・維瑟爾
Hold Still Sally Mann A Memoir with Photographs
《印象停格》莎莉・曼恩
JACQUELINE WOODSON brown girl dreaming
JUST KIDS PATTI SMITH
《只是孩子》佩蒂・史密斯
a long way gone ishmael beah FSG
《長路漫漫》伊實美・畢亞
NELSON THE ARGONAUTS
CONROY THE WATER IS WIDE HOUGHTON MIFFLIN COMPANY
《我在伊朗長大》瑪贊・莎塔碧
《我知道籠中鳥為何歌唱》
瑪雅・安吉羅
MAYA ANGELOU I KNOW WHY THE CAGED BIRD SINGS
《大地之歌》吉米・哈利
All Creatures Great and Small · James Herriot
《菜鳥新移民》黃頤銘
EDDIE HUANG FRESH OFF THE BOAT
《柳橙不是唯一的水果》
珍奈・溫特森
JEANETTE WINTERSON ORANGES ARE NOT THE ONLY FRUIT
《並非故意與眾不同》
威廉・菲尼根
William Finnegan Barbarian Days A Surfing Life
LAKOTA WOMAN MARY CROW DOG
《在德黑蘭讀羅麗塔》
阿颯兒・納菲西
READING LOLITA IN TEHRAN Azar Nafisi
《绿野黑天鹅》（簡體版）
大卫・米切尔
DAVID MITCHELL Black Swan Green
《安琪拉的灰燼》
法蘭克・麥考特
Angela's Ashes Frank McCourt SCRIBNER
MY STRUGGLE 1 KARL OVE KNAUSGAARD
THE COMPLETE PERSEPOLIS Marjane Satrapi PANTHEON
MARY KARR THE LIARS' CLUB
HEART BERRIES Terese Marie Mailhot
《大說謊家俱樂部》瑪莉・卡爾

受人喜愛的書店 ⓱

普納（Pune）是印度第七大城市，也是馬哈拉施特拉邦的文化首都。普納充滿了學術的能量，擁有好幾間知名的大學，全印度有一半的國際學生都在這裡。

維希與納哈・皮拉亞

道路書店（Pagdandi）

普納／印度

維希與納哈・皮拉亞在各自辭去工作後相識，然後相約一起去旅行，最後結為夫妻。2013 年，他們在印度的普納創立了道路書店，打造出一個溫馨親切的空間，提供多元的文學、健康的食物與溫暖的印度拉茶，滋養與他們志同道合的心與靈魂。兩人不但找到了彼此，也找到了自己的「道路」，雖然人煙稀少，但卻更加圓滿。

狂熱書店（Avid Bookshop）

雅典／喬治亞州／美國

位於王子大道的狂熱書店，掛了一個惡搞的招牌：「2011 年開始反體制。」珍娜・葛迪斯的反體制書店在喬治亞州的雅典開了兩家。在狀況穩定之後，葛迪斯終於對經營獨立書店抱持平常心。對於其他城市的獨立書店，例如布魯克林的文字書店（Word）以及綠光書店（Greenlight Bookstore），喬治亞州迪凱特的故事小店（Little Shop of Stories），邁阿密的書與書書店等，也能夠看成是靈感的來源與借鏡。

葛迪斯推薦：

《我是，我是，我是：十七次與死亡的親密接觸》瑪姬・奧法瑞爾

「瑪姬・奧法瑞爾是我很喜歡的一個作家。這是一本情感強烈又極其精彩的回憶錄，作者探討了自己與死亡錯身而過的十七次經驗。閱讀著作者搭配小插圖的故事，敏感地察覺我們的生存其實只與死亡隔著一層薄紗。奧法瑞爾的敘述技巧無人能出其右，在讀者腦海中喚起鮮活的意象：每次閱讀她的句子，我常常忍不住訝異地倒抽一口氣，因為她的語言非常精準地捕捉到了人類的經驗。」

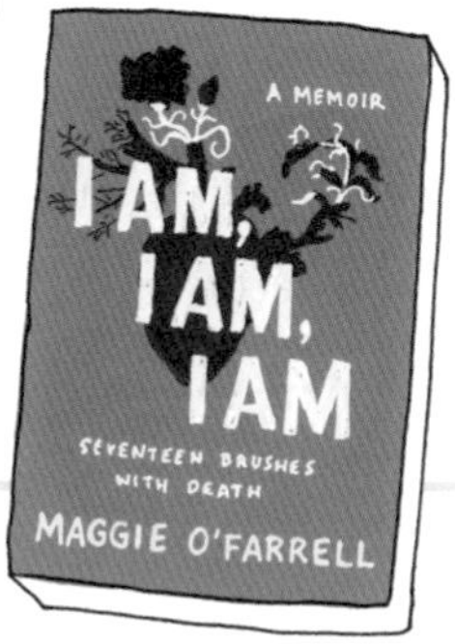

汀德出版社（Tinder Press），2017 年精裝本，耶堤・蘭伯茲封面設計

女性主義

很難相信女性主義本身還可以再繼續細分。每個人對於女性主義一詞，以及內容意義的詮釋，都有些微不同。但女性主義的中心思想，也就是性別平等，是我們每個人都應該要支持的觀念。

《我們都應該是女性主義者》船錨出版社（Anchor），2015 年平裝本，瓊安・王封面設計

碧昂絲在 2013 年發行的歌曲〈完美無瑕〉中，引用了奇瑪曼達・恩戈茲・阿迪契的 TED 演說「我們都應該是女性主義者」（We should all be feminists）。與這場演說同名的書籍同樣是在闡述這個概念。2015 年，瑞典政府將這本書分發給國內所有十六歲的學生。芬蘭則在 2017 年效法，將這本書分發給所有十五歲的學生。

湯婷婷的《女勇士》混合了回憶錄筆法與中國民間故事。她記述了自己身為移民父母孩子的成長過程，在新的土地與父母的家鄉，如何面對性別與種族歧視。湯婷婷並不喜歡這個書名，因為她是和平主義者。

《女勇士》克諾夫出版社（Knopf），1976 年精裝本

這本 1981 年出版的開創性文集《我背為橋》，編輯雪莉・莫拉加與葛羅莉亞・安札都表示，文集收錄的散文、詩與繪畫，都是希望能夠擴展「女性主義」的意涵，將非白種女性收納進去。

《我背為橋》
波西芬尼出版社（Persephone Press），1981 年精裝本，喬涅妲・汀克繪圖，瑪麗亞・馮・布林肯封面設計

2009 年，美國女性已婚的比例第一次降至 50% 以下。雷貝嘉・崔斯特的《單身，不必告別》針對現今世界的改變進行研究，女性現在擁有更多選擇，我們不需要全部遵守「異性戀早婚早生子的單向高速公路」。

羅珊・蓋伊承認自己很喜歡甜蜜谷高中系列小說（Sweet Valley High），認為閱讀就是閱讀，不應該為自己的選書而感到羞恥，當然除非你讀的是希特勒的《我的奮鬥》。《不良女性主義的告白》的文章，不僅說明了女性在現代社會中的地位，也說明了擁有各種美麗缺陷的我們，該怎麼好好做一個人。

＊這些書也很推薦＊

- 《女性主義鬥陣俱樂部》潔西卡・班奈特
- 《性・別惑亂》茱迪絲・巴特勒
- 《女性迷思》貝蒂・傅瑞丹
- 《怕飛》艾瑞卡・鍾
- 《勇敢的女孩》凱洛琳・保羅
- 《狂熱的行動與日常的反叛》葛羅莉亞・史丹姆
- 《美貌的神話》娜歐米・沃夫
- 《為女權辯護》瑪麗・沃斯通克拉夫特

WE SHOULD ALL BE FEMINISTS CHIMAMANDA NGOZI ADICHIE ANCHOR BOOKS
Bad Feminist | Essays | Roxane Gay
《不良女性主義的告白》羅珊・蓋伊
a room of one's own Virginia Woolf The Hogarth Press
《自己的房間》維吉尼亞・吳爾芙
Men Explain Things to Me REBECCA SOLNIT DB
《爱说教的男人》（簡體版）
丽贝卡・索尔尼特
THIS BRIDGE CALLED MY BACK: WRITINGS BY RADICAL WOMEN OF COLOR MORAGA, ANZALDUA Kitchen Table Press
FEMINIST THEORY from margin to center bell hooks South End Press
Clarissa Pinkola Estés, Ph.D. Women Who Run With the Wolves Myths and Stories of the Wild Woman Archetype Ballantine Books
《與狼同奔的女人》
克萊麗莎・平蔻拉・埃思戴絲
THE SECOND SEX SIMONE DE BEAUVOIR VINTAGE
《第二性》西蒙・德・波娃
SCHATZ & STAHL RAD WOMEN WORLDWIDE
REBECCA TRAISTER ALL THE SINGLE LADIES Simon & Schuster Paperbacks
《單身，不必告別》雷貝嘉・崔斯特
Maxine Hong Kingston The Woman Warrior
《女勇士》湯婷婷
shrill lindy west Hachette Books
How To Be a Woman CAITLIN MORAN
《我不是大女人》凱特琳・莫倫
Melissa V. Harris-Perry Sister Citizen Yale
GRACE BONNEY IN THE COMPANY OF WOMEN ARTISAN
LORDE SISTER OUTSIDER CROSSING PRESS
Merlin Stone WHEN GOD WAS A WOMAN Harcourt
OUR BODIES, OURSELVES A BOOK BY AND FOR WOMEN BY THE BOSTON WOMEN'S HEALTH BOOK COLLECTIVE TOUCHSTONE
ANGELA Y. DAVIS | WOMEN, RACE & CLASS VINTAGE
VALENTI FULL FRONTAL Feminism SEAL

作家書齋 ❸

羅德·達爾

羅德·達爾與家人住在英國白金漢郡大米森登的吉普賽屋（Gipsy House）。他知道自己的孩子很吵，所以必須另外找個地方寫作。在看到迪倫·湯瑪斯位於威爾斯的寫作小屋之後，他也在自家花園裡蓋了一間小屋。

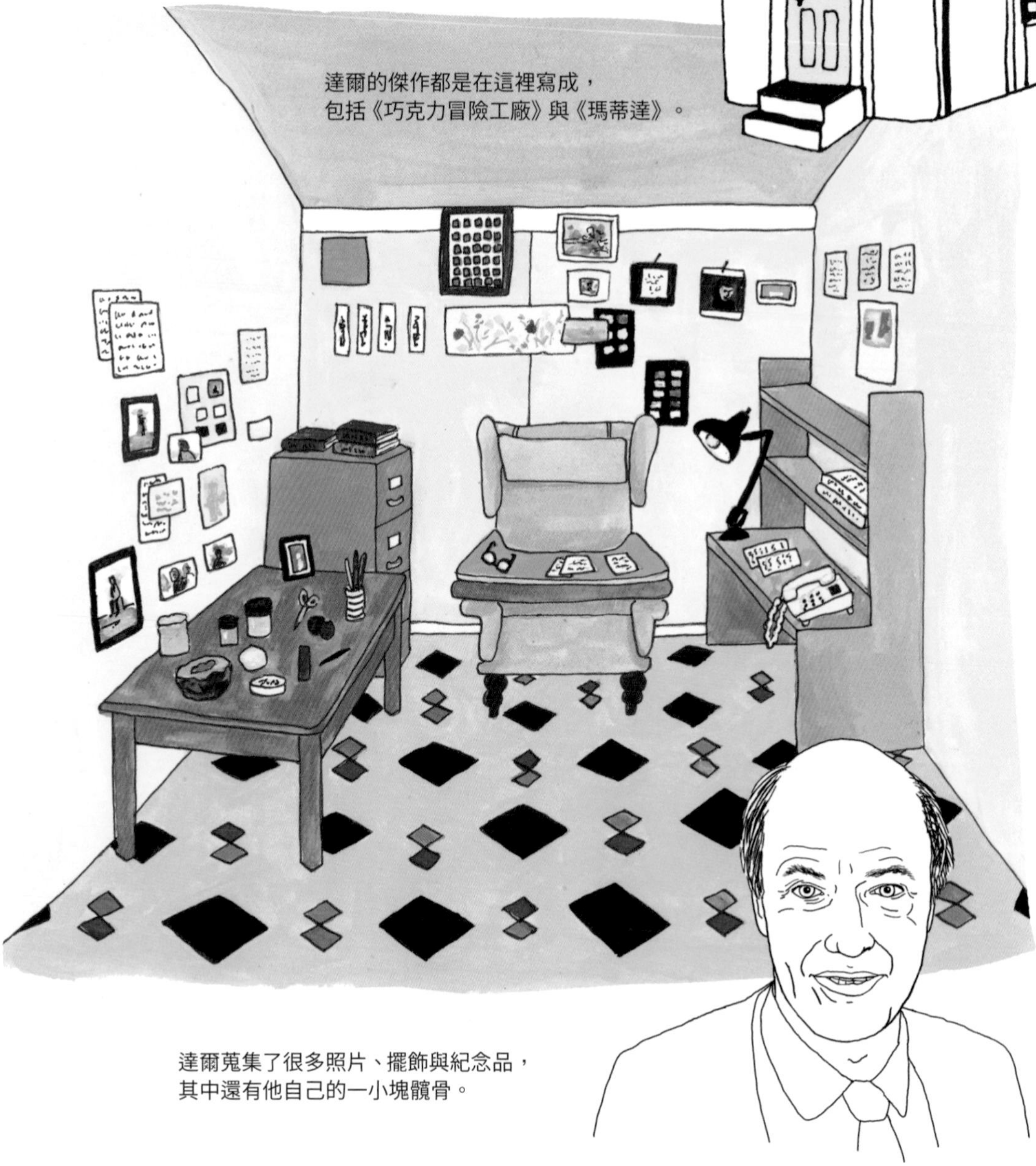
達爾的傑作都是在這裡寫成，
包括《巧克力冒險工廠》與《瑪蒂達》。
達爾蒐集了很多照片、擺飾與紀念品，
其中還有他自己的一小塊髖骨。

在《自己的房間》中，吳爾芙認為女性應該要有錢，要有自己的房間，能夠自由寫作與創造，但常常兩者均不可得。
夫婦倆的骨灰都埋葬在這裡的兩棵大榆樹下，但是很可惜後來榆樹被砍掉了。

維吉尼亞・吳爾芙

維吉尼亞・吳爾芙與丈夫倫納德在 1919 年買下僧侶館（Monk's House），常常過去小住。由於原本倫敦布魯姆斯伯利的公寓在空襲中被炸毀，所以在 1940 年起正式搬了過去。夫婦倆非常喜歡這裡鬱鬱蔥蔥但毫不匠氣的庭園，裡面有義式小花園、露天水塘、露台，還有果園。主屋是由吳爾芙的姊姊，畫家兼設計師薇妮莎・貝爾負責裝潢。

吳爾芙夫婦邀請布魯姆斯伯利派的成員，都是英國重要的作家、哲學家與藝術家，到他們的新居。E・M・佛斯特有張照片就是和倫納德一起開心地修剪樹木。訪客們也常常在這裡玩非常正統嚴格的草地滾球。

吳爾芙有好些傑作都是在儲藏小屋改建的「寫作木屋」中完成。她在這裡可以瀏覽東艾塞克斯制高點之一的卡本山景色。1941 年 3 月 28 日，也是在這裡寫下給倫納德的訣別信，然後在衣服口袋裡裝滿石頭，走向了烏斯河（River Ouse）。

我們都是人類

作家與思想家提醒我們，人類其實擁有強大的力量。只要團結起來，就可以破壞或創造，成為悲傷或希望的來源。人與人之間若能更了解對方，便能多一些創造與希望，少一點破壞與悲傷。尼爾·蓋曼曾說，書是「能夠產生同理心的小小機器」，「在讀完某種類型的人創作的書之後，我們就很難討厭他們。」

克勞蒂亞·蘭欽的得獎作品《公民》，是一本結合了詩、散文與繪畫的文集。本書從文化批評的角度探討美國的種族歧視，包括小威廉絲的網球賽、歐巴馬的就職典禮，以及警察對手無寸鐵的黑人開槍。

封面的雕塑是1993年大衛·漢蒙斯的創作「戴帽子」，一件連帽衫的帽子，像狩獵的戰利品一樣掛在牆上。

《公民》灰狼出版社（Graywolf Press），2014年平裝本，約翰·盧卡斯封面設計

巴基斯坦作家莫欣·哈密住過紐約、加州與倫敦。他稱自己為「混血的雜種」，也附帶說明了「我們其實都是雜種」。他認為偏執與排外，其實是對於應該要捨棄的過去有著嚮往，而「故事擁有讓我們從過去與現在的暴政中解放的力量。」

1998年在美國中央公園動物園，有兩隻名叫羅伊與西羅的公企鵝相愛了。牠們會向對方發出求偶的聲音，最後更一起築巢，放了一塊石頭在巢裡，當成自己的蛋。寵愛這對企鵝的動物園員工拿了其他企鵝的蛋放進牠們的巢裡，羅伊與西羅輪流坐在上面孵蛋，終於把女兒探戈孵出來了。賈斯汀·理查森與彼得·帕內爾這對同志夫夫，將這兩隻企鵝的故事畫成可愛的童書《一家三口》，希望能幫助其他親子討論同性戀的議題。美國圖書館協會，負責記錄讀者要求下架的書籍，並幫助圖書館員處理這類問題，發現這本書是2006、2007、2008與2010年收到投訴最多的書。

《一家三口》西蒙與夏斯特出版社（Simon & Schuster），小讀者系列精裝本，亨利·科爾繪圖

卡瑪拉·克汗在2014年以「驚奇女士」的身分與大眾見面。這個來自紐澤西的十六歲千禧世代穆斯林漫威超級英雄，是由編輯莎娜·阿瑪納特與史蒂芬·瓦克創造，G·威洛·威爾森執筆，安德烈恩·阿爾佛納繪製。

這些書也很推薦

- 《背叛者》保羅·畢堤
- 《看不見的人》羅夫·艾理森
- 《隨意挑選的家庭》亞德里安·尼可·勒布隆克
- 《亞裔美國的創生》李漪蓮
- 《人性中的良善天使》史蒂芬·平克
- 《行為》羅伯·薩波斯基
- 《他鄉暖陽》伊莎貝爾·威爾克森
- 《社會不平等：為何國家越富裕，社會問題越多？》理查·威金森與凱特·皮凱特

《黑暗中的希望》雷貝嘉・索爾尼

《門》莫欣・哈密

《故土的陌生人》（簡體版）
阿莉・拉塞尔・霍赫希尔德

《在世界與我之間》塔納哈希・科茨

《無聲告白》伍綺詩

《旅程》
法蘭切絲卡・桑娜

《好人總是自以為是》
強納森・海德特

《一家三口》
賈斯汀・理查森／
彼得・帕內爾

《絕望者之歌》詹姆斯・大衛・凡斯

《人類大歷史》哈拉瑞

夢幻圖書館 ❹
～免費小小圖書館～

直到 2016 年為止，全球已經產生超過五萬個登記在案的免費小小圖書館！

校舍免費小小圖書館
（Schoolhouse Little Free Library）

哈德森／威斯康辛州／美國

這是史上第一個免費小小圖書館。2009 年由托德．鮑爾設計並補充書籍，用來紀念他的母親伊瑟老師。鄰居非常喜歡到他的院子裡去「借還書」。他和他的朋友理查．布魯克斯，受到 20 世紀初慈善家安德魯．卡內基建造圖書館的啟發，打造更多的小小圖書館，發起了這項全球運動。

維克摩免費小小圖書館
（Vickmorr Little Free Library）

鹽湖城／猶他州／美國

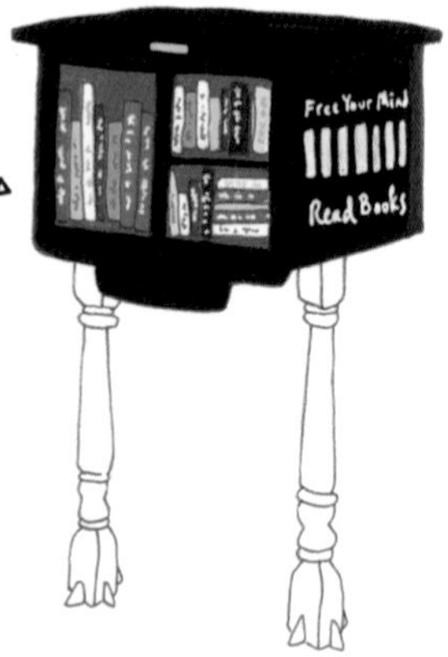

這是井然有序的小圖書館，甚至還有主題，也會舉辦活動！

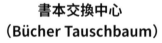

書本交換中心
（Bücher Tauschbaum）

佛羅伊登施塔特／德國

樹做成紙，再做成書，然後又變回一棵樹！

蘑菇圖書館
（Mushroom Library）

京都府立植物園／京都／日本

智庫圖書館
(Think Tank)
紐約市/紐約州/美國

紐約建築聯盟與國際筆會世界之聲文藝節合辦了一個免費小小圖書館競賽，挑選出十位設計師，各自打造一個小小圖書館。這個在曼哈頓諾麗塔區（Nolita，小義大利區北部）常常看到的小小圖書館，是由立體聲庫（Stereotank）設計，概念是讓自己完全沉浸於書的世界。

書本排放在黃色圓筒的內側，要借書的人必須鑽到中間，把頭伸進去，才看得到有哪些書。

公共電話免費小小圖書館
(Pay Phone Little Free Library)
斯波坎/華盛頓州/美國

廢棄公共電話的完美再利用！

小木屋免費小小圖書館
(Log Cabin Little Free Library)
雷克維爾/明尼蘇達州/美國

中世紀塔免費小小圖書館
(Medieval Tower Little Free Library)
巴克姆斯特德/康乃狄克州/美國

看起來像是一座塔，也像是一台火箭，但總之就是裝滿了精彩的故事。

卡通免費小小圖書館
(Cartoon Little Free Library)
聖保羅/明尼蘇達州/美國

塔迪斯免費小小圖書館
(Tardis Little Free Library)
梅肯/喬治亞州/美國

這個奇異博士塔迪斯時空機的逼真複製品，是由克里斯多福・馬尼與珍・路克製作。和時空機一樣，書的世界也是裡面比外面寬廣！

歷史書籍

閱讀歷史能夠讓我們從中學習精益求精，同時避免重蹈覆轍嗎？也許可以，也許不行。但歷史的確揭露了人性本質，以及做出決定與行為的原因。如果我們看得夠仔細，也許能夠預測未來，也希望計畫能夠依此進行。

《1491》復古出版社（Vintage），2006 年平裝本，艾比・溫陶布封面設計

查爾斯・曼恩的《1491》記載了許多真相：那一年，美洲的人口和歐洲一樣多，美洲原住民工藝就算不比歐洲工藝優越，至少也不相上下。舉例來說，西班牙人因看不懂原住民的吊橋構造，而不敢跨越。打仗時，因為印加帝國編織的棉衣比盔甲更適合當地的地形與氣候，所以西班牙人便拋棄了盔甲。

芭芭拉・塔克曼得過兩次普立茲獎（Pulitzer Prize），雖然不是歷史專業，但卻發現歷史類書籍會讓讀者不停地看下去。回想自己所選擇的題材，她看到了「好與壞總是在一起，而且交織混合難以分開……」

《八月砲火》麥克米倫出版社（Macmillan），1962 年精裝本，艾倫・羅斯金封面設計

她詳細地研究了造成第一次世界大戰爆發的外交錯誤，並以巧妙的筆法呈現，讓甘迺迪總統從中習得歷史的教訓，避免了可能的第三次世界大戰。《八月砲火》受到各界公認，對於甘迺迪總統處理古巴飛彈危機有很大的影響。他非常喜歡這本書，甚至把這本書當成給幕僚與來訪貴賓的贈禮。

《太空先鋒》FSG 出版公司，1979 年精裝本，金井潔封面設計

《太空先鋒》的作者湯姆・沃爾夫，把書送給每位協助的太空人受訪者，使得他能夠順利出版這本書。當中約翰・葛倫是少數幾名有回應的受訪者。葛倫希望改版時能修正：他開的不是四汽缸的寶獅汽車，而是一台更小的雙汽缸普林茲 NSU，大部分太空人則喜歡雪弗蘭跑車。

這些書也很推薦

- 《權力之路》羅伯特・卡洛
- 《鴻：三代中國女人的故事》張戎
- 《王的歸程：阿富汗戰記》威廉・達爾林普爾
- 《羅馬帝國衰亡史》愛德華・吉朋
- 《1776》大衛・麥卡勒
- 《領袖的崛起》埃蒙德・莫里斯
- 《第三帝國興亡史》威廉・夏伊勒
- 《成吉思汗》傑克・魏澤福

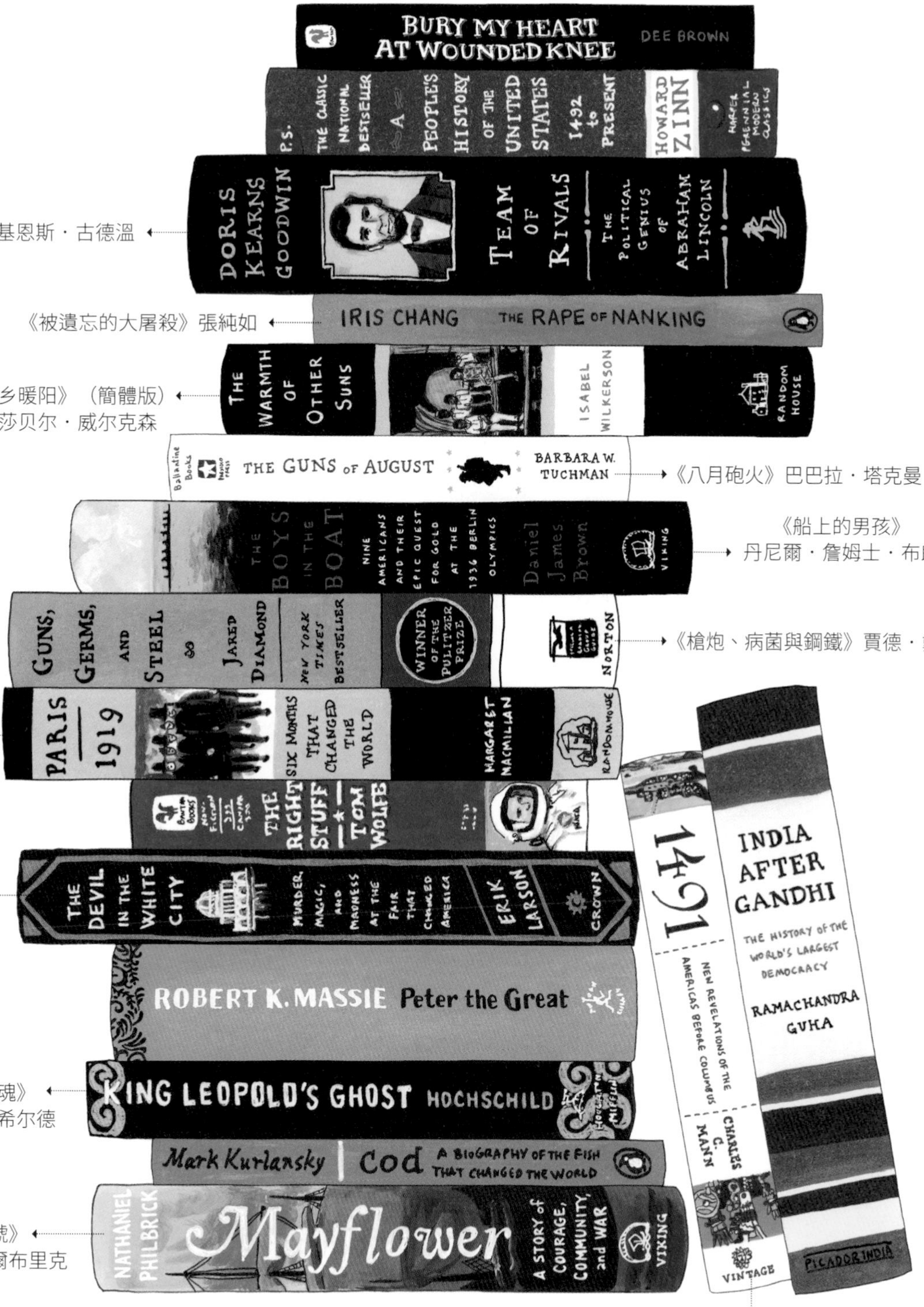
BURY MY HEART AT WOUNDED KNEE DEE BROWN
P.S. THE CLASSIC NATIONAL BESTSELLER A PEOPLE'S HISTORY OF THE UNITED STATES 1492 to PRESENT HOWARD ZINN HARPER PERENNIAL MODERN CLASSICS
《無敵》桃莉絲・基恩斯・古德溫
DORIS KEARNS GOODWIN TEAM OF RIVALS THE POLITICAL GENIUS OF ABRAHAM LINCOLN
《被遺忘的大屠殺》張純如
IRIS CHANG THE RAPE OF NANKING
《他乡暖阳》（簡體版）
伊莎贝尔・威尔克森
THE WARMTH OF OTHER SUNS ISABEL WILKERSON RANDOM HOUSE
THE GUNS OF AUGUST BARBARA W. TUCHMAN
《八月砲火》巴巴拉・塔克曼
THE BOYS IN THE BOAT NINE AMERICANS AND THEIR EPIC QUEST FOR GOLD AT THE 1936 BERLIN OLYMPICS Daniel James Brown VIKING
《船上的男孩》
丹尼爾・詹姆士・布朗
GUNS, GERMS, AND STEEL JARED DIAMOND NEW YORK TIMES BESTSELLER WINNER OF THE PULITZER PRIZE NORTON
《槍炮、病菌與鋼鐵》賈德・戴蒙
《巴黎・和會》
瑪格麗特・麥克米蘭
PARIS 1919 SIX MONTHS THAT CHANGED THE WORLD MARGARET MACMILLAN RANDOM HOUSE
THE RIGHT STUFF TOM WOLFE
《白城魔鬼》
艾瑞克・拉森
THE DEVIL IN THE WHITE CITY MURDER, MAGIC, AND MADNESS AT THE FAIR THAT CHANGED AMERICA ERIK LARSON CROWN
ROBERT K. MASSIE Peter the Great
《利奥波德国王的鬼魂》
（簡體版）亚当・霍赫希尔德
KING LEOPOLD'S GHOST HOCHSCHILD
Mark Kurlansky | Cod A BIOGRAPHY OF THE FISH THAT CHANGED THE WORLD
《五月花號》
納撒尼爾・菲爾布里克
NATHANIEL PHILBRICK Mayflower A STORY OF COURAGE, COMMUNITY, and WAR VIKING
1491 NEW REVELATIONS OF THE AMERICAS BEFORE COLUMBUS CHARLES C. MANN VINTAGE
INDIA AFTER GANDHI THE HISTORY OF THE WORLD'S LARGEST DEMOCRACY RAMACHANDRA GUHA PICADOR INDIA
《1491》查爾斯・曼恩

受人喜愛的書店 ⓲

藍色單車書店（Blue Bicycle Books）

查爾斯敦／南卡羅萊納州／美國

藍色單車書店的店名，來自經營人強納森．桑切斯工作時騎的單車，忠實可靠，後座載滿了一整落疊高高的書本。

這裡最早是印刷廠，然後是眼科診所，現在則擺滿能夠堆疊成一五六五英尺高的書。店裡到處都是五折的一般平裝小說，封面華麗的經典文學，現代的暢銷書（上面有威廉．福克納、哈波．李與瑪格麗特．密契爾的簽名），軍事史專書，還有各式各樣與查爾斯敦相關的新舊書刊，再加上許多剛出版的新書，像是童書與食譜。這家店裡發生過許多趣事，是桑切斯的美好回憶。

破爛封面書店（Tattered Cover）

丹佛／科羅拉多州／美國

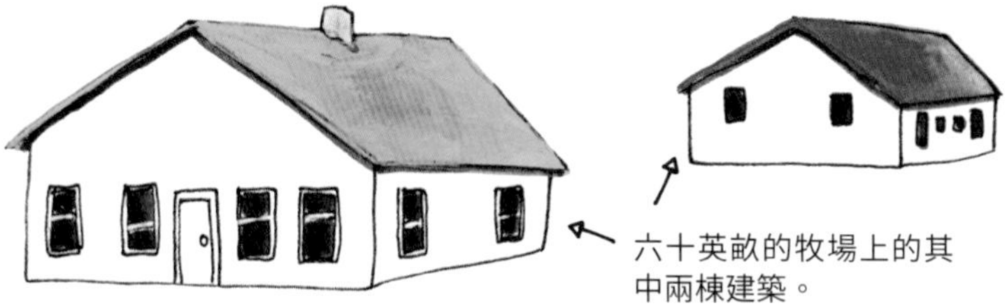

六十英畝的牧場上的其中兩棟建築。

位於科羅拉多州丹佛的破爛封面書店，是美國最大的獨立書店之一。第一家店創立於 1971 年，現在已經在丹佛開了四間分店，總共販賣超過五十萬本書。書店的宗旨是：「我們是屬於丹佛的機構，社區交流集會的場所，給予你網路無法獲得的體驗。」

破爛封面書店的兩名資深員工，安・馬丁與傑夫・李，個人蒐集了超過三萬兩千本關於美國西部土地、歷史與居民的書，打造了洛磯山脈地方圖書館。多虧集資平台 Kickstarter 成功募集，以及社區熱情的支持，圖書館在科羅拉多州南方公園的水牛峰牧場建立了持續發展的基地，實現了文學的夢想。

大家都愛這家書店！只要店裡的陳設需要變換移動，就可以看到許多顧客幫忙搬運一箱又一箱的書。

戰爭

閱讀戰爭文學，就是希望能降低戰爭的機率，對吧？戰爭文學讓我們看到的，不只是戰場上驕傲的鬥士與光榮，以及政治策略的巧妙運用，還有許多士兵的慘死，與戰爭對平民老百姓造成的影響。

提姆・歐布萊恩在越戰時，是美國陸軍第二十三步兵師的一員。短篇小說集《負重》記述了真實的事件與人物，但使用假名，細節稍有改編，呈現出大範圍的真相。他認知到「戰爭即地獄」，但也覺得困惑與矛盾，因為戰爭同樣充滿「神祕、恐懼、冒險、勇氣、發現、聖潔、可憐、絕望、渴求與愛。」

約瑟夫・海勒在 1961 年出版的經典諷刺小說《第二十二條軍規》，反應了厭戰飛行員遇到的無解矛盾：如果你瘋了，就不能再執行飛行任務，但如果想申請停飛，那表示還能理性考量到自身安全，那麼一定沒有瘋，所以還是得執行任務。書名原本要定為《第十八條軍規》，但編輯羅伯特・葛特利柏不希望與利昂・烏里斯同年出版的《米拉十八》搞混，因此才有後來的書名。

《第二十二條軍規》
西蒙與夏斯特出版社（Simon & Schuster），
1961 年精裝本，保羅・培根封面設計

2007 年，記者大衛・芬柯駐紮在巴格達底的美國陸軍營地。2008 年，他出版了《坦克車外》，記述羅夫・柯拉里克中校與手下士兵的戰爭經驗與故事。《感謝您為國效力》則是五年後出版的續集，內容是關於這些士兵回到美國家鄉所發生的掙扎與戰後創傷。

喬・海德曼在獲得物理與天文的學士學位後，立刻被徵召投入越戰。打完仗，他寫了《永世之戰》，1974 年出版。這本小說是描寫一名士兵威廉・曼德拉，1997 年參加了精英軍團，到太空與外星種族作戰的故事。打了兩年仗之後，因為時間膨脹，他回到了 2024 年的地球，受到未來文化的衝擊。

《永世之戰》
聖馬丁出版社
（St. Martin's Press），
1974 年精裝本

＊這些書也很推薦＊

- 《太陽帝國》J・G・巴拉德
- 《重生》派特・巴克
- 《最後的任務》威廉・波伊德
- 《最殘酷的夏天》菲利普・卡普托
- 《被遺忘的大屠殺：1937 南京浩劫》張純如
- 《紅色英勇勳章》史蒂芬・克萊恩
- 《智慧七柱》T・E・勞倫斯
- 《第一聲禮砲》巴巴拉・塔克曼

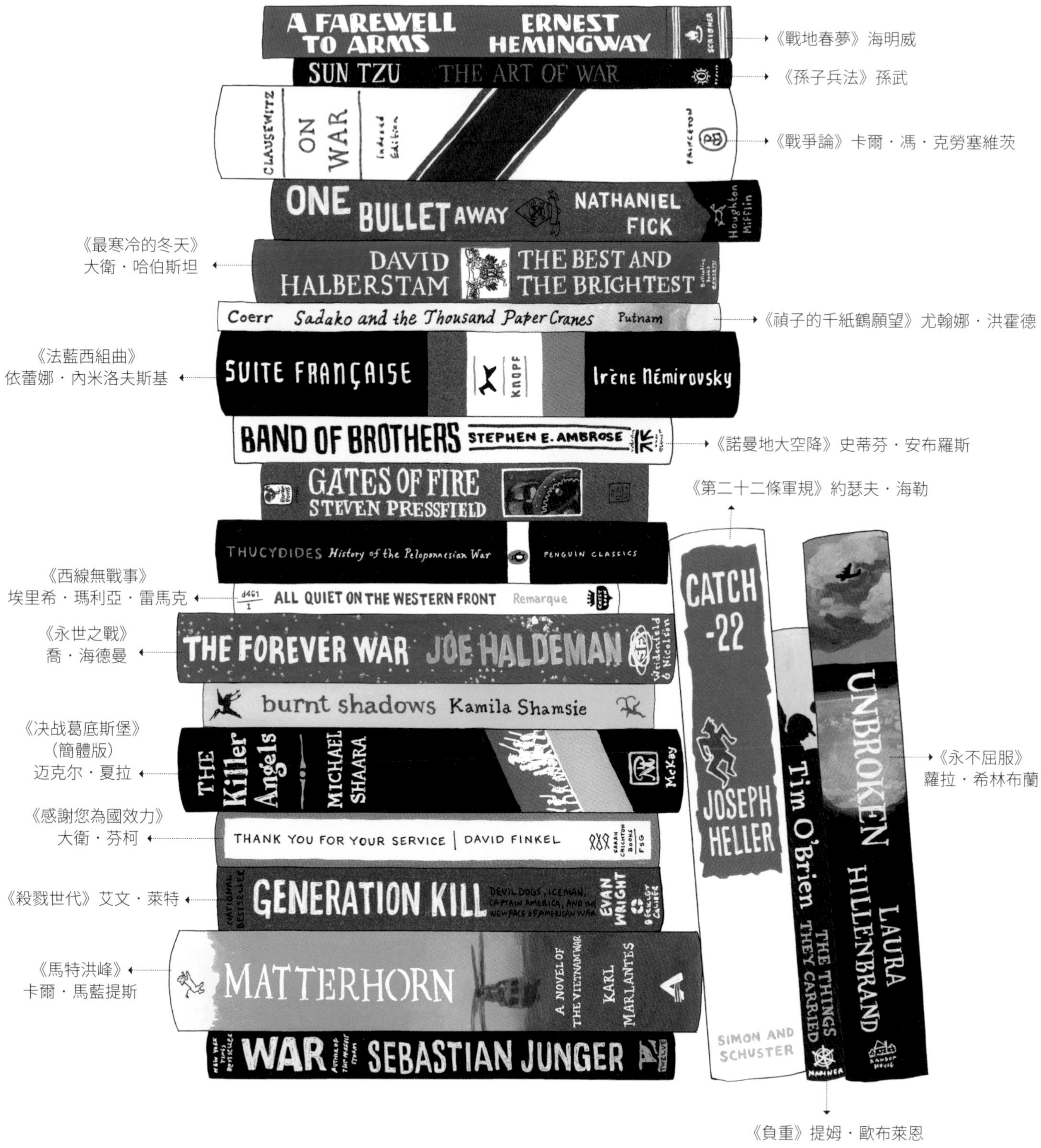

《戰地春夢》海明威
《孫子兵法》孫武
《戰爭論》卡爾・馮・克勞塞維茨
《最寒冷的冬天》
大衛・哈伯斯坦
《禎子的千紙鶴願望》尤翰娜・洪霍德
《法藍西組曲》
依蕾娜・內米洛夫斯基
《諾曼地大空降》史蒂芬・安布羅斯
《第二十二條軍規》約瑟夫・海勒
《西線無戰事》
埃里希・瑪利亞・雷馬克
《永世之戰》
喬・海德曼
《決战葛底斯堡》
（簡體版）
迈克尔・夏拉
《永不屈服》
蘿拉・希林布蘭
《感謝您為國效力》
大衛・芬柯
《殺戮世代》艾文・萊特
《馬特洪峰》
卡爾・馬藍提斯
《負重》提姆・歐布萊恩

改編成精彩電視劇的小說

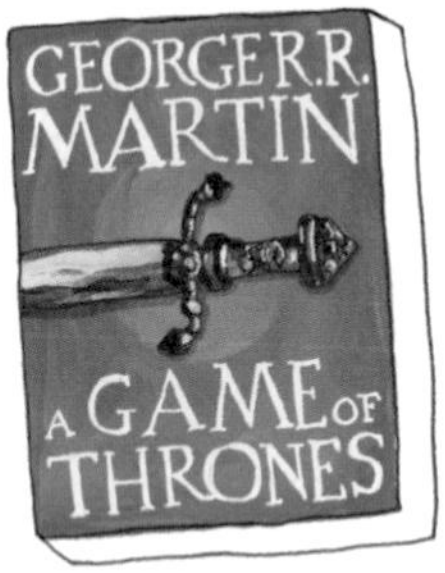

《冰與火之歌》
喬治・馬汀

HBO 聯播網，
電視劇《權力遊戲》，
2011 ～ 2019 年

班騰出版社（Bantam），
1996 年精裝本，
大衛・史蒂文生封面設計，賴瑞・羅斯塔特繪圖

《使女的故事》
瑪格麗特・愛特伍

葫蘆聯播網（Hulu），
電視劇《使女的故事》，
2017 年至今

霍頓・米夫林・哈考特出版社（Houghton Mifflin Harcourt），2017 年精裝本，派翠克・沙文森封面設計

《根》
阿力克斯・哈雷

美國廣播公司（ABC），
迷你影集《根》，
1977 年

雙日出版社
（Doubleday），
1976 年精裝本，
艾爾・納吉封面設計

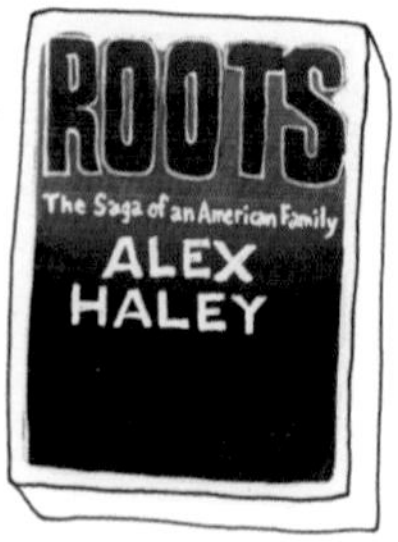

《美國眾神》
尼爾・蓋曼

群星有線頻道（Starz），
電視劇《美國眾神》，
2017 年至今

威廉・莫羅出版社
（William Morrow），
2016 年平裝本，
羅伯特・麥克金尼斯繪圖，
托德・克萊恩題字

《福爾摩斯》已經改編成電影或電視很多次，包括超過兩百部電影，以及 CBS 電視劇《福爾摩斯與華生》。

《金銀島》
羅伯特・史蒂文生

群星有線頻道 Starz，
電視劇《黑帆》，
2014 ～ 2017 年

海雀出版社
（Puffin），
2008 年平裝本，
麥特・瓊斯繪圖

改編的電視劇是小說的前傳故事，劇中出現很多本傳的人物（但不包括少年主角吉姆・霍金斯），還講述了海盜約翰・西爾法的原創故事。

《費洛瑞之書》
萊夫・葛羅斯曼

科幻有線頻道（SyFy），
電視劇《魔法師》，
2015 年至今

維京出版社（Viking），
2009 年精裝本，
嘉亞・米瑟利封面設計，
迪迪耶・馬沙德繪圖

《福爾摩斯》
柯南・道爾

英國廣播公司第一台
（BBC One），
電視劇《神探夏洛克》，
2010 年至今

白氏出版社
（White's Books），
2010 年精裝本，
麥可・科克漢 Michael Kirkham
封面設計

《小謊言》

黎安・莫里亞蒂

HBO 聯播網，
電視劇《美麗心計》

G・P・普特南之子出版社
（G.P.Putnam's Sons），
2014 年精裝本，
山田太郎／影像庫／蓋堤影像
封面設計

《異鄉人》

黛安娜・蓋伯頓

群星有線頻道（Starz），
電視劇《古戰場傳奇》，
2014 年至今

班騰出版社（Bantam），
1992 年平裝本，
瑪莉塔・安納塔沙多封面
設計，黛安娜・蓋伯頓與
流動改變公司繪圖

《小木屋系列》

羅蘭・英格斯・懷德

美國全國廣播公司（NBC），
電視劇《草原上的小木屋》，
1974 ～ 1983 年

哈波出版社
（Harper），
1953 年精裝本，
葛斯・威廉繪圖

《勝利之光》

H・G・畢辛傑

美國全國廣播公司（NBC），
電視劇《勝利之光》，
2006 ～ 2011 年

反始出版社（Da Capo），
2000 年平裝本，
亞歷克斯・卡姆林封面設計，
羅伯特・克拉克攝影

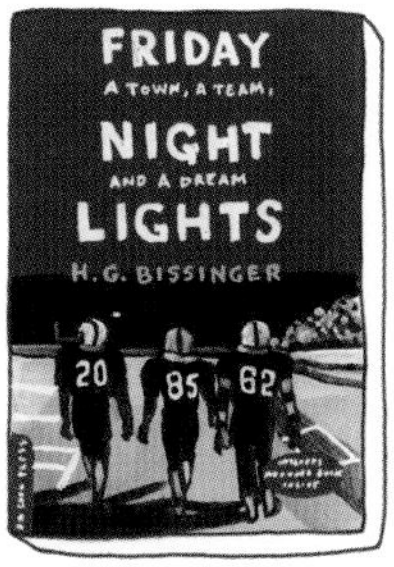

《寂寞之鴿》

賴瑞・麥克莫特瑞

哥倫比亞廣播公司（CBS），
迷你影集《寂寞之鴿》，
1989 年

西蒙與夏斯特出版社
（Simon & Schuster），
2010 年平裝本，
羅德里戈・科羅設計工作室
封面設計，
邦妮・克拉斯繪圖

麥克莫特瑞也是一位劇本家，因為《斷背山》得過奧斯卡最佳改編電影獎。他的小說《最後一場電影》與《親密關係》也都改編成電影獲獎。

《南方吸血鬼》

莎蓮・哈里斯

HBO 聯播網，
電視劇《噬血真愛》，
2008 ～ 2014 年

王牌出版社（Ace），
2001 年精裝本，
麗莎・德西米尼繪圖

《勁爆女子監獄》

派皮兒・克爾曼

網飛串流平台（Netflix），
電視劇《勁爆女子監獄》，
2013 年至今

史碧戈與葛魯出版社
（Spiegel & Grau），2011 年平裝本，
克里斯多福・瑟吉歐封面設計，
伯特瑞姆・葛倫・莫西爾繪圖

《我愛迪克》

克莉絲・克勞斯

亞馬遜影片（Amazon Video），
電視劇《我愛迪克》，
2016 年至今

塔斯卡岩出版社
（Tuskar Rock），
2015 年精裝本，
彼得・戴厄封面設計

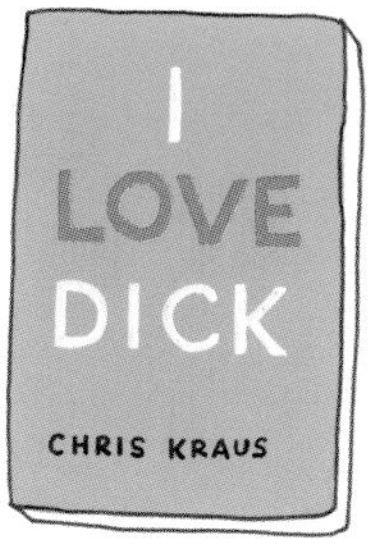

凝視死亡

我們都會死，大部分人會先變老，即使次數不多，但幾乎所有人都曾面對過親朋好友的死亡。某些勇敢的靈魂就像冥河上的擺渡人一樣，採用書寫的方式嘗試引導我們，如何做好準備面對這樣的日子。

奧利佛・薩克斯的許多作品，幫助我們更了解人性。他在罹患癌症、纏綿病榻時，寫下最後一本書《感恩》，因為這是他最深的感觸，愛人與被愛，在「這個美麗的星球上，做為一個感性的存在、會思考的動物」。

海倫・麥克唐納的父親過世時，她全心投入了猛禽的馴服與訓練過程，她將這隻蒼鷹命名為梅寶（Mabel），拉丁字源是 amabilis，意思是「可愛」。《鷹與心的追尋》不但是麥克唐諾的回憶錄，同時也平行敘述了T・H・懷特一生的故事。

《當呼吸化為空氣》
蘭登書屋（Random House），
2016 年精裝本，
瑞秋・艾克封面設計

保羅・卡拉尼提在完成《當呼吸化為空氣》之前，就死於肺癌。之後是由他的妻子露西協助出版。她寫了後記，幫忙設計封面，還進行了巡迴宣傳。露西認為這本書成功創造了一種夢幻的氣氛，讓她希望再次見到自己的丈夫，能夠把「這本封面印有進入獲獎評選名單字樣的書」拿給他。

很多人在小時候是透過閱讀一本讓人心碎的書籍，了解悲傷是怎麼回事。想想威爾森・羅斯的《紅色羊齒草的故鄉》裡面那兩隻獵犬老丹與小安，有誰能不熱淚盈眶呢？

阿圖・葛文德醫師也同時是作家、大學教授與公共衛生學者，他的《凝視死亡》，不但是他的父親抗癌故事的個人經驗，也是希望擁有更好的健康照護哲學與系統的公共呼籲。醫療系統的宗旨，應該要將「身心良好狀態」置於一切之上，甚至包括生存在內，讓我們每個人都能在臨終之際尊嚴地離世。葛文德是作家，也是外科醫生，還是大學教授與公共衛生學者。他曾經幫助柯林頓與高爾競選總統，後來成為柯林頓醫改小組的顧問。

這些書也很推薦

- 《最後 14 堂星期二的課》米奇・艾爾邦
- 《為何存活？身為美國老年人》羅伯特・N・巴特勒醫師
- 《尋找阿拉斯加》約翰・葛林
- 《白狗的最後華爾滋》泰瑞・凱
- 《返校日》約翰・諾斯
- 《論死亡與臨終》伊莉莎白・庫柏羅斯醫師
- 《卿卿如晤》C・S・路易斯
- 《死亡的臉》許爾文・努蘭
- 《人都會死，所以我們知道如何活著》大衛・席爾

Oliver Sacks Gratitude Knopf
Roz Chast Can't We Talk About Something More Pleasant?
When Breath Becomes Air PAUL KALANITHI
The Accidental Tourist ANNE TYLER
WAVE SONALI DERANIYAGALA VINTAGE
Julian Barnes The Sense of an Ending
H Is for Hawk Helen Macdonald
ADAM SILVERA HISTORY IS ALL YOU LEFT ME SOHO TEEN
Atul Gawande Being Mortal Metropolitan Books
Wendell Berry The Memory of Old Jack HBJ Harcourt Brace Jovanovich
The Bright Hour NINA RIGGS
JOAN DIDION BLUE NIGHTS Knopf
MORTALITY CHRISTOPHER HITCHENS
memento mori muriel spark TIME INC.
Goodbye, Vitamin RACHEL KHONG
FREDRIK BACKMAN A MAN CALLED OVE ATRIA
WHERE THE RED FERN GROWS WILSON RAWLS DOUBLEDAY
BANTAM CLASSIC The Death of Ivan Ilyich • Leo Tolstoy
STiLL ALiCE THE NEW YORK TIMES BESTSELLER LISA GENOVA POCKET BOOKS
STIFF THE CURIOUS LIVES OF HUMAN CADAVERS MARY ROACH NORTON

《我们能谈点开心的事吗》（簡體版）罗兹・查斯特

《當呼吸化為空氣》保羅・卡拉尼提

《意外的旅客》安・泰勒

《回憶的餘燼》朱利安・拔恩斯

《鷹與心的追尋》海倫・麥克唐納

《最好的告別》葛文德

《當我即將離你而去》妮娜・瑞格斯

《蓝夜》（簡體版）琼・狄迪恩

《生命就是堅持信念，走到最終》克里斯多弗・希鈞斯

《明天別再來敲門》菲特烈・貝克曼

《紅色羊齒草的故鄉》威爾森・羅斯

《我想念我自己》莉莎・潔諾娃

《不過是具屍體》瑪莉・羅曲

夢幻圖書館 ❺

牛津大學博德利圖書館
瑞德克里夫拱型建築
(The Radcliffe Camera,Bodleian Library, Oxford University)

牛津／英國

詹姆斯・吉布斯設計

1749 年開幕

原本是科學圖書館，現在則是放置牛津大學閱讀書單上的英文、歷史與神學書籍，而且有寬敞的閱覽空間。

西雅圖中央圖書館
(Seattle Central Library)

西雅圖／華盛頓州／美國

約書亞・普林斯拉穆斯與
雷姆・庫哈斯（OMA & LMN 建築事務所）設計

2004 年開幕

和其他許多公共建築一樣，這棟圖書館也有許多建築師競圖。OMA & LMN 建築事務所得標的設計概念，在於除了借閱書籍，圖書館必須具有多樣功能，需要不同的空間，尤其是社交方面。他們將功能性的空間劃分至不同樓層，像是把書疊高那樣，然後外牆則用玻璃帷幕覆蓋。

這棟圖書館可以容納一百五十萬本書，開幕第一年就累積超過兩百萬人次的訪客。

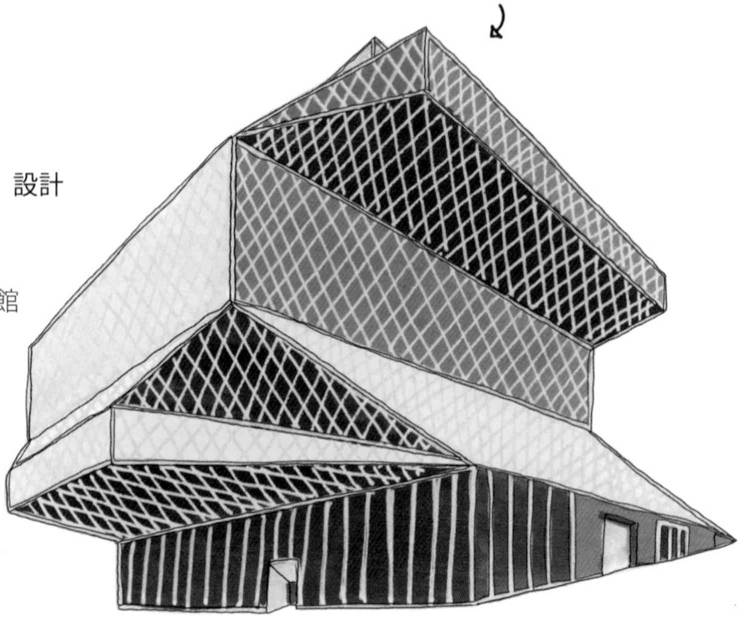

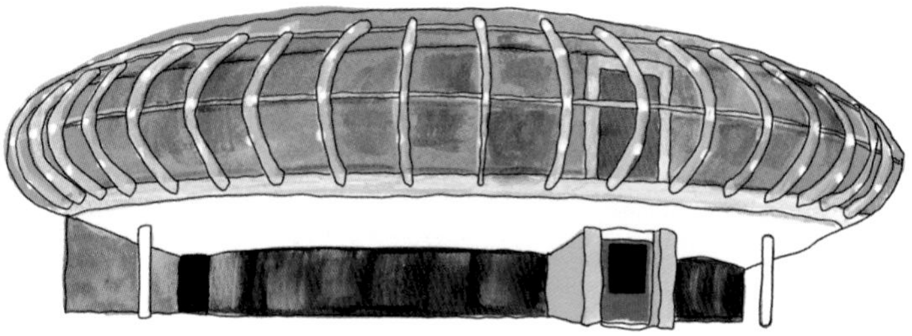

桑德羅・佩納飛碟圖書館
（The Sandro Penna Library）

佩魯賈／義大利

伊塔羅・洛塔工作室設計

2004 年開幕

建築晚上會發亮，並以佩魯賈的一位詩人命名。

圖書館前的獅子並沒有正式命名，不過一般稱牠們為耐心（南面階梯）與韌性（北面階梯）。
耐心
Patience
韌性
Fortitude

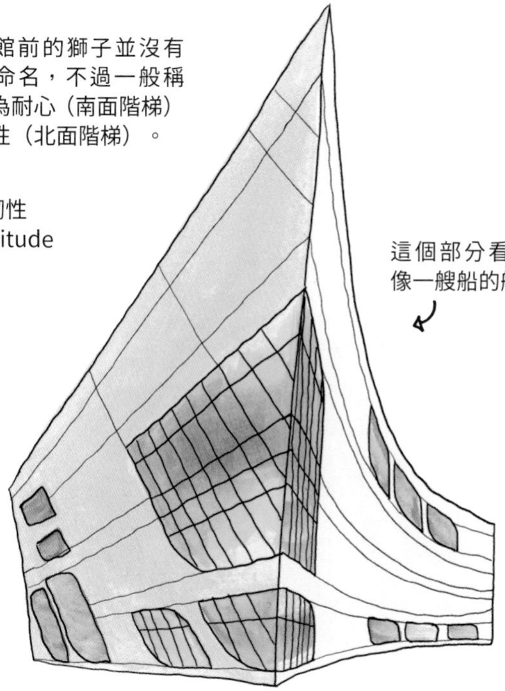

這個部分看起來像一艘船的船頭

紐約公共圖書館蘇世民大樓
（Stephen A. Schwarzman Building, The New York Public Library）

曼哈頓／紐約州／美國

卡里爾與海斯汀設計

1911 年開幕

這也許是全世界最有名的圖書館，位於紐約市正中心。這棟大樓完美地示範了學院派建築的特色。最初的設計是由第一任圖書館館長約翰・蕭・畢林斯博士草繪而成。館內收藏了超過一千五百萬本書與其他文物，還有美麗的玫瑰大閱覽室。

薩里市立中央圖書館
（The Surrey City Centre Library）

薩里／英屬哥倫比亞省／加拿大

賓・托姆建築事務所設計

2011 年開幕

當然，圖書館是收藏書籍的空間，但建築師認為，最重要的是創造一個能夠「閱讀、學習，以及社交聚會的場所」。

尋找生存意義

我們努力想要知道自己為什麼會誕生在這個宇宙，該怎麼做才能活出最好的自己。某個人的不幸可能是另個人的希望之光。我們所有人偶爾都會落到谷底，必須嘗試每一條通往幸福的道路，給予自己與他人更多的愛，成為更好的人。

《活出意義來》
萊德（Rider）出版社，
2011 年精裝本

維克多・弗蘭克是奧斯維辛納粹集中營的囚犯，也是集中營裡其他囚犯的心理醫生。《活出意義來》記錄了這段經驗，銷售超過一千萬本，翻譯成二十四種語言。這本書告訴我們許多關於人類處境的知識寶藏，其中特別具有啟發性的洞見是：人的一切都可能被奪走，除了「在任何狀況下，選擇自己的態度與道路」的能力。

身兼音樂人、生命教練與狠角色的珍・辛瑟羅，在被問到為了過自己想要的生活做了哪些改變時，說：「如果腦海中出現了很厲害、很嚇人的偉大想法，我不會逃開，而是衝向前去擁抱。」她還認為自我懷疑再正常也不過了，「那些沒有懷疑過任何事情的人都在說謊」。

藝術家蘇珊・歐馬里問了一百個人，不同年齡、不同背景，如果他們已經八十歲了，會給現在的自己什麼樣的建議。集結答案的《80 歲的我給的勉勵》這本書非常美麗且一針見血，我們知道自己需要做些什麼才會快樂。歐馬里在三十八歲懷著雙胞胎時突然過世，來不及看到作品的出版。

《80 歲的我給的勉勵》年代記出版社
（Chronicle Books），2016 年精裝本

布芮妮・布朗花了許多年，研究與書寫關於脆弱、勇氣。她的 TED 演說「脆弱的力量」（The Power of Vulnerability）瀏覽次數超過兩千萬。「我們是自己生命的作者。」她在自己的著作《勇氣的力量》中如此宣稱。

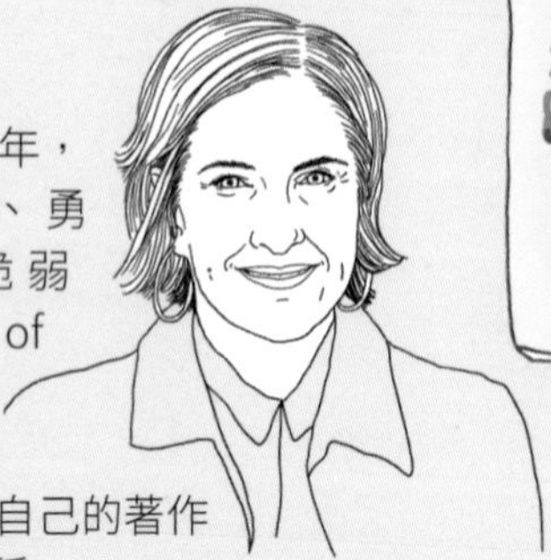

想要了解自己，有一種主動且具有成效的方式，就是填寫繪畫引導式的練習本或手札，像是藝術家亞當・J・克茲創作的《Pick Me Up》。

《Pick Me Up》塔切佩里吉出版社
（TarcherPerigee），2016 年平裝本

這些書也很推薦

- 《宇宙挺你》嘉柏麗・伯恩斯坦
- 《牧羊少年的奇幻之旅》保羅・科爾賀
- 《矮黑猩猩與無神論者》法蘭斯・德瓦爾
- 《為愛而戰》格蘭儂・道爾
- 《荒野・四首四重奏》T・S・艾略特
- 《流浪者之歌》赫曼・赫塞
- 《榮格自傳：回憶、夢、省思》卡爾・榮格
- 《人生中不可不想的事》克里希那穆提
- 《反璞歸真》C・S・路易士

Lao Tzu TAO TEH CHING Shambhala
《道德經》老子
RISING STRONG BRENÉ BROWN
《勇氣的力量》布芮尼・布朗
FRANKL MAN'S SEARCH FOR MEANING BEACON
《活出意義來》弗蘭克
Kondo the life-changing magic of tidying up TEN SPEED PRESS
《怦然心動的人生整理魔法》
近藤麻理惠
Krista Tippett Becoming Wise
O'Malley ADVICE FROM MY 80-YEAR OLD SELF chronicle books
THE HAPPINESS PROJECT GRETCHEN RUBIN Collins
Or, Why I Spent a Year Trying to Sing in The Morning, Clean My Closets, Fight Right, Read Aristotle, and Generally Have More Fun
《過得還不錯的一年》
葛瑞琴・魯賓
WHY ZEBRAS DON'T GET ULCERS ROBERT M. SAPOLSKY
The Acclaimed Guide to Stress, Stress-Related Diseases, and Coping
THIRD EDITION
Eckhart Tolle THE POWER OF NOW Namaste Publishing NEW WORLD LIBRARY
《當下的力量》
艾克哈特・托勒
THE SEAT OF THE SOUL GARY ZUKAV FIRESIDE SIMON & SCHUSTER
《新靈魂觀》蓋瑞・祖卡夫
INSTANT HAPPINESS ON EVERY PAGE the POSITIVITY KIT LISA CURRIE
PEACE IS EVERY STEP Thich Nhat Hanh BANTAM
《橘子禪》一行禪師
HOW TO BE HAPPY (OR AT LEAST LESS SAD) LEE CRUTCHLEY
《恰到好處的安慰》
凱西・克洛／
艾蜜莉・麥朵威爾
THERE IS NO GOOD CARD FOR THIS: KELSEY CROWE, Ph.D. and EMILY MCDOWELL HarperOne
WHAT TO SAY and DO WHEN LIFE IS SCARY, AWFUL, and UNFAIR TO PEOPLE YOU LOVE
《活在當下》拉姆・達斯
BE HERE NOW
BE NOW HERE
《我們最快樂》麥克・威肯
THE LITTLE BOOK OF HYGGE MEIK WIKING LIFE
《噗噗熊的無為自在》
班傑明・霍夫
Benjamin Hoff The Tao of Pooh
《一個瑜伽士的內在喜悅工程》
薩古魯・賈吉・瓦殊戴夫
INNER ENGINEERING SPIEGEL & GRAU SADHGURU
《管他的》馬克・曼森
MARK MANSON THE SUBTLE ART OF NOT GIVING A F*CK HarperOne
《人生成敗的靈性7法》
狄帕克・喬布拉
CHOPRA The SEVEN SPIRITUAL LAWS of SUCCESS New World Library
CHÖDRÖN WHEN THINGS FALL APART HEART ADVICE for DIFFICULT TIMES SHAMBHALA
《當生命陷落時》
佩瑪・丘卓
The Happiness Hypothesis Finding Modern Truth in Ancient Wisdom HAIDT BASIC BOOKS
YOU ARE A BADASS SINCERO RUNNING PRESS
PICK ME UP * ADAM J. KURTZ tp
The Book of JOY His Holiness the DALAI LAMA Archbishop DESMOND TUTU with DOUGLAS ABRAMS AVERY
《最後一次相遇，
我們只談喜悅》
達賴喇嘛／
戴斯蒙・屠圖／道
格拉斯・亞伯拉姆
《相信自己很棒》珍・辛塞羅

受人喜愛的書店 ⓳

珍・威斯米勒

草原之光書店（Prairie Lights Bookstore）

愛荷華市／愛荷華州／美國

草原之光書店與愛荷華作家工作坊位於同一個市鎮，這麼近的距離使得草原之光書店更加閃耀，更能夠吸引許多知名作家前來。

書店創立於 1978 年，原本只是個溫馨的空間，規模逐漸發展起來，最後一度意外成為文學結社集會的地點，來訪的文人包括卡爾・山柏格、羅伯・佛洛斯特、謝伍德・安德森、蘭斯頓・休斯、康明思等。

草原之光書店的經營人珍・威斯米勒和珍・密德都是詩人。密德忙於處理自家位於北加州的牧場時，原本是商店員工的威斯米勒便擔起每天的書店生意，並希望自己還有時間幫詩集上架。

這些年，草原之光書店的成功，有一部分來自多角化經營。2010 年，書店接手了原本在店內分租的咖啡廳，現在咖啡廳已經占了總營收的 10%。2013 年，書店開始與愛荷華大學出版社合作，發行自己的書籍。

亞爾維洛・卡斯堤尤

聖徒書店（San Librario）
波哥大／哥倫比亞

位於波哥大的聖徒書店空間不大，擺滿了經營人亞爾維洛・卡斯堤尤的精選書籍。店裡大概只進來幾名客人就滿了，但如果擠得進來，多半可以發現在其他地方很難找到的罕見譯本或是初版書籍。

成為作家

你有要撰寫一部作品的熱情嗎？可以參考下列書籍。也可以參考本書中提到的每一本書。諾貝爾文學獎作家荷西．薩拉馬戈，在被問到自己的寫作方法時表示：「我會先寫兩頁，然後看書、看書，不停地看書。」

寫作通常不容易。即使是偉大的克爾特．馮內果也承認：「寫作的時候，我覺得自己像個沒有手也沒有腳的人，口中銜著一枝蠟筆在作畫。」如果需要一個開始的機會，可以參加 NaNoWriMo.org 的全國小說寫作月。每年十一月，會有超過四十萬人，在導師的鼓舞激勵和相互督促每日寫作字數之下，在三十天內完成五萬字的小說。經由 NaNoWriMo 產生的小說草稿，包括了艾琳．莫根斯坦的《夜行馬戲團》、莎拉．格魯恩的《大象的眼淚》、休豪伊的《羊毛記》，以及蘭波．羅威的《凱瑟和她的小說世界》。

《夜行馬戲團》復古出版社（Vintage），經典系列，2016 年平裝本，凱特．佛瑞斯特繪圖

史蒂芬．金也認為要寫作就得讀書。雖然他自稱閱讀速度很慢，但一年也可以讀完七、八十本書。《談寫作》這本很有幫助、真誠又具洞見的工具書，能幫你展開寫作之路。他認為我們不能一直等待靈感出現，而是要直接動手寫作，即使覺得「自己像是坐著鏟屎一樣」。

安．拉莫特的《寫作課》，教你如何一針見血地說出自己想說的話。她認為只要真實，就可能會很有趣，而且具有一定的普遍性。因此「你必須將真實的情緒放在作品的核心」，甚至「冒著不被喜歡的危險」。

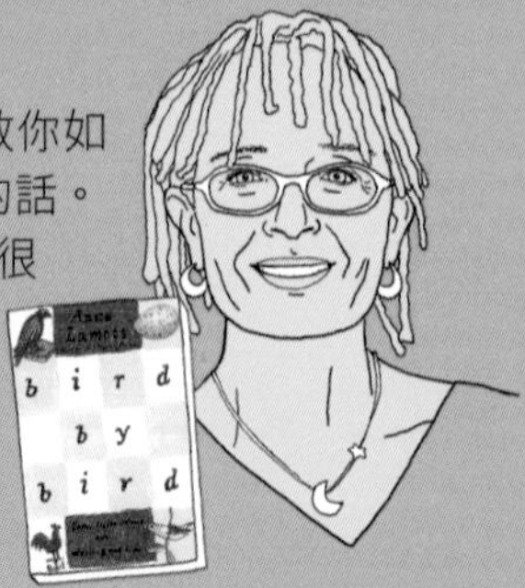

《寫作課》船錨出版社（Anchor），1995 年平裝本，瑪喬麗．安德森封面設計

寫好草稿之後，記得弗拉基米爾．納博科夫曾說：「我所出版的每個字，都重寫過不只一次。橡皮擦總是比鉛筆更早用完。」所以開始潤稿吧！讓《英文寫作聖經》成為你最好的新朋友（麥拉．卡爾曼繪圖的版本比較可愛）。

《英文寫作聖經》

企鵝出版社（Penguin），2007 年平裝本，達倫．哈格封面設計

這些書也很推薦

- 《寫作人生》瑪莉．阿蘭納
- 《艾可談文學》安伯托．艾可
- 《小說面面觀》E．M．佛斯特
- 《故事的解剖》羅伯特．麥基
- 《我為何寫作》喬治．歐威爾
- 《作家之路》克里斯多夫．佛格勒
- 《作家日記》維吉尼亞．吳爾芙

《寫作的禪意》雷・布萊伯利

《非虛構寫作指南》威廉・金瑟

《教唆熊貓開槍的「，」》
琳恩・特魯斯

《寫作的起點》瑪莉・卡爾

《寫作課》安・拉莫特

《談寫作》史蒂芬・金

《英文寫作聖經》史壯克

《心靈創作》娜妲莉・高柏

《故事造型師》
蕾妮・布朗／戴夫・金恩

《小说机杼》（簡體版）
詹姆斯・伍德

書本的構造

你曾想過書本的各個部分，叫作什麼嗎？

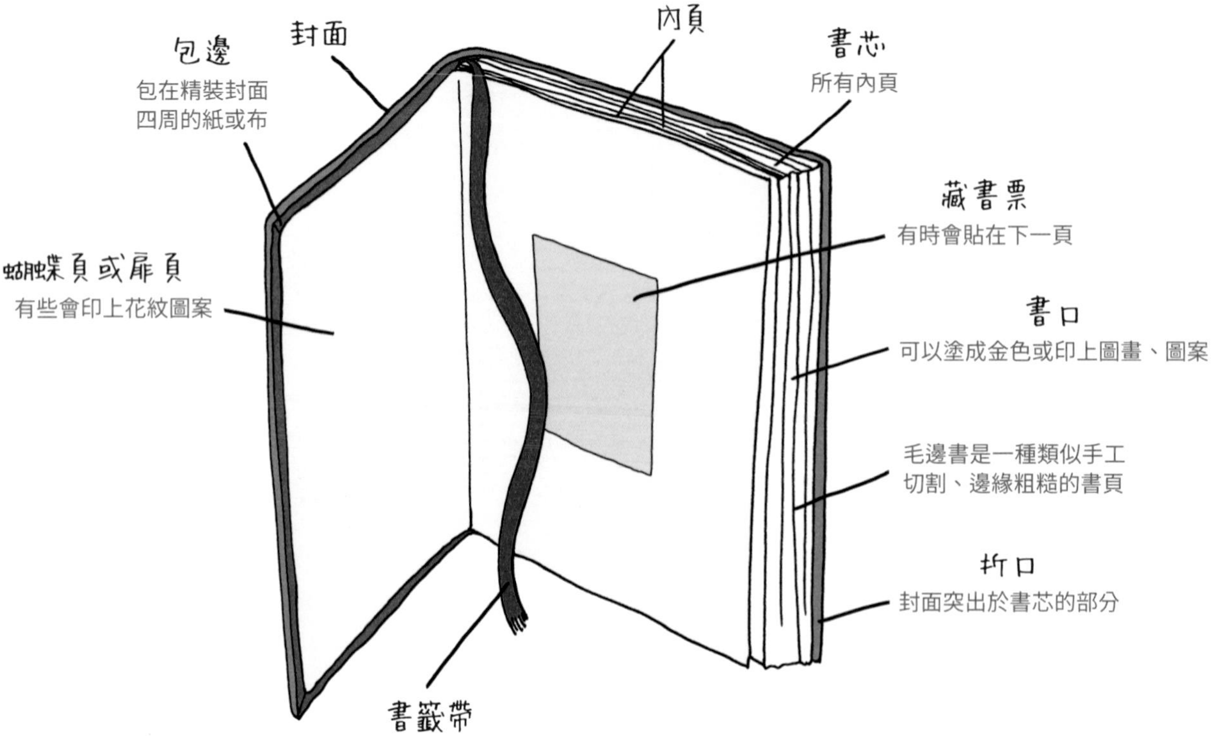

包邊
包在精裝封面四周的紙或布
封面
內頁
書芯
所有內頁
藏書票
有時會貼在下一頁
蝴蝶頁或扉頁
有些會印上花紋圖案
書口
可以塗成金色或印上圖畫、圖案
毛邊書是一種類似手工切割、邊緣粗糙的書頁
折口
封面突出於書芯的部分
書籤帶

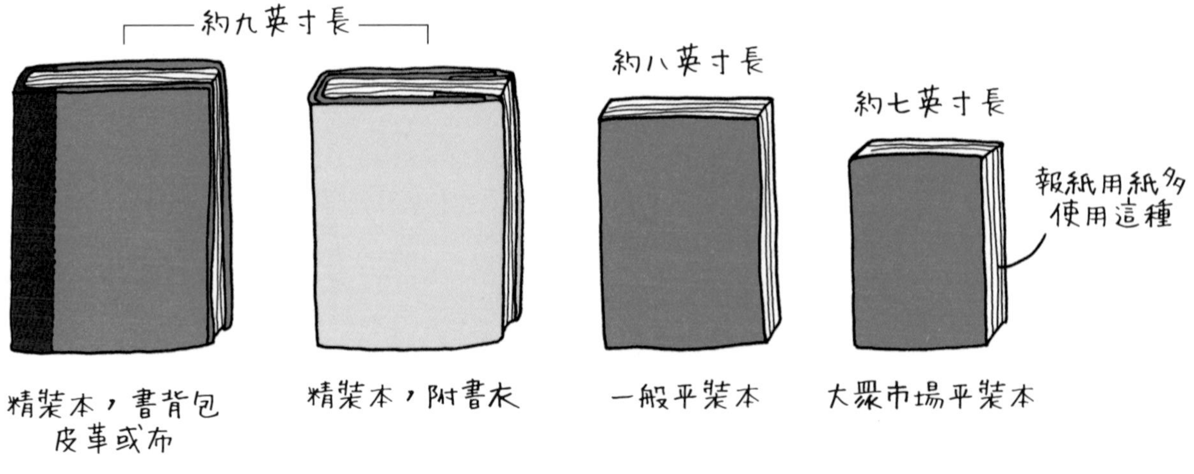

約九英寸長
約八英寸長
約七英寸長
報紙用紙多使用這種
精裝本，書背包皮革或布
精裝本，附書衣
一般平裝本
大眾市場平裝本

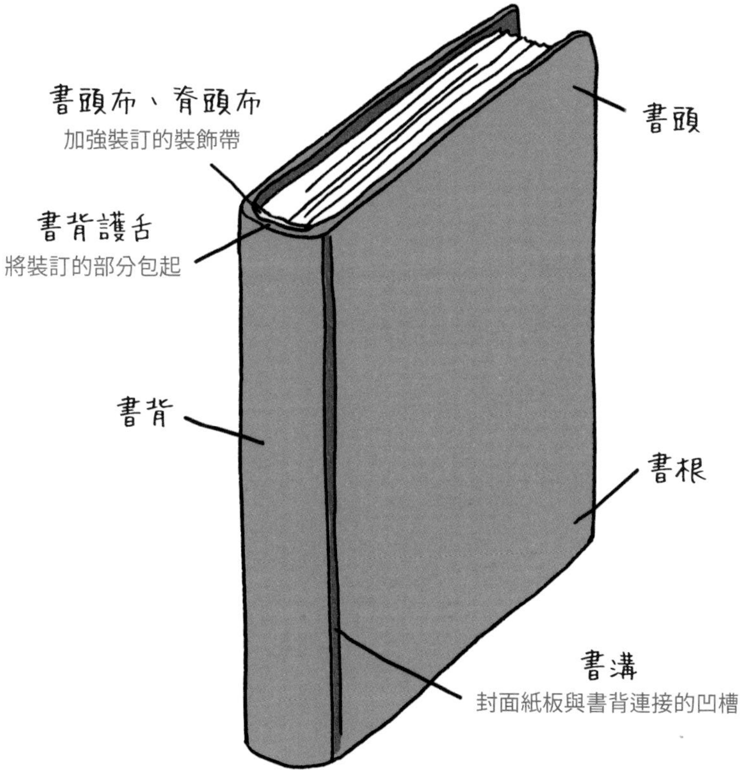
書頭布、脊頭布
加強裝訂的裝飾帶
書背護舌
將裝訂的部分包起
書背
書頭
書根
書溝
封面紙板與書背連接的凹槽

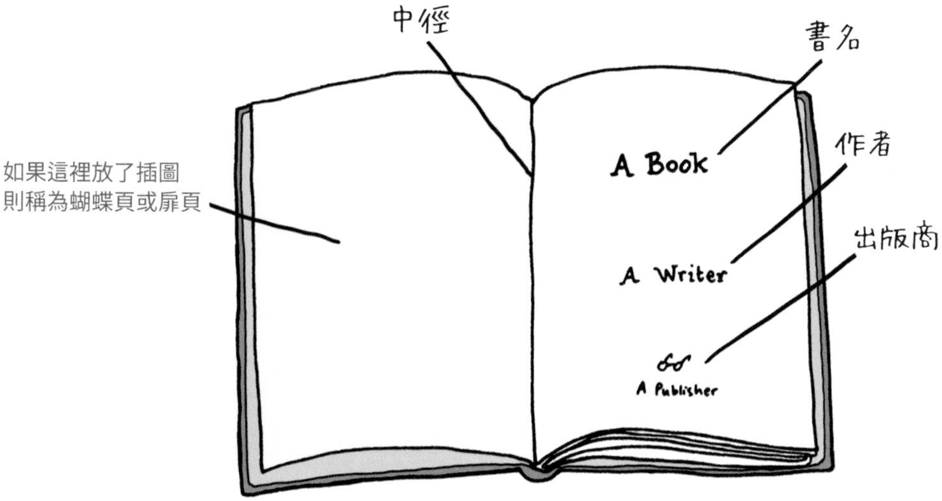
中徑
書名
如果這裡放了插圖
則稱為蝴蝶頁或扉頁
A Book
作者
A Writer
出版商
A Publisher

創意與追求幸福

「擇你所愛，愛你所擇。」這句格言有許多類似的說法，也在創意界非常流行。這個世界非常珍惜創造力思考與所謂的「大創意」。新事物的出現的確會讓許多人感到快樂，但創意工作其實並不容易。許多創新其實並不賺錢，或者花了很多年的時間，結果卻來到財務上的臨界點。這一路上充滿了渾沌、自我懷疑與恐慌。但，還是要勇、往、直、前。

《像藝術家一樣思考》
塔切佩里吉出版社（TarcherPerigee），
2012 年平裝本，喬・莫洛伊封面設計

貝蒂・愛德華在 1979 年出版了《像藝術家一樣思考》，是一種嶄新的嘗試。書中的圖畫都是我們真實「看見」的事物，而不是我們「以為」自己看見的事物。這本實用而長銷的工具書，提供許多練習，讓大腦能夠靈巧變換。

要說誰最了解創作人的怪癖，那非伊莉莎白・吉兒伯特莫屬。在寫出爆紅的《享受吧！一個人的旅行》之前，她是個知名度不高，但已臻成熟的記者與短篇小說家，繼諾曼・梅勒之後第一位在《君子雜誌》出道的作家。在回憶錄大賣之後，她在《創造力》一書中說：自己的創造會因回憶錄受到影響，但大家永遠都必須「拋棄恐懼，擁抱好奇心」。

亞曼達・帕莫是一位多產的詩人、表演藝術家、創作歌手，也是推特主，第一次表演是把自己裝扮成八英尺高、堅硬的白色活雕像新娘，站在哈佛廣場送花給路人。

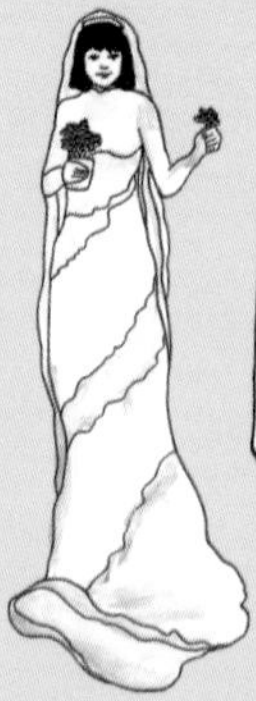

《內容的形狀》復古出版社（Vintage），1960 年平裝本

藝術家班・沙恩在《內容的形狀》這本哈佛演講稿集中寫道：「藝術的靈感，其實是學費分期付出的結果。」也就是要我們動手去學、去做，不要放棄。

《追尋吧！過你夢想的人生》和諧出版社（Harmony），
2014 年精裝本，麥可・納金封面設計

克里斯・古利博（三十五歲生日前就去過 193 個國家）提醒我們，改變人生的創意「追求」擁有許多形式：旅行、冒險、社會運動、慈善事業，或藝術活動。

＊這些書也很推薦＊

- 《開啟創作自信之旅》大衛・貝爾斯
- 《素描！》法蘭絲・貝拉維爾凡・史東
- 《做自己的生命設計師》
  比爾・伯內特與戴夫・埃文斯
- 《拿起筆來放手畫》丹尼・葛瑞格利
- 《創造的行為》亞瑟・庫斯勒
- 《畫出自己的人生》麥可・諾布斯
- 《這一年，我只說 YES》珊達・萊姆斯
- 《A 級人生》羅莎姆・史東・山德爾與
  班傑明・山德爾

《像艺术家一样思考》（簡體版）贝蒂・艾德华

《請求的力量》阿曼達・帕爾默

《創造力》伊莉莎白・吉兒伯特

《创意涂鸦 101》（簡體版）
乔恩・博格曼

《心流》
米哈里・契克森米哈伊

《創意自信帶來力量》
大衛・凱利／湯姆・凱利

《創作，是心靈療癒的旅程》
茱莉亞・卡麥隆

《追尋吧！過你夢想的人生》古利博

《1 人藝術無限公司》
麗莎・康頓

《創意是一種習慣》
崔拉・夏普

《點子都是偷來的》奧斯汀・克隆

《創意電力公司》
艾德・卡特莫爾／
艾美・華萊士

《脆弱的力量》
布芮尼・布朗

《沒定性是種優勢》
艾蜜莉・霍布尼克

作家書齋 ❹

蕭伯納

劇作家蕭伯納有一間八英尺見方的寫作小屋，就在蕭之角（Shaw's Corner）的花園邊。蕭之角占地三英畝半，這棟愛德華藝術工藝風格的蕭伯納宅邸於 1902 年落成，位於英國赫特福德郡的亞特・聖羅倫斯村。愛爾蘭裔的劇作家蕭伯納，1912 年在這裡寫成了《賣花女》；1923 年則完成獲得諾貝爾文學獎的《聖女貞德》。

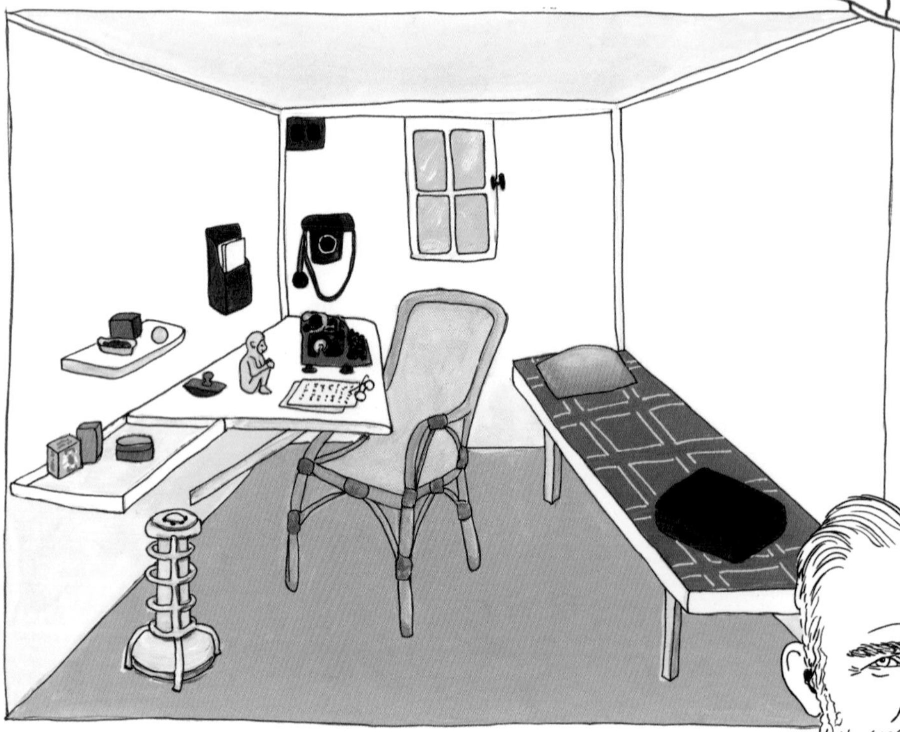

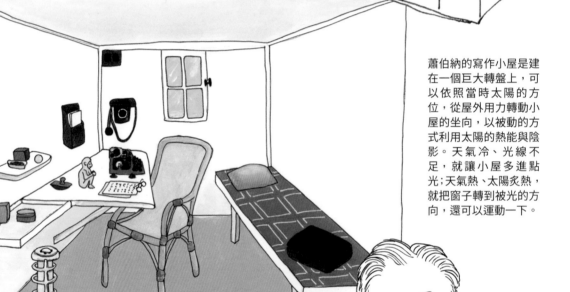

蕭伯納的寫作小屋是建在一個巨大轉盤上，可以依照當時太陽的方位，從屋外用力轉動小屋的坐向，以被動的方式利用太陽的熱能與陰影。天氣冷、光線不足，就讓小屋多進點光；天氣熱、太陽炙熱，就把窗子轉到被光的方向，還可以運動一下。

蕭伯納將寫作小屋暱稱為「倫敦」，這樣他的妻子便可以告訴朋友與訪客說，蕭伯納不在，去倫敦了，好讓大作家清靜一點。

布朗蒂姊妹

夏洛特、愛蜜莉與安・布朗蒂在 1820 年搬到西約克郡的哈沃斯牧師宿舍，因為她們的牧師兼詩人父親派翠克・布朗蒂派任至此。

派翠克於 1861 年過世（活得比自己所有的孩子都要長），屋內布朗蒂家族所有的遺物都被拍賣。幾十年後的 1893 年，有一位圖書館員堅持要找回這些文物加以保存，於是成立了布朗蒂協會，開始蒐集布朗蒂家族的遺物。

雖然布朗蒂姊妹在家從小就看過書背上印有自家姓氏（派翠克發行出版的詩作），但她們的第一本作品是詩的合集，採用了男性筆名，柯瑞爾 Currer（夏洛特）、艾利斯 Ellis（愛蜜莉）與艾克森（安）・貝爾 Bell。這部作品只賣了三本。

夏洛特寫作時使用的桃花心木書桌，在私人收藏了超過一世紀之後，2011 年有人用兩萬英鎊買下，並捐贈給博物館。

2015 年，三姊妹使用的桃花心木摺疊大餐桌，由博物館以五十八萬英鎊的補助金買下。愛蜜莉在 1837 年的一篇日記裡畫過這張桌子，場景是她和安在桌邊工作的情形。

書蟲推薦 ❺

瑪格麗特・威利森
與蘇菲・布魯克歐弗

圖書館員與「兩位跋扈的女士」通訊（Two Bossy Dames）編輯

《錦繡佳人》
伊莉莎白・蓋斯凱爾

企鵝出版社（Penguin），經典系列，
2012 年平裝本，柯洛莉・畢克佛 - 史密斯封面設計

「即使我們的高等教育機構十分推崇 19 世紀以後的英國小說家，但伊莉莎白・蓋斯凱爾還是糟糕地不太有人閱讀或讚賞。擁有珍・奧斯汀的溫度、智慧與對於社會脈動的敏銳覺察，喬治・艾略特的鄉土觀點與道德複雜性，以及查爾斯・狄更斯那種環環相扣的情節安排。蓋斯凱爾的故事讀起來非常愉悅，而且絕對能夠與上述三位大作家齊名。雖然每一本小說都值得推薦，不過最棒的還是她最後的作品《錦繡佳人》。這個愛情故事可與奧斯汀的傑作並駕齊驅，並深入探討為什麼在每個人都很正直，也努力做到最好的狀態下，事情還是會出錯。」

《領頭羊狂想曲》
凱特・拉楚利亞

霍頓・米夫林・哈考特出版社
（Houghton Mifflin Harcourt），
2014 年精裝本，
雷射鬼工作室封面設計與繪圖

「以我們文化女巫的身分，大概很少有什麼書籍，在老少咸宜的程度上，可以比得過我們所推薦的《領頭羊狂想曲》。這個充滿了神祕與懸疑的成長故事，剛好就落在艾倫・拉斯金的《繼承人遊戲》與史蒂芬・金的《鬼店》之間。這部稀世之作完全可以媲美阿嘉莎・克莉絲蒂！大衛・鮑伊！電影《名揚四海》！但又保有自己獨特而明亮的風格。十五年後，當我們開始閱讀某本書，就可能會看出來：『喔！這個作家也喜歡《領頭羊狂想曲》。』就如同我們會發現拉楚利亞喜歡拉斯金一般」

蕾西・西蒙斯

美國緬因州洛克蘭哈囉哈囉書店（Hello Hello Books）經營人

《綠野黑天鵝》
大衛・米切爾

荷德與史道頓出版社（Hodder & Stoughton），
2006 年平裝本，凱與桑尼工作室封面設計

「在閱讀《綠野黑天鵝》之前，我挑不出從青春期以後自己最喜歡的一本書，因為實在太多了。但在讀完這本書之後，我知道自己找到了。這本書很有十月的氛圍，而且的確有五年的時間，我都在十月時重讀這本小說。這本書主要有三個神奇的地方：首先是呈現了人類內在世界的創造力、說服力與無自我意識的狀態，並用現實、同理與我們極其熟悉的方式建構故事內容，再以怪異、憂慮、美麗又心痛的筆法來切割主角的內在與外在世界。我覺得自己極其幸運，才能讀到這本天才之作。說真的，你幹嘛還在看我的推薦？趕快去找書來看，快去！」

艾莉森・K・希爾

美國加州帕薩迪納的佛洛曼書店（Vroman's Bookstore）、西好萊塢的書湯書店總裁

《紙袋公主》羅伯特・曼許

亞尼克出版社（Annick Press），1980 年精裝本，麥克・馬薛可繪圖

「這本可愛的童書是我的愛書之一。羅伯特・曼許的故事總是熱情洋溢，文字需要大聲唸出來才有味道。邁克・馬薛可的插圖很適合這個稀奇古怪的冒險故事。不過我會推薦這本書給孩子、家長，以及想要讓自己更有力量的女性，是因為書中所傳達的女性主義訊息。在惡龍摧毀了公主的城堡、燒掉了她的衣服、綁架了王子之後，伊莉莎公主穿上紙袋，就出發前往尋找惡龍與王子。她以智取勝過惡龍，解救了雷諾王子。然而對於公主勇敢的解救，王子居然嫌棄她聞起來很臭，還穿著骯髒的紙袋。不過，故事仍有個圓滿的結局：伊莉莎公主過著幸福快樂的日子，只是不是跟雷諾王子。她起身反駁王子，然後朝著夕陽獨舞前進。」

貝西・柏德

埃文斯頓公共圖書館（Evanston Public Library）圖書館員、《最有趣的女孩：最好笑的故事》編輯

《玻璃之顏》法蘭西絲・哈汀吉

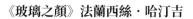

護符出版社（Amulet），2017 年精裝本，艾莉莎・納斯納封面設計，文森・鍾繪圖

「我發現自己最愛的書，通常能讓我的腦袋完全翻轉，黑變成白，黑夜變成白天，裡面變成外面。只有哈汀吉擁有這樣的想像力，創造出一個地底世界，只有有錢人才能有多種臉部表情，乳酪會致命，革命即將發生，而世界上最危險的人，是個隨時都能直率表露自己感覺的女孩。我通常不會用『美味』來形容一本書，但這部小說就真的很美味。一場豐厚豪華又有點邪惡的盛宴。」

《狗年故事》林佩思

利特爾與布朗出版社（Little, Brown），小讀者系列，2007 年平裝本，藤井佐保繪圖

「我是個受到詛咒的女人，這是因為我發現自己這麼精明的腦袋，居然會陷入最悲慘的境地。可能是在停機坪上的飛機裡，沒有任何好東西可以吃，只好開始閱讀林佩思的書。書中對於台灣食物的描寫十分鮮活，尤其是林佩思以美麗而簡單的敘述方式表達。在新英格蘭長大、交朋友、發現自己的優點，這樣單純的故事填補了初階章節故事書與中年級兒童小說之間的空白，也是作家常常希望能創作出的敘事模式。想看類似茉德・哈特・拉芙蕾斯或悉妮・泰勒的故事嗎？不用再找了，我可以現在就推薦你這套 21 世紀的經典系列。」

運動

至少從西元前兩千年開始，運動就成為人類生活的重要部分。運動可以讓選手與觀眾思考各樣問題，包括誠信與道德、政治、科技與美感。記述羅傑．費德勒網球生涯光輝的文章中，大衛．佛斯特．華萊士寫道，運動提醒我們擁有、運用人體之美，讓我們與痛苦、疾病，以及最終的死亡和解。

黛安娜．奈德在歷經童年性虐待，無數次被水母螫傷，與三十四年間的四次挑戰失敗後，終於在六十四歲時，成為游過從古巴到佛羅里達的鯊魚出沒水域，總長共一百一十英里的第一人。

奈德一直是業餘天體物理學愛好者：喜歡卡爾．薩根、史蒂芬．霍金等人的文章。她鍾情於瑪麗．奧立佛的詩作，最愛引用〈夏日〉一詩。

史黛芙．戴維斯是在攀岩界創下許多紀錄的女性第一人：從薩拉特牆到船長巖的自由攀登、朗斯峰鑽石嶺的徒手攀岩，還有巴塔哥尼亞埃格峰的攻頂。她靠著攀岩的活動贊助生活，直到當時的丈夫狄恩．波特因為攀登猶他州的精緻拱門引起爭議。這次攀登讓波特與戴維斯失去了贊助，也因此終結了他們的婚姻。戴維斯轉而投入高空與定點跳傘。

1970 年，前大聯盟投手吉姆．包頓的《四壞球》出版，其中的細節現在讀起來有點不可思議，像是運動員使用禁藥、性暗示語言，還有鮑伊．昆恩認為「對棒球不可或缺」的親吻遊戲。彼特．羅斯、迪克．楊覺得包頓是個社交上的討厭鬼，許多棒球選手都表示不願意跟他說話。米奇．曼托後來在一段包頓錄給孫子的談話中，原諒了包頓。

高爾夫球選手哈維．彭尼克的《高爾夫紅寶書》，在他八十七歲時出版，銷售超過一千三百萬本。佩尼克九十歲臥病在床時，他長年指導的學生班．克恩蕭前來拜訪問候。佩尼克躺在床上指導。一週後，佩尼克過世，再一週後，克恩蕭贏得了1995 年的美國名人賽。

《高爾夫紅寶書》
西蒙與夏斯特出版社
（Simon & Schuster），
2012 年精裝本，
珍娜．波爾封面設計

嚼菸草對棒球選手的身體並不好，包頓和自己在波特蘭小牛隊的隊友羅伯．尼爾森想找個替代品，同樣可以嚼但味道比較好，例如口香糖。波頓把這個主意告訴箭牌公司（Wrigley），讓大聯盟口香糖大賣超過七十五億包。

＊這些書也很推薦＊

．《公開：阿格西自傳》安卓．阿格西
．《在惡棍之間》比爾．布福特
．《跑得過一切》史考特．傑瑞克
．《無鞋喬》W．P．金賽拉
．《球賽水平》約翰．麥菲
．《無持球》泰瑞．普魯特
．《高爾夫選集》P．G．伍德豪斯

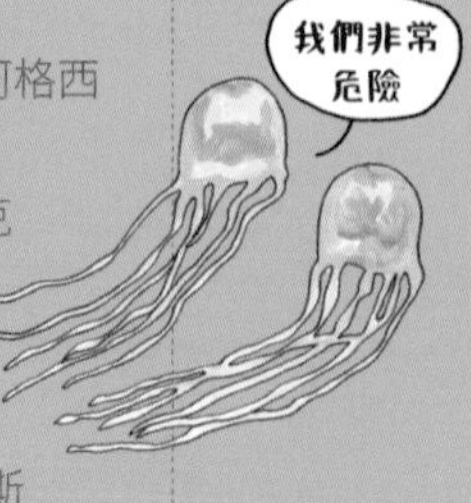

Nick Hornby FEVER PITCH
《极度狂热》（簡體版）
尼克・霍恩比
STRING THEORY DAVID FOSTER WALLACE LOA
THE BLIND SIDE MICHAEL LEWIS NORTON
《攻其不備》麥克・路易士
BEN HOGAN'S FIVE LESSONS The Modern Fundamentals of Golf
GAME CHANGERS MOLLY SCHIOT SIMON & SCHUSTER
WHAT I TALK ABOUT WHEN I TALK ABOUT RUNNING MURAKAMI
《關於跑步，我說的其實是……》
村上春樹
H. G. BISSINGER FRIDAY NIGHT LIGHTS A TOWN, A TEAM, AND A DREAM Da Capo
BORN TO RUN A Hidden Tribe, Superathletes, and the Greatest Race the World Has Never Seen Christopher McDougall VIKING
《天生就會跑》克里斯多福・麥杜格
DELL BALL FOUR JIM BOUTON LEONARD SHECTER, Ed.
HARVEY PENICK'S LITTLE RED BOOK HARVEY PENICK with BUD SHRAKE SIMON AND SCHUSTER
《高尔夫红宝书》（簡體版）
哈维・彭尼克／巴德・施拉克
A LIFE WITHOUT LIMITS CHRISSIE WELLINGTON
THE BREAKS OF THE GAME DAVID HALBERSTAM ALFRED A. KNOPF
LEARNING to FLY WITH A NEW FINAL CHAPTER STEPH DAVIS
《獨行大岩壁》
大衛・羅伯茲／
艾力克斯・哈諾
ALONE ON THE WALL ALEX HONNOLD with DAVID ROBERTS PAN
JOHN FEINSTEIN A GOOD WALK SPOILED LITTLE, BROWN
《防守的藝術》
查德・哈巴赫
THE ART OF FIELDING CHAD HARBACH LITTLE, BROWN
POCKET BOOKS PAPER LION · George Plimpton 95053
FORWARD ABBY WAMBACH DEY ST.
THE GREATEST GAME EVER PLAYED Harry Vardon, Francis Ouimet, and the Birth of Modern Golf MARK FROST HYPERION
《大河戀》
諾曼・麥克林
Norman Maclean A RIVER RUNS THROUGH IT Chicago
SIGNET THE BOYS OF SUMMER Roger Kahn
《白噪音》唐・德里羅
Don DeLillo End Zone
THE SWEET SCIENCE A.J. Liebling Viking
RAISE THE ROOF Pat Summitt with Sally Jenkins
KING OF THE WORLD DAVID REMNICK PICADOR
Diana Nyad Find a Way MACMILLAN
《阿里》大衛・雷姆尼克

夢幻圖書館 ❻

國會圖書館
（Library of Parliament）

渥太華／安大略省／加拿大

湯瑪斯・富勒與奇利恩・瓊斯設計

1876 年開幕

這棟圖書館是加拿大國會的研究中心，收藏了超過六十萬筆歷史文獻與其他文物。

加幣 10 元鈔票的背面，就印有國會圖書館的圖樣。

沒錯！這些都是樹枝！建築師的靈感來自當地居民堆在屋外的柴薪。

籬苑書屋
（Liyuan Library）

籬苑／中國

李曉東設計

2011 年開幕

這是棟位於一座北京城外小村莊的小型圖書館。玻璃帷幕的外面覆蓋了鋼鐵的支架，中間插滿柴禾桿。

亞特蘭大富爾頓公共圖書館
(Atlanta Fulton Public Library)

亞特蘭大／喬治亞州／美國

馬塞爾・布勞耶設計

1980 年開幕

這棟圖書館是現代主義建築師馬塞爾・布勞耶最後的作品，與現在是大都會博物館的「遇見布勞耶」（Met Breuer）分館的紐約惠特尼美術館（Whitney Museum）外型很像。

這是亞特蘭大公共圖書館系統的總館。珍・蒙特（本書作者）在亞特蘭大長大，中學時期會長時間泡在這裡趕期末報告。

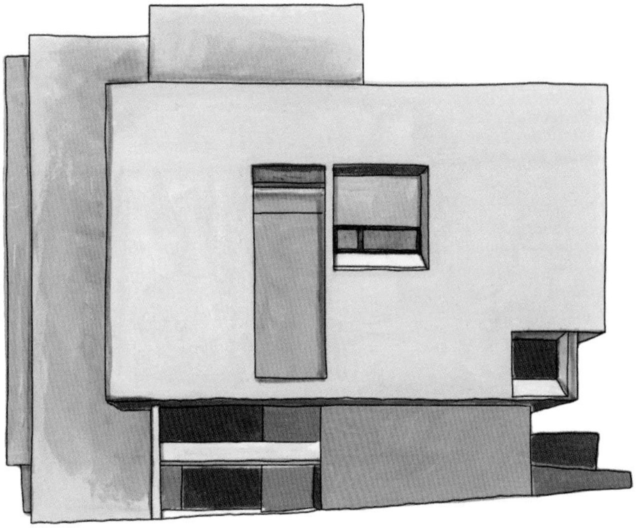

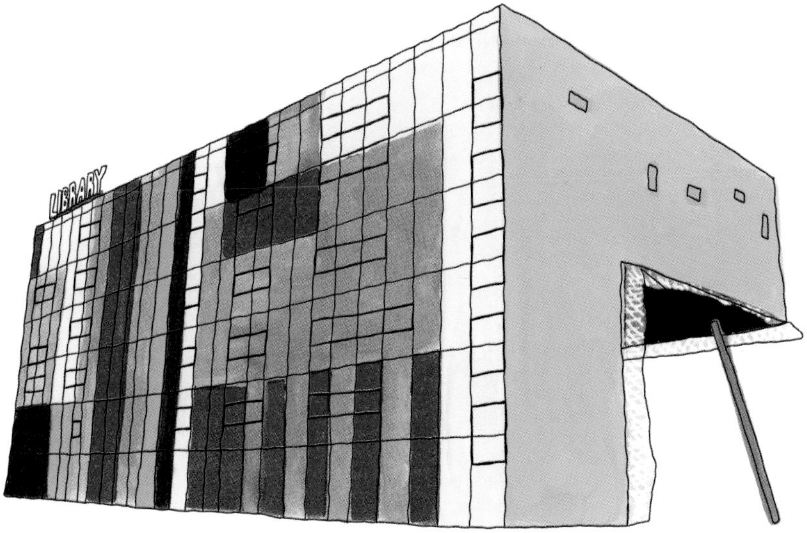

佩坎圖書館
(Peckham Library)

倫敦／英國

埃索普與史東姆建築師事務所（Alsop & Störmer）設計

2000 年開幕

鮮豔的彩色玻璃覆蓋了建築的背面，讓五彩的光線進入室內。其餘部分則是貼滿銅片。

創新與商業

俗話說：「給他魚吃，不如教他怎麼釣魚。」但這些書不只可以教人如何釣魚，還包含了所有從創新到節約的一切，生產製造、冥想沉思、團隊合作、領導統御，還有學習自我照顧，全部都有。

1981 年，特拉西・基德爾的《新機器的靈魂》在電腦產業剛剛起步時，就預見了幾十年科技創新的盛景。他近身觀察一群熱情投入研究的工程師團隊，由深具領導魅力的湯姆・魏斯特帶領，分成硬體與軟體兩個小組，共同打造出一台神奇的機器。

《新機器的靈魂》後灣出版社（Back Bay Books），2000 年平裝本，約翰・傅布魯克三世封面設計

耐吉（Nike）創立人之一菲爾・奈特在他精彩的回憶錄《跑出全世界的人》中公開表示，創立公司之初他告訴自己，不管別人覺得他的想法有多瘋狂，或是不看好他的未來，都必須要「勇往直前」。

《跑出全世界的人》斯克里布納出版社（Scribner），2016 年精裝本，嘉雅・米歇利與強納森・布希封面設計

這是第一雙在比賽中使用的耐吉球鞋，由馬克・寇維特在 1972 年奧運資格賽中穿著上場。奈特的合夥人比爾・鮑爾曼使用家庭鬆餅機製造出第一代橡膠鞋底。鮑爾曼的祖先是奧勒岡小徑的開拓者之一，他常引用自己的家訓：「懦夫永遠都不會開始，弱者在路上死去，所以留下來的就是我們。」

書中建造的機器是 1984 年左右推出，三十二位元中央處理器的通用資料計算機「日蝕 MV8000」。

《徹底坦率》聖馬丁出版社（St. Martin's），2017 年精裝本，詹姆士・亞可貝利封面設計

金・史考特在谷歌（Google）的工作經驗，以及在推特（Twitter）、細普快遞（Shyp）與其他科技新創公司，擔任教育訓練經理的歷練，促使她寫出了《徹底坦率》一書。她相信如果公司真的重視員工的成長，就必須以一種謙虛而有助益，不針對個人的方式，讚美員工的成功，挑出他們的錯誤。

＊這些書也很推薦＊

- 《誰說人是理性的！》丹・艾瑞利
- 《想到做到》斯科特・貝爾斯基
- 《瘋潮行銷》約拿・博格
- 《維珍旋風》理查・布蘭森
- 《與成功有約》史蒂芬・柯維
- 《情緒靈敏力》蘇珊・大衛
- 《部落》賽斯・高汀
- 《決定未來的 10 種人》湯姆・凱利
- 《繞著大毛球飛行》戈登・麥肯齊
- 《工程、設計與人性》哈利・波卓斯基

《越環保，越賺錢》伊方・修納

《徹底坦率》金・史考特

《重點不在你多優秀，而在你想多優秀》保羅・亞頓

《新机器的灵魂》（簡體版）基德尔

《全新思维》（簡體版）丹尼尔・平克

《安靜，就是力量》蘇珊・坎恩

《挺身而進》雪柔・桑德伯格

《魔球》麥可・路易士

《精準預測》奈特・席佛

《快思慢活》康納曼

《思考致富》拿破崙・希爾

《從容的力量》雅莉安娜・哈芬登

《从 0 到 1》（簡體版）彼得・蒂尔／布莱克・马斯特斯

《為什麼我們這樣生活，那樣工作？》查爾斯・杜希格

《異數》麥爾坎・葛拉威爾

《搞定！》大衛・艾倫

《跑出全世界的人》菲爾・奈特

《從 A 到 A+》詹姆・柯林斯

《清單革命》葛文德

《輕鬆駕馭意志力》凱莉・麥高尼格

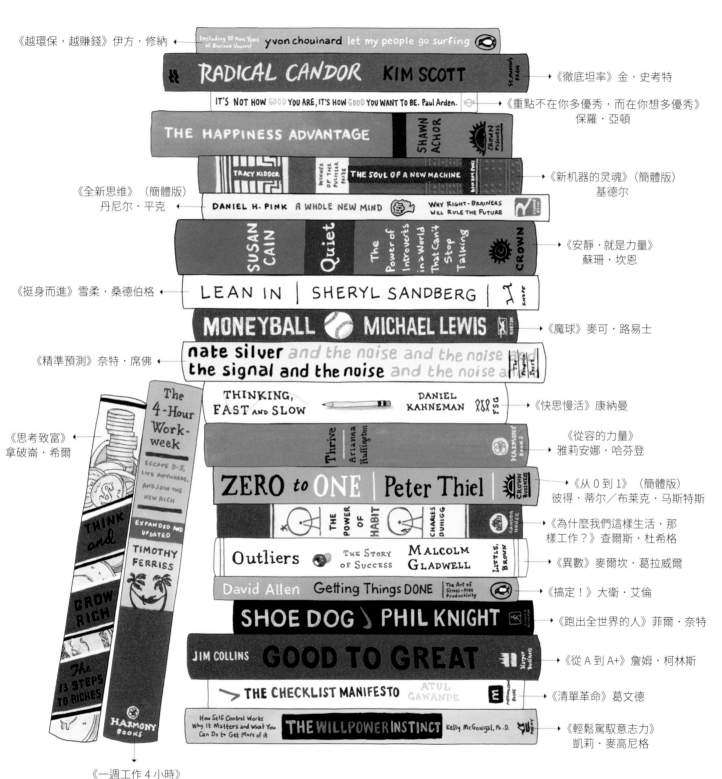

《一週工作 4 小時》提摩西・費里斯

經典長銷書

這裡介紹的是依據可靠獨立的統計資料，按照銷售套數排序，歷史上經典暢銷書榜上的前十名。排除宗教書籍（例如：《聖經》、《古蘭經》），或者思維書籍（像是毛澤東的《毛語錄》），因為這些書籍的銷量很大，但也很難統計。

第 1 名

《唐吉訶德》塞萬堤斯

銷量超過五億本

初版以西班牙文於
1612 年發行。
現代圖書館出版社
（Modern Library），
1950 年精裝本，
彼得．摩托英譯，
約翰．歐茲爾修訂，
E．麥克奈特．考佛封面設計

第 2 名

《雙城記》

查爾斯．狄更斯

銷量超過兩億本

初版以英文於
1859 年發行。
華盛頓廣場出版社
（Washington Square Press），
1963 年平裝本，
里歐與戴安．迪隆繪圖

第 3 名

《牧羊少年的奇幻之旅》

保羅．科爾賀

銷量超過一億八千萬本

初版以葡萄牙文於 1988 年發行。
哈波聖法蘭西斯科出版社
（HarperSanFrancisco），
1933 年平裝本，
亞蘭．R．克拉克英譯，
蜜雪兒．威德畢封面設計，
史戴佛諾．維塔里繪圖

聖修伯里自己繪製封面！

第 4 名

《小王子》

安東尼．聖修伯里

銷量超過一億四千萬本

初版以法文於 1943 年發行
（Le Petit Prince）。
雷納與希區考克出版社
（Reynal & Hitchcock），
1943 精裝本

全系列七本書總共銷售超過四億五千萬本，共七十四種語言。

第 5 名

《哈利波特（1）：神秘的魔法石》

J．K．羅琳

銷量超過一億七百萬本

初版以英文於
1997 年英國發行。
學樂出版社（Scholastic），
1998 年精裝本，
瑪莉．葛蘭埔里繪圖

托爾金自己繪製封面！

第 6 名

《哈比人》

J・R・R・托爾金

銷量超過一億本

初版以英文於
1937 年發行。
喬治・艾倫與恩文出版社
（George Allen & Unwin），
1937 年精裝本

第 7 名

《一個都不留》

阿嘉莎・克莉絲蒂

銷量超過一億本

初版以英文於
1939 年發行。
多德・米德出版社
（Dodd, Mead），
1940 年精裝本

第 8 名

《紅樓夢》曹雪芹

銷量超過一億本

初版以中文於 1791 年發行。
雙日船錨出版社（Doubleday Anchor），
1958 年平裝本，王際真英譯，梅祥繪圖

這個美麗的版本是由萊福紙類
工作室（Rifle Paper Co.）的
安娜・萊福・龐德繪製。

第 9 名

《愛麗絲夢遊仙境》

路易斯・卡洛爾

銷量超過一億本

初版以英文於
1865 年發行。
海雀出版社（Puffin），
2015 年精裝本

第 10 名

《獅子・女巫・魔衣櫥》

C・S・路易斯

銷量超過八千五百萬本

初版以英文於
1950 年發行。
傑佛瑞・布雷斯
（Geoffrey Bles），
1950 年精裝本

初版是由寶琳・拜恩斯繪製，部分托爾金的小說封面也是她的作品。

優質設計

設計是融合了美與功能來解決一個問題。設計得好，大家也許不會注意到，但總能感受。設計事實上會影響我們生活中的所有層面，就像設計師埃里克．艾迪嘉德所說：「我們所創造的一切都涵蓋了設計，但設計也是一種跨界的產物，融合了工藝、科學、敘事、宣傳與哲學。」

艾德華．塔夫特教授認為資料視覺化是一件攸關生死的事。他在一篇文章中寫道，美國太空總署（NASA）工程師把重要的資訊寫成條列式清單放在投影片上，造成解讀的扭曲與落差，最後導致哥倫比亞號太空梭失事，七人死亡的災難。

《我人生中到目前為止學到的事》，是施德明在學術休假那一年寫的日記裡，自己羅列出追求快樂的清單。

《我人生中到目前為止學到的事》
哈利．N．亞伯拉罕出版社
（Harry N. Abrams），2008 年平裝本，
施德明與馬賽斯．恩斯伯格封面設計

設計師兼知名字體藝術家潔西卡．赫許，在《進行中》一書裡，使用數百張圖片詳述創作過程。成品雖然以數位格式呈現，但她一開始都是在筆記本上手繪素描打草稿。她相信「把應該要做的事情置於一旁，做了計畫外的事情」，是幫助尋找靈感與創意的重要關鍵。

艾爾絲．克勞馥是《家居廊》的首任編輯。對於許多空間並沒有以使用者為中心去設計，她感到非常失望而離職，創立了設計事務所「艾爾絲工作室」（Studio Ilse）。一開始先著重於觀察與提問，然後打造出真正能改善生活的空間。

宜家希利水壺（IKEA Sinnerlig），
2015 年艾爾絲工作室設計

畢卡索認為設計師布魯諾．莫那利是「新時代的達文西」。莫那利在 1971 年出版的《設計做為藝術》中表示，他堅信藝術是生命不可或缺的一部分，每個人都應該擁有，而優良設計的日常用品也傳達了這個信念。

《設計做為藝術》企鵝出版社（Penguin），
現代經典系列，2008 年平裝本，YES 封面設計

＊這些書也很推薦＊

- 《圖像語言的祕密》莫莉．班
- 《經典企鵝：從封面到封面》保羅．巴克利
- 《以人為本的設計指南》IDEO.org
- 《邁向建築》勒．柯比意
- 《週末速寫》克里斯托弗．尼曼
- 《人類印記》湯姆．菲利浦
- 《再大一點》寶拉．雪兒

Two-Dimensional Man
Paul Sahre
Abrams Press
thinking with type 2ND EDITION Ellen Lupton
《字的設計有道理！》艾琳・路佩登
S,M,L,XL
THE MONACELLI PRESS
Tufte Envisioning Information
GRAPHICS PRESS
home is where the heart is
ILSE CRAWFORD
PHOTOGRAPHY BY MARTYN THOMPSON
GIORGIA LUPI Dear Data STEFANIE POSAVEC
(un)FASHION
Wabi-Sabi for Artists, Designers, Poets & Philosophers
《Wabi-Sabi》李歐納・科仁
EAMES beautiful details
AMMO
J. Müller
J. Wiedemann (Ed)
LOGO MODERNISM
TASCHEN
Paul Rand
Design Form and Chaos
YALE
《设计的意义》（簡體版）保罗・兰德
Josef Müller-Brockman
Grid systems in graphic design
Rastersysteme für die visuelle Gestaltung
Niggli
Jessica Hische
In Progress
CHRONICLE BOOKS
ABRAMS
THINGS I HAVE LEARNED
STEFAN SAGMEISTER
Design as Art. Bruno Munari
《設計做為藝術》布魯諾・莫那利
HOMAGE TO A TYPEFACE
Vitra Design Museum
Alexander Girard
Wheeler
Designing Brand Identity
fourth edition
WILEY
《色彩互動學》瑟夫・亞伯斯
JOSEF ALBERS INTERACTION OF COLOR YALE
《設計的心理學》唐納・諾曼
DON NORMAN
The DESIGN of EVERYDAY THINGS
BASIC BOOKS
Michael Bierut How to
use graphic design to sell things, explain things, make things look better, make people laugh, make people cry, and (every once in a while) change the world
Draplin Design Co.
Pretty Much Everything
Aaron James Draplin
ABRAMS

設計師選書

封面設計師必須將文字濃縮，轉化成吸引人的圖像。以下十位設計師各自挑選了自己創作的封面，並說明創作過程。

凱莉・布萊爾

《反對一切》馬克・格里夫

雅典娜神殿出版社（Pantheon），
2016 年精裝本

「散文集一向是令人玩味的難題，它的封面設計必須呈現出寬廣的內容，但又必須有一個集中的觀點。剛開始設計封面時，原本是用大紅色的叉叉當作主視覺，但這樣就著重於字面上的『反對』。作者其實不是在表達相反對立的意見，而是進行仔細的檢視。最終的版本，是運用一個網子向邊緣擴展，並具有翻轉意象的幾何圖形。」

詹姆斯・保羅・瓊斯

《好移民》尼克希・蘇庫拉編輯

釋放出版社（Unbound），
2016 年精裝本

「本書出版時，剛好非常符合英國的狀況，封面也受到相當的矚目。一開始出版社希望我能把二十一位作者的名字都放在封面上，讓我產生很大的『設計焦慮』。我決定用純文字呈現作者名字，當作封面主視覺，就像在英國各地巡演的聯合演唱會海報。封面上的二十一顆星星，代表了書中收錄的作者，邊框則是吸引讀者關注的設計。」

亨利・希恩・易

《鬥牛士現代經典系列第 2 輯》

鬥牛士出版社（Picador），
2017 年平裝本，
西西莉亞・卡爾史戴特繪圖

「鬥牛士現代經典系列第 1 輯收錄了四本雋永的小說作品。所以設計第 2 輯的四本非小說經典作品時所面對的挑戰，就要是與第 1 輯區別區隔，但也要有所連結。第 1 輯的包裝呈現出糖果的氛圍，背景五顏六色的圖案。第 2 輯我決定使用黑白對比，著重在作者的肖像。此外，我發現作品收錄的作家都是女性，所以我想找一位女性的插畫家合作。而西西莉亞・卡爾史戴特的作品黑白分明飽滿，並以活潑的方式搭配了重點色彩，正好合適。」

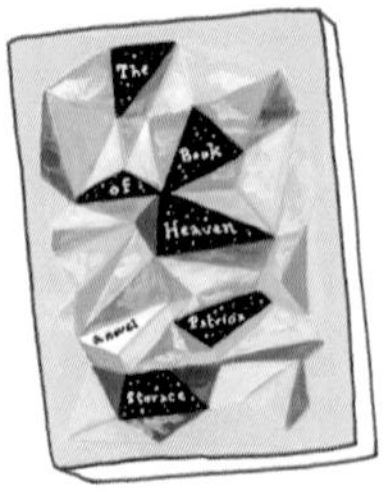

琳達・黃

《天堂之書》派翠西亞・斯托瑞斯

雅典娜神殿出版社（Pantheon），
2014 年精裝本

「這是我設計過第一批自己真的喜歡的封面，對我來說有著特別的意義。那時候我只拿到了一小段小說的內容，但對創作封面的過程非常有幫助。啟發我設計這個封面的段落，是在描述天堂有很多種，故事會不斷地與其他故事交互生成進化。」

金柏莉・葛立德

《沼澤》黛西・強森

灰狼出版社（Graywolf Press），
2017 年平裝本

「《沼澤》是一本短篇小說集，在魔幻現實主義與真實的世界之間游移。我從事書本封面設計十五年之久，從來

沒有遇過書名只有三個字母。通常我會與很長的書名奮戰，但這次不同。強森質樸的文字讓我靈機一動，書名採用油漆刷的筆觸。結果，這樣的字體成為封面的動力意象。」

艾莉森・沙茲曼

《安樂窩》辛西亞・狄普莉・史威尼

艾科出版社（Ecco），
2016 年精裝本

「我嘗試過數不清的方法：繪圖、字體、照片；紐約街景、手足相爭、渴望成功的生活風格、書名的文字遊戲，但都被否決了。大概經過了二十七個提案吧，我偶然間看到一雙繡著家徽的天鵝絨拖鞋，當下就覺得畫面很適合這本書。但就算是決定用家徽，也重複設計了許多次，還好後來莎拉・伍德加入幫忙。最後銷售十分成功，沒有枉費我的努力。」

瓊・王

《所有的鳥兒在歌唱》艾維・威爾德

雅典娜神殿出版社（Pantheon），
2014 年精裝本，採用藝術資源
（Art Resource）圖庫素材

「這本書是講述潔珂・懷特在英國海岸邊的生活，藉由經營農場逃避自己黑暗的過去。我知道復古畫風的動物插圖很適合這個故事。封面創作的過程，重點在於如何巧妙呈現綿羊的無助與野狼的威脅，兩者之間的張力與平衡。這個封面創造了一種緊張感，表現出整個故事中，潔珂想過平靜的生活，但她的過去卻不斷衝擊著自己的現在。」

瑞秋・威利

《被消除的男孩》賈若德・康里

河頭出版社（Riverhead Books），
2016 年精裝本

「在設計封面時失敗了好幾次，因為無法將作者筆下那種極為個人的經驗，用畫面呈現出來。最後我設計出的封面，是有碰觸到書中討論的一些沉重主題，但又展現出希望。最終，我採用了拼貼畫添加一種私密感。」

珍妮佛・卡羅

《我看到你很努力》
安娜貝爾・葛維奇

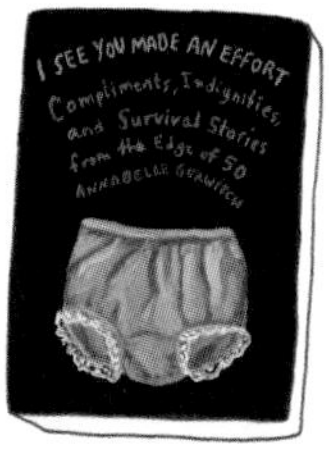

藍騎士出版社（Blue Rider Press），
2014 年精裝本

「這本歡樂的散文集需要同樣幽默的封面。我在網路上搜尋了很多讓人臉紅的關鍵字，買了一些阿嬤的內褲，然後用全黑的背景來拍照，希望能產生出人意外的效果，結果令人滿意。」

嘉雅・米歇利

《Zero K》唐・德里羅

斯克里布納出版社（Scribner），
2016 年精裝本

「這本小說深入討論了冷凍科技、愛與死亡。我覺得使用女性雕像的臉部特寫，深邃的目光穿透書名的字體直射出來，可以為封面帶來一些人性的溫度。」

受人喜愛的書店 ⑳

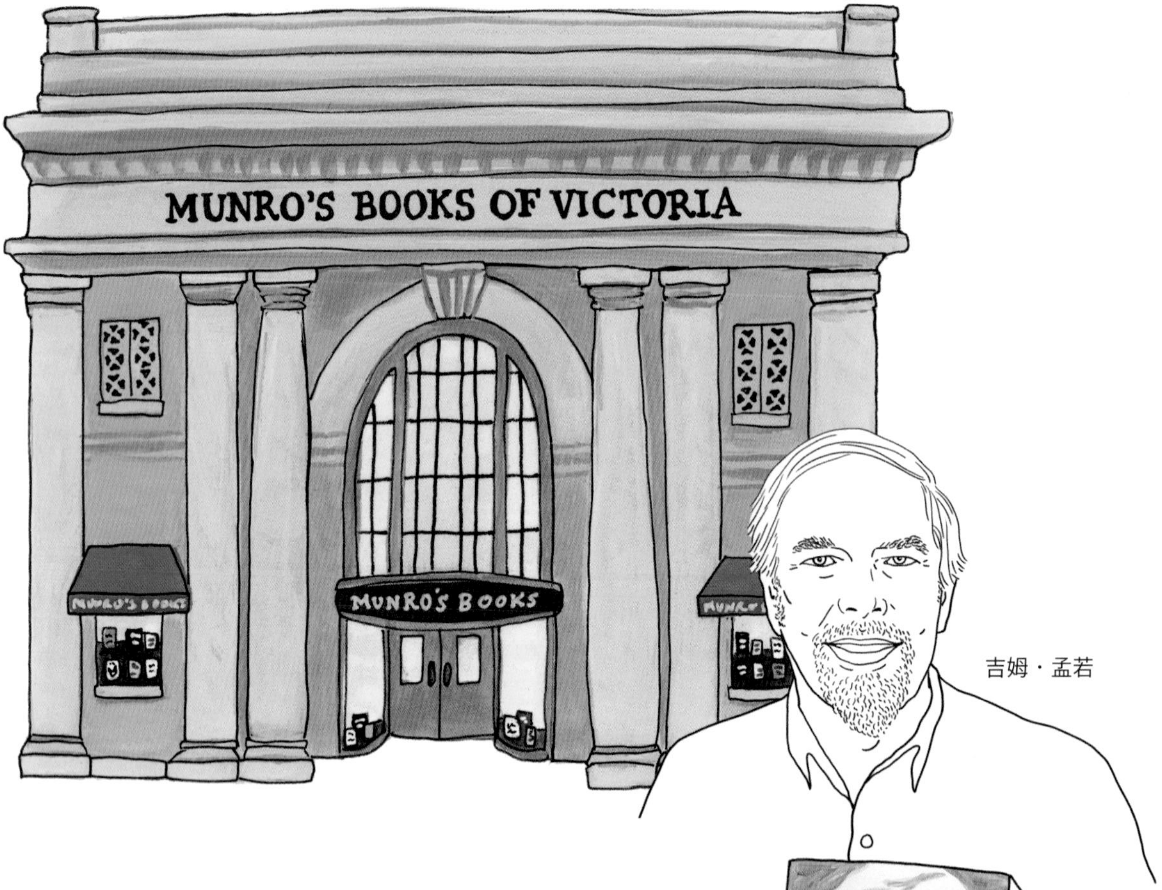

吉姆・孟若

《傳家之物》
復古國際出版社（Vintage International），
2013 年平裝本，梅根・威爾森封面設計，
莉安・夏普敦繪圖，
臨摹德瑞克・夏普敦的攝影作品

孟若書店（Munro ' s Books）

維多利亞／英屬哥倫比亞省／加拿大

孟若書店創立於 1963 年，是維多利亞老城區的地標。新古典主義的建築，原本是加拿大皇家銀行所在地。二十四英尺高的天花板，仿照 2 世紀艾菲索斯的羅馬圖書館門廊天花板所興建。經營人吉姆・孟若與當時的妻子愛麗絲・孟若非常喜歡這個設計，於是保留了下來。書店生意興隆起來，促成的一大貢獻，就是啟發了孟若太太，在讀完店裡進的書之後，覺得自己能寫得更好。她在 2013 年獲得諾貝爾文學獎。

吉姆在 2014 年退休，將這家店轉手給四名店裡的老員工經營。兩年後吉姆過世。加拿大與全球各地的讀者都深深懷念著他。

納帕書礦書店（Napa Bookmine）

納帕／加州／美國

身為二手書商的女兒，娜歐米・查布林深知書店經營的道理。在發現移居的納帕居然沒有二手書店之後，她決定自己開一家，同時店名仿照父親的「查布林書礦書店」。2013 年創店，並擴展至納帕牛軛市場為喜愛美食的客人服務。

查布林推薦：

《那些無止盡的日子》
克萊兒・傅勒

「這是講述一個生存主義者的父親，執著於為世界末日進行準備，並偷偷從家裡帶走自己的小女兒，然後躲進歐洲森林裡的故事。他們發現了一間小木屋，在父親宣稱世界已經毀滅之後，在這裡住了許多年。這個故事讓我看到半夜三點，情節曲折離奇，一直都是我最推薦的一部作品。」

錫屋出版社（Tin House Books），
2015 年平裝本，雅可布・瓦拉封面設計，
茱莉安娜・史威尼繪圖

成人繪本

就和路易斯．卡洛爾的愛麗絲在夢遊仙境時說的一樣：「如果沒有插圖或對話，那書還有什麼用？」查爾斯．狄更斯的小說有插圖，經典的中古世紀手稿有華麗的裝飾。但大概到了 20 世紀初，所有人一致決定只有童書才需要插圖。還好，現在成人繪本又風行起來。

麥拉．卡爾曼書寫繪畫了超過三十本書，她第一本繪本《熬夜》，是改編自大衛．拜恩寫給臉部特寫樂團（Talking Heads），收錄在《小動物》專輯的歌。正式分類屬於童書，但內容卻有給成人閱讀的風味。

《熬夜》維京出版社（Viking），青少年系列，1987 年精裝本

卡爾曼認為不管寫給孩子或大人，都試著運用「同樣的想像、同樣的古怪、同樣對語言的愛」。

艾德華．高瑞，是神童，是詩人，也是插畫家。曾經創造超過一百本書中各種以陰影繪製的奇怪角色。動物是他一輩子的愛（尤其是貓！）。他捐出自己的財產，讓慈善基金會用來改善各種生物的處境。

茱莉亞．羅斯曼創作了九本書，以及壁紙與刺青貼紙。《紐約，你好》是一本具有強烈個人風格的旅遊書，也是她對自己家鄉的情書。

尼克．班塔克的《葛瑞夫與莎賓娜三部曲》系列非常特別，是以插圖呈現的書信體浪漫小說，必須將一封封信抽出信封閱讀。一系列共三冊，統合起來在《紐約時報》暢銷書排行榜上占據了超過一百週，熱銷超過三百萬套。

《葛瑞夫與莎賓娜三部曲之一：寄給我相同的靈魂》年代記出版社（Chronicle），1991 年精裝本

傑森．波倫用畫筆記錄紐約的每一個人，這是第 1 集。

《紐約的每一個人》年代記出版社（Chronicle），2015 年平裝本

＊這些書也很推薦＊

- 《成年如謎》莎拉．安徒生
- 《是我讓你傷心了嗎？》布魯珂．巴克
- 《啊！一個乞丐》凱特．比頓
- 《簡愛，狐狸與我》芬妮．布莉特
- 《經典小說女主角水彩時尚速寫插畫》莎曼莎．海恩
- 《50 位當代名人與他們的那些小東西》詹姆士．格列佛．漢考克
- 《我的朋友都死了》艾佛瑞．曼森與喬瑞．約翰
- 《烏鴉女孩》奧黛麗．尼芬格
- 《小王子》安東尼．聖修伯里

GRIFFIN & SABINE Nick Bantock Chronicle Books
《葛瑞夫與莎賓娜三部曲之一：
寄給我相同的靈魂》尼克・班塔克
YOUR ILLUSTRATED GUIDE TO BECOMING ONE WITH THE UNIVERSE SAKUGAWA
THE PRINCIPLES OF UNCERTAINTY Kalman The Penguin Press
YOON BEASTLY VERSE Enchanted Lion Books
JULIA WERTZ THE INFINITE WAIT KOYAMA PRESS
LEANNE SHAPTON SWIMMING STUDIES
OWLS MATT SEWELL TEN SPEED PRESS
This Book is a Camera MoMA
Shen Bad Girls Throughout History CHRONICLE BOOKS
《使壞吧！女孩》安・沈
ALL BLACK CATS ARE NOT ALIKE
Jean Jullien MODERN LIFE teNeues
PENGUINS WITH PEOPLE PROBLEMS MARY LAURA PHILPOTT
HYPERBOLE and a HALF Allie Brosh
《艾利的誇張人生》艾莉・布洛許
SÍS TIBET Through the Red Box FSG
《天諭之地》彼得・席斯
AMPHIGOREY FIFTEEN BOOKS BY EDWARD GOREY PUTNAM
《无聊的幽默》（簡體版）
爱德华・戈里
IN THE GARDEN OF MY DREAMS The Art of Nathalie Lété ARTISAN
《我梦中的花园》
（簡體版）娜塔莉・莱特
LEAVE ME ALONE WITH THE RECIPES CIPE PINELES
EVERY PERSON IN NEW YORK BY JASON POLAN VOL 1 CHRONICLE BOOKS
Watterson Calvin and Hobbes
CHRISTOPH NIEMANN ABSTRACT CITY ABRAMS
《抽象城市》（簡體版）
克里斯托夫・尼曼
ROTHMAN HELLO NY CHRONICLE BOOKS
MEANWHILE in SAN FRANCISCO WENDY MACNAUGHTON
THE illustrated COMPENDIUM of amazing ANIMAL FACTS
《你可以替我保密吗》
（簡體版）玛雅・塞芠斯托姆
GNOMES Poortvliet/Huygen ABRAMS
《小矮人》
威爾・海根作者／
瑞安・普特伍里葉繪圖
B. SEASONS ELB
KRAUSE DEEP DARK FEARS
《人人都有妄想症》（簡體版）
弗兰・克劳斯
daisy HOW to be a Wildflower

感謝

本書的創作是我所做過最困難的事情之一。我常常要一頭栽進計畫裡，才會知道眞正該怎麼做，因為，好吧，我喜歡挑戰。這本書的概念非常龐大而且驚人，但我知道在完成後會覺得自己很棒。如果你不挑戰自己，不逼迫自己做到盡善盡美，那又有什麼意義呢？對吧？

在我發現該把這本書做出來時，我必須感謝以下這些厲害的朋友：超級經紀人凱特．烏德羅，沒有她來指引方向，這本書根本連驚人的概念都不會出現。冷靜沉著的莎拉．狄斯汀，幫我尋找資料，讓我能完成這本書裡幾乎所有的文字，還有雪倫．蒙特，更是位資料搜尋高手，我要向這兩位致上最深厚的謝意。另外，年代記出版社的編輯米拉貝爾．柯恩與克莉絲汀娜．亞米尼，美編克莉絲汀．惠特，以及產品經理艾琳．薩克，傾聽我的想法，督促我的創作，並將一切統合起來，得到一個比我想像中更好的作品。

此外，非常感謝凱莉．塔寇特給予的實用建議，感謝李．福雷與貓頭鷹（Li Frei & Night Owls）幫忙維持「理想書架」（Ideal Bookshelf）的營運。感謝慷慨給予我回饋與推薦書單的各位，特別是瑪莉．蘿拉．菲爾帕特與金柏莉．葛萊德。感謝所有的作家、編輯與書籍美編設計，感謝全世界各地的書店，感謝所有可愛的愛書人，讓這個世界變得更美好。最後，感謝梅蒂森．蒙特、夏嫚．厄哈特、雪倫．蒙特，以及莎儂．麥葛瑞堤，一直陪在我身邊，我愛你們。還有我們家貓咪艾默（Emmer）與卡莎（Kasha），在我寫作壓力過大時忍受我的大力擁抱。最要感謝的是我生命中最特別的人，達科．卡拉斯，總是提醒我要勇、往、直、前。

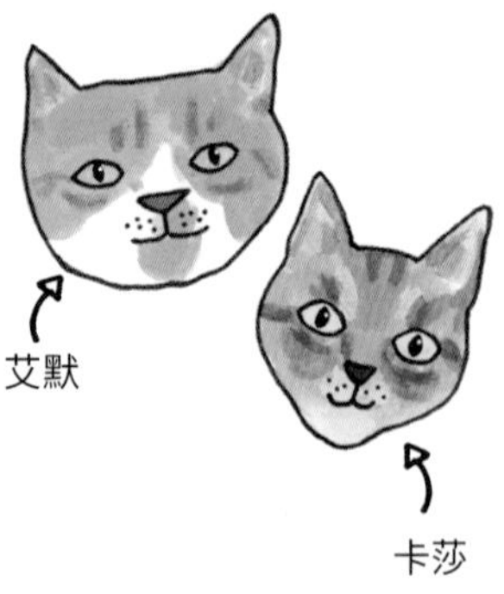

人名＆書名中文與原文對照

編排原則以每頁出現的順序排列，人名在前、書名在後。方便讀者依頁碼對照內文查詢。
＊《》符號代表書名，〈〉符號代表詩名。

P.10

人名

約翰・阿摩司・康米紐斯 John Amos Comenius
希奧多・蘇斯・蓋索 Theodor Seuss Geisel
蘇斯博士 Dr. Seuss
瑪格麗特・懷茲・布朗 Margaret Wise Brown
馬特・德拉佩尼亞 Matt de la Pana
克里斯汀・羅賓遜 Christian Robinson
雍・卡拉森 Jon Klassen
P・D・伊士曼 P. D. Eastman
維吉尼亞・李・柏頓 Virginia Lee Burton
芭芭拉・庫尼 Barbara Cooney
多琳・克羅寧 Doreen Cronin
凱文・漢克斯 Kevin Henkes
瓊・穆特 J. Muth
安東尼特・波第斯 Antoinette Portis
亞當・路賓 Adam Rubin
克里斯・凡・艾斯伯格 Chris Van Allsburg
珍・尤倫 Jane Yolen

書名

《世界圖繪》Orbis Sensualium Pictus
《月亮，晚安》Good Night Moon
《逃家小兔》The Runaway Bunny
《小毛皮家族》Little Fur Family
《市場街最後一站》Last Stop on Market Street
《找回我的帽子》I Want My Hat Back
《跟小鳥道別》The Dead Bird
《你是我媽媽嗎？》Are You My Mother?
《花婆婆》Miss Rumphius
《喀哩，喀啦，哞，會打字的牛》Click, Clack, Moo
《小貓咪第一次看滿月》Kitten's First Full Moon
《禪的故事》Zen Shorts
《不是箱子》Not a Box
《噴火龍來了》Dragons Love Tacos
《北極特快車》The Polar Express
《月下看貓頭鷹》Owl Moon

P.13

人名

琳達・布萊安 Linda Bryant
卡拉・柯恩 Carla Cohen
莉莎・馬斯卡汀 Lissa Muscatine
崔弗・諾亞 Trevor Noah
茱兒・芭莉摩 Drew Barrymore
尼爾・蓋曼 Neil Gaiman
伍綺詩 Celeste Ng

P.14

人名

詹姆斯・薩斯 James D. Sass

P.15

人名

艾蜜莉亞・貝德利亞 Amelia Bedelia
艾蜜莉亞・龐德 Amelia Pond
法蘭克・赫伯特 Frank Herbert

《糊塗女傭》Amelia Bedelia
《神祕博士》Doctor Who

P.16

人名

梅格・莫瑞 Meg Murry
麥德琳・蘭歌 Madeleine L'Engle
艾倫・拉斯金 Ellen Raskin
雷娜・泰格米爾 Raina Telgemeier
E・B・懷特 E. B. White
諾頓・傑斯特 Norton Juster
吉爾斯・菲佛 Jules Feiffer
奈特莉・芭比特 Natalie Babbitt
約翰・貝爾萊斯 John Bellairs
珍妮・貝德斯爾 Jeanne Birdsall
愛德華・艾德加 Edward Eager
肯尼斯・葛拉罕 Kenneth Grahame
凱薩琳・柏特森 Katherine Paterson
蓋瑞・伯森 Gary Paulsen

書名

《時間的皺摺》A Wrinkle in Time
《微笑》Smile
《夏綠蒂的網》Charlotte's Web
《神奇收費亭》The Phantom Tollbooth
《永遠的狄家》Tuck Everlasting
《滴答屋》The House with a Clock in Its Walls
《彭德威克家族》The Penderwicks
《半個魔法》Half Magi
《柳林中的風聲》The Wind in the Willows
《通往泰瑞比西亞的橋》Bridge to Terabithia
《手斧男孩》Hatchet

P.18

人名

大衛・佛斯特・華萊士 David Foster Wallace
沃克・帕西 Walker Percy
芙蘭納莉・歐康納 Flannery O'Conner
威廉・福克納 William Faulkner
查蒂・史密斯 Zadie Smith
希羅多德 Herodotus
芭芭拉・金索沃 Barbara Kingsolver
村上春樹 Haruki Murakami
阿道斯・赫胥黎 Aldous Huxley
麥德琳・蘭歌 Madeleine L'Engle

書名

《歷史》The Histories
《美麗新世界》Brave New World
《毒木聖經》The Poisonwood Bible
《時間的皺摺》A Wrinkle in Time
《智慧之血》Wise Blood
《無盡的玩笑》Infinite Jest
《白牙》White Teeth
《當我們討論愛情時》What We Talk About When We Talk About Love
《痴人狂喧》The Sound and The Fury
《發條鳥年代記》The Wind-Up Bird Chronicle

P.19

人名

佛萊德・貝斯 Fred Bass
南西・貝斯・韋登 Nancy Bass Wyden
班傑明・貝斯 Benjamin Bass

P.20

人名

阿思緹・林格倫 Astrid Lindgren
英格麗・凡・尼曼 Ingrid Vang Nyman
馬拉拉 Malala Yousafzai
貝芙莉・柯麗瑞 Beverly Cleary
亨利・希金斯 Henry Huggins
蘿拉・佛斯特 Laura O. Foster
史考特・奧戴爾 Scott O'Del
茱安娜・瑪麗亞 Juana Maria
法蘭克・鮑姆 L. Frank Baum
蘇珊・柯林斯 Suzanne Collins
凱特・狄卡密歐 Kate DiCamillo
伊恩・福克納 Ian Falconer
尼爾・蓋曼 Neil Gaiman

賴曇荷 Thanhha Lai
伊莉莎白・喬治・斯匹爾
Elizabeth George Speare

書名

《和拉夢娜一起散步》
Walking with Ramona。
《超級偵探海莉》Harriet the Spy
《藍色海豚島》
Island of the Blue Dolphins
《綠野仙蹤》
The Wonderful Wizard of Oz
《飢餓遊戲》The Hunger Games
《傻狗溫迪克》Because of Winn-Dixie
《奧莉薇》Olivia
《第十四道門》Coraline
《再見木瓜樹》
Inside Out and Back Again
《黑鳥湖畔的女巫》The Witch

P.22

人名

崔佛斯・瓊可 Travis Jonker
希希・貝爾 Cece Bell
凱特琳・奇岡 Caitlin Keegan
查德・W・貝克曼 Chad W. Beckerman
詹姆斯・喬哀思 James Joyce
瑪莉絲・奎茲曼 Maris Kreizman
羅麗・摩爾 Lorrie Moore
艾琳娜・斐蘭德 Elena Ferrante
瑪麗亞・波波娃 Maria Popova
珍娜・萊文 Janna Levin
彼得・曼德森 Pater Mendelsund
克爾特・歌德爾 Kurt Godel
艾倫・圖靈 Alan Turing

書名

《大耳朵超人》El Deafo
《構詞遊戲》Anagrams
《被遺棄的日子》
The Days of Abandonment
《圖靈機狂人夢》
A Madman Dreams of Turing Machine

P.23

人名

亨利・梭羅 Henry Thoreau
列夫・托爾斯泰 Leo Tolstoy
穆罕達斯・卡朗昌德・甘地
Mohandas Karamchand Gandhi
金恩博士 Martin Luther King Jr.
安德魯・麥德爾 Andrew Medlar
珍・約蘭 Jane Yolen
菲利浦・衛斯貝克 Philippe Weisbecker
艾達・費茲傑羅 Adah Fitzgerald
大衛・逵曼 David Quammen
卡文・周 Calvin Chou
瓦特・福特 Walter Ford
查爾斯・達爾文 Charles Darwin
大衛・佛斯特・華萊士
David Foster Wallace

茱莉亞・荷巴特 Julia Hobart
蘇珊・庫柏 Susan Cooper
亞倫・E・寇伯 Alan E. Cobert

書名

《公民不服從！》Civil Disobedience
《最受歡迎的世界民間故事》
Favorite Folktales from around the World
《多多鳥之歌》The Song of Dodo
《黑暗正昇起》The Dark Is Rising

P.24

人名

妮可拉・詠 Nicola Yoon
大衛・詠 David Yoon
薛曼・亞歷斯 Sherman Alexie
蘇珊・艾洛絲・辛登 Susan Eloise Hinton
安琪・湯馬斯 Angie Thomas
約翰・葛林 John Green
珊卓拉・西斯奈洛斯 Sandra Cisnero
布萊思・寇特內 Bryce Courtenay
朱諾・狄亞茲 Junot Diaz
威廉・高汀 William Golding
約翰・諾斯 John Knowles

書名

《你是我一切的一切》
Everything, Everything
《一個印第安少年的超真實日記》
The Absolutely True Diary of a Part-Time Indian
《煙霧警訊》Smoke Signals
《小教父》The Outsiders
《致所有逝去的聲音》The Hate U Give
《尋找阿拉斯加》Looking for Alaska
《家住芒果街》
The House on Mango Street
《一的力量》The Power of One
《阿宅正傳》
The Brief Wondrous Life of Oscar Wao
《蒼蠅王》Lord of the Flies
《返校日》A Separate Peace

P.27

人名

克利斯・奧利弗洛斯 Chris Oliveros
亞特・皮斯格曼 Art Spiegelman
法蘭索瓦・穆利 Francoise Mouly
琳達・巴里 Lynda Barry
丹尼爾・克勞斯 Daniel Clowes
瑪莉・佛麗娜 Mary Fleener
魯圖・莫丹 Rutu Moden
亞德里安・托米納 Adrian Tomin
克里斯・韋爾 Chris Ware

書名

《原始》Raw

P.28

人名

約翰・甘迺迪・涂爾
John Kennedy Toole
伊格內提斯・J・瑞利 Ignatius J. Reilly
羅伯・波西格 Robert Pirsig
保羅・科爾賀 Paulo Coelho
菲瑞・威廉斯 Pharrell Williams
道格拉斯・亞當斯 Douglas Adams

書名

《笨蛋聯盟》A Confederacy of Dunces
《禪與維修摩托車的藝術》
Zen and the Art of Motorcycle Maintenance
《牧羊少年奇幻之旅》The Alchemist
《銀河便車指南》
The Hitchhiker's Guide to the Galaxy

P.30

人名

戈登・邦謝夫特 Gordon Bunshaft
費佐拉・汗 Faizullah Khan

P.31

人名

古斯塔夫・薩維德拉 Gustavo Saavedra
胡安・馬丁納斯・德・瓦拉斯科
Juan Martinez de Velasco
胡安・歐葛曼 Juan O'Gorman

P.32

人名

賽萬提斯 Miguel de Cervantes
珍・奧斯汀 Jance Austen
查爾斯・狄更斯 Charles Dickens
夏綠蒂・勃朗特 Charlotte Brontë
凱薩琳・沃可夫 Katherine Wolkoff
梅根・威爾森 Megan Wilson
威爾基・柯林斯 Wilkie Collins
亞瑟・柯南・道爾 Sir Arthur Conan Doyle
伊莉莎白・蓋斯凱爾 Elizabeth Gaskell
湯瑪斯・哈代 Thomas Hardy
納撒尼爾・霍桑 Nathaniel Hawthorne
斯托夫人 Harriet Beecher Stowe
列夫・托爾斯泰 Leo Tolstoy
儒勒・凡爾納 Jules Verne
赫伯特・喬治・威爾斯 H. G. Wells
艾米爾・左拉 Emile Zola

書名

《唐吉訶德》Don Quixote
《蘇珊》Susan
《諾桑覺寺》Northanger Abbey
《雙城記》A Tale of Two Cities
《簡愛》Jane Eyre
《白衣女郎》The Woman in White
《福爾摩斯探案》The Adventures of Sherlock Holmes

《都柏林人》Dubliners
《飛越杜鵑窩》One Flew Over the Cuckoo's Nest
《瓶中美人》The Bell Jar
《機會》Chance
《死小孩》The Gashlycrumb Tinies
《阿特拉斯聳聳肩》Atlas Shrugged
《梅岡城故事》To Kill a Mockingbird
《發條橘子》A Clockwork Orange

P.46

人名

湯姆・沃夫 Tom Wolfe
伊莎貝拉・阿言德 Isabel Allende
伊莎貝拉・阿言德 Isabel Allende
托妮・莫里森 Toni Morrison
帕特・康羅伊 Pat Conroy
凱薩琳・鄧恩 Katherine Dunn
瑪格麗特・莒哈絲 Marguerite Duras
安伯托・艾可 Umberto Eco
威廉・吉布森 William Gibson
史蒂芬・金 Stephen King
麥可・翁達傑 Michael Ondaatje
安妮・普魯勒 Annie Proulx
安・萊絲 Anne Rice

書名

《紐約雜誌》New York Magazine
《精靈之屋》The House of the Spirits
《過去的起點》Where the Past Begins
《潮浪王子》The Prince of Tides
《怪胎之愛》Geek Love
《情人》The Lover
《傅科擺》Foucaulat's Pendulum
《神經喚術士》Neuromancer
《末日逼近》The Stand
《英倫情人》The English Patient
《真情快遞》The Shipping News
《夜訪吸血鬼》Interview with the Vampire

P.48

人名

史丹利・瓦特 Stanley Wyatt

書名

《莎孚之歌》Songs of Sappho

P.49

人名

麥可・鮑威爾 Michael Powell
愛蜜莉 Emily

P.50

人名

大衛・佛斯特・華萊士
David Foster Wallace
史蒂夫・史奈德 Steve Snider
阿蘭達蒂・洛伊 Arundhati Roy
大衛・米契爾 David Mitchell
馬賽爾・萬德斯 Marcel Wanders
瑪格莉特・愛特伍 Margaret Atwood
蘇珊娜・克拉克 Susanna Clarke
J・M・柯慈 J. M. Coetzee
麥可・康寧漢 Michael Cunningham
艾倫・霍林赫斯特 Alan Hollinghust
尼克・宏比 Nick Hornby
卡勒德・胡賽尼 Khaled Hosseini
奧黛麗・尼芬格 Audrey Niffenegger
溫弗里德·塞巴爾德 W. G. Sebald
馮麗莎 Lisa See

書名

《無盡的玩笑》Infinite Jest
《微物之神》The God of Small Things
《極樂之邦》
The Ministry of Utmost Happiness
《雲圖》Cloud Atlas
《雅各的千秋之年》
Thousand Autumns of Jacobs de Zoet
《骨時鐘》The Bone Clocks
《末世男女》Oryx & Crake
《英倫魔法師》
Jonathan Strange & Mr. Norrell
《屈辱》Disgrace
《時時刻刻》The Hours
《美的線條》The Line of Beauty
《失戀排行榜》High Fidelity
《追風箏的孩子》The Kite Runner
《時空旅人之妻》
The Time Traveler's Wife
《奧斯特里茨》Austerlitz
《雪花與祕扇》
Snow Flower and the Secret Fan

P.52

人名

傑夫・肯尼 Jeff Kinney

書名

《葛瑞的囧日記》Diary of a wimpy kids

P.53

人名

安・派契特 Ann Patchett
凱倫・海斯 Karen Hayes
瑪莉・葛蕾・詹姆士 Mary Grey James
羅賓・畢拉德羅 Robin Bilardello
瑪莉・蘿拉・菲爾帕特 Mary Laura Philpott

書名

《完美家庭》Commonwealth
《沉思》Musing

P.54

人名

奇瑪曼達・恩戈茲・阿迪契
Chimamanda Ngozi Adichie
艾比・衛楚柏 Abby Weintraub
朱諾・狄亞茲 Junot Díaz
札哈・哈蒂 Zaha Hadid
朱利安・巴恩斯 Julian Barnes
艾瑪・唐納修 Emma Donoghue
艾琳娜・斐蘭德 Elena Ferrante
強納森・法蘭岑 Jonathan Franzen
戈馬克・麥卡錫 Cormac McCarthy
M・L・史黛曼 M. L. Stedman
加布里埃爾・塔倫特 Gabriel Tallent

書名

《美國佬》Americanah
《阿宅正傳》
The Brief Wondrous Life of Oscar Wao
《渺小一生》A Little Life
《回憶的餘燼》The Sense of an Ending
《房間》Room
《我的天才女友》My Brilliant Friend
《自由》Freedom
《長路》The Road
《為妳說的謊》
The Light Between Oceans
《窒愛》My Absolute Darling

P.56

人名

丹・瓦格史塔夫 Dan Wagstaff
艾瑪・J・哈蒂 Emma J. Hardy
艾瑞克・C・懷爾德 Eric C. Wilder
科爾森・懷特黑德 Colson Whitehead
奧利佛・穆戴 Oliver Munday
唐娜・塔特 Donna Tartt
凱斯・海斯 Keith Hayes
妮娜・拉庫 Nina LaCour
薩米拉・以拉瓦尼 Samira Iravani
亞當斯・卡維荷 Adams Carvalho
保羅・貝帝 Paul Beatty
羅德里哥・可洛 Rodrigo Corral
米哈伊爾・布爾加科夫 Mikhail Bulgakov
蘇珊・迪恩 Suzanne Dean
米歇爾・法柏 Michel Faber
拉菲・羅馬亞 Rafi Romaya
葉林・佟 Yehrin Tong
凱瑟琳・格拉斯哥 Kathleen Glasgow
珍・休爾 Jen Heuer
奧斯卡・王爾德 Oscar Wilde
柯洛莉・畢克佛 - 史密斯
Coralie Bickford-Smith

書名

《脊椎》Spine
《地下鐵道》The Underground Railroad
《金翅雀》The Goldfinch
《我們沒事》We Are Okay
《背叛者》The Sellout
《大師與瑪格麗特》
The Master and Margarita
《新奇事物之書》
The Book of Strange New Things
《破碎的女孩》Girl in Pieces
《格雷的畫像》
The Picture of Dorian Gray
《小狐狸與星星》The Fox and the Star

《蟲與鳥》The Worm and the Bird

P.57

人名

強納森・薩夫蘭・佛爾
Jonathan Safran Foer
約翰・蓋瑞 John Gary
約翰・高爾 John Gall
阿爾貝・卡繆 Albert Camus
海倫・耶圖斯 Helen Yentus
麥克爾・夏邦 Michael Chabon
亞德麗・馬汀尼斯 Adalis Martinez
法蘭茲・卡夫卡 Franz Kafka
彼得・曼德森 Peter Mendelsund
阿巴米・阿德巴約 Ayobami Adebayo
珍娜・韓森 Janet Hansen
譚恩美 Amy Tan
保羅・巴克里 Paul Buckley
艾瑞克・尼奇斯特 Eric Nyquist
查克・克羅斯特曼 Chuck Klosterman
保羅・沙爾 Paul Sahre
約翰・喬佐奧 John Jodzio
麥特・朵夫曼 Matt Dorfman
傑米・金南 Jamie Keenan
蓋柏莉・里瑞爾／蓋堤意象
Gabrielle Revere/Getty Images

書名

《心靈鑰匙》
Extremely Loud and Incredibly Close
《異鄉人》The Stranger
《月光狂想曲》Moonglow
《變形記》
The Metamorphosis & Other Stories
《我們在閱讀時看到了什麼？》
What We See When We Read
《陪在我身邊》Stay With Me
《喜福會》The Joy Luck Club
《要是我們錯了怎麼辦？》
But What If We're Wrong?
《擊倒》Knockout
《別讓我走》Never Let Me Go

p.58

人名

克勞狄 Claudius
海絲特・普林 Hester Prynne
希拉蕊・曼特爾 Hilary Mantel
湯瑪斯・克倫威爾 Thomas Cromwell
馬龍・詹姆士 Marlon James
維克蘭・賽斯 Vikram Seth
奇努瓦・阿契貝 Chinua Achebe
葉慈 Yeats
艾德・羅德奎茲 Edel Rodreiguez
安伯托・艾可 Umberto Eco
艾米塔・葛旭 Amitav Ghosh
伊莉莎白・吉兒伯特 Elizabeth Gilbert
菲莉帕・葛列格里 Philippa Gregory
櫻杜・桑妲蕾森 Indu Sundaresan
列夫・托爾斯泰 Leo Tolstoy
赫爾曼・沃克 Herman Wouk

書名

《伊里亞德》Iliad
《尼亞爾傳奇》Njals Saga
《狼廳》Wolf Hall
《狼廳二部曲：血季》
Bring Up the Bodies
《七殺簡史》
A Brief History of Seven Killings
《合適的男孩》A Suitable Boy
《分崩離析》Things Fall Apart
〈二度降臨〉The Second Coming
《偷書賊》The Book Thief
《玫瑰的名字》The Name of the Rose
《朱鷺號三部曲之一：罌粟海》
Sea of Poppies
《愛瑪》The Signature of All Things
《美人心機》The Other Boleyn
《第二十個妻子》The Twentieth Wife
《戰爭與和平》War and Peace
《戰爭風雲（1939-1941）》
The Winds of War

P.60

人名

賽萬堤斯 Miguel de Cervantes
伏爾泰 Voltaire
瑞塔・梅・布朗 Rita Mae Brown
瑞琪・威利 Rachel Willey
海倫・費爾汀 Helen Fielding
皮耶・蕭戴洛・格拉洛
Pierre Choderlos de Laclos
愛麗絲・華克 Alice Walker
朱蒂絲・凱斯登・利茲
Judith Kazdym Leeds
喬埃斯 James Joyce
唐娜・塔特 Donna Tartt
艾瑪・克萊恩 Emma Cline
彼得・曼德森 Peter Mendelsund
珍妮・波奇 Jenny Pouech
雪莉・傑克森 Shirley Jackson
安・萊絲 Anne Rice
愛倫・坡 Edgar Allan Poe
珍奈・溫特森 Jeanette Winterson
羅伯特・潘・華倫 Robert Penn Warren
嘉莉・費雪 Carrie Fisher
喬治・克西洛 George Corsillo
理察・賴特 Richard Wright
查爾斯・狄更斯 Charles Dickens
柯洛莉・畢克佛 - 史密斯
Coralie Bickford-Smith

書名

《唐吉訶德》Don Quixote
《憨第德》Candide
《紅寶石叢林》Rubyfruit Jungle
《BJ 的單身日記》Bridget Jone's Diary
《危險關係》Les liaisons dangereuses
《紫色姐妹花》The Color Purple
《一位年輕藝術家的畫像》
A Portrait of the Artist as a Young Man
《金翅雀》The Goldfinch
《女孩們》The Girls
《鬼入侵》The Haunting of Hill House
《夜訪吸血鬼》
Interview with the Vampire
《亞瑟家的沒落》
The Fall of the House of Usher & Other Stories
《柳橙不是唯一的水果》
Oranges Are Not the Only Fruit
《國王人馬》All the King's Men
《來自邊緣的明信片》
Postcards from the Edge
《土生子》Native Son
《荒涼山莊》Bleak House

P.61

人名

加布列・賈西亞・馬奎斯
Gabriel García Márquez
薩爾曼・魯西迪 Salman Rushdie
莫欣・哈密 Mohsin Hamid
瑞琪・威利 Rachel Willey
喬治・歐威爾 George Orwell
喬納森・斯威夫特 Jonathan Swift
馮內果 Kurt Vonnegut
瑪格莉特・愛特伍 Margaret Atwood
伊塔羅・卡爾維諾 Italo Calvino
彼得・曼德森 Peter Mendelsund
奧利佛・穆戴 Oliver Munday
娥蘇拉・勒瑰恩 Ursula Le Guin
大衛・米契爾 David Mitchell

書名

《百年孤寂》
One Hundred Years of Solitude
《午夜之子》Midnight's Children
《門》Exit West
《動物農莊》Animal Farm
《格列佛遊記》Gulliver's Travels
《第五號屠宰場》Slaughterhouse-Five
《盲眼刺客》The Blind Assassin
《如果在冬夜，一個旅人》
If on a Winter's Night a Traveler

P.62

人名

郝思嘉 Scarlett O,Hara
郝盼希 Pansy O,Hara
瑪格麗特・密契爾 Margaret Mitchell
厄尼斯特・道森 Ernest Dowson
金柏利・葛萊德 Kimberly Glyder
威廉・福克納 William Faulkner
芙蘭納莉・歐康納 Flannery O'Connor
愛德華・P・瓊斯 Edward P. Jones
潔思敏・瓦德 Jesmin Ward
派蒂・瑞琪佛德 Patti Ratchford
朵拉思・愛麗森 Dorothy Allison
瑞克・布萊格 Rick Bragg

奧麗薇・安・伯恩斯 Olive Ann Burns
厄寧斯・甘恩 Ernest J. Gaines
哈波・李 Harper Lee
約翰・甘迺迪・涂爾
John Kennedy Toole
尤多拉・韋爾蒂 Eudora Welty
田納西・威廉斯 Tennessee Williams

書名
《飄》Gone with the Wind
《已知的世界》The Known World
《搶救》Salvage the Bones
《唱吧，未被埋葬，唱吧》
Sing, Unburied, Sing
《來自卡羅萊納的私生女》
Bastard Out of Carolina
《咆哮，尚未止息》
All Over but the Shoutin'
《冰冷的野蠻樹》Cold Sassy Tree
《死前的最後一堂課》
A Lesson Before Dying
《梅岡城故事》To Kill a Mocking Bird
《笨蛋聯盟》A Confederacy of Dunces
《三角洲婚禮》Delta Wedding
《慾望街車》A Streetcar Named Desire

P.64
人名
瑪麗・蓋伊・希普里 Mary Gay Shipley
約翰・葛里遜 John Grisham
麗貝卡・威爾斯 Rebecca Wells
泰瑞・凱 Terry Kay
大衛・古特森 David Guterson
麥爾坎・葛拉威爾 Malcolm Gladwell

書名
《無處不在的祭壇》
Little Altars Everywhere
《白狗的最後華爾滋》
To Dance with the White Dog
《愛在冰雪紛飛時》
Snow Falling on Cedars

P.65
人名
理察與莉莎・豪沃斯
Richard & Lisa Howorth
童妮・摩里森 Toni Morrison
威廉・史岱隆 William Styron
愛麗絲・沃克 Alice Walker
詹姆斯・迪奇 James Dickey

書名
《出版者週刊》Publishers Weekly

P.66
人名
珍・奧斯汀 Jane Austen
蘭波・羅威 Rainbow Rowell
歐爾嘉・格理克 Olga Grlic
列夫・托爾斯泰 Leo Tolstoy
莎拉・溫德爾 Sarah Wendell
坎蒂・譚 Candy Tan
愛莉莎・科爾 Alyssa Cole
泰莎・戴爾 Tessa Dare
亞力克希斯・霍爾 Alexis Hall
貝芙莉・詹金斯 Beverly Jenkins
諾拉・羅伯茲 Nora Roberts
蒂芬妮・瑞茲 Tiffany Reisz
莉莎・克萊佩 Lisa Kleypas
納里妮・辛格 Nalini Singh
柯蕾特 Colette
路易・德貝爾尼埃 Louis de Bernieres
約翰・傅敖斯 John Fowles
查爾斯・佛瑞哲 Charles Frazier
維克多・雨果 Victor Hugo
伊恩・麥克伊溫 Ian McEwan
安妮・普露 Annie Proulx
艾立克・席格 Erich Segal
奎格・湯普森 Craig Thompson

書名
《羅密歐與茱麗葉》Romeo and Juliet
《喬凡尼的房間》Giovanni's Room
《安娜・卡列妮娜》Anna Karenina
《這不是告別》Eleanor&Park
《乳溝之外》Beyond Heaving Bosoms
《非比尋常的聯盟》
An Extraordinary Union
《當蘇格蘭人決定試婚》
When a Scot Ties the Knot
《真實》For Real
《靛藍》Indigo
《白色約定》Vision in White
《誘惑伊斯頓》The Siren
《那年秋天》It Happened One Autumn
《感官奴隸》Slave to Sensation
《謝利》Cheri
《戰地情人》Captain Corelli's Mandolin
《法國中尉的女人》
The French Lieutenant's Woman
《冷山》Cold Mountain
《鐘樓怪人》
The Hunchback of Notre Dame
《贖罪》Atonement
《斷背山》Brokeback Mountain
《愛的故事》Love Story
《被子》Blankets

P.68
人名
大衛・鮑伊 David Bowie
喬治・歐威爾 George Owell
電台司令 Radiohead
繆斯合唱團 Muse
酷玩樂團 Coldplay
警察合唱團 The Police
保羅・鮑爾斯 Paul Bowles
艾略特 T. S. Eliot
安・萊絲 Anne Rice
弗拉基米爾・納博科夫 Vladimir Nabokov
金屬製品樂團 Metallica
炭疽樂團 Anthrax
匆促樂團 Rush
安・蘭德 Ayn Rand
鐵娘子樂團 Iron Maiden
安伯托・艾可 Umberto Eco
法蘭克・赫伯特 Frank Herburt
葛蕾絲・史立克（傑佛遜飛船合唱團）
Grace Slick（Jefferson Airplane）
路易斯・卡洛爾 Lewis Carroll

書名
《鑽石犬》Diamond Dogs
《一九八四》1984
《同步化》Synchronicity
《遮蔽的天空》The Sheltering Sky
《夜訪吸血鬼》
Interview with the Vampire
《乘坐閃電》Ride the Lightning
《末日逼近》The Stand
《一個人的頌歌》Anthem
《玫瑰的名字》The Name of the Rose
《沙丘魔堡》Dune
《超現實枕頭》Surrealistic Pillow
《愛麗絲夢遊仙境》
Alice's Adventures in Wonderland
〈老大哥〉Big Brother
〈我們都死了〉We Are the Dead
〈抵抗〉The Resistence
〈間諜〉Spies
〈撒哈拉一杯茶〉Tea in the Sahara
〈阿弗烈德・普魯福洛克的情歌〉
The Love Song of J. Alfred Prufrock
〈波旁街上空的月亮〉
Moon over Bourbon Street
〈戰地鐘聲〉For Whom the Bell Tolls
〈在活人之中〉Among the Living
〈白兔〉White Rabbit

P.69
人名
露絲・B Ruth B.
J・M・巴里 J. M. Barrie
超脫樂團 Nirvana
徐四金 Patrick Suskind
科特・柯本 Kurt Cobain
蘇珊娜・薇嘉 Suzanne Vega
荷馬 Homer
凱特・布希 Kate Bush
艾蜜莉・布朗忒 Emily Bronte
凱瑟琳・恩蕭 Catherine Earnshaw
希斯克利夫 Heathcliff
布魯斯・史普林斯汀 Bruce Springsteen
約翰・史坦貝克 John Steinbeck
討伐體制樂團 Rage Against the Machine
齊柏林飛船樂團 Led Zeppelin
J・R・R・托爾金 J. R. R. Tolkien
音速青春樂團 Sonic Youth
威廉・吉布森 William Gibson
嗆辣紅椒合唱團 Red Hot Chili Peppers
蘇斯博士 Dr. Seuss

書名
《前奏》The Intro
《彼得潘》Peter Pan
《母體》In Utero
《香水》Perfume
《獨白佇立》Solitude Standing
《奧德賽迷航記》The Odyssey
《胎動》The Kick Inside
《咆哮山莊》（新譯嘯風山莊）
Wuthering Heights
《憤怒的葡萄》The Grapes of Wrath
〈迷失少年〉Lost Boy
〈無味的學徒〉Scentless Apprentice
〈卡里普索〉Calypso
〈咆哮山莊〉Wuthering Heights
〈湯姆・約德的幽靈〉
The Ghost of Tom Joad
〈漫步〉Ramble On
〈圖形辨識〉Pattern Recognition
〈蔓延〉The Sprawl
〈海龜耶爾特〉Yertle the Turtle

P.70
人名
艾利森・貝克德爾 Alison Bechdel
克蒂絲・希坦菲 Curtis Sittenfeld 的
亞歷山大・梅可・史密斯 Alexander McCall Smith
喬安娜・特洛普 Joanna Trollope
朱海 Chuhail
嘉柏莉・鮑德溫 Gabrielle Bordwin
莎娣・史密斯 Zadie Smith
泰瑞・葛羅斯 Terry Gross
V・C・安德魯絲 V. C. Andrews
潔米・艾廷博格 Jami Attenberg
帕特・康羅伊 Pat Conroy
羅德・達爾 Roald Dahl
克萊兒・傅勒 Claire Fuller
瑪莉・卡爾 Mary Karr
法蘭克・麥克特 Frank McCourt
伍綺詩 Celeste Ngu

書名
《歡樂之家》Fun Home
《合適者》Eligible
《傲慢與偏見》Pride and Prejudice
《艾瑪姑娘：現代版》Emma: A Modern Retelling
《理性與感性》Sense and Sensibility
《論美》On Beauty
《閣樓裡的小花》Flowers in the Attic
《食慾風暴》The Middlesteins
《霹靂上校》The Great Santini
《瑪迪達》Matilda
《那些無止盡的日子》Our Endless Numbered Days
《大說謊家俱樂部》The Liar's Club
《安琪拉的灰燼》Angela's Ashes
《無聲告白》Everything I Never Told Yo

P.72
人名
露易絲・厄德里克 Louise Erdrich
亞札・厄德里克 Aza Erdrich

書名
《圓屋》The Round House

P.73
人名
茱蒂・布魯姆 Judy Blume
伊莉莎白・畢夏普 Elizabeth Bishop
安妮・迪勒 Annie Dillard
凱莉・布萊爾 Kelly Blair
艾瑪・史特拉卜 Emma Straub
凱莉・林克 Kelly Link
莉亞・葛仁 Leah Goren

書名
《不可能的事件》In the Unlikely Event
《初學者魔法》Magic for Beginners
《現代戀人》Modern Lovers

P.74
人名
安娜・哈金森 Anna Hutchinson
歐普拉・溫芙蕾 Oprah Winfrey
雪兒・史翠德 Cheryl Strayed
艾瑪・華森 Emma Watson
瑞絲・薇斯朋 Reese Witherspoon
布里特・班尼特 Brit Bennett
瑞秋・威利 Rachel Willey
伊麗莎白・斯特勞特 Elizabeth Strout
法蘭西絲・麥多曼 Frances MaDormand
艾瑪・克萊恩 Emma Cline
傑佛瑞・尤金尼德斯 Jeffrey Eugenides
凱瑟琳・葛里森 Kathleen Grissom
莎拉・格魯恩 Sara Gruen
艾歐文・艾維 Eowyn Ivey
崔西・季德 Tracy Kidder
戴思杰 Dai Sijie
芮貝卡・史克魯特 Rebecca Skloot
亞伯拉罕・佛吉斯 Abraham Verghese

書名
《那時候，我只剩下勇敢》Wild
《母親》The Mothers
《耶洗別》Jezebel
《生活是頭安靜的獸》Olive Kitteridge
《女孩們》The Girls
《中性》Middlesex
《廚房屋》The Kitchen House
《大象的眼淚》Water for Elephants
《雪地裡的女孩》The Snow Child
《愛無國界》
Mountains beyond Mountains
《巴爾札克與小裁縫》
Balzac and the Little Chinese Seamstress
《改變人類醫療史的海拉》
The Immortal Life of Henrietaa Lacks
《雙生石》Cutting for Stone

P.77
人名
道格拉斯・亞當斯 Douglas Adams
瑪潔莉・威廉斯 Margery Williams
雷・布萊伯利 Ray Bradbury
J・R・R・托爾金 J. R. R. Tolkien
法蘭西絲・霍森・柏納特 Frances Hodgson Burnett
蘇珊・柯林斯 Susan Collins
查爾斯・狄更斯 Charles Dickens
威廉・高汀 William Golding
納撒尼爾・霍桑 Nathaniel Hawthorne
珍・奧斯汀 Jane Austen
海明威 Ernest Hemingway
法蘭克・赫伯特 Frank Herburt
傑克・凱魯亞克 Jack Kerouac
史蒂芬・金 Steven King
莎士比亞 Shakespeare
瑪格麗特・密契爾 Margaret Mitchell
尼爾・史帝芬森 Neal Stephenson
史考特・費茲傑羅 F. Scott Fitzgerald
阿嘉莎・克莉絲蒂 Agatha Christie
約翰・史坦貝克 John Steinbeck
雷伊夫婦 H. A. & Margret Rey
威爾森・羅斯 Wilson Rawls
佛雷德・吉普森 Fred Gipson
或約翰・葛雷根 John Grogan
班傑明・霍夫 Benjamin Hoff
戈馬克・麥卡錫 Cormac McCarthy
史蒂芬・金 Steven King
珍妮佛・伊根 Jennifer Egan
雪兒・史翠德 Cheryl Strayed
謝爾・希爾弗斯坦 Shel Silverstein
安妮・迪勒 Annie Dillard
瓊・蒂蒂安 Joan Didion
羅夫・艾里森 Ralph Ellison
露易莎・梅・奧爾科特 Louisa May Alcott
戴夫・艾格斯 Daves Eggers
瑪格麗特・懷斯・布朗
Margaret Wise Brown
唐娜・塔特 Tonna Tart
尼克・宏比 Nick Hornby
大衛・賽德瑞斯 David Sedaris
珊卓拉・西斯奈洛斯 Sandra Cisnero

書名
《銀河便車指南》
The Hitchhiker's Guide to the Galaxy
《絨毛兔》The Velveteen Rabbit
《華氏 451 度》Fahrenheit 451
《哈比人》The Hobbit
《祕密花園》The Secret Garden
《飢餓遊戲》The Hunger Games
《孤雛淚》Oliver Twist
《蒼蠅王》Lord of the Flies
《紅字》The Scarlet Letter
《艾瑪》Emma

《老人與海》The Old Man and the Sea
《沙丘魔堡》Dune
《在路上》On the Road
《末日審判》The Stand
《哈姆雷特》Hamlet
《飄》Gone with the Wind
《鑽石年代》The Diamond Age
《大亨小傳》The Great Gatsby
《一個都不留》
And Then There Were None
《憤怒的葡萄》The Grapes of Wrath
《好奇猴喬治》Curious George
《紅色羊齒草的故鄉》
Where the Red Fern Grows
《老黃狗》Old Yeller
《馬利與我》Marley & Me
《別讓我走》Never Let me Go
《小熊維尼的道》The Tao of Pooh
《長路》The Road
《牠》It
《時間裡的癡人》
A Visit from the Goon Squad
《那時候，我只剩下勇敢》Wild
《愛心樹》The Giving Tree
《汀克溪畔的朝聖者》
Pilgrim at Tinker Creek
《順其自然》Play It as It Lays
《看不見的人》Invisible Man
《小婦人》Little Women
《什麼是什麼》What Is the What
《月亮，晚安》Goodnight Moon
《祕史》The Secret History
《失戀排行榜》High Fidelity
《讓家人穿上燈芯絨與丹寧》
Dress Your Family in Corduroy and Denim
《家住芒果街》
The House on Mango Street

P.78

人名

P・D・詹姆斯 P. D. James
麥伊・荷瓦兒 Maj Sjöwall
培爾・法勒 Per Wahlöö
彼得・霍格 Peter Høeg
賀寧・曼凱爾 Henning Mankell
尤・奈斯博 Jo Nesbø
史迪格・拉森 Stieg Larsson
塔娜・法蘭琪 Tana French
奧圖・潘茲勒 Otto Penzler
雷蒙・錢德勒 Raymond Chandler
達許・漢密特 Dashiell Hammett
山姆・史貝德 Sam Spade
李查德 Lee Child
羅伯特・蓋布瑞斯（J.k. 羅琳 Robert ）
Galbraith（J. K. Rowling）
格雷厄姆・格林 Graham Greene
丹尼斯・勒翰 Dennis Lehane
唐娜・利昂 Donna Leon
約翰・D・麥克唐納 John D. MacDonald
多羅西・塞耶斯 Dorothy L. Sayers

書名

《人類之子》The Children of Men
「馬丁・貝克刑事檔案」系列
Martin Beck series
《雪中第六感》Smilla's Sense of Snow
「都柏林重案」系列
Dublin Murder Squad
《地獄藍調》Killing Floor
《杜鵑的呼喚》The Cuckoo's Calling
《黑獄亡魂》The Third Man
《神祕河流》Mystic River
《鳳凰歌劇院之死》Death at La Fenice
《淡黃色的天空令人恐懼》
The Dreadful Lemon Sky
《俗麗之夜》Gaudy Night

P.80

人名

珍・奧斯汀 Jane Austen
艾美・海克琳 Amy Heckerling
吉里安・玉城 Julian Tamaki
彼得・本奇利 Peter Bechley
史蒂芬・史匹柏 Steven Spielberg
羅傑・卡斯堤 Roger Kastel
安妮・普露 Annie Proulx
達許・漢密特 Dahiell Hammett
約翰・赫斯頓 John Huston
伊恩・佛萊明 Ian Fleming
馬丁・坎貝爾 Martin Campell
詹姆士・龐德 James Bond
羅德・達爾 Ronald Dahl
魏斯・安德森 Wes Anderson
昆丁・布雷克 Quentin Blake
詹姆斯・艾洛伊 James Ellroy
柯堤斯・韓森 Curtis Hanson
保羅・加馬瑞歐 Paul Gamarello
史蒂芬・普林格 Stephen Peringer
馬里奧・普佐 Mario Puzo
法蘭西斯・柯波拉 Francis Ford Coppola
尼爾・藤田 S. Neil Fujita

書名

《艾瑪》Emma
《獨領風騷》Cluless
《大白鯊》Jaws
《斷背山》Brokeback Mountain
《懷俄明州故事集》Close Range
《梟巢喋血戰》The Maltese Falcon
《皇家夜總會》Casino Royale
《狐狸爸爸萬歲》Fantastic Mr. Fox
《鐵面特警隊》L. A. Confidential
《教父》The God Father

P.81

人名

厄文・威爾許 Irvine Welsh
丹尼・鮑伊 Danny Boyle
莎拉珍・史密斯 Sarah-Jane Smith
恰克・帕拉尼克 Chuck Palahniuk
大衛・芬奇 David Fincher
麥可・伊恩・凱伊 Michael Ian Kaye
威廉・戈德曼 Willam Goldman
羅伯・雷納 Rob Reiner
溫德爾・麥納 Wendell Minor
史蒂芬・金 Stephen King
史丹利・庫伯力克 Stanley Kubrick
詹姆斯・普魯梅利 James Plumeri
菲利浦・K・迪克 Philip K. Dick
雷利・史考特 Ridley Scott
丹尼・維勒納夫 Denis Villeneuve
鮑伯・派珀 Bob Pepper
布列特・伊斯頓・艾利斯
Bret Easton Ellis
瑪莉・夏朗 Mary Harron
馬歇爾・艾里斯曼 Marshell Arisman
羅伯特・布洛克 Robert Bloch
希區考克 Alfred Hitchcock
托尼・帕拉迪諾 Tony Palladino
蘭諾・絲薇佛 Lionel Shriver
琳恩・倫賽 Lynne Ramsay
葛雷格・庫利克 Gregg Kulick
馬修・亞朗 Matthew Alan

書名

《猜火車》Transpotting
《鬥陣俱樂部》Fight Club
《公主新娘》The Princess Bride
《虎豹小霸王》Butch Cassidy and the Sundance Kid
《大陰謀》All the President's Men
《霹靂鑽》Marathon Man
《鬼店》The Shining
《銀翼殺手》Do Androids Dream of Electric Sheep?
《美國殺人魔》American Psycho
《驚魂記》Psycho
《凱文怎麼了？》
We Need to Talk About Kevin

P.82

人名

尼爾・蓋曼 Neil Gaiman
查爾斯・維斯 Charles Vess
馬修・范恩 Matthew Vaughn
查理・考克斯 Charlie Cox
克萊兒・丹尼絲 Claire Danes
黛安娜・韋恩・瓊斯 Diana Wynne Jones
提倫斯・韓伯瑞・懷特 T. H. White
菲力普・普曼 Philip Pullman
羅伊德・亞歷山大 Lloyd Alexander
威廉・戈德曼 William Golden
羅伯特・喬丹 Robert Jordan
史蒂芬・金 Stephen King
史考特・林區 Scott Lynch
克里斯多夫・鮑里尼 Christopher Paolini
派崔克・羅斯弗斯 Patrick Rothfuss

書名

《星塵》Stardust
《黑暗元素三部曲》
His Dark Materials Trilogy

《泰倫・魔域・神劍》The Book of Three
《公主新娘》The Princess Bride
《被埋葬的記憶》The Buried Giant
《世界之眼》The Eye of the World
《最後的槍客》The Gunslinger
《盜賊紳士拉莫瑞》
The Lies of Locke Lamora
《龍騎士首部曲：飛龍聖戰》Eragon
《風之名（弒君者三部曲：首日）》
The Name of the Wind

P.84

人名

寇比・夏普 Colby Sharp
丹・哥邁哈特 Dan Gemeinhart
妮娜・葛菲 Nina Goffi
黛安娜・韋恩・瓊斯 Diana Wynne Jones
丹・克雷格 Dan Craig
瑞琪・佛西雷瑟 Rachel Fershleiser
安琪拉・弗洛諾 Angela Flournoy
瑪莎・甘迺迪 Martha Kennedy

書名

《創意故事集》The Creativity Project
《馬克的完美計畫》The Honest Truth
《克里斯多曼奇年代記》
The Chronicles of Chrestomanci
《霍爾的移動城堡》
Howl's Moving Castle
《特納之家》The Turner House

p.85

人名

魯菲・托普 Rufi Thorpe
黛安・卡普莉歐拉 Diane Capriola
賈桂琳・凱利 Jacqueline Kelly
愛波莉・瓦德 April Ward
貝絲・懷特 Beth White
莎拉・赫倫貝克 Sarah Hollenbeck
羅珊・蓋伊 Roxane Gay
羅賓・畢拉德羅 Robin Bilardello

《來自可勒納德馬的女孩》
The Girls from Corona del Mar
《達爾文女孩》
The Evolution of Calpurnia Tate
《不良女性主義的告白》Bad Feminist

p.86

人名

田納西・威廉斯 Tennessee Williams
戈爾・維達爾 Gore Vidal
克里斯多福・伊薛伍德
Christopher Isherwood
尚・惹內 Jean Genet

P.87

人名

貝西・波頓 Betsy Burton
安・伯曼 Ann Bermanr
詹姆斯・派特森 James Patterson

P.88

人名

卡爾・莫根斯坦 Karl Morgenstern
約翰・沃爾夫岡・馮・歌德
Johann Wolfgang Geothe
派崔克・羅斯弗斯 Patrick Rothfuss
詹姆斯・厄尼斯特 James Ernest
奈吉爾・紐頓 Nigel Newton
娥蘇拉・勒瑰恩 Ursula K. Le Guin
史丹・李 Stan Lee
傑克・科比 Jack Kirby
薇多莉亞・愛芙雅 Victoria Aveyard
歐森・史考特・卡德 Orson Scott Card
克莉絲汀・卡修 Kristin Cashore
卡珊卓拉・克蕾兒 Cassandra Clare
祖祖・蔻德 Zizou Corder
彼達咯斯・洛里 Pittacus Lore
賈斯・尼克斯 Garth Nix
吉里安・玉城 Jillian Tamaki

書名

《威廉・邁斯特的學習年代》
Wilhelm Meister's Apprenticeship
《風之名（弒君者三部曲：首日）》
The Name of the Wind
《風之名 2：智者之懼》
The Wise Man's Fear
《地海巫師》A Wizard of Earthsea
《紅皇后》Red Queen
《戰爭遊戲》Ender's Game
《殺人恩典》Graceling
《骸骨之城》City of Bones
《獅子男孩》Lionboy
《獵殺第四行者》I Am Number Four
《莎貝兒：冥界之鑰》Sabriel
《超級變種人魔法學院》
SuperMutant Magic Academy

P.90

人名

蘇斯博士夫婦 Audrey & Theodore Geisel
希奧多・蘇斯・蓋索
Theodor Seuss Geisel

P.92

人名

蘇珊・柯林斯 Suzanne Collins
喬治・歐威爾 George Orwell
N・K・傑米辛 N. K. Jemisin
蘿拉・潘品托 Laura Panepinto
休豪伊 Hugh Howey
安東尼・伯吉斯 Anthony Burgess
阿道斯・赫胥黎 Aldous Huxley
傑克・倫敦 Jack London
陸希未 Marie Lu
史蒂芬妮・梅爾 Stephenie Meyer
小沃特・米勒 Walter M. Miller Jr.
維若妮卡・羅斯 Veronica Roth
尤金・薩米爾欽 Yevgeny Zamyatin

書名

《飢餓遊戲》Hunger Games
《第五季》The Fifth Season
《羊毛記》Wool
《發條橘子》A Clockwork Orange
《美麗新世界》Brave New World
《別讓我走》Never Let Me Go
《鐵蹄》The Iron Heel
《傳奇》Legend
《宿主》The Host
《萊柏維茲的讚歌》
A Canticle for Leibowitz
《分歧者》Divergent
《我們》We

P.94

人名

喬治・歐威爾（George Orwell）
烏庫・路姆魯 Utku Lomlu
薛帕德・費爾雷 Shepard Fairy
馬克・R・羅賓森 Mark R. Robinson

書名

《歐洲的最後一人》
The Last Man in Europe

P.95

人名

尚・哥梅林 Jean Gourmelin
大衛・皮爾森 David Pearson

P.96

人名

菲利普・狄克 Philip Dick
瑞克・戴克 Rick Deckard
威廉・吉布森 William Gibsony
尼爾・史帝芬森 Neal Stephenson
以撒・艾西莫夫 Isaac Asimov
羅伯特・海萊恩 Robert A. Heinlein
理察・麥特森 Richard Matheson
羅勃・路易斯・史蒂文生
Robert Louis Stevenson
儒勒・凡爾納 Jules Verne
菲利浦・威利與艾德溫・鮑默
Philip Wylie & Edwin Balmer
約翰・溫德姆 John Wyndham

書名

《銀翼殺手》
Do Androids Dream of Electric Sheep?
《神經喚術士》Neuromancer
〈燃燒的鉻〉Burning Chrome
《鑽石年代》The Diamond Age
《我，機器人》I, Robot
《攻殼機動隊》The Ghost in the Shell
《我是傳奇》I Am Legend
《化身博士》
The Strange Case of Dr. Jekyll and Mr. Hyde
《海底兩萬浬》
20,000 Leagues Under the Sea

《當世界毀滅時》When Worlds Collide
《食人樹》The Day of the Triffids

P.98

人名

安東尼奧・拉・卡瓦 Antonio La Cava
路易斯・索拉諾 Luis Soriano
沙他帝・密斯拉 Satabdi Mishra
阿克莎亞・雷他瑞 Akshaya Ravtaray
蘭西斯科・安東林 Francisco Antolin
多明哥・克魯茲 Domingos Cruz
喬奧・克瑞亞・皮瑞拉
João Correia Pereira
荷西・薩拉馬戈 José Saramago
米格爾・托爾加 Miguel Torga

P.99

人名

達希東兜・占巴 Dashdondog Jamba
馬丁・莫里歐 Martín Murillo
加布列・賈西亞・馬奎斯
Gabriel García Márquez
史蒂芬・福勒 Stephen Fowler
克雷格・史摩爾 Craig Smalls

書名

《愛在瘟疫蔓延時》
Love in the Time of Cholera

P.100

人名

法蘭克・赫伯特 Frank Herburt
亞力山卓・尤杜洛斯基
Alejandro Jodorowsky
奧森・威爾斯 Orson Wlles
薩爾瓦多・達利 Salvador Dali
大衛・林區 David Lynch
史汀 Sting
費德・羅薩 Feyd-Rautha
哈瑞・昆祖魯 Hari Kunzru
劉慈欣 Cixin Liu
尼迪・奧科拉弗 Nnedi Okorafor
安迪・威爾 Andy Weir
艾瑞克・懷特 Eric White
道格拉斯・亞當斯 Douglas Adams
亞瑟・克拉克 Arthur C. Clarke
山繆・德拉尼 Samuel R. Delaney
喬・海德曼 Joe Haldeman
麥德琳・蘭歌 Madeleine L'Engle
布萊恩・K. 沃恩 Brian k. Vaughan
弗諾・文奇 Vernor Vinge
H・G・威爾斯 H. G. Wells

書名

《沙丘魔堡》Dune
《星際大戰》Star Wars
《三體》The Three-Body Problem
《連線》Wired
《賓蒂》Binti
《火星任務》The Martian
《銀河便車指南》
The Hitchhiker's Guide to the Galaxy
《二〇〇一太空漫遊》
2001: A Space Odyssey
《密碼巴別 17》Babel-17
《永世之戰》The Forever War
《時間的皺摺》A Wrinkle in Time
《烽火世家》Saga
《深淵上的火》A Fire Upon the Deep
《世界大戰》The War of the Worlds

P.103

人名

法蘭克・赫伯特 Frank Herburt
安東尼・聖修伯里
Antoine de Saint-Exupery
亞德里安・柴可夫斯基
Adrian Tchaikovsky
以撒・艾西莫夫 Isaac Asimov
安・萊基 Ann Leckie
多樂絲・萊辛 Doris Lessing
麥德琳・蘭歌 Madeleine L'Engle
露易絲・麥克馬斯特・布約德
Lois McMaster Bujold
馮內果 Kurt Vonnegut
娥蘇拉・勒瑰恩 Ursula K. Le Guin
比爾・華特森 Bill Watterson
史丹・李與傑克・科比
Stan Lee & Jack Kirby
菲利浦・荷西・法默 Philip Jose Farmer
阿瑟・C・克拉克 Arthur C. Clarke
艾德嘉・萊斯・巴勒斯
Edgar Rice Burroughs
羅伯特・海萊恩 Robert A. Heinlein
布萊恩・K・沃恩 Brian k. Vaughan
伊恩・班克斯 Iain M. Banks
斯塔尼斯瓦夫・萊姆 Stanislaw Lem
丹・西蒙斯 Dan Simmons
奧森・斯科特・卡德 Orson Scott Card
安・麥考菲利 Ann McCaffrey
傑瑞・西格爾與喬・舒斯特
Jerry Siegel & Joe Shuster
瑪里安・齊默・布拉德利
Marion Zimmer Bradley
丹・西蒙斯 Dan Simmons

書名

《沙丘魔堡》Dune
《小王子》The Little Prince
《時間之子》Children of Time
《基地》Foundation
《雷切帝國》Ancillary Justice
《希卡斯塔》Shikasta
《時間的皺摺》A Wrinkle in Time
《榮耀碎片》Shards of Honor
《第五號屠宰場》Slaughterhouse-Five
《黑暗的左手》
The Left Hand of Darkness
《凱文與虎伯》Calvin and Hobbes
《雷神索爾》Thor
《走向你們散落的身體》
To Your Scattered Bodies Go
《遙遠的地球之歌》
The Songs of Distant Earth
《火星公主》A Princess of Mars
《星艦戰將》Starship Troopers
《烽火世家》Saga
《代數師》The Algebraist
《索拉里斯星》Solaris
《安迪密恩》Endymion
《死者代言人》Speaker for the Dead
《水晶歌手》The Crystal Singer
《超人》Superman
《星球拯救者》The Planet Savers
《海柏利昂》Hyperion

P.104

人名

威爾・艾斯納 Will Eisner
麥可・謝朋 Michael Chabon
亨利・希恩・意耶 Henry Sene Yee
埃米爾・菲莉絲 Emil Ferris
布萊恩・K・范恩 Brian K. Vaughan
費歐娜・史戴波 Fiona Staples
克里斯・韋爾 Chris Ware
裴氏 Thi Bui
大衛・馬祖凱利 David Mazzucchelli
露圖・莫丹 Rutu Modan
安德斯・尼爾森 Anders Nilsen
瑪贊・莎塔琵 Marjane Satrapi
瑪可・玉城與吉里安・玉城
Mariko Tamaki & Jillian Tamaki
比爾・衛靈漢與蘭恩・麥地納
Bill Willingham & Lan Medina

書名

《神人之契》
A Contract with God and Other Tenement Stories
《卡瓦利與克雷的神奇冒險》
The Amazing Adventures of Kavalier & Clay
《我的怪物日記》
My Favorite Thing Is Monsters
《烽火世家》Saga
《盡力而為》The Best We Could Do
《建築師》Asterios Polyp
《遺產》The Property
《大問題》Big Questions
《茉莉人生》Persepolis
《一個夏天》This One Summer
《寓言第一集：放逐的傳說》
Fables Vol. 1: Legends in Exile

P.106

人名

艾莉兒・強森 Ariell Johnson
暴風女 Storm
莉莉・威廉斯 Riri Williams
鋼鐵心 Ironheart

P.107

人名

約翰・華特斯 John Waters

P.108

人名

喬治・桑德斯 George Saunders
凱莉・林克 Kelly Link
亞歷克斯・摩圖 Alex Merto
鍾芭・拉希莉 Jhumpa Lahiri
珍・凱勒・麥克曼奴斯
Jean Kyler McManus
法蘭克・卡里奧塔基斯 Frank Kariotakis
奧克薇亞・巴特勒 Octavia E. Butler
唐納德・巴賽爾姆 Donald Barthelme
雷・布萊伯利 Ray Bradbury
安吉拉・卡特 Angela Carter
約翰・齊佛 John Cheever
安妮・普露 Annie Proulx
菲利普・羅斯 Philip Roth
J・D・沙林傑 J. D. Salinger
威爾斯・陶爾 Wells Tower

書名

《林肯在中陰》Lincoln in the Bardo
《可愛的怪獸》Pretty Monsters
《惹麻煩》Get in Trouble
《你永遠不需要尋找朋友》
You'll Never Have to Look for Friends
《換句話說》In Other Words
《巴賽爾姆的 60 個故事》Sixty Stories
《圖案人》The Illustrated Man
《血窟》The Bloody Chamber
《約翰・齊佛故事集》
The Stories of John Cheever
《懷俄明州故事集》Close Range
《再見，哥倫布》Goodby Columbus
《九個故事》Nine Stories
《一切破碎，一切成灰》
Everything Ravaged, Everything Burned

P.110

人名

勞倫斯・費林格帝 Lawrence Ferlinghetti
彼得・D・馬丁 Peter D. Martin
艾倫・金斯堡 Allen Ginsberg
雷頓・宏恩 Clayton Horn

書名

《嚎叫》Howl and Other Poems

P.111

人名

堤蒙西・利里 Timothy Leary
雷・布萊伯利 Ray Bradbury
亨特・湯普森 Hunter S. Thompson
雷蒙尼・史尼奇 Lemony Snicket
尼爾・楊 Neil Young
派蒂・史密斯 Patti Smith
菲爾・萊什 Phil Lesh
米基・哈特 Mickey Hart
理查德・阿維頓 Richard Avedon
安妮・萊柏維茲 Annie Leibovitz
克莉斯汀・艾文斯 Christin Evans
帕爾文・馬丹 Praveen Madan
蓋瑞・法蘭克 Gary Frank

P.112

人名

謝爾・希爾弗斯坦 Shel Silverstein
特蕾茜・K・史密斯 Tracy K. Smith
巴勃羅・聶魯達 Pablo Neruda
內夫塔利・里卡多・雷耶斯・巴索阿爾托
Neftali Ricardo Reyes Basoalto
薩瓦多・艾蘭德 Salvador Allende
奧古斯托・皮諾契 Augusto Pinochet
魯米 Rumi
科爾曼・巴克斯 Coleman Barks
妮塔・耶巴拉 Nita Ybarra
萊納・馬利亞・里爾克 Rainer Maria Rilke
蕾切爾・庫貝特 Rachel Corbett
約翰・艾希伯里 John Ashbery
W・H・奧登 W. H. Auden
勞倫斯・費林格帝 Lawrence Ferlinghetti
羅伯・佛洛斯特 Robert Frost
露伊絲・葛綠珂 Louise Glück
泰德・休斯 Ted Hughes
莎朗・歐莉 Sharon Olds

書名

《人行道的盡頭》
Where the Sidewalk Ends
《火星生活》Life on Mars
《Rumi：在春天走進果園》
The Essential Rumi
《你必須要改變生活》
You Must Change Your Life
《凸鏡中的自畫像》
Self-Portrait in a Convex Mirror
《奧登詩集》Collected Poems
《一個消失世界的照片》
Pictures of the Gone World
《山窪》Mountain Interval
《野鳶尾》The Wild Iris
《生日書簡》Birthday Letters
《雄鹿之躍》Stag's Leap

P.114

人名

迪倫・湯瑪斯 Dylan Thomas

書名

〈不要靜靜走入長夜〉
Do Not Go Gentle into That Good Night
〈在約翰爵士的山丘上〉
Over Sir John's Hill
《牛奶樹下》Under Milk Wood

P.115

人名

詹姆斯・A・鮑德溫 James.A. Baldwin
約瑟芬・貝克 Josephine Baker
邁爾士・戴維斯 Miles Davis
妮娜・西蒙 Nina Simone
艾拉・費茲潔拉 Ella Fitzgerald
畢福德・迪蘭尼 Beauford Delaney
哈利・貝拉方堤 Harry Belafonte
悉尼・鮑迪 Sidney Poitier
亨利・馬諦斯 Henri Matisse
喬治・布拉克 Georges Braque
畢卡索 Pablo Picasso
費爾南・雷捷 Fernand Leger
胡安・米羅 Joan Miro
亞歷山大・考爾德 Alexander Calder
尚・考克多 Jean Cocteau
馬克・夏卡爾 Marc Chagall

書名

《歡迎桌》The Welcome Table
〈給我的姊妹安琪拉・戴維斯的公開信〉
An Open Letter to My Sister, Angela Y. Davis

P.117

人名

蒙田 Michel de Montaigne
阿道斯・赫胥黎 Aldous Huxley
蕾貝嘉・索尼特 Rebecca Solnit
大衛・塞德里 David Sedaris
克里斯多福・希金斯
Christopher Hitchens
查理・羅斯 Charlie Rose
安德魯・蘇利文 Andrew Sullivan
伊莉莎白・大衛 Elizabeth David
安妮・迪勒 Annie Dillard
傑夫・代爾 Geoff Dyer
洛倫・艾斯利 Loren Eiseley
菲利普・洛佩特 Phillip Lopate
辛西亞・奧齊克 Cynthia Ozick
喬治・桑德斯 George Saunders

《蒙田隨筆》Essais
《小矮人日記》Santaland Diaries
《我的語言夢》Me Talk Pretty One Day
《歐姆蛋與紅酒》
An Omelette and a Glass of Wine
《教石頭說話》Teaching a Stone to Talk
《然而，很美》But Beautiful
《時間蒼穹》The Firmament of Time
《對抗人生的快樂》Against Joie de Vivre
《藝術與熱情》Art & Ardor
《腦死擴音器》
The Braindead Megaphone

P.118

人名

雪莉 M・戴茲 Shelly M. Diaz
瑪麗亞・馬斯頓 Mariah Marsden
布蘭娜・桑姆勒 Brenna Thummler

伊莎貝・金泰羅 Isabel Quintero
西莉亞・薩克 Celia Sack
茱蒂・羅傑斯 Judy Rodgers
珊蒂・托奇德森 Sandi Torkildson
瑪格莉特・愛特伍 Margatet Atwood
大衛・曼恩 David Mann
維多利亞・梭頓 Victoria Sawdon

書名
《清秀佳人漫畫版》
Anne of Green Gables: A Graphic Novel
《碎片女孩蓋比》Gabi, a Girl in Pieces
《祖尼咖啡館食譜》
The Zuni Cafe Cookbook
《末世少女》Oryx and Crake

P.119
人名
妮可・克勞斯 Nicole Krauss
李奧 Leo
艾瑪 Alma
瑪莉・蘿拉・菲爾帕特
Mary Laura Philpott
大衛・雷考夫 David Rakoff
約翰・方丹納
David Rakoff & John Fontana
大衛・塞德里 David Sedaris
愛蜜莉・普倫 Emily Pullen
皮特・哈米爾 Pete Hamill
麥可・馬吉爾 Michael Magill
歐康納 Cormac O'Connor
羅德・達爾 Roald Dahl
昆丁・布雷克 Quentine Blake

書名
《愛的歷史》The History of Love
《沉思》Musing
《半空》Half Empty
《永遠》Forever
《瑪蒂達》Matilda

P.120
人名
法蘭斯・德瓦爾 Frans de Waal
約翰・伯格 John Berger
艾爾多・里歐帕德 Aldo Leopold
西・蒙哥馬利 Sy Montgomery
亞歷山大・馮・洪保德
Alexander von Humboldt
安德列雅・沃爾芙 Andrea Wulf
凱莉・布萊爾 Kelly Blair
珍妮佛・亞克曼 Jennifer Ackerman
勞倫斯・安東尼 Lawrence Anthony
提姆・柏克海德 Tim Birkhead
狄安・佛西 Dian Fossey
安妮・迪勒 Annie Dillard
愛默生 Ralph Waldo Emerson
麥可・波倫 Michael Pollan
亨利・大衛・梭羅 Henry David Thoreau

書名
《你不知道我們有多聰明》
Are We Smart Enough to Know
HowSmart Animals Are
《影像的閱讀》About Looking
《章魚的靈魂》The Soul of an Octopus
《博物學家的自然創世紀》
The Invention of Nature
《鳥的天賦》The Genius of Birds
《跟大象說話的人》
The Elephant Whisperer
《世界上最完美的物件：鳥蛋》
The Most Perfect Thing: Inside (and Outside) a Bird's Egg
《迷霧森林十八年》Gorillas in the Mist
《汀克溪畔的朝聖者》
Pilgrim at Tinker Creek
《論自然》Nature and Selected Essays
《慾望植物園》The Botany of Desire
《湖濱散記》Walden
〈為什麼要看動物〉Why Look At Animals

P.122
人名
維吉尼亞・吳爾芙 Virginia Woolf
薇塔・薩克維爾韋斯特 Vita Sackville-West
芙蘭納莉・歐康納 Flannery O'Connor
艾迪絲・沃頓 Edith Wharton
葛楚・史丹 Gertrude Stein
愛麗絲・托克拉絲 Alice B. Toklas
馬克・吐溫 Mark Twain
海明威 Ernest Hemingway

P.123
人名
查爾斯・狄更斯 Charles Dickens
愛倫・坡 Allan Poe
傑克・凱魯亞克 Jack Kerouac
倫納德・伍爾夫 Leonard Woolf
西格麗德・努涅斯 Sigrid Nunez
約翰・史坦貝克 John Steinbeck
羅西南堤 Rocinante
莫里斯・桑達克 Maurice Sendak
赫曼・梅爾維爾 Herman Melville

書名
《邦納比・拉奇》Barnaby Rudge
《大瑟爾》Big Sur
《米茲：布魯姆斯伯利的狨猴》
Mitz: The Marmoset of Bloomsbury
《查理與我》Travel with Charley
《內心的貓》The Cat Inside
〈烏鴉〉The Raven

P.124
人名
比爾・布萊森 Bill Bryson
黛安・艾克曼 Diane Ackerman
尼爾・德哥拉斯・泰森
Neil deGrasse Tyson
皮特・賈西恩 Pete Garcean
馬克・歐康諾 Mark O'Connell
華特・惠特曼 Walt Whitman
艾德・楊 Ed Yang
麗莎・費德曼・巴瑞特
Lisa Feldman Barrett
蕭恩・卡羅爾 Sean Carroll
賈德・戴蒙 Jared Diamond
勞里・加勒特 Laurie Garrett
詹姆士・葛雷易克 James Gleick
雷・庫茲維爾 Ray Kurzweil
艾倫・萊特曼 Alan Lightman
史帝芬・品克 Steven Pinker
卡爾・薩根 Carl Sagan
羅伯・薩波斯基 Robert M. Sapolsky

書名
《萬物簡史》
A Short History of Nearly Everything
《宇宙必修課》
Astrophysics for People in a Hurry
《成為機器》To Be a Machine
《情緒跟你以為的不一樣》
How Emotions Are Made
《詩性的宇宙》The Big Picture
《大崩壞》Collapse
《逼近的瘟疫》The Coming Plague
《混沌》Chaos
《奇點臨近》The Singularity
《偶然的宇宙》The Accidental Universe
《心智探奇》How the Mind Works
《宇宙・宇宙》Cosmos
《行為》Behave

P.126
人名
雪維兒・ 畢奇 Sylvia Beach
史考特・費茲傑羅 F. Scott Fitzgerald
葛楚・史丹 Gertrude Stein
海明威 Ernest Hemingway
朱娜・巴恩斯 Djuna Barnes
詹姆斯・喬伊斯 james joyce
喬治・惠特曼 George Whitman
艾倫・金斯堡 Allen Ginsberg
威廉・伯洛茲 William Burroughs
亞內絲・尼恩 Anais Nin
胡立歐・科塔爾薩 Julio Cortazar
亨利・米勒 Henry Miller
威廉・薩洛揚 William Saroyan
勞倫斯・達雷爾 Lawrence Durrell
詹姆斯・A・鮑德溫 James.A.Baldwin
伊森・霍克 Ethan Hawke
吉特・薩伊爾 Jeet Thayil
戴倫・艾諾夫斯基 Darren Aronofsky
傑佛瑞・洛許 Geoffrey Rush
大衛・雷考夫 David Rakoff
希薇亞・惠特曼 Sylvia Whitman

書名
《尤利西斯》Ulysses

P.127

人名

塔內西・科特斯 Ta-Nehisi Coates
詹姆斯・傅格特 James Fugate
湯姆・漢米爾頓 Tom Hamilton

P.128

人名

保羅・鮑爾斯 Paul Bowles
努莎羅維瓦 Noo-Saro-Wiwa
凱倫・克莉絲坦斯・丹尼森
Karen Christence Dinesen
迪耐斯・芬奇・哈登 Denys Finch Hatton
伊薩克・狄尼森 Isak Dinesen
奧罕・帕慕克 Orhan Pamuk
梅夫魯特 Melvut
約書亞・佛爾 Joshua Foer
狄倫・蘇拉斯 Dylan Thuras
威廉・達爾林普 William Dalrymple
亞當・高普尼克 Adam Gopnik
皮科・艾爾 Pico Iyer
彼得・梅爾 Peter Mayle
保羅・索魯 Paul Theroux
馬克・吐溫 Mark Twain
麗貝卡・韋斯特 Rebecca West

書名

《遮蔽的天空》The Sheltering Sky
《尋找仙境》
Looking for Transwonderland
《遠離非洲》Out of Africa
《我心中的陌生人》
A Strangeness in My Mind
《精靈之城》City of Djinns
《巴黎到月球》Paris to the Moon
《加德滿都錄影夜》
Video Night in Kathmandu
《山居歲月》A Year in Provence
《大鐵路市集》
The Great Railway Bazaar
《密西西比河上的生活》
Life on the Mississippi
《黑羊與灰鷹》
Black Lamb and Grey Falcon

P.130

人名

安娜・布朗姆 Anna Blom
瓦特・畢爾斯 Walter Beals
人安德里亞・格里芬 Andrea Griffith
喬治・艾略特 George Eliot
凱莉・布萊爾 Kelly Blair
湯姆・羅文伯格 Tom Lowenburg

書名

《米德鎮的春天》Middlemarch

P.131

人名

湯姆・羅文伯格 Tom Lowenburg
克雷格・華爾滋 Craig Walzer
克里斯・布魯姆菲爾德 Chris Bloomfield
奧立佛・懷斯 Oliver Wise
威爾・布萊迪 Will Brady
提姆・文森史密斯 Tim Vincent-Smith
瑪麗亞・帕帕加皮歐 Maria Papagapiou

P.132

人名

白芮兒・瑪克罕 Beryl Markham
勞爾・舒馬赫 Raoul Schumacher
湯馬斯・貝克 Thomas Baker
威廉・里斯特・西姆尼
William Least Heat-Moony
莫里斯・桑達克 Maurice Sendak
艾普斯雷・薛瑞－葛拉德
Apsley Cherry-Garrard
羅伯・法昆・史考特 Robert Falcon Scott
勞德・亞穆德森 Roald Amundsen
雪兒・史翠德 Cheryl Strayed
亞德麗安・里奇 Adrienne Rich
安東尼・波登 Anthony Bourdain
比爾・布萊森 Bill Bryson
詹姆斯・庫克 James Cook
切・格瓦拉 Ernesto Che Guevara
項美麗 Emily Hahn
賽巴斯提安・鍾格 Sebastian Junger
亞倫・洛斯頓 Aron Ralston

書名

《奧德賽奇航記》The Odyssey
《伊里亞德》The Iliad
《夜航西飛》West with the Night
《野獸國》Where the Wild Things Are
《世界最險惡之旅》
The Worst Journey in the World
《共同語之夢》
The Dream of a Common Language
《那時候，我只剩下勇敢》Wild
《安東尼・波登之名廚吃四方》
A Cook's Tour
《別跟山過不去》A Walk in the Woods
《庫克船長日記》
The Journals of Captain Cook
《革命前夕的摩托車日記》
The Motorcycle Diaries
《不著急回家》No Hurry to Get Home
《超完美風暴》The Perfect Storm
《在岩石與險境間》
Between a Rock and a Hard Place

P.134

人名

妮薇克・克尼里森 Niviaq Korneliussen
松恩 Sjón
理查・瓦格梅斯 Richard Wagamese
約翰・史坦貝克 John Steinbeck
蘿拉・艾斯奇維 Laura Esquivel
米格爾・安赫爾・阿斯圖里亞斯
Miguel Angel Asturias
胡安・蓋伯里爾・巴斯克斯
Juan Gabriel Vasquez
豪赫・伊卡薩 Jorge Icaza
馬里歐・巴爾加斯・尤薩
Mario Vargas Llosa
艾德穆多・帕斯・索丹
Edmundo Paz Soldan
帕德羅・拉曼貝爾 Pedro Lemebel
亞伯特・溫迪特 Albert Wendt
彼得・湯姆森 Peter Tomson
雷納多・亞里納斯 Reinaldo Arenas
茱莉亞・艾爾維瑞茲 Julia Alvarez
艾德維基・丹迪卡特 Edwidge Danticat
羅慕洛・加列戈斯 Rómulo Gallegos
辛西亞・麥克里德 Cynthia McLeod
索口羅・艾希歐利 Socorro Acioli
克莉絲汀娜・佩里・羅西
Cristina Peri Rossi
路易莎・瓦倫佐拉 Luisa Valenzuela

書名

《腥紅》Crimson
《藍狐狸》The Blue Fox
《印第安馬》Indian Horse
《憤怒的葡萄》The Grape of Wrath
《巧克力情人》Like Water for Chocolate
《總統先生》The President
《隕物之聲》
The Sound of Things Falling
《村民》The Villagers
《教堂內的對話》
Conversation in the Cathedral
《圖靈的譫妄》Turing's Delirium
《溫柔的鬥牛士》My Tender Matador
《榕樹葉》Leaves of the Banyan Tree
《血液中的卡瓦酒》Kava in the Blood
《告別大海》Farewell to the Sea
《蝴蝶情人》
In the Time of the Butterflies
《兄弟，我快死了》Brother, I'm Dying
《唐娜・芭芭拉》Dona Barbara
《糖的代價》The Cost of Sugar
《聖人的頭顱》The Head of the Saint
《愛的單人牌戲》Solitaire of Love
《蜥蜴的尾巴》The Lizard's Tail

P.135

人名

德拉葛・珍卡爾 Drago Jancar
彼得・霍格 Peter Hoeg
索忍尼辛 Alexander Solzhenitsyn
艾利芙・夏法克 Elif Shafak
漢寧・曼凱爾 Henning Mankell
漢斯・法拉達 Hans Fallada
麥克斯・弗里施 Max Frisch
荷曼・柯赫 Herman Koch
卡洛斯・魯依斯・薩豐 Carlos Ruiz Zafon
萊拉・拉拉米 Laila Lalami
馬里亞瑪・巴 Mariama Ba
卡馬拉・拉伊 Camara Laye
納吉布・馬弗烏斯 Naguib Mahfouz
馬薩・門吉斯特 Maaza Mengiste
亞倫・培頓 Alan Paton

摩西・伊沙加瓦 Moses Isegawa
瑪格莉特・奧格拉 Margaret A. Ogola
亞提克・拉西米 Atiq Rahimi
拉賈・阿爾薩尼亞 Rajaa Alsanea
阿颯兒・納菲西 Azar Nafisi
噶爾森・奇南 Galsan Tshinag
沙姆拉特・奧普達耶 Samrat Upadhyay
昆贊・喬登 Kunzan Choden
阮越清 Viet Thanh Nguyen
荷西・黎剎 Jose Rizal
提姆・溫頓 Tim Winton
亞倫・達夫 Alan Duff
佩莫迪亞・阿南塔・托爾
Pramoedya Ananta Toer
安容 Loung Ung
努努伊 Nu Nu Yi
塔米馬・阿南姆 Tahmima Anam

書名

《廚房工》Galley Slave
《情困伊甸園》The Woman and the Ape
《伊凡・傑尼索維奇的一天》
One Day in the Life of Ivan Denisovich
《愛的哲學課》The Forty Rules of Love
《風的歷險記》Chronicler of the Winds
《柏林孤影》Alone in Berlin
《我不是施第樂》I'm Not Stiller
《命運・晚餐》The Dinner
《長日將盡》The Remains of the Day
《風之影》The Shadow of the Wind
《私生子》Secret Son
《如此長信》So Long a Letter
《非洲兒童》The Dark Child
《宮殿漫步》Palace Walk
《在獅子的凝視底下》
Beneath the Lion's Gaze
《哭泣的大地》Cry, the Beloved Country
《阿比西尼亞年代記》
Abyssinian Chronicles
《河流與源頭》The River and the Source
《耐心石》The Patience Stone
《利雅德的女孩》Girls of Riyadh
《在德黑蘭讀羅莉塔》
Reading Lolita in Tehran
《藍天》The Blue Sky
《在加德滿都逮捕上帝》
Arresting God in Kathmandu
《卡馬的輪迴》The Circle of Karma
《海邊的卡夫卡》Kafka on the Shore
《同情者》The Sympathizer
《社會毒瘤》Noli Me Tangere
《雲街》Cloudstreet
《曾為戰士》Once Were Warriors
《人世間》The Earth of Mankind
《弒父》First They Killed My Father
《請在他們鞠躬時微笑》
Smile as They Bow
《黃金時代》A Golden Age

P.136

人名

茱莉雅・柴爾德 Julia Child
尤坦・奧圖蘭吉 Yotam Ottolenghi
薩米・塔米米 Sami Tamimi
米拉・梭德哈 Meera Sodha
莎賓娜・戈尤爾 Sabrina Ghayour
多莉・葛林斯潘 Dorie Greenspan
黛安娜・甘迺迪 Diana Kennedy
大衛・勒保維茲 David Lebovitz
瓊安・南森 Joan Nathan
安德里亞・阮 Andrea Nguyen
瑪莉瑟・普蕾希拉 Maricel E. Presilla
里拉・龐亞拉塔班都
Leela Punyaratabandhu
克勞蒂亞・羅登 Claudia Roden

書名

《法式料理聖經》
Mastering the Art of French Cooking
《我在法國的歲月》My Life in France
《耶路撒冷》Jurusalem
《奧圖蘭吉》Ottolenghi
《豐盛》Plenty
《印度製造》Made in India
《波斯料理》Persiana
《我的法式餐桌》
Around My French Table
《墨西哥烹調的藝術》
The Art of Mexican Cooking
《我的巴黎廚房》My Paris Kitchen
《所羅門王的餐桌》
King Solomon's Table
《越南廚房》
Into the Vietnamese Kitchen
《拉丁美洲料理》Gran Cocina Latina
《曼谷》Bankok
《中東料理新食譜》
The New Book of Middle Eastern Food

P.138

人名

海蒂・拉斯瑟爾斯 Heidi Lascelles 所
蘿西・金德斯利 Rosie Kindersley
艾瑞克・楚利 Eric Treuille

P.139

書名

《公寓》Apartmento
《紳士女人》The Gentlewoman
《衛生紙雜誌》Toilet Paper Magazine
《單一文化》mono.kultur

P.140

人名

厄爾瑪・隆鮑爾 Irma S. Rombauer
瑪麗安・隆鮑爾・貝克
Marion Rombauer Becker
莎敏・諾斯芮特 Samin Nosrat
溫蒂・馬克納頓 Wendy MacNaughton
艾維洛・維蘭諾瓦 Alvaro Villanueva
傑・健治・羅培茲奧特 J. Kenji Lopez-Alt
唐・赫伯特 Don Herbert
馬克・彼特曼 Mark Bittman
潘・安德森 Pam Anderson
雪莉・歐・蔻瑞荷 Shirley O. Corriher
美國廚藝學院
Culinary Institute of America
拉魯斯出版社 Librairie Larousse
哈洛德・馬基 Harold McGee
露絲・雷克爾 Ruth Reichl
派翠西亞・威爾斯 Patricia Wells

書名

《廚藝之樂》The Joy of Cooking
《料理實驗室》The Food Lab
《極簡烹飪教室》
How to Cook Everything
《如何不看食譜烹飪》
How to Cook Without a Book
《烹調巧手》Cookwise
《專業大廚》The Professional Chef
《法國美食百科全書》
Larousse Gastronomique
《食物與廚藝》On Food and Cooking
《美食食譜》The Gourmet Cookbook
《我的拿手菜》My Master Recipes

P.143

人名

諾拉・伊佛朗 Nora Ephron
C・S・路易斯 C. S. Lewis
查爾斯・狄更斯 Charles Dickens
馬塞爾・普魯斯特 Marcel Proust
雷蒙尼・史尼奇 Lemony Snicket
羅夫・艾理森 Ralph Ellison
J・K・羅琳 J. K. Rowling
麥德琳・蘭歌 Madeleine L'Engle
羅蘭・英格斯・懷德 Laura Ingalls Wilder
雪維亞・普拉絲 Sylvia Plath
譚恩美 Amy Tan
喬安娜・哈里斯 Joanne Harris
傑克・凱魯亞克 Jack Kerouac
蘿拉・艾斯奇維 Laura Esquivel

書名

《心痛》Heartburn
《獅子・女巫・魔衣櫥》
The Lion, the Witch, and the Wardrobe
《孤雛淚》Oliver Twist
《追憶似水年華》Swann's Way
《波特萊爾大遇險 1：悲慘的開始》
A Series of Unfortunate Events: The Bad Beginning
《看不見的人》Invisible Man
《哈利波特：神秘的魔法石》
Harry Potter and the Sorcerer's Stone
《時間的皺摺》A Wrinkle in Time
《大森林裡的小木屋》
Little House in the Big Woods
《瓶中美人》The Bell Jar
《喜福會》The Joy Luck Club

P.156

人名

詹姆斯・包斯威爾 James Boswell
蘿拉・希林布蘭 Laura Hillenbrand
查爾斯・霍華 Charles Howard
湯姆・史密斯 Tom Smith
雷德・波拉 Red Pollard
艾胥黎・范思 Ashlee Vance
伊隆・馬斯克 Elon Musk
艾莉森・沙茲曼 Allison Saltzman
海莉耶塔・拉克斯 Henrietta Lacks
喬納斯・沙克 Jonas Salk
芮貝卡・史克魯特 Rebecca Skloot
甘蒂絲・柏根 Candice Bergen
希拉蕊・羅登・柯林頓
Hillary Rodham Clinton
羅伯特・伊凡斯 Robert Evans
穆罕達斯・卡朗昌德・甘地 Mohandas Karamchand Gandhi
札克・歐馬里・格林伯格
Zack O'Malley Greenburg
克萊兒・哈曼 Claire Harman
海倫・凱勒 Helen Keller
大衛・雷姆尼克 David Remnick

書名

《約翰生傳》The Life of Samuel Johnson
《海餅乾》Seabiscuit
《改變人類醫療史的海拉》
The Immortal Life of Henrietta Lacks
《老天保佑》Knock Wood
《抉擇》Hard Choices
《留在照片中的孩子》
The Kid Stays in the Picture
《我對真理的實驗》
The Story of My Experiments with Truth
《帝國之心》Empire State of Mind
《夏洛特・布朗蒂：激情的心》
Charlotte Bronte: A Fiery Heart
《海倫・凱勒傳》The Story of My Life
《阿里》King of the World

P.158

人名

瑪里・迪亞斯 Marley Dias
桃莉・巴頓 Dolly Parton
歐艾倫 Ellen Oh
大衛・瑞希爾 David Risher
柯林・麥克艾維 Colin McElwee

書名

《飛行訓練故事集》
Flying Lessons & Other Stories
《瑪里・迪亞斯做到了：你也可以！》
Marley Dias Gets It Done: And So Can You!

P.159

人名

蘿拉・莫頓 Laura Moulton
瑞秋・麥克科馬克 Rachel McCormack
勒瓦・伯頓 Levar Burton
戴維・艾格斯 Dave Eggers
妮妮薇・卡列格里 Ninive Calegari

P.160

人名

梅樂蒂・亞歷山大 Meredith Alexander
莉娜・丹恩 Lena Dunham
珍妮佛・嘉納 Jennifer Garner
大衛・格羅爾 Dave Grohl
丹尼斯・薛沙 Dinesh Shrestha
約翰・伍德 John Wood
艾琳・甘朱 Erin Ganju
吉納薇・皮圖洛 Genevieve Piturro
瑪雅・納斯鮑姆 Maya Nussbaum

P.161

人名

瑪絲坎・艾沃 Muskaan Ahirwar
凱娥・基墨 Kyle Zimmer
湯姆・馬胥樂 Tom Maschler
昆丁・布雷克 Quentin Blake
悉尼・奇斯三世 Sidney Keys III

書名

《關鍵少數》Hidden Figures
《超級大富翁丹尼：檸檬水惡作劇》
Danny Dollar Millionaire Extraordinaire:
The Lemonade Escapade

P.162

人名

法蘭克・康羅伊 Frank Conroy
托比亞斯・沃夫 Tobias Wolff
瑪莉・卡爾 Mary Karr
莉娜・丹恩 Lena Dunham
布萊恩・瑞伊 Brian Rea
瑪贊・莎塔琵 Marjane Satrapi
賈桂林・伍德森 Jacqueline Woodson
蘭斯頓・休斯 Langston Hughes
泰瑞莎・伊旺潔莉絲塔
Theresa Evangelista
佩蒂・史密斯 Patti Smith
羅柏・梅普索普 Robert Mapplethorpe
艾莉森・沙茲曼 Allison Saltzman
羅森戴爾 Krouse Rosenthal。
賈若德・康里 Garrard Conley
傑洛德・杜瑞爾 Gerald Durrell
希瑟・哈芬 Heather Harpham
蘇珊娜・凱森 Susanna Kaysen
珍妮・勞森 Jenny Lawson
詹姆斯・麥克布萊德 James McBride
凱莉・奧斯福德 Kelly Oxford
W・G・塞巴爾德 W. G. Sebald

書名

《時光暫停》Stop-time
《大說謊家俱樂部》The Liar's Club
《寫作的起點》The Art of Memoir
《茉莉人生 1》Persepolis
《棕色女孩夢》Brown Girl Dreaming
《只是孩子》Just Kids
《平凡生活百科全書》
Encyclopedia of an Ordinary Life
《被消除的男孩》Boy Erased
《希臘狂想曲》
My Family and Other Animals
《幸福》Happiness
《遺失心靈地圖的女孩》Girl, Interrupted
《讓我們假裝沒發生過》
Let's Pretend This Never Happened
《水的顏色》The Color of Water
《謊言讓世界美好》
Everything Is Perfect When You're a Liar
《土星環》The Rings of Saturn
〈你可能會想嫁給我的丈夫〉
You May Want to Marry My Husband

P.164

人名

維希・皮拉亞 Vishal Pipraiya
納哈・皮拉亞 Neha Pipraiya

P.165

人名

珍娜・葛迪斯 Janet Geddis
瑪姬・奧法瑞爾 Maggie O'Farrell
耶堤・蘭伯茲 Yeti Lambregts

書名

《我是，我是，我是：十七次與死亡的親密接觸》
I Am, I Am, I Am: Seventeen Brushes with Death

P.166

人名

碧昂絲 Beyonce
奇瑪曼達・恩戈茲・阿迪契
Chimamanda Ngozi Adichie
雪莉・莫拉加 Cherrie Moraga
葛羅莉亞・安札都 Gloria E. Anzaldua
喬涅妲・汀克 Johnetta Tinker
瑪麗亞・馮・布林肯 Maria von Brincken
羅珊・蓋伊 Roxane Gay
湯婷婷 Maxine Hong Kingston
雷貝嘉・崔斯特 Rebecca Trasiter
潔西卡・班奈特 Jessica Bennett
茱迪絲・巴特勒 Judith Butler
貝蒂・傅瑞丹 Betty Friedan
艾瑞卡・鍾 Erica Jong
凱洛琳・保羅 Caroline Paul
葛羅莉亞・史丹姆 Gloria Steinem
娜歐米・沃夫 Naomi Wolf
瑪麗・沃斯通克拉夫特
Mary Wollstonecraft

書名

《我們都應該是女性主義者》
We should all be feminists
《我背為橋》This Bridge Called My Back
《我的奮鬥》Mein Kampf
《不良女性主義的告白》Bad Feminist
《女勇士》Woman Warrior
〈完美無瑕〉***Flawless
《單身，不必告別》All the Single Ladies
《女性主義鬥陣俱樂部》
Feminist Fight Club*
《性・別惑亂》Gender Trouble
《女性迷思》The Feminine Mystique
《怕飛》Fear of Flying
《勇敢的女孩》The Gutsy Girl*
《狂熱的行動與日常的反叛》
Outrageous Acts and Everyday Rebellions
《美貌的神話》The Beauty Myth
《為女權辯護》
A Vindication of the Rights of Women

P.168

人名

羅德・達爾 Rodal Dahl
迪倫・湯瑪斯 Dylan Thomas

書名

《巧克力冒險工廠》
Charlie and the Chocolate
《瑪蒂達》Matida

P.169

人名

維吉尼亞・吳爾芙 Virginia Woolf
薇妮莎・貝爾 Vanessa Bell

書名

《自己的房間》A Room of One's Own

P.170

人名

尼爾・蓋曼 Neil Gaiman
克勞蒂亞・蘭欽 Claudia Rankine
大衛・漢蒙斯 David Hammons
約翰・盧卡斯 John Lucas
莫欣・哈密 Mohsin Hamid
羅伊 Roy
西羅 Silo
探戈 Tango
賈斯汀・理查森 Justin Richarson
彼得・帕內爾 Peter Parnell
亨利・科爾 Henry Cole
卡瑪拉・克汗 Kamala khan
驚奇女士 Ms. Marvel
莎娜・阿瑪納特 Sana Amanat
史蒂芬・瓦克 Stephen Wacker
G・威洛・威爾森 G. Willow Wilson
安德烈恩・阿爾佛納 Adrian Alphona
保羅・畢堤 Paul Beatty
羅夫・艾理森 Ralph Ellison
亞德里安・尼可・勒布隆克
Adrian Nicole LeBlanc
李漪蓮 Erika Lee
史蒂芬・平克 Steven Pinker
羅伯・薩波斯基 Robert M. Sapolsky
伊莎貝爾・威爾克森 Isabel Wilkerson
理查・威金森 Richard Wilkinson
凱特・皮凱特 Kate Pickett

書名

《公民》Citizen
《一家三口》And Tango Makes Three
《背叛者》The Sellout
《看不見的人》Invisible Man
《隨意挑選的家庭》Random Family
《亞裔美國的創生》
The Making of Asian America
《人性中的良善天使》
The Better Angels of Our Nature
《行為》Behave
《他鄉暖陽》The Warmth of Other Suns
《社會不平等：為何國家越富裕，社會問題越多？》
The Spirit Level: Why Greater Equality Makes Societies Stronger

P.172

人名

托德・鮑爾 Todd Bol
理查・布魯克斯 Richard Brooks
安德魯・卡內基 Andrew Carnegie

P.173

人名

克里斯多福・馬尼 Christopher Marney
珍・路克 Jen Look

P.174

人名

查爾斯・曼恩 Charles C. Mann
比・溫陶布 Abby Weintraub
巴巴拉・塔克曼 Barbara Tuchman
艾倫・羅斯金 Ellen Raskin
湯姆・沃爾夫 Tom Wolfe
約翰・葛倫 John Glenn
安東尼・比佛 Anthony Beevor
羅伯特・卡洛 Robert Caro
張戎 Jung Chang
威廉・達爾林普爾 William Dalrymple
愛德華・吉朋 Edward Gibbon
大衛・麥卡勒 David McCullough
埃蒙德・莫里斯 Edmund Morris
威廉・夏伊勒 William L. Shirer
傑克・魏澤福 Jack Weatherford

書名

《八月砲火》The Guns of August
《太空先鋒》The Right Stuff
《斯達林格勒 1972》
Stalingrad: The Fateful Siege
《權力之路》The Path to Power
《鴻：三代中國女人的故事》
Wild Swan: Three Daughters of China
《王的歸程：阿富汗戰記》
Return of a King: The Battle for Afghanistan
《羅馬帝國衰亡史》
The Decline and Fall of the Roman Empire
《領袖的崛起》
The Rise of Theodore Roosevelt
《第三帝國興亡史》
The Rise and Fall of the Third Reich
《成吉思汗》
Genghis Khan and the Making of the Modern World

P.176

人名

強納森・桑切斯 Jonathan Sanchez
威廉・福克納 William Faulkner
哈波・李 Harper Lee
瑪格麗特・密契爾 Margaret Mitchell

P.177

人名

安・馬丁 Ann Martin
傑夫・李 Jeff Lee

P.178

人名

提姆・歐布萊恩 Tim O'Brien
約瑟夫・海勒 Joseph Heller
羅伯特・葛特利柏 Robert Gottlieb
利昂・烏里斯 Leon Uris
保羅・培根 Paul Bacon
記者大衛・芬柯 David Finkel
記述羅夫・柯拉里克 Ralph Kauzlarich
喬・海德曼 Joe Haldeman
J・G・巴拉德 J. G. Ballard
派特・巴克 Pat Barker
威廉・波伊德 William Boyd
菲利普・卡普托 Philip Caputo
張純如 Iris Chang
史蒂芬・克萊恩 Stephane Crane
T・E・勞倫斯 T. E. Lawrence
巴巴拉・塔克曼 Barbara Tuchman

書名

《負重》The Things They Carried
《第二十二條軍規》Catch-22
《第十八條軍規》Catch-18
《米拉十八》Mila 18
《坦克車外》The Good Soldier
《感謝您為國效力》
Thank You for Your Service
《永世之戰》The Forever War
《太陽帝國》Empire of the Sun
《重生》Regeneration
《最後的任務》Restless
《最殘酷的夏天》A Rumor of War

《被遺忘的大屠殺：1937 南京浩劫》
The Rape of Nanking
《紅色英勇勳章》
The Red Badge of Courage
《智慧七柱》Seven Pillars of Wisdom
《第一聲禮砲》The First Salute

P.180

人名

喬治・馬汀 George Matin
大衛・史蒂文生 David Stevenson
賴瑞・羅斯塔特 Larry Rostant
阿力克斯・哈雷 Alex Haley
艾爾・納吉 Al Nagy
羅伯特・路易斯・史蒂文生
Robert Louis Stevenson
麥特・瓊斯 Matt Jones
吉姆・霍金斯 Jim Hawkins
約翰・西爾法 Long John Silver
瑪格麗特・愛特伍 Margaret Atwood
派翠克・沙文森 Patrik Svensson
尼爾・蓋曼 Neil Gaiman
羅伯特・麥克金尼斯 Robert E. McGinnisz
托德・克萊恩 Todd Klein
柯南・道爾爵士 Sir Authur Conan Doyle
麥可・科克漢 Michael Kirkham
萊夫・葛羅斯曼 Lev Grossman
嘉亞・米瑟利 Jaya Miceli
迪迪耶・馬沙德 Didier Massard

書名

《冰與火之歌》A Song of Ice and Fire
《權力遊戲》Game of Thornes
《根》Roots
《金銀島》Treasure Island
《黑帆》Black Sails
《使女的故事》The Handmaid's Tale
《美國眾神》American Gods
《福爾摩斯》Sherlock Holmes
《神探夏洛克》Sherlock
《福爾摩斯與華生》Elementary
《費洛瑞之書》The Magicians
《魔法師》The Magicians

P.181

人名

黎安・莫里亞蒂 Liane Moriarty
黛安娜・蓋伯頓 Diana Gabaldon
瑪莉塔・安納塔沙多
Marietta Anastassatos
黛安娜・蓋伯頓與流動改變公司
Diana Gabaldon & Running Changes, Inc.
羅蘭・英格斯・懷德 Laura Ingalls Wilder
葛斯・威廉 Garth William
H・G・畢辛傑 H. G. Bissinger
亞歷克斯・卡姆林 Alex Camlin
羅伯特・克拉克 Robert Clark
賴瑞・麥克莫特瑞 Larry McMurtry
羅德里戈・科羅設計工作室
Rodrigo Corral Design
邦妮・克拉斯 Bonnie Clas
莎蓮・哈里斯 Charlaine Harris
麗莎・德西米尼 Lisa Desimini
派皮兒・克爾曼 Piper Kerman
克里斯多福・瑟吉歐 Christopher Sergio
伯特瑞姆・葛倫・莫西爾
Bertram Glenn Moshier
克莉絲・克勞斯 Chris Kraus
彼得・戴厄 Peter Dyer

書名

《小謊言》Big Little Lies
《美麗心計》Big Little Lies
《異鄉人》Outlander
《古戰場傳奇》Outlander
《小木屋系列》The Little House Books
《草原上的小木屋》
Little House on the Prairie
《勝利之光》Friday Night Lights
《寂寞之鴿》Lonesome Dove
《最後一場電影》The Last Picture Show
《親密關係》Terms of Endearment
《南方吸血鬼》
The Sookie Stackhouse Novels
《噬血真愛》True Blood
《勁爆女子監獄》
Orange Is the New Black
《我愛迪克》I Love Dick

P.182

人名

奧利佛・薩克斯 Oliver Sacks
威爾森・羅斯 Wilson Rawl
阿圖・葛文德醫師 Atul Gawande
海倫・麥克唐納 Helen Macdonald
T・H・懷特 T. H. White
保羅・卡拉尼提 Paul Kalanithi
瑞秋・艾克 Rachel Ake
米奇・艾爾邦 Mitch Albom
羅伯特・N・巴特勒醫師
Dr. Robert N. Butler
約翰・葛林 John Green
泰瑞・凱 Terry Kay
約翰・諾斯 John Knowles
伊莉莎白・庫柏羅斯醫師
Dr. Elisabeth Kubler-Ross
C・S・路易斯 C. S. Lewis
許爾文・努蘭 Sherwin Nuland
大衛・席爾 David Shields

書名

《感恩》Gratitude
《紅色羊齒草的故鄉》
Where the Red Fern Grows
《凝視死亡》Being Mortal
《鷹與心的追尋》H Is for Hawk
《當呼吸化為空氣》
When Breath Becomes Air
《最後 14 堂星期二的課》
Tuesdays with Morrie
《為何存活？身為美國老年人》
Why Survive? Being Old in America
《尋找阿拉斯加》Looking for Alaska
《白狗的最後華爾滋》
To Dance with the White Dog
《返校日》A Separate Peace
《論死亡與臨終》On Death & Dying
《卿卿如晤》A Grief Observed
《死亡的臉》How We Die
《人都會死，所以我們知道如何活著》
The Thing About Life Is That One Day You'll Be Dead

P.184

人名

詹姆斯・吉布斯 James Gibbs

P.185

人名

伊塔羅・洛塔 Studio Italo Rota
卡里爾與海斯汀 Carrere & Hastings
約翰・蕭・畢林斯博士
Dr. John Shaw Billings
賓・托姆 Bing Thom

P.186

人名

維克多・弗蘭克 Viktor Frankl
布芮妮・布朗 Brene Brown
亞當・J・克茲 Adam J. Kurtz
珍・辛瑟羅 Jen Sincero
蘇珊・歐馬里 Susan O'Malley
嘉柏麗・伯恩斯坦 Gabrielle Bernstein
保羅・科爾賀 Paulo Coelho
法蘭斯・德瓦爾 Frans de Waal
格蘭儂・道爾 Glennon Doyle
T・S・艾略特 T. S. Eliot
赫曼・赫塞 Hermann Hesse
卡爾・榮格 C. G. Jung
克里希那穆提 Jiddu Krishnamurti
C・S・路易士 C. S. Lewis

書名

《活出意義來》
Man's Search for Meaning
《勇氣的力量》Rising Strong
《80 歲的我給的勉勵》
Advice From My 80-Year-Old
《宇宙挺你》
The Universe Has Your Back
《牧羊少年的奇幻之旅》The Alchemist
《矮黑猩猩與無神論者》
The Bonobo and the Atheist
《為愛而戰》Love Warrior
《荒野・四首四重奏》Four Quartets
《流浪者之歌》Siddhartha
《榮格自傳：回憶、夢、省思》
Memories, Dreams, Reflections
《人生中不可不想的事》
Think on These Things
《反璞歸真》Mere Christianity

P.188
人名
卡爾・山柏格 Carl Sandburg
羅伯・佛洛斯特 Robert Frost
謝伍德・安德森 Sherwood Anderson
蘭斯頓・休斯 Langston Hughes
康明思 e e cummings
珍・威斯米勒 Jan Weissmiller
珍・密德 Jane Mead

P.189
人名
亞爾維洛・卡斯堤尤 Alvaro Castillo

P.190
人名
荷西・薩拉馬戈 José Saramago
克爾特・馮內果 Kurt Vonnegut
艾琳・莫根斯坦 Erin Morgenstern
莎拉・格魯恩 Sara Gruen
休豪伊 Hugh Howey
蘭波・羅威 Rainbow Rowell
凱特・佛瑞斯特 Kate Forrester
史蒂芬・金 Stephen King
安・拉莫特 Anne Lamott
瑪喬麗・安德森 Marjorie Anderson
弗拉基米爾・納博科夫 Vladimir Nabokov
麥拉・卡爾曼 Maira Kalman
達倫・哈格 Darren Haggar
瑪莉・阿蘭納 Marie Arana
安伯托・艾可 Umberto Eco
E・M・佛斯特 E. M. Forster
羅伯特・麥基 Robert McKee
喬治・歐威爾 George Orwell
克里斯多夫・佛格勒 Christopher Vogler
維吉尼亞・吳爾芙 Virginia Woolf

書名
《大象的眼淚》Water for Elephants
《夜行馬戲團》The Night Circus
《羊毛記》Wool
《凱瑟和她的小說世界》Fangirl
《談寫作》On Writing
《寫作課》Bird by Bird
《英文寫作聖經》The Elements of Style
《寫作人生》
The Writing Life: Writers on How They Think and Work
《艾可談文學》On Literature
《小說面面觀》Aspect of the Novel
《故事的解剖》Story
《我為何寫作》Why I Write
《作家之路》The Writer's Journey
《作家日記》A Writer's Diary

P.194
人名
貝蒂・愛德華 Betty Edwards
喬・莫洛伊 Joe Molloy
亞曼達・帕莫 Amanda Palmer
克里斯・古利博 Chris Guillebeau
麥可・納金 Michael Nagin
伊莉莎白・吉兒伯特 Elizabeth Gilbert
諾曼・梅勒 Norman Mailer
班・沙恩 Ben Shahn
大衛・貝爾斯 David Bayles
法蘭絲・貝拉維爾凡・史東 France Belleville-Van Stone
比爾・伯內特與戴夫・埃文斯
Bill Burnett & Dave Evans
丹尼・葛瑞格利 Danny Gregory
亞瑟・庫斯勒 Arthur Koestler
麥可・諾布斯 Michael Nobbs
珊達・萊姆斯 Shonda Rhimes
羅莎姆・史東・山德爾
Rosamunde Stone Zander
班傑明・山德爾 Benjamin Zander

書名
《像藝術家一樣思考》
Drawing on the Right Side of the Brain
《追尋吧!過你夢想的人生》
The happiness of pursuit
《享受吧!一個人的旅行》
Eat, Pray, Love
《君子雜誌》Esquire Magazine
《創造力》Big Magic
《內容的形狀》The Shape of Content
《開啟創作自信之旅》Art & Fear
《素描!》Sketch!
《做自己的生命設計師》
Designing Your Life
《拿起筆來放手畫》Art Before Breakfast
《創造的行為》The Act of Creation
《畫出自己的人生》Drawing Your Life
《這一年,我只說 YES》Year of Yes
《A 級人生》The Art of Possibility

P.196
人名
蕭伯納 George Bernard Shaw

《賣花女》Pygmalion
《聖女貞德》Saint Joan

P.197
人名
夏洛特・布朗蒂 Charlotte Brontë
愛蜜莉・布朗蒂 Emily Brontë
安・布朗蒂 Anne Brontë
派翠克・布朗蒂 Patrick Brontë

P.198
人名
瑪格麗特・威利森 Margaret Willison
與蘇菲・布魯克歐弗 Sophie Brookover
伊莉莎白・蓋斯凱爾 Elizabeth Gaskell
喬治・艾略特 George Eliot
查爾斯・狄更斯 Charles Dickens
柯洛莉・畢克佛 - 史密斯 Coralie Bickford-Smith
凱特・拉楚利亞 Kate Racculia
艾倫・拉斯金 Ellen Raskin
史蒂芬・金 Stephen King
阿嘉莎・克莉絲蒂 Agatha Christie
大衛・鮑伊 David Bowie
蕾西・西蒙斯 Lacy Simons
大衛・米切爾 David Mitchell

書名
《錦繡佳人》Wives and Daughters
《領頭羊狂想曲》Bellweather Rhapsody
《繼承人遊戲》The Westing Game
《鬼店》The Shining
《名揚四海》Fame
《綠野黑天鵝》Black Swan Green

P.199
人名
艾莉森・K・希爾 Allison K. Hill
羅伯特・曼許 Robert Munsch
邁克・馬薛可 Michael Martchenko
貝西・柏德 Betsy Bird
法蘭西絲・哈汀吉 Frances Hardinge
艾莉莎・納斯納 Alyssa Nassne
文森・鍾 Vincent Chong 繪圖
林佩思 Grace Lin
茉德・哈特・拉芙蕾斯
Maud Hart Lovelace
悉妮・泰勒 Sydney Taylor

書名
《紙袋公主》The Paper Bag Princess
《最有趣的女孩:最好笑的故事》
Funny Girl: Funniest. Stories. Ever.
《玻璃之顏》A Face Like Glass
《狗年故事》The Year of the Dog

P.200
人名
羅傑・費德勒 Roger Federer
大衛・佛斯特・華萊士
David Foster Wallace
黛安娜・奈德 Diana Nyad
卡爾・薩根 Carl Sagan
史蒂芬・霍金 Stephen Hawking
瑪麗・奧立佛 Mary Oliver
吉姆・包頓 Jim Bouton
鮑伊・昆恩 Bowie Kuhn
米克・曼托 Mickey Mantle
彼特・羅斯 Pete Rose
迪克・楊 Dick Young
羅伯・尼爾森 Rob Nelson
史黛芙・戴維斯 Steph Davis
狄恩・波特 Dean Potter
哈維・彭尼克 Harvey Penick
班・克恩蕭 Ben Crenshaw
珍娜・波爾 Janet Perr
安卓・阿格西 Andre Agassi
比爾・布福特 Bill Buford
史考特・傑瑞克 Scott Jurek
W・P・金賽拉 W. P. Kinsella
約翰・麥菲 John McPhee
泰瑞・普魯特 Terry Pluto

瑞秋・威利 Rachel Willey
賈若德・康里 Garrard Conley
珍妮佛・卡羅 Jennifer Carrow
安娜貝爾・葛維奇 Annabelle Gurwitch
嘉雅・米歇利 Jaya Miceli
唐・德里羅 Don DeLillo

書名
《安樂窩》The Nest
《所有的鳥兒在歌唱》
All the Birds, Singing
《被消除的男孩》Boy Erased
《我看到你很努力》
I See You Made an Effort
《Zero K》Zero K

P.212
人名
吉姆・蒙若 Jim Munro
愛麗絲・孟若 Alice Munr
梅根・威爾森 Megan Wilson
莉安・夏普敦 Leanne Shapton
德瑞克・夏普敦 Derek Shapton

書名
《傳家之物》Family Furnishings

P.213
人名
娜歐米・查布林 Naomi Chamblin
克萊兒・傅勒 Claire Fuller
雅可布・瓦拉 Jakob Vala
茱莉安娜・史威尼 Julianna Swaney

書名
《那些無止盡的日子》
Our Endless Numbered Days

P.214
人名
路易斯・卡洛爾 Lewis Carroll
查爾斯・狄更斯 Charles Dickens
麥拉・卡爾曼 Maira Kalman
大衛・拜恩 David Byrne
尼克・班塔克 Nick Bantock
傑森・波倫 Jason Polanm
艾德華・高瑞 Edward Gorey
茱莉亞・羅斯曼 Julia Rothman
莎拉・安徒生 Sarah Anderson
布魯珂・巴克 Brooke Barker
凱特・比頓 Kate Beaton
芬妮・布莉特 Fanny Britt
莎曼莎・海恩 Samantha Hahn
詹姆士・格列佛・漢考克
James Gulliver Hancock
艾佛里・蒙森 Avery Monsen
喬里・約翰 Jory John
奧黛麗・尼芬格 Audrey Niffenegger
安東尼・聖修伯里
Antoine de Saint-Exupéry

書名
《熬夜》Stay Up Late
《小動物》Little Creatures
《葛瑞夫與莎賓娜三部曲》
Griffin and Sabine
《紐約的每一個人》
Every Person in New York
《紐約，你好》Hello NY
《成年如謎》Adulthood Is a Myth
《是我讓你傷心了嗎？》
Sad Animal Facts
《啊！一個乞丐》Hark, a Vagrant
《簡愛，狐狸與我》
Jane, the Fox, and Me
《經典小說女主角水彩時尚速寫插畫》
Well-Read Women
《50 位當代名人與他們的那些小東西》
Artists, Writers, Thinkers, Dreamers
《我的朋友都死了》
All My Friends Are Dead
《烏鴉女孩》Raven Girl
《小王子》The Little Prince

P.216
人名
凱特・烏德羅 Kate Woodrow
莎拉・狄斯汀 Sara Distin
雪倫・蒙特 Sharon Mount
米拉貝爾・柯恩 Mirabelle Korn
克莉絲汀娜・亞米尼 Christina Amini
克莉絲汀・惠特 Kristen Hewitt
艾琳・薩克 Erin Thacker
凱莉・塔寇特 Kelly Talcott
瑪莉・蘿拉・菲爾帕特
Mary Laura Philpott
金柏莉・葛萊德 Kimberly Glyder
梅蒂森・蒙特 Madison Mount
夏嫚・厄哈特 Charmaine Ehrhart
雪倫・蒙特 Sharon Mount
莎儂・麥葛瑞堤 Shannon McGarity
達科・卡拉斯 Darko Karas

參考文獻與權利者

L'Engle, Madeleine. "The Expanding Universe." 1963 Newbery Medal Acceptance Speech. https://www.madeleinelengle.com.

Comenius, Johann Amos, and Charles Hoole. Orbis sensualium pictus: London: John Sprint, 1705. Internet Archive, 2009. https://archive.org/details/johamoscommeniio00come.

Sendak, Maurice. Caldecott & Co.: Notes on Books and Pictures. New York: Noonday, 1990.

Brightly editors. "Meet the Illustrator: Christian Robinson." Brightly. Accessed December 1, 2017. http://www.readbrightly .com/meet-illustrator-christian-robinson.

Corrigan, Maureen. "How E.B. White Spun 'Charlotte's Web'." NPR: Fresh Air, July 5, 2011.

Juster, Norton. "My Accidental Masterpiece: The Phantom Tollbooth." NPR: All Things Considered, October 25, 2011.

Correal, Annie. "There Will Be a Quiz." New York Times, July 17, 2016.

"Test Your Book Smarts." New York Times, July 15, 2016.
https://www.nytimes.com/interactive/2016/07/14/nyregion/ strand-quiz.html.

Flood, Alison. "Study finds huge gender imbalance in children's literature." Guardian, May 6, 2011. https://www.theguardian .com/books/2011/may/06/gender-imbalance-children-s-literature.

Nyman, Karin. "The story behind Pippi Longstocking." Rabén & Sjögren. YouTube, 2015. https://www.youtube.com/ watch?v=LVbnGk-iYTU.

"James Joyce." Wikipedia: The Free Encyclopedia. Wikimedia Foundation, Inc. Last modified December 12, 2017. https:// en.wikipedia.org/wiki/James_Joyce.

Yoon, Nicola. Interview with Arun Rath. "The Glimmering Sheen of a Wide World Seen from Inside a Bubble: Interview with Nicola Yoon." NPR: All Things Considered, August 30, 2015.

Vlogbrothers. "Vlogbrothers: About." YouTube. Accessed December 10, 2017. https://www.youtube.com/user/ vlogbrothers/about.

Mesure, Susie. "New YA sensation Angie Thomas: 'Publishing did something pretty terrible. They made the assumption that black kids don't read'." Telegraph, April 11, 2017. http://www .telegraph.co.uk/books/authors/meet-angie-thomas-authornew-ya-sensation-inspired-black-lives.

DeVito, Lee. "John King of John K. King Used & Rare Books." Detroit Metro Times, February 5, 2014. https://www.metrotimes .com/detroit/john-king-of-john-k-king-used-and-rare-books/ Content?oid=2143899.

Roper, Caitlin. "Geek Love at 25: How a Freak Family Inspired Your Pop Culture Heroes." Wired, March 7, 2014. https://www.wired.com/2014/03/geek-love.

Vitello, Paul. "Robert M. Pirsig, Author of 'Zen and the Art of Motorcycle Maintenance,' Dies." New York Times, April 25, 2017.

"Pharrell Williams." Oprah Prime, Season 1, Episode 108. OWN, April 13, 2014.

Dickens, Charles. A Tale of Two Cities. London: Penguin, 2011.

Brontë, Charlotte. Jane Eyre. New York: Vintage, 2009.

Kakutani, Michiko. "English Modernism: A Big Weight to Hang on 1910." New York Times, November 29, 1996.

Walker, Alice. "Looking for Zora," Ms., 1975.

"About Daikanyama T-Site." Daikanyama T-Site website. Accessed December 10, 2017. http://real.tsite.jp/daikanyama/ english.

"About Us." Unity Books website. Accessed December 10, 2017. http://unitybooks.nz/about.

Ellison, Ralph. "National Book Awards Acceptance Speeches: Ralph Ellison, Winner of the 1953 Fiction Award for Invisible Man." National Book Foundation website. http://www .nationalbook.org/nbaacceptspeech_rellison.html.

Fox, Margalit. "Gregory Rabassa, Noted Spanish Translator, Dies at 94." New York Times, June 16, 2016.

Stamp, Jimmy. "When F. Scott Fitzgerald Judged Gatsby by Its Cover." Smithsonian.com, May 14, 2013. https://www .smithsonianmag.com/artsculture/when-f-scott-fitzgeraldjudged-gatsby-by-its-cover-61925763.

Alter, Alexandra. "Paul Bacon, 91, Whose Book Jackets Drew Readers and Admirers, Is Dead." New York Times, June 11, 2015.

Wolfe, Tom. "The "Me" Decade and the Third Great Awaken - ing." New York, August 23, 1976.

"Bench by the Road Project." Toni Morrison Society website. Accessed December 10, 2017. http://www.tonimorrisonsociety .org/bench.html.

Literary Hub. "Interview with a Bookstore: Powell's Books in Portland." Guardian, April 4, 2016. https://www.theguardian .com/books/2016/apr/04/interview-with-a-bookstore-portlandpowells-books.

Smith, Zadie. "This is how it feels to me." Guardian, October 13, 2001.

Howard, Kait. "20th anniversary edition of Infinite Jest features fan-designed cover." Melville House blog, January 4, 2016. https://www.mhpbooks.com/20th-anniversary-edition-ofinfinite-jest-features-fan-designed-cover.

Murakami, Haruki. "Jazz Messenger." New York Times, July 8, 2007. http://www.nytimes.com/2007/07/08/books/review/ Murakami-t.html.

Alter, Alexandra. "The House the 'Wimpy Kid' Built." New York Times, May 24, 2015.

Neary, Lynn. "Classic Novel '1984' Sales Are Up in the Era of 'Alternative Facts'." NPR: The Two-Way, January 25, 2017.

Díaz, Junot. Interview with Adriana Lopez. "Nerdsmith." Guernica, July 7, 2009. https://www.guernicamag.com/ nerdsmith.

Díaz, Junot. "The Mongoose and the Émigré." New York Times Magazine, May 17, 2017.

Morton, Megan. "Shelf life: novelist Hanya Yanagihara on living with 12,000 books." Guardian, August 12, 2017.https://ww.theguardian.com/books/2017/aug/12/homes-authorhanya-yanagihara-new-york-12000-books.

MacFarquhar, Larissa. "The Dead Are Real: Hilary Mantel's imagination." New Yorker, October 15, 2012. https://www .newyorker.com/magazine/2012/10/15/the-dead-are-real.

Le Guin, Ursula. Interview with John Wray. "Ursula K. Le Guin, The Art of Fiction No. 221." Paris Review, Issue 206, Fall 2013.

Mitchell, David. Interview with David Barr Kirtley. "Episode 175: David Mitchell." Geek's Guide to the Galaxy podcast, November 2, 2015. https://geeksguideshow.com/2015/11/02/ ggg175-david-mitchell.

Bond, Jenny, and Chris Sheedy. Who the Hell Is Pansy O'Hara? New York: Penguin Books, 2008.

Faulkner, William. Interview with Jean Stein. "William Faulkner, The Art of Fiction No. 12." Paris Review, Issue 12, Spring 1956.

Gladwell, Malcolm. "The Science of the Sleeper." New Yorker, October 4, 1999.

Rowell, Rainbow. Interview with Amanda Green. "The Rumpus Interview with Rainbow Rowell." Rumpus, October 17, 2014. http://therumpus.net/2014/10/the-rumpusinterview-with-rainbow-rowell.

Cobain, Kurt. Interview with Erica Ehm. "Kurt Cobain Talks About Literature and Life." Much Music, August 10, 1993. https://dangerousminds.net/comments/kurt_cobain_talks_ about_literature_and_life.

"Bruce Springsteen." New York Times: Sunday Book Review, November 2, 2014.

Wilsey, Sean. "The Things They Buried." New York Times, June 18, 2006. http://www.nytimes.com/2006/06/18/books/ review/18wilsey.html.

Bechdel, Alison. "OCD." YouTube video. Published April 18, 2006. https://www.youtube.com/watch?v=_CBdhxVFEGc.

Smith, Zadie. Interview with Terry Gross. "Novelist Zadie Smith on Historical Nostalgia and the Nature of Talent." NPR: Fresh Air, November 21, 2016.

Wu, Katie. "The Book Club Phenomena." McSweeney's, February 8, 2011. https://www.mcsweeneys.net/articles/ the-book-club-phenomena.

Garner, Dwight. "Ex-Pat Paris as It Sizzled for One Literary Lioness." New York Times, April 19, 2010.

Handy, Bruce. "In a Bookstore in Paris." Vanity Fair, October 21, 2014.

Wadler, Joyce. "P.D. James." People, December 8, 1986.

Penzler, Otto. Interview with Dan Nosowitz. "How the Owner of the Greatest Mystery Bookstore Pulled the Genre Out of the Muck." Atlas Obscura,

May 22, 2017. https://www .atlasobscura.com/articles/otto-penzler-mystery-bookstore.

King, Stephen. Interview with Andy Greene. "Stephen King: The Rolling Stone Interview." Rolling Stone, November 6, 2014.

Gaiman, Neil. "Gunpowder, treason and plot." Neil Gaiman (blog), November 5, 2004. http://journal.neilgaiman .com/2004/11/gunpowder-treason-and-plot.asp.

Gaiman, Neil. "Being alive. Mostly about Diana." Neil Gaiman (blog), March 27, 2011. http://journal.neilgaiman.com/2011/03/being-alive.html.

Stein, Sadie. "Once and Future." Paris Review, October 24, 2014. https://www.theparisreview.org/blog/2014/10/24/ once-and-future.

Waldman, Katy. "A Conversation with Philip Pullman." Slate, November 5, 2015. http://www.slate.com/articles/arts/books/2015/11/philip_pullman_interview_the_golden_ compass_author_on_young_adult_literature.html.

Lawless, John. "Revealed: the eight-year-old girl who saved Harry Potter." Independent, July 2, 2005. http://www.indepen - dent.co.uk/arts-entertainment/books/news/revealed-the-eightyear-old-girl-who-saved-harry-potter-296456.html.

de Freytas-Tamura, Kimiko. "George Orwell's '1984' Has a Sales Surge." New York Times, January 26, 2017.

Berlatsky, Noah. "NK Jemisin: the fantasy writer upending the 'racist and sexist status quo'." Guardian, July 27, 2015. https://www.theguardian.com/books/2015/jul/27/nk-jemisininterview-fantasy-science-fiction-writing-racism-sexism.

Gibson, William. Interview with David Kushner. "Cyber - spaceman: William Gibson on Life Inside and Outside the Internet." Rolling Stone, November 18, 2014. http://www .rollingstone.com/culture/features/william-gibson-on-lifeinside-and-outside-the-internet-20141118.

Stephenson, Neal. Interview with Steve Paulson. "The People Who Survive, an interview with Neal Stephenson, author of Seveneves." Electric Lit, June 18, 2015. https://electricliterature .com/the-people-who-survive-an-interview-with-nealstephenson-author-of-seveneves-4582140577cf.

Kunzru, Hari. "Dune, 50 years on: how a science fiction novel changed the world." Guardian, July 3, 2015. https://www. theguardian.com/books/2015/jul/03/dune-50-years-on-sciencefiction-novel-world.

Okorafor, Nnedi. Interview with Michelle Monkou. "Mustread sci-fi: 'Binti' by Nnedi Okorafor (and interview!)." USA Today: Happy Ever After, October 4, 2015. http://happyeverafter.usatoday.com/2015/10/04/michellemonkou-nnedi-okorafor-interview-binti.

Alter, Alexandra. "Science, Minus the Swearing." New York Times, February 25, 2017.

Ferris, Emil. Interview with Terry Gross. "In 'Monsters,' Graphic Novelist Emil Ferris Embraces the Darkness Within." NPR: Fresh Air, March 30, 2017.

Wolk, Douglas. "Masters of the Universe. The space story Saga is the comic world's big hit." Time, August 5, 2013.

Johnson, Ariell. Interview with Fabiola Cineas. "I Love My Job: Amalgam Comics & Coffeehouse Owner Ariell Johnson." Philadelphia, May 15, 2017. http://www.phillymag.com/ business/2017/05/15/ariell-johnson-amalgam-comics-coffee - house-philadelphia.

Spencer, Josh. Welcome to the Last Bookstore. Directed by Chad Howitt. Chad Howitt website, 2016. http://www.chadhowitt .com/portfolio/the-last-bookstore.

Cocozza, Paula. "George Saunders: 'When I get praise, it helps me be a little bit more brave'." Guardian, October 18, 2017. https://www. theguardian.com/books/2017/oct/18/georgesaunders-lincoln-in-the-bardo-when-i-get-praise-it-helpsme-get-a-little-bit-more-brave.

"About George Saunders." George Saunders website. http://www.georgesaundersbooks.com/about.

"Drift Away into the Not-Quite-Dreamy Logic Of 'Get in Trouble'." NPR: All Things Considered, February 3, 2015.

Lahiri, Jhumpa. Interview with John Burnham Schwartz. "How Jhumpa Lahiri Learned to Write Again." Wall Street Journal, January 20, 2016. https://www.wsj.com/articles/how-jhumpalahiri-learned-to-write-again-1453305609.

Octavia E. Butler." Wikipedia: The Free Encyclopedia. Wikimedia Foundation, Inc. Last modified December 6, 2017. https:// en.wikipedia.org/wiki/Octavia_E._Butler.

"A Short History of City Lights." City Lights website. Accessed December 10, 2017. http://www.citylights.com/ info/?fa=aboutus.

Kaplan, Fred. "How 'Howl' Changed the World." Slate, September 24, 2010. http://www.slate.com/articles/news_ and_politics/life_and_art/2010/09/how_howl_changed_ the_world.html.

Ingraham, Christopher. "Poetry is going extinct, government data show." Washington Post, April 24, 2015. https://www .washingtonpost.com/news/wonk/wp/2015/04/24/poetry-isgoing-extinct-government-data-show.

Smith, Tracy K. Interview with Mike Wall. "'Life on Mars': Q&A with Pulitzer-Winning Poet Tracy K. Smith." Space.com, May 4, 2012. https://www.space.com/15538-life-mars-tracysmith-pulitzer-interview.html.

Harris, Jessica B. "Dining with James Baldwin." Saveur, Issue 189, May 15, 2017.

Huxley, Aldous. Collected Essays. New York: Harper & Row, 1959.

"Mansplain." Oxford Living Dictionary. Accessed December 10, 2017. https://en.oxforddictionaries.com/definition/mansplain.

Gross, Terry. "David Sedaris on the Life-Altering and Mundane Pages of His Old Diaries." NPR: Fresh Air, May 31,2017.

Achenbach, Joel. "Writing with the Master." Princeton Alumni Weekly. Accessed December 10, 2017. https://paw.princeton .edu/article/writing-master.

Hitchens, Christopher. Interview with Charlie Rose. Charlie Rose, PBS, WNET: August 13, 2010.

"The Hitch Has Landed." Dish.andrewsullivan.com, April 20, 2012. http://dish.andrewsullivan.com/2012/04/20/hitchsservice.

Berger, John. About Looking. New York: Vintage, 1992. Montgomery, Sy. Interview with Simon Worrall. "Does an Octopus Have a Soul? This Author Thinks So." National Geo - graphic, June 10, 2015. https://news.nationalgeographic .com/2015/06/150610-octopus-mollusk-marine-biologyaquarium-animal-behavior-ngbooktalk.

O'Connor, Flannery. Mystery and Manners: Occasional Prose. New York: Farrar, Straus and Giroux, 1970.

Kerouac, Jack. Big Sur. New York: Penguin, 1992.

Bryson, Bill. "Bill Bryson answers your questions." Guardian, March 10, 2005. https://www.theguardian.com/culture/2005/ mar/10/awardsandprizes.scienceandnature.

Ackerman, Diane. Interview with Linda Richards. "At Play with Diane Ackerman." January Magazine, August 1999.

Mead, Rebecca. "Starman." New Yorker, February 17 & 24, 2014.

Yong, Ed. I Contain Multitudes. New York: Ecco, 2016.

Saro-Wiwa, Noo. Looking for Transwonderland. Berkeley, CA: Soft Skull Press, 2012.

Thuras, Dylan. Interview with Ari Shapiro. "'Atlas Obscura' Tour of Manhattan Finds Hidden Wonders in a Well-Trodden Place." NPR: All Things Considered, September 20, 2016.

McKenna, Shannon. "Octavia Books Bestsellers—And Why." Shelf Awareness, September 21, 2006. http://www.shelfawareness.com/issue.html?issue=285#m1818.

Hemingway, Ernest. Selected Letters 1917–1961. New York: Scribner, 2003.

Heat-Moon, William Least. Blue Highways. New York: Back Bay Books, 1999.

Patrick, Colin. "The Highest Compliment Maurice Sendak Ever Received." Mental Floss, November 3, 2012. http:// mentalfloss.com/article/12975/highest-complimentmaurice-sendak-ever-received.

Strayed, Cheryl. Wild. New York: Vintage, 2013.

Child, Julia, with Alex Prud'homme. My Life in France. New York: Anchor Books, 2007.

Child, Julia. "To Roast a Chicken." PBS, WGBH: The French Chef. Season 7, Episode 13, January 24, 1971.

The Curious Pear. "Meera Sodha Wants to Change the Way You Think About Indian Food." Food52, July 1, 2016. https:// food52.com/blog/17324-meera-sodha-wants-to-change-the-wayyou-think-about-indian-food.

Ryan, Valerie. "He's the modern Mr. Wizard." Boston Globe, October 20, 2015. https://www.bostonglobe.com/lifestyle/ food-dining/2015/10/20/side-science/R9T2htbijbQ3pfaOov QejN/story.html.

Pelzel, Raquel. "Making the Cookbook: How to Cook Every - thing." Epicurious.com, April 13, 2015. https://www.epicurious .com/expert-advice/how-mark-bittman-created-how-to-cookeverything-better-article.

Asimov, Eric, and Kim Severson. "Edna Lewis, 89, Dies; Wrote Cookbooks That Revived Refined Southern Cuisine." New York Times, February 14,

2006. http://www.nytimes.com/2006/02/14/ us/edna-lewis-89-dies-wrote-cookbooks-that-revived-refinedsouthern-cuisine.html.

Carlson, Cajsa. “London’s Libreria Bookshop.” Cool Hunting, February 29, 2016. http://www.coolhunting.com/culture/ libreria-london-book-shop.

“7 Writers on Their Favorite Bookstores.” New York Times, December 7, 2016. https://www.nytimes.com/interactive/2016/ 12/07/travel/7-authors-on-their-favorite-bookstores.html.

Voelker, Ryan. “Cooking and Living with Jami Curl.” Oregon Home. Accessed December 10, 2017. http://www .oregonhomemagazine.com/ profiles/item/1818-jami-curl.

“About Big Gay Ice Cream.” Video. Big Gay Ice Cream web - site. Accessed December 10, 2017. https://www.biggayicecream .com/about.

Waters, Alice. Cover blurb for The Art of Eating: 50th Anniversary Edition by M. F. K. Fisher, edited by Joan Reardon. Boston: Houghton Mifflin Harcourt, 2004.

Fisher, M. F. K. The Gastronomical Me. London: Daunt Books, 2017. “M. F. K. Fisher’s Half-and-Half Cocktail.” Food52, October 28, 2015. https://food52.com/recipes/38995-m-f-k-fisher-s-halfand-half-cocktail.

Gordinier, Jeff. “A Confidante in the Kitchen.” New York Times, April 2, 2014.

Chamberlin, Jeremiah. “Inside Indie Bookstores: McNally Jackson Books in New York City.” Poets & Writers, November/ December 2010.

Hillenbrand, Laura. “Four Good Legs Between Us.” Seabiscuit Online. Accessed December 10, 2017. http://www .seabiscuitonline.com/article.htm.

“Mission Statement.” We Need Diverse Books website. Accessed October 15, 2017. http://weneeddiversebooks.org/ mission-statement.

Turner, Kimberly. “One Year of Street Books: A Bike-Powered Library for the Homeless.” Lit Reactor, June 5, 2012. https://litreactor.com/news/ one-year-of-street-books-a-bikepowered-library-for-the-homeless.

“Reading Rainbow Theme.” Composed by Steve Horelick, vocal by Chaka Khan. PBS: Reading Rainbow, 1983.

B., Arturo. Quoted in “Write Your Own Path Forward: 2015–16 Annual Report.” 826 National website, 2016. https://826national.org/826NAT_AR%2015-16WebFinal.pdf.

“Good Night Bill of Rights.” Pajama Program website. Accessed December 10, 2017. http://pajamaprogram.org/goodnight-bill-of-rights.

Dunham, Lena. Foreword to The Liars’ Club, by Mary Karr. New York: Penguin Classics, 2015.

Woodson, Jacqueline. Interview with Kat Chow. “Jacqueline Woodson on Being a ‘Brown Girl’ Who Dreams.” NPR: Morning Edition, September 18, 2014.

Smith, Patti. Intervew with Ian Fortnam. “Patti Smith: “I’m like William Blake in the Industrial Revolution.” TeamRock.com, November 26, 2014. http://teamrock.com/ feature/2015-11-26/patti-smith-i-m-like-william-blake-in-theindustrial-revolution.

Moraga, Cherríe, and Gloria E. Anzaldúa, eds. This Bridge Called My Back. New York: Kitchen Table/Women of Color Press, 1983.

Gay, Roxane. Bad Feminist. New York: Harper Perennial, 2014.

Traister, Rebecca. All the Single Ladies. New York: Simon & Schuster, 2016.

Lee, Hermione. “Writers’ rooms: Virginia Woolf.” Guardian, June 13, 2008. https://www.theguardian.com/books/2008/ jun/13/writers.rooms.virginia.woolf.

Woolf, Virginia. A Room of One’s Own. Boston: Mariner Books, 1989.

Gaiman, Neil. Interview with Toby Litt. “Neil Gaiman: Libraries are cultural ‘seed corn.’” Guardian, November 17, 2014. https://www.theguardian.com/books/2014/nov/17/neilgaiman-libraries-are-cultural-seed-corn.

Rankine, Claudia. Citizen. Minneapolis: Graywolf Press, 2014.

Hamid, Mohsin. Interview with Tochi Onyebuchi. “All Writing Is Political: A Conversation with Mohsin Hamid.” Rumpus, May 17, 2017. http://therumpus.net/2017/05/all-writing-ispolitical-a-conversation-with-mohsin-hamid.

Hamid, Mohsin. “Mohsin Hamid on the dangers of nostalgia: we need to imagine a brighter future.” Guardian, February 25, 2017. https://www.theguardian.com/books/2017/feb/25/ mohsin-hamid-danger-nostalgia-brighter-future.

"'And Tango Makes Three' waddles its way back to the number one slot as America's most frequently challenged book." Press release. American Library Association, April 11, 2011. https:// web.archive.org/web/20110414234446/http://ala.org/ala/ newspresscenter/news/pr.cfm?id=6874.

"The History of Little Free Library." Little Free Library website. Accessed December 10, 2017. https://littlefreelibrary .org/ourhistory.

Mann, Charles C. 1491. New York: Vintage Books, 2006.

Tuchman, Barbara W. Practicing History. New York: Random House, 1992.

Wolfe, Tom. Interview with Tom Brokaw. "Wolfe on Research - ing 'The Right Stuff'." NBC Today Show, November 5, 1979.

Sanchez, Jonathan. "The owner of Blue Bicycle Books looks back at 20 years in the literary biz." Charleston City Paper, September 16, 2015. https://www.charlestoncitypaper.com/ charleston/the-owner-of-blue-bicycle-books-looks-back-at20-years-in-the-literary-biz/ Content?oid=5453644.

"History of Tattered Cover." Tattered Cover website. Accessed December 10, 2017. http://www.tatteredcover.com/detailedhistory-tattered-cover.

"The Things They Carried." Wikipedia: The Free Encyclopedia. Wikimedia Foundation, Inc. Last modified November 13, 2017. https:// en.wikipedia.org/wiki/The_Things_They_Carried.

O'Brien, Tim. The Things They Carried. Boston: Houghton Mifflin, 1990.

Finkel, David. Thank You for Your Service. New York: Picador, 2014.

Sacks, Oliver. Gratitude. New York: Knopf, 2015.

Sanghani, Radhika. "Dr Lucy Kalanithi: 'Two years on, the sting of losing Paul is finally fading'." Telegraph, April 23, 2017. http://www.telegraph. co.uk/women/life/dr-lucy-kalanithi-twoyears-sting-losing-paul-finally-fading.

Gawande, Atul. Being Mortal. New York: Picador, 2017.

Prince-Ramus, Joshua. "Behind the design of Seattle's library." Lecture, TED2006, February 2006. https://www.ted.com/ talks/joshua_prince_ ramus_on_seattle_s_library.

McKnight, Jenna. "Bing Thom combines curves and points with library in British Columbia." Dezeen, May 18, 2016. https://www.dezeen. com/2016/05/18/bing-thom-architectssurrey-library-vancouver-canada-concrete.

Frankl, Viktor. Man's Search for Meaning. Boston: Beacon Press, 2006.

Brown, Brené. Rising Strong. New York: Random House, 2017.

Kurtz, Adam J. Interview with Katie Olson. "Adam J. Kurtz's 'Pick Me Up: a Pep Talk for Now and Later." Cool Hunting, September 26, 2016. http:// www.coolhunting.com/culture/ adam-j-kurtz-pick-me-up-book.

Sincero, Jen. Interview with Carolyn Kellogg. "'You Are a Badass': Author Jen Sincero explains how to kick butt." Los Angeles Times, May 6, 2013. http://articles.latimes.com/2013/ may/06/entertainment/la-et-jc-jen-sincero-you-are-abadass-20130506.

Saramago, José. Interview with Anna Metcalfe. "Small Talk: José Saramago." Financial Times, December 4, 2009. https:// www.ft.com/content/ bfaf51ba-e05a-11de-8494-00144feab49a.

Vonnegut, Kurt. "Kurt Vonnegut: In His Own Words." Times, April 12 2007. https://www.thetimes.co.uk/article/kurtvonnegut-in-his-own-words-mccg7v0g8cg.

King, Stephen. On Writing. New York: Scribner, 2000.

Lamott, Anne. Bird by Bird. New York: Pantheon Books, 1994.

Nabokov, Vladimir. Speak, Memory. New York: Vintage, 1989.

Guillebeau, Chris. The Happiness of Pursuit. New York: Harmony, 2016.

Gilbert, Elizabeth. "Your elusive creative genius." Lecture, TED2009, February 2009. https://www.ted.com/talks/ elizabeth_gilbert_on_genius.

Gilbert, Elizabeth. Big Magic. New York: Riverhead Books, 2016.

Shahn, Ben. The Shape of Content. Boston: Harvard University Press, 1957.

Wallace, David Foster. “Roger Federer as Religious Experience.” New York Times: Play Magazine, August 20, 2006.

Nyad, Diana. “By the Book: Diana Nyad.” New York Times: Sunday Book Review, October 11, 2015.

Kupper, Mike. “Bowie Kuhn, 80; baseball’s commissioner in stormy era.” Los Angeles Times, March 16, 2007. http://articles .latimes.com/2007/mar/16/local/me-kuhn16.

Epstein, Dan. “Ball Four, You’re Out: How a Classic Baseball Book Became a Failed Baseball Sitcom.” Vice Sports, September 22, 2016. https://sports.vice.com/en_us/article/78nx5z/ball-fouryoure-out-how-a-classic-baseball-book-became-a-failed-baseball-sitcom.

Scott, Kim. Radical Candor. New York: St. Martin’s Press, 2017.

Knight, Phil. Shoe Dog. New York: Scribner, 2016.

Knight, Phil. “My Fill-in Father.” New York Times, June 18, 2016.

Adigard, Eric. Panel Discussion with Chee Pearlman. “A Conversation about the Good, the Bad, and the Ugly.” Wired, January 1, 2001. https://www.wired.com/2001/01/forum.

“PowerPoint Does Rocket Science—and Better Techniques for Technical Reports.” Edward Tufte website. Accessed December 10, 2017. https://www.edwardtufte.com/bboard/q-and-a-fetchmsg?msg_id=0001yB&topic_id=1.

Hische, Jessica. In Progress. San Francisco: Chronicle Books, 2015.

Popova, Maria. “Bruno Munari on Design as a Bridge Between Art and Life.” BrainPickings. Accessed December 10, 2017.

https://www.brainpickings.org/2012/11/22/bruno-munaridesign-as-art. Sagmeister, Stefan. Things I Have Learned in My Life So Far. New York: Harry N. Abrams, 2008.

Muhlke, Christine. “Profile in Style: Ilse Crawford.” New York Times: T Magazine, September 25, 2008.

Bailey, Ian. “Owner of Munro’s Books in Victoria hands over shop to employees.” Globe and Mail, July 9, 2014. https:// www.theglobeandmail.com/arts/books-and-media/owner-ofmunros-books-in-victoria-handing-over-shop-to-employees/ article19530442.

Carroll, Lewis. Alice’s Adventures in Wonderland. London: Puffin, 2015.

Kalman, Maria. “The Illustrated Woman.” Lecture, TED2007, March 2007. https://www.ted.com/talks/maira_kalman_the_illustrated _woman